libretto

EMPEREURS DES TÉNÈBRES

IGNACIO DEL VALLE

EMPEREURS DES TÉNÈBRES

UNE ENQUÊTE D'ARTURO ANDRADE

roman

Traduit de l'espagnol par
ELENA ZAYAS

Libretto

Titre original :
El Tiempo de los emperadores extraños

ISBN : 978-2-7529-0651-9

Ignacio del Valle est né le 26 mai 1971 à Oviedo. Il vit actuellement à Madrid et écrit régulièrement pour *El País* et *El Comercio*. Auteur de six romans loués par la critique et ayant reçu plus d'une quarantaine de prix nationaux pour ses nouvelles, il a également obtenu le prix de la Critique des Asturies, une mention spéciale du jury du prix Dashiell Hammett et le prix Libros con Huella pour *Empereurs des ténèbres*. Traduit en plusieurs langues, le roman est aujourd'hui adapté au cinéma par Gerardo Herrero, par ailleurs producteur du film noir argentin *Dans ses yeux* réalisé par Juan José Campanella.

À mon père qui a toujours été présent

Un jour les hommes se tourneront vers leur passé
et diront que le XXe siècle est né avec moi.

JACK L'ÉVENTREUR, 1888

1

La pièce sacrifiée

– Ici les vivants ne comptent plus, alors les morts… vous imaginez…

Quelques mois auparavant, un officier avait lancé cette phrase désespérée au sergent Espinosa ; elle résonna soudain dans sa tête comme à l'intérieur d'une cathédrale.

Quelques minutes plus tôt, à son ordre qui trahissait sa surprise, les soldats s'étaient levés comme mus par un réflexe, abandonnant dans la précipitation boîtes de singe et couverts pour attraper leurs mausers. Vus de loin, sur la surface gelée de la Slavianka, emmitouflés dans leurs lourds uniformes d'hiver, on aurait dit une colonie de pingouins à la dérive. Ils suivirent finalement le regard du sergent, comme une ligne imaginaire et, en découvrant la cause de son ordre, adoptèrent presque tous l'attitude d'un homme à peine réveillé qui ne saisit pas encore la limite entre ce qu'il découvre et ce qu'il voyait en rêve. Telle une vision dadaïste, une vingtaine de têtes de chevaux émergeaient, çà et là, de la rivière gelée, comme un jeu d'échecs aux pièces identiques. Les mâchoires ouvertes, la tension des cous, les yeux affolés, tout indiquait que le froid les avait capturés en pleine course. Ce n'était pourtant pas ce tableau fantastique qui maintenait leur attention en éveil, mais l'homme pris dans la glace jusqu'au torse tout à côté d'un cheval. Pour arriver à la hauteur du corps, le sergent Espinosa avança en zigzaguant entre les têtes équines. Jusque-là, ils les avaient utilisées comme des sièges improvisés pour prendre leur repas, et c'est seulement lorsque le brouillard, dense comme un mur, qui les avait accompagnés toute la matinée, s'était levé, que le sergent avait découvert l'homme. Espinosa s'accroupit avec difficulté pour examiner l'uniforme et le visage gelés. Puis il gratta le givre sur les manches et repéra, sur la gauche, l'aigle de l'emblème national allemand, sur la droite, l'insigne rouge et jaune avec la légende « ESPAÑA ». Le mort appartenait, comme lui, à la *División Azul*[1], mais ce visage ne lui disait rien, ce qui n'était guère étonnant : impossible de mémoriser les traits de dix-huit mille hommes. Lorsqu'il jugea bon de conclure son observation, il se redressa et contempla la Russie, son ciel en voûte sous la grisaille, sa terre immense et blanche sans points de fuite ni accidents notables. Il fut pris d'un léger malaise et fouilla du regard les rangées de bouleaux qui ourlaient les berges de la rivière, puis fixa les coupoles irisées du monastère orthodoxe de Molevo. Selon la légende, une nuit, un moine qui faisait une ronde y avait rencontré Dieu assis dans un recoin obscur ; que faisait son Seigneur en un tel endroit? s'était écrié le moine en se prosternant immédiatement

1. Nom donné au corps de volontaires espagnols, désireux de continuer leur « croisade contre le communisme » et intégrés à l'armée allemande pendant la Seconde Guerre mondiale, à partir de juillet 1941. Constituée, pour moitié environ, d'officiers et de soldats, militaires de carrière, la Division compta jusqu'à 46 000 hommes et dut son nom à la forte proportion dans ses rangs de phalangistes ou « Chemises bleues ». Ils luttèrent en particulier lors du siège de Leningrad et dans les batailles de Volkhov, Poselok, Krasny Bor, Pouchkine... Le général Franco, sous la pression des Alliés, décida leur rapatriement qui s'effectua (sauf dans le cas d'éléments récalcitrants) fin 1943. *(Toutes les notes sont de la traductrice.)*

devant lui. Dieu lui avait répondu, d'une voix non pas tonitruante, mais éteinte : «Je suis fatigué, pope, très fatigué.» Le sergent Espinosa se sentait toujours réconforté par cette image qui frisait l'hérésie. Elle lui suggérait un Dieu comme il devrait être : humain. Il murmura une brève prière de contrition avant de se retourner pour faire signe à l'un des soldats. Ce dernier, le fusil en bandoulière, suivit les traces laissées par son supérieur, en glissant par endroits. Quand il se mit au garde-à-vous, le sergent résigné lui dit, comme si pareille découverte en ce lieu était des plus normales :

– Regardez... Vous le connaissez?

Le soldat s'accroupit à son tour et observa le visage gelé du cadavre. Son masque mortuaire, une couche de givre irrégulière, lui rappela les habitants de Pompéi minéralisés par la pluie de cendres du Vésuve. Un coup d'œil sommaire le conduisit à la même conclusion que le sergent :

– Je crois que c'est l'un des nôtres, sergent.

– Vous n'avez pas inventé la poudre! répondit le sergent Espinosa avec la mauvaise humeur qui le caractérisait. Croyez-vous qu'il faudra aussi lui prendre le pouls!

Le soldat observa un silence respectueux, connaissant les liens étroits qui unissaient le sergent et son ulcère à l'estomac. Engagé volontaire, le sergent Espinosa, tout aussi mesuré dans la vie militaire que dans la vie civile où il était assistant de chimie à l'université de Madrid, maugréa un «c'est vraiment bizarre», mais, malgré le côté insolite de l'affaire, s'en tint à la routine en matière d'investigations et organisa rapidement les étapes suivantes.

– Primo, ne bougez pas d'ici.

Espinosa promena ensuite son regard sur les autres soldats, conscient de la fascination qu'exerce un accident fatal, même sur des individus familiers de la mort. Avant même qu'il parlât, le soldat lut les ordres dans les yeux du sergent.

– Deuzio, ne laissez pas les gars s'approcher.

– À vos ordres, sergent!

– Je vais prévenir le lieutenant par radio.

Le soldat vit le sergent se diriger vers le reste des hommes qui, à en juger par leur inquiétant mouvement d'ensemble, manifestaient une nervosité inhabituelle, accentuée tout à la fois par leur situation à découvert et par le fracas trop proche de l'artillerie soviétique. Le sergent leur expliqua sommairement la situation. Le soldat resté près du corps s'agita, tout aussi impressionné ; ils avaient encore en mémoire la très récente offensive russe sur le lac Ladoga qui avait pratiquement anéanti un bataillon du 269e. Le soldat passa sa langue sur ses lèvres crevassées, appuya la crosse de son mauser sur la glace, glissa une main dans la poche de son uniforme pour caresser la peau granuleuse d'une orange, puis il étudia de nouveau le mort dans son blanc mausolée taillé sur mesure. Il estima en même temps que le mercure devait indiquer trente degrés au-dessous de zéro, bien qu'ils eussent choisi de sortir aux heures les moins froides, vers midi. Une autre image lui traversa l'esprit : Dante et le dernier cercle de l'enfer avec son formidable Lucifer enterré jusqu'à la taille dans un autre lac de glace. L'enfer... Il se demanda si le malheureux soldat s'y trouvait déjà ; en tout cas, il y avait de quoi l'envier, au moins il y serait au chaud. Il sortit un instant l'orange dont la couleur éclatante brilla comme un miroir. Il la remit dans sa poche tout en continuant à la palper, mais soudain, son instinct, aiguisé sur le front, fut puissamment attiré par le magnétisme d'un détail minime : le mort ne souriait pas. Habituellement, en cas de décès par congélation – ce n'était malheureusement ni la première ni la dernière fois qu'il en voyait –, le froid tirait sur les muscles des lèvres, de sorte que le cadavre exhibait un sourire macabre. À l'image du parcours tortueux qu'il venait d'effectuer parmi les têtes des chevaux, ses pensées divaguèrent pour envisager le fait sous tous ses angles. Contrevenant à l'interdiction de son supérieur, il posa son fusil et finit par s'approcher davantage du mort.

Il fouilla sous le col, à la recherche de la plaque d'identité, «la plaque de la mort», et fit tomber plusieurs couches de givre. Les yeux du soldat passèrent alors de l'innocence à la perplexité puis semblèrent contempler une explosion. Son cœur martela violemment sa poitrine. Il releva la tête et chercha du regard le sergent Espinosa. Sur cette piste de patinage qu'était devenue la Slavianka, il le vit s'éloigner en direction des camions garés sur la berge. Il cria de toute la force dont il était capable, mais le sous-officier était trop éloigné pour l'entendre. Après avoir retraversé le labyrinthe des chevaux, le soldat se mit à courir derrière son supérieur au grand étonnement des autres. Lorsqu'il parvint à le rattraper, le visage crochu et sec du sergent ébaucha un rictus de dégoût proportionnel à la pertinence des explications que le soldat lui donnait, entrecoupées par les sifflements de sa respiration haletante. Ils s'empressèrent de revenir vers le corps. Le sergent Espinosa adopta cette fois une curiosité distante, presque académique. Son estomac ulcéré grinça d'angoisse et il fit un signe de croix particulièrement élaboré. La gorge du cadavre arborait le sourire qu'il aurait dû avoir aux lèvres. D'une oreille à l'autre apparaissait une sombre entaille camouflée par la neige, ainsi qu'une fine cravate de cristaux de sang qui tachait sa poitrine.

– Ça, c'est un coup des Ruskofs, déclara-t-il.

Le soldat trouva que l'explication aurait pu être plausible ; les Soviétiques effectuaient fréquemment des expéditions punitives ; tels des fantômes, des skieurs surgissaient de nuit, par surprise, enveloppés dans leurs tenues blanches de camouflage, glissant à toute vitesse sur la rivière, puis ils disparaissaient en laissant derrière eux des isbas en flammes, des bunkers dynamités, des cadavres… Mais il fit non de la tête.

– Peut-être pas, sergent, objecta-t-il.

Espinosa lui lança un regard plombé.

– Ben voyons, il a dû se couper en se rasant, après il

est sorti se balader sur la rivière, là il a été rattrapé par les chevaux emballés, et finalement la glace s'est brisée…

Le soldat, mal à l'aise, se recroquevilla dans sa tenue d'hiver, obsédé par son désir de maintenir sa température à trente-six degrés.

– Non. Vous ne m'avez pas compris, sergent. Observez bien la blessure.

– Qu'est-ce que vous voulez dire ?

– Depuis quand les Ruskofs se soucient-ils de nos âmes ? Regardez…

Espinosa suivit son conseil et se concentra, au point que ses pensées en devinrent presque visibles. Il fixa cette fois le soldat avec un étrange mélange de stupeur et de désarroi. Sous la gorge tranchée, sur l'une des clavicules, il découvrit un détail qui lui avait échappé ; de petites lettres majuscules scarifiées avec la pointe d'un couteau : « PRENDS GARDE, DIEU TE REGARDE ». Une rafale de vent passa, et les secondes avec elle. L'idée était aussi insaisissable qu'une savonnette, mais il parvint à la retenir.

– Vous voulez dire que c'est un meurtre ?

– Je dis seulement que c'est très étrange.

– Vous en êtes sûr ? affirma interrogativement Espinosa.

– Sûr ? Moi, je ne suis sûr de rien, seulement de mes doutes, sergent.

Un instant, le visage conservé dans le vinaigre d'Espinosa prit un air absent.

– Qui sait ? Avec la chance qui nous poursuit dans ce bled maudit… Et on sait bien ce qui arrive après un malheur…

– Quoi donc, sergent ?

– Un plus grand malheur.

Le soldat dissimula un sourire douloureux ; même si son supérieur n'était pas facile, il n'en estimait pas moins son humour terriblement noir car le cynisme était l'attitude conséquente, presque obligatoire des esprits lucides s'ils voulaient survivre.

– Il faut prévenir le lieutenant, trancha Espinosa. La police militaire et le service de santé. Et… – après un instant d'hésitation : Il faudra aussi demander qu'on nous envoie un photographe, conclut-il.

Au moment où il prenait cette décision, il se mit à neiger ; de gros flocons presque transparents. Ils contemplèrent ce paysage conçu pour des hordes de géants, un lieu qui anéantissait toute existence individuelle.

– Votre nom ?

La question du sergent, posée de façon inattendue, à brûle-pourpoint, fit sursauter le soldat.

– Arturo, sergent, Arturo Andrade.

Sa voix sépulcrale sonna le creux.

– Arturo… À votre avis, combien de fils de pute sont en train de naître en ce moment ?

La confusion d'Arturo s'éleva au carré. Il se concentra sur les variantes de vert qui brillaient sous le cristal de la rivière.

– Je ne sais pas, sergent.

– Vous ne savez pas… Il y a des choses qu'il vaut mieux ignorer, n'est-ce pas, soldat ?

2

Réduction à l'infini

L'entaille fendit de haut en bas la panse du cheval suspendu au crochet, découvrant le clavier de ses côtes et vomissant une cascade de sang et de viscères qui s'écrasa sur le sol. Le boucher compara alors le corps de l'animal au schéma de découpe qu'il avait en tête, réfléchit un instant en aiguisant deux énormes couteaux et, comme s'il se lançait un défi à lui-même, en soupesa un avant de procéder sans plus tarder au dépeçage. Autour de lui, les hommes de la compagnie d'abattage s'affairaient à transporter les quartiers de viande des chevaux déjà éviscérés et débités. Deux jours plus tôt, l'intendance de la 250e division d'infanterie de la Wehrmacht avait signalé un incident, survenu dans l'une des écuries, qui avait provoqué la fuite de plusieurs chevaux, retrouvés plus tard dans la Slavianka où des hommes de la compagnie d'abattage avaient été envoyés afin de récupérer la viande des animaux. Depuis des mois, l'intendance allemande assurait l'approvisionnement car les basses températures empêchaient de faire rassir suffisamment la viande, rendant l'abattage inutile, mais, cette fois, le trésor calorique était trop précieux pour qu'on l'abandonnât à son cercueil de glace. L'effroyable découverte de la rivière avait déjà fait le tour de la Division malgré les mesures prises pour qu'elle ne s'ébruitât pas. Comme l'avait déclaré un sous-lieutenant : « Impossible de censurer *radio macuto* [1]. »

Le lieutenant vétérinaire qui contrôlait la salubrité du processus s'apprêtait à autoriser l'abattage du cheval suivant, lorsqu'un caporal entra d'un pas décidé dans la salle ; il était tellement musclé qu'il marchait les bras écartés comme s'il portait des seaux. Il salua puis transmit une information au lieutenant en lui remettant un ordre signé. L'officier acquiesça et fronça les sourcils en cherchant parmi les soldats en plein travail. Il constata, non sans agacement, que la capuche des amples camisoles blanches utilisées pour ne pas tacher les uniformes ne lui permettait pas de distinguer nettement les visages. Il choisit le moyen le plus expéditif.

– Arturo Andrade, lança-t-il d'une voix forte.

Ne recevant aucune réponse de ceux qui se retournèrent, il répéta plusieurs fois le nom. Finalement, un des hommes qui étaient penchés sur un animal, alerté par les coups de coude de son voisin, se découvrit et posa sur le lieutenant un regard absent. Ce dernier observa l'individu, d'une bonne trentaine d'années, plus grand que la moyenne, avec un visage émacié, grêlé, des yeux très bleus et l'air d'un naufragé.

– Qu'est-ce qui t'arrive ? T'es dans les vapes ou quoi ? Tu m'as pas entendu ?

Arturo réagit en faisant jouer les ressorts de l'habitude et se mit au garde-à-vous.

– À vos ordres, mon lieutenant.

– Tu dois te présenter au QG. Le caporal va t'y conduire.

L'air ahuri d'Arturo se transforma en authentique stupeur.

– Au QG ?

Le lieutenant acquiesça, lui signifiant ainsi qu'il n'y avait rien à ajouter. Il rendit l'ordre au caporal et se retourna avec

1. Équivalent du « téléphone arabe » dans l'armée, une sorte de « radio troufion ».

impatience vers un groupe de soldats qui commençaient à flemmarder, profitant de la diversion causée par le visiteur.

– Dites donc, vous autres ! C'est pour aujourd'hui ou pour demain ?

Arturo obtint l'autorisation de changer de tenue et de récupérer son arme, puis emboîta le pas au caporal herculéen dont le dos lui boucha l'horizon. Il se demanda pour quelle raison on pouvait bien le convoquer au quartier général. Dans sa tête, parmi toutes les possibilités qui se télescopaient, deux surtout l'inquiétaient : une certaine affaire de trafic de tabac et d'alcool et sa curiosité impulsive lors de l'épisode de la rivière. Toutes deux avaient de quoi le tracasser. On ne sait jamais pour quel motif on va se faire coincer. Dehors, sous un ciel couleur de fange, ils furent accueillis par le paysage enneigé de Mestelevo qu'encerclaient les taches sombres des forêts, c'était le siège des services d'intendance, de santé et d'approvisionnement de la Division sur le front de Leningrad. L'esplanade, couverte de baraquements, d'ateliers, de magasins et de bunkers, délimitée par une voie ferrée, était un véritable capharnaüm où se mêlaient soldats, chevaux, pièces d'artillerie, camions, tracteurs, ambulances et remorques… Le toponyme de Mestelevo était emprunté au village d'origine, un ensemble d'isbas qui résistaient, cramponnées tant bien que mal le long d'un chemin, au-dessus d'un léger repli de terrain, et entourées de greniers à grains, de hangars vides, de meules pointues, de puits à balancier ; non loin de là se dressait un moulin noir en bois avec de grandes ailes nues. Un hameau, comme tant d'autres en Russie, qui témoignait que pratiquement rien n'avait changé sur ces terres depuis le Moyen Âge. Arturo frissonna un peu et respira prudemment par le nez ; l'air, chargé d'électricité, sentait l'ozone, ce qui n'était pas seulement dû à la neige mais plutôt à son processus physique, à son origine. Le caporal était venu avec une Peugeot cabossée, couverte d'éraflures, l'un des multiples véhicules réquisitionnés en Belgique et en France, militarisés et repeints en vert-de-gris, où il l'invita à monter. En se dirigeant vers la voiture, Arturo entendit un son métallique semblable au frottement d'une chaîne zigzaguant derrière une ancre qui viendrait d'être jetée. Il n'eut que le temps de tourner la tête de quelques degrés avant de recevoir un coup violent et de se retrouver étendu sur le sol, tentant d'échapper à d'épouvantables crocs. Tout fut si rapide que le cerveau d'Arturo eut une impression opposée, pour lui, tout se déroula avec une lenteur digne d'un scaphandrier. Par miracle, il parvint à protéger son cou de l'attaque et se traîna, en reculant sur la neige, avec l'énergie du désespoir, harcelé par les coups de dents de l'énorme berger allemand qui, après avoir manqué son assaut, s'acharnait sur la partie de la botte dont il s'était emparé. Le caporal réagit promptement et, en deux coups de pied dévastateurs, parvint à faire lâcher prise à l'animal. Attrapant Arturo sous les aisselles, il l'aida à se remettre debout, mais lorsque celui-ci s'appuya sur son pied gauche, une douleur lui lacéra la cheville. Raidi par la réaction nerveuse, la sueur perlant à son front, il retourna à l'intérieur du bâtiment. Avant de se déchausser, Arturo craignit de découvrir ses muscles à vif ou, du moins, la rougeur de la chair meurtrie, mais après avoir laborieusement retiré sa botte, il constata avec soulagement que ce n'était pas une de ces blessures qui ne demandent qu'à s'infecter. Des meurtrissures en deux ou trois endroits et une peur monumentale. Rien de grave. Il attendit un peu, le temps de récupérer.

– Ta botte est esquintée, fit remarquer le caporal.

– Ce n'est pas une grosse perte, elles avaient pas mal de kilomètres au compteur.

– On ferait peut-être mieux d'aller à l'hôpital.

– Pas la peine, caporal, j'en suis quitte pour la peur. Je ne comprends pas comment on a pu laisser un animal pareil en liberté !

Arturo se leva, encore un peu sonné, et tâta prudemment le sol du pied. Quand il fut certain de tenir debout, ils ressortirent. Il récupéra son casque perdu dans la bagarre, s'en coiffa et s'approcha du chien. Il les attendait tranquillement en émettant un grognement continu et menaçant; son museau effilé découvrait les seuls arguments valables dans son monde, comme, en réalité, dans n'importe quel monde, pensa Arturo. Ils se mesurèrent quelques instants; étrangement, il ne pouvait éprouver aucune haine car ce chien n'était pas méchant, ni même bon, il se bornait à être ce qu'il était. Le caporal préféra voir la partie à moitié pleine de la bouteille.

– Un maillon de plus et tu te retrouvais entre quatre planches.

Arturo observa la chaîne, amarrée à un piquet enfoncé dans la neige, qui avait arrêté net la course du chien et s'assura qu'il se trouvait dans le périmètre de sécurité. Au même moment, au coin d'un bâtiment, apparut un de ces soldats allemands qui se déplaçait comme une marionnette dont on tire les fils. Il tenait dans une main des rognures de viande et des os enveloppés dans du papier d'emballage. Arturo avança vers lui l'air furieux et l'apostropha dans sa langue en martelant les mots. Ils eurent un affrontement véhément au cours duquel le Teuton adopta une attitude froide et hautaine. Le caporal ne comprenait pas l'allemand et fut contraint de suivre la discussion en observant la bouche de l'un puis celle de l'autre, comme le chien. S'il ne saisit pas les mots, il en perçut le sens global; il se rendit compte que les deux hommes parlaient en se rapprochant dangereusement et décida d'intervenir. Il s'interposa entre eux et profita de la supériorité de son grade pour s'adresser à l'Allemand; il lui parla lentement, comme si son cerveau ne pouvait pas supporter un débit intellectuel trop important, sans cesser de sourire cependant.

– Fils de pute, fumier, grosse pédale, connard… Bon à rien, t'es qu'un bon à rien… Je te pisse au cul…

Il déblatéra ainsi un moment, tandis que le grenadier perplexe, répondait par un *«ja»* monocorde à chacune des insultes. Le remède fut miraculeux. Quand il eut épuisé son lexique, il approcha son visage de celui de l'Allemand sans dépasser la limite où cela risquait de sembler agressif.

– Frotti-frotta ? lui demanda-t-il sans perdre son flegme.

L'Allemand crut que c'était l'expression espagnole pour corroborer quelque chose.

– *Ja, ja, mein Obergefreiter.* Frotti-frotta.

– Bon. Alors tourne-toi, que je te la mette dans le baba.

À la manière d'un torero, il souleva une toque imaginaire et la lança en arrière, enjoignant à Arturo de le suivre. Celui-ci pouvait à grand-peine garder un semblant de sérieux. Le Teuton flaira la blague et, bien qu'il eût capitulé, fit mine d'attaquer Arturo qui recula d'un pas. Un sourire ironique aux lèvres, l'Allemand continua à le défier, puis il flatta le chien de la main comme si c'était un cheval de course qui venait de remporter un grand derby. Le caporal ordonna à Arturo de ne pas lui prêter attention et l'entraîna vers la voiture.

– Quand on a affaire à ces sous-fifres, il ne faut pas entrer dans leur jeu, lui affirma-t-il, ils ont le cerveau carré. Merde, tu parles allemand ! ajouta-t-il, plein d'admiration. Alors qu'est-ce qu'il t'a dit ?

– Que le clébard est là pour les partisans, il paraît qu'il est dressé et qu'il les flaire à distance.

– Moi, j'ai dans l'idée qu'il sert aussi pour la chasse aux braves petits Espagnols… Pour eux, on n'est que des animaux, quasiment des singes. Mais aussi vrai que je m'appelle Aparicio Tárrega, c'est pas eux qui vont me couillonner.

Arturo se rappela avec délectation que les Teutons se plaignaient constamment du laisser-aller ibérique : vareuses déboutonnées, mains dans les poches, cigarette au bec… On peut faire sortir un Espagnol d'Espagne, mais pas l'Espagne d'un Espagnol, pensa-t-il. Le caporal s'arrêta, debout sur le marchepied de la Peugeot.

– T'as rien oublié ?

– Si, de lui foutre mon poing dans la gueule, affirma Arturo, avec un éclair de haine dans les yeux.

Le caporal Aparicio sourit.

– Non, c'est pas ça.

Arturo pianota sur le clavier de sa mémoire. Il fit non de la tête et attendit impatiemment.

– Ton flingue.

Arturo leva les bras au ciel, reconnaissant sa bêtise, et chercha le mauser perdu dans la bagarre dont la forme stylisée se détachait dans une niche de neige. Il alla le récupérer et revint au véhicule.

– Tâche de te faire une place, lui indiqua le caporal en désignant plusieurs sacs de courrier qui occupaient la majeure partie du véhicule. On avait un camion, mais il nous a lâchés. On va voir s'il est réparable.

Arturo se casa comme il put entre les sacs que le caporal se chargeait apparemment de transporter au bureau du vaguemestre à l'état-major. Bientôt, les grossièretés dont celui-ci avait abreuvé l'Allemand semblèrent angéliques comparées aux jurons qu'il commença à proférer. Le son torturé du démarreur justifiait sa rogne.

– Qu'est-ce qui se passe ? s'inquiéta Arturo.

– Ce qui se passe ? Qu'est-ce que tu veux que ce soit ? On a gagné ! J'avais laissé tourner le moteur et avec tout ce foutoir, il a calé. Et maintenant il est nase ! D'abord le camion et maintenant celle-là…

Arturo n'eut pas besoin d'autres explications. À l'instar des hommes, les véhicules pâtissaient de toutes sortes de gelures.

– La dernière fois, il nous a fallu quatre heures pour qu'elle redémarre, se plaignit le caporal. Va falloir rentrer à dos d'âne !

– Essayez encore une fois.

– Ça peut durer jusqu'à demain.

Malgré tout, le caporal concentra tout son espoir dans l'extrémité de son bras tandis qu'il s'efforçait de ressusciter le moteur. Ses tentatives répétées ne faisaient que creuser les traits de son visage ; il finit par flanquer un coup de poing sur le volant. Toute l'automobile tressaillit sous la force décuplée de ce chêne.

– Rien à faire. Le moteur ne veut plus rien savoir.

– Essayez encore, caporal.

– Il est foutu, merde ! Un point c'est tout !

– Je vous en prie, insista Arturo.

Le caporal l'observa avec une certaine rancœur, et Arturo put détailler son visage où ressortaient des yeux noirs brillant de froid, un grand nez solide comme une quille de bateau et, sur la joue droite, une cicatrice qui accentuait ses traits et lui donnait un air mi-affable mi-brutal. Aparicio ôta ses gants, comme si le contact direct pouvait conférer une plus grande détermination à son geste, et finit par tourner la clé. Contre toute attente, le moteur se gorgea de vie ; sa pétarade syncopée leur sembla la plus douce des mélodies entendues depuis longtemps. Il accéléra au point mort comme pour permettre à la voiture de s'éclaircir la voix.

– Tu me donneras la recette, commenta-t-il, goguenard.

– La peur de devoir prendre un traîneau, caporal. Et avant que j'oublie, un grand merci pour le coup de main de tout à l'heure.

– Plus de peur que de mal. Et, avant que j'oublie moi aussi, qu'est-ce qui vous passe par la tête quand on aperçoit la barbe de saint Pierre ?

Arturo sourit, un peu gêné.

– Vous voulez vraiment le savoir, caporal ?

– Si c'est pas trop te demander…

Arturo sonda sa mémoire et remonta à l'un de ces instants qui débouchent sur l'éternité. Le caporal observa son profil d'un œil inquisiteur. Le silence se prolongeait.

– On pense à du linge propre, répondit Arturo en se faisant violence.

Le visage du caporal refléta sa perplexité.

– Du linge propre ? répéta-t-il.

– Oui, je ne pouvais pas m'ôter ça de la tête. Je ne me suis pas changé depuis une semaine et j'étais obnubilé par l'idée qu'à l'hôpital, on allait me trouver sale.

« Même pour mourir faut être propre comme un sou neuf. » Tout en riant aux éclats, le caporal desserra le frein à main et prit la direction du quartier général. Arturo essuya la buée sur la vitre et y colla son visage ; la dernière image fut celle de la joie simple et sauvage du berger allemand attrapant la nourriture que son maître lui lançait morceau par morceau.

Le voyage jusqu'à Pokrovskaïa se serait déroulé sans encombre n'eût été la façon de conduire du caporal. Il roulait à tombeau ouvert sur la route gelée, encombrée par un double trafic, civil et militaire. Arturo reconnut toutefois que c'était un as du volant. Tandis qu'ils parcouraient les quelque trois kilomètres qui les séparaient du quartier général – heureusement le véhicule avait le chauffage –, Arturo, confronté à la vision de la grandeur désolée de l'hiver déployée sur des forêts magnifiques et des champs de neige à perte de vue, ne put s'empêcher de penser que toute cette beauté hypnotique, répétitive, était un piège ; en fait, la Russie tout entière était un immense piège. Après les victoires du IIIe Reich sur la Pologne et sur la France, il était évident qu'aucune armée n'était capable d'arrêter la Wehrmacht et que tout dépendrait de l'espace qu'elle aurait pour fuir ; les Polonais avaient reculé pendant vingt jours, il avait fallu un mois aux Français pour se retrouver le dos au mur, mais l'Allemagne n'avait pas tenu compte du territoire infini que les Russes avaient derrière eux. Depuis le début de l'invasion de l'URSS, presque deux ans auparavant, en juin 1941, ce pays avait abattu ses cartes l'une après l'autre, avec la patience tranquille mais inébranlable d'un expert en la matière, laissant les Allemands enfoncer l'Armée rouge avec une facilité trompeuse, en attendant que l'hiver ouvrît les yeux. Et lorsqu'il le fit, tout se mit à craquer : les hommes, les machines, les stratégies, le courage… Le paysage blanc qui au début leur avait semblé moelleux, comme imbibé de lait, s'était révélé être un enfer ou plutôt le négatif de l'enfer. Et ils étaient coincés là, entre le marteau russe et l'enclume de l'Histoire, eux, la 250ᵉ division hippomobile, la División Azul. Après avoir écrasé des pays comme on écrase des grains de raisin, la foudre assassine de Hitler avait fait pression sur Franco pour lui faire payer la dette morale contractée lors de la guerre civile, du fait de l'aide nazie. Alléguant la situation lamentable dans laquelle le pays était plongé, le Caudillo avait retardé l'intervention espagnole – Arturo avait compris le calcul et pensait que, comme toujours, Franco devait en attendre une contrepartie : des concessions territoriales au Maroc français – puis, de crainte de ne pas avoir droit à sa part de butin après la victoire plus que prévisible de l'Axe, il avait finalement opté pour un arrangement politico-militaire : un mois à peine après le début de l'opération *Barberousse*[1], il avait envoyé les premiers trains de volontaires espagnols. Arturo reconnaissait que le tour était des plus habiles : la División Azul, comme l'avaient baptisée les journaux nationalistes, à cause des chemises bleues des nombreux phalangistes qui la composaient, était officiellement la DEV, Division espagnole de volontaires, ce qui la différenciait d'une unité régulière des forces armées dont l'envoi aurait pu être interprété par la Russie et l'Angleterre comme un acte de guerre, mais

1. Ou *Barbarossa* : nom de code donné à l'invasion par l'Allemagne nazie de l'Union soviétique pendant la Seconde Guerre mondiale.

permettait à Franco de se maintenir à la remorque de la locomotive allemande sans s'engager totalement. L'arrivée au quartier général interrompit les réflexions d'Arturo ; ils firent leur entrée à une telle vitesse que tout le monde se prit à regarder derrière eux, s'attendant à voir le diable en personne à leurs trousses.

Le quartier général de la División Azul, à Pokrovskaïa, était un ancien pavillon de chasse de l'époque tsariste, transformé par la suite en demeure princière. Situé au milieu d'une plaine limitée par une forêt dense de bouleaux, de pins et de sapins, entouré d'une tranchée, le quartier général commandait un secteur linéaire couvert, à droite par le 262ᵉ, avec son PC à Krasny Bor, au centre par le 269ᵉ, avec le sien situé à Sloutsk, et à gauche par le 263ᵉ, avec son PC à Pouchkine. Une multitude de véhicules et de soldats se déplaçaient fiévreusement en tous sens ; des officiers sortaient avec leurs ordres de mission sous le bras et montaient aussitôt sur des traîneaux pour regagner leurs positions ; des agents de liaison lançaient leurs motocyclettes pleins gaz en patinant dangereusement au démarrage, ou montaient des chevaux comme s'ils tournaient un western. L'activité de fourmilière humaine trahissait la situation délicate dans laquelle se trouvait le secteur, constamment pilonné par les canons russes. Esquivant un adjudant qui s'égosillait pour faire régner l'ordre et hurlait les mêmes cris aux hommes, aux animaux et aux machines, le caporal Aparicio guida Arturo comme il put jusqu'à l'atrium de style classique s'ouvrant sur l'entrée et, selon la procédure, il franchit les contrôles pour accéder à un vaste vestibule avec arcades et colonnes. Le changement de température fut presque violent. La pagaille qui régnait là reproduisait à moindre échelle la situation à l'extérieur : ordres criés ou expliqués, martèlements de pas pressés, cliquetis des machines à écrire... Malgré cela, Arturo se sentait inexplicablement calme; ce monde géométrique et hiérarchisé lui donnait une illusion d'ordre, comparé aux espaces illimités et dangereusement illogiques qui l'attendaient au-dehors. Fidèle à son habitude de tout observer, il étudia l'intérieur du palais à des fins mnémotechniques : un grand escalier central qui dévalait du premier étage comme une cataracte de marbre; une cheminée allumée aussi grande que la bouche de l'enfer, des oiseaux empaillés, des trophées de chasse et des panoplies vides pendus aux murs... Il n'eut pas le temps d'en voir beaucoup plus car le caporal Aparicio trouva rapidement un capitaine gratte-papier auquel il remit son document administratif avant de prendre aimablement congé. Arturo le vit se frayer un passage dans le vestibule avec son envergure colossale et jugea qu'il serait épuisant pour n'importe quel intellect de calculer la largeur de son dos, aussi se borna-t-il à deviner son âge : il lui donnait une vingtaine d'années, sans pouvoir préciser s'il était plus près de vingt que de trente. Il supposa que chez lui, on l'appelait par un diminutif, justement parce qu'il était grand, et qu'au village il n'avait laissé que des amis. C'était probablement un de ces types auquel tout le monde s'attache. Arturo dilata ses narines et respira avec force. Le capitaine le mena par l'escalier jusqu'au premier étage où ils suivirent un long couloir flanqué de statues mythologiques en marbre, plein de soldats et de portes, qui desservait le mess des officiers, le bureau du général et les troisième et quatrième sections de l'état-major; ils pénétrèrent dans les pièces affectées à cette dernière. Le capitaine l'invita à se changer dans un cagibi attenant à l'antichambre du bureau du chef. Arturo, rendu nerveux par l'incertitude, se débarrassa à la hâte de sa seconde peau hivernale, de son casque et de son arme, ajusta sa vareuse et se coiffa d'un calot aérodynamique. Lorsqu'il fut prêt, le gratte-papier, avec le sourire conventionnel et stupide du préposé à l'accueil des visiteurs, lui expliqua succinctement par qui il était attendu puis lui demanda de le suivre. Il ouvrit une porte avec un raffinement consommé, comme si l'art d'ouvrir les portes était une science exacte à laquelle il avait consacré toute sa vie ; il introduisit Arturo dans un bureau où le confort avait cédé le pas à la fonctionnalité. Derrière une table en bois blanc encombrée de cartes et de documents, de chemises à élastiques renfermant d'autres cartes et des papiers, de gobelets d'étain remplis de café à en juger par l'odeur, et d'une impressionnante bible, se tenait le lieutenant-colonel Navajas del Río, chef de la quatrième section de l'état-major. Trois autres personnes étaient présentes, occupant deux chaises à sa droite et une à sa gauche. Arturo salua en claquant énergiquement des talons ; sous le feu des regards, il se sentit immédiatement jaugé et attendit qu'on lui adressât la parole tout en jetant un coup d'œil furtif alentour pour tromper son angoisse. Il distingua une fenêtre qui donnait sur un paysage de carte postale de Noël ; les portraits du Caudillo et du Führer ; un grand poêle ; sur un minuscule bureau, une machine à écrire édentée – il lui manquait la lettre *ñ* ; un classeur et, au-dessus, sur le mur, un de ces calendriers agrémentés de proverbes ou de maximes. Sous la date du 29 janvier 1943, Arturo lut la phrase du jour : « Un seul piquant du hérisson vaut mieux que toutes les ruses du renard. » Finalement, le lieutenant-colonel, qui tenait un feuillet à deux mains, leva les yeux pour les poser sur Arturo. L'homme semblait maladif, il avait les traits tirés à cause du manque de sommeil ; il n'était pas rasé et sa barbe était si drue qu'on pouvait presque la voir pousser si on l'observait avec attention. Derrière des lunettes à fine monture, ses yeux étaient deux points noirs qui semblaient dévorer toute la réalité environnante. Arturo chercha un moyen d'affronter son regard et prit un air revêche.

– Présentez-vous, soldat, lui enjoignit sans ménagement l'officier.

– Soldat Arturo Andrade, du 2e groupe d'abattage, compagnie d'approvisionnement en boucherie du service d'intendance, à vos ordres, mon colonel, répondit-il avec une raideur exagérée.

Navajas del Río acquiesça, manifestement satisfait par ces détails de discipline.

– Bien. La plupart des personnes ici présentes considèrent que vous arrivez comme un chien dans un jeu de quilles – il fit un geste qui engloba la totalité du bureau. Moi, sincèrement, je ne suis pas de cet avis ; je crois que vous pourriez nous être fort utile. Qu'en pensez-vous ?

– Ça dépend pour quoi faire, mon colonel.

– Ignorez-vous dans quel but je vous ai fait venir ?

– Oui, mon colonel, mentit Arturo, en haussant ostensiblement les épaules.

– Vous n'avez pas une petite idée ?

– Non, mon colonel.

– Je vois – son expression révéla que sa dose de patience, pourtant raisonnable, atteignait ses limites. Vous pouvez vous asseoir.

Le capitaine qui l'avait fait entrer et se tenait encore derrière lui avança une chaise avant de sortir du bureau. Arturo se découvrit, s'assit, le dos bien droit et les genoux serrés, qu'il couronna de son calot. En lorgnant les gobelets d'étain, une image lui vint à l'esprit : des grains de café très, très lentement torréfiés, brassés dans un tambour comme pour un tirage de la loterie.

– Voulez-vous un café ?

– Non, mon colonel, je vous remercie, répondit-il, bien que cela lui fendît le cœur.

Navajas del Río relâcha la pression de son regard et coupa court aux prolégomènes.

– Bien, pensez-vous pouvoir nous aider à mettre la main sur ce sauvage ?

– À quoi faites-vous allusion, mon colonel ?

– Nous pensons que le soldat que vous avez trouvé dans la rivière a été assassiné.

– Alors, c'est vraiment grave…

Arturo éprouva un soulagement infini en constatant que ses combines n'étaient pas en cause.

– Très grave. J'ai d'ailleurs appris que c'était vous qui aviez levé le lièvre.

– Ça s'est trouvé comme ça. Si je n'avais pas été là, un autre l'aurait fait à ma place, argumenta Arturo sans fausse modestie.

– Oui, mais dans les faits, c'est vous.

Arturo garda le silence, il se sentit redevable envers le sergent Espinosa en constatant par défaut qu'il n'avait pas tiré la couverture à lui.

– Mais avant de poursuivre, reprit Navajas, mieux vaudrait convaincre ces messieurs de l'opportunité de votre présence ici. Je sais qui vous êtes, *lieutenant* Arturo Andrade.

La mention de son ancien grade banda la musculature de son dos comme la corde d'un arc.

– Je vois, mon colonel.

– Bien, les choses étant ce qu'elles sont, j'espère que vous me permettrez de faire un bref résumé de votre vie. Bien évidemment, et je pense parler en notre nom à tous, rien ne s'ébruitera de ce qui se dira ici.

– À vos ordres, mon colonel.

Arturo devina que, malgré les précautions que prenait Navajas del Río, tout cela n'était qu'une mise en scène. Il avait très probablement déjà pris la décision de lui confier la mission. Cependant, Arturo pressentit qu'on le soumettait à une sorte d'épreuve. Il adopta un air grave, froid et calme.

– Bien – Navajas del Río voulut lui faire croire qu'il cherchait quelque chose sur une feuille. Je passerai sur vos antécédents…

– Ils sont pourtant du plus grand intérêt, surtout les

antécédents policiers, fit remarquer doucereusement l'un des militaires – un individu à la respiration bruyante, aussi haut que large, avec une tête de trophée africain.

Un froissement de feuilles révéla le léger mouvement d'humeur de Navajas del Río qui eut instantanément un effet apaisant.

– Vous disiez, commandant ?

– Excusez-moi, mon colonel.

Arturo encaissa la critique et comprit l'agacement du lieutenant-colonel qui voyait sa mise en scène tomber à l'eau. Il prit note du léger courant d'antipathie entre les deux hommes.

– Bien, reprit Navajas del Río, l'ex-lieutenant Arturo Andrade Malvido a été affecté pendant la guerre au chiffre du SIPM [1]. Sur ce point, ses états de service sont irréprochables ; j'irais même jusqu'à dire qu'ils sont brillants. À la fin de la guerre, on lui a assigné diverses tâches liées à la purge des rouges. Il maîtrise très bien l'anglais et l'allemand…

Navajas le regarda comme un partenaire aux cartes dont on attend un signe complice.

– C'est exact, mon colonel. Dernièrement j'ai aussi appris le russe et un peu d'estonien…

– La cerise sur le gâteau. Mais avant, messieurs, vous vous rappelez certainement l'affaire du tableau du Prado que les rouges avaient volé lors de son transfert – il regarda la deuxième personne de l'assistance, un officier allemand, comme pour excuser son ignorance de l'affaire. Les faits remontent à quatre ans. Cela a fait grand bruit dans la presse.

– *L'Art de tuer les dragons.*

Celui qui venait de mentionner le titre de la peinture sur bois était le troisième des présents. Un capitaine de la Garde civile à la peau aussi jaunie qu'une vieille boule de

1. Service d'information et police militaire.

billard, avec une de ces calvities délimitées par quelques rares mèches de cheveux sur les tempes et une espèce de toupet qui réunissait ses derniers vestiges capillaires. Il se trouvait être le seul à connaître Arturo : c'était le chef de la police militaire de la Division et l'un des premiers à s'être rendu sur la Slavianka une fois prévenu par Espinosa ; il s'était chargé avec efficacité des démarches préalables à l'enlèvement du corps.

– Effectivement, confirma le lieutenant-colonel, c'était bien le titre de ce tableau. Donc, c'est notre ex-lieutenant ici présent qui a effectué avec succès la recherche et la récupération de l'œuvre. Cela étant dit, vous devez vous demander : que fait un lieutenant, sur le point d'être promu pour sa participation à notre Croisade, aussi loin de la Patrie à végéter comme simple deuxième classe ?

Arturo retint sa respiration. Il sentit trois paires d'yeux le scruter de la tête aux pieds, comme des lézards curieux.

– Disons que c'est une histoire de jupons, poursuivit Navajas. Le problème, c'est que notre homme n'y est pas allé par quatre chemins, il a laissé des morts sur son passage. En nombre suffisant pour passer trois ans en prison avant que le Caudillo juge bon de lui donner la possibilité de se racheter et d'expier ses fautes. Et quelle meilleure occasion qu'ici, en donnant son sang pour l'Espagne dans son entreprise de destruction du bolchevisme ?

Ces paroles étaient entrées dans l'esprit d'Arturo avec la douceur d'un coup de corne. Il plongea son regard en lui-même et tout lui revint comme dans un cauchemar. Noms, visages, faits… Anna, Publio Medina… Román.

– Avec votre permission, mon colonel ? hasarda prudemment le commandant.

– Je vous en prie.

– Vous aviez la tuberculose quand vous avez été incarcéré à Porlier, fit remarquer le commandant, sortant Arturo de ses souvenirs.

Apparemment il avait lui aussi ses sources d'information.

– Il vaudrait mieux que je vous présente, intervint le lieutenant-colonel Navajas. Il désigna tour à tour : Le commandant Reyes Zarauza, chef de la 2e section, le capitaine Joaquín Isart, de la gendarmerie, et le capitaine Wolfram Kehren, officier de liaison de l'état-major allemand.

– Quand vous êtes entré en prison, vous étiez atteint de phtisie, insista le commandant Zarauza – dans sa bouche, le mot avait l'air d'une insulte.

– En effet.

– Et je crois que vous étiez dans un état grave.

– J'étais mal en point, c'est vrai.

– En outre, vous étiez condamné à mort.

– Oui.

– Alors, comment se fait-il que vous soyez ici ?

Arturo faillit dire que c'était par miracle.

– Eh bien, justement parce que j'étais avec les condamnés à mort. Après le jugement, on nous laissait tranquilles et on avait droit à davantage de choses que les autres prisonniers. Mais ce qui m'a vraiment sauvé, c'est la ration supplémentaire de nourriture. Cela a duré un peu plus de deux ans, jusqu'à ce que ma peine soit commuée ; assez longtemps pour me remettre.

– Je persiste à croire que cet homme ne fait pas le poids, ajouta le commandant, en soufflant comme un bœuf.

– Quand Napoléon choisissait ses généraux, savez-vous ce qu'il leur demandait ?

L'Allemand s'était subitement départi de son absurde froideur ; son espagnol était à peine plombé par la lourdeur de sa langue maternelle.

– Non, intervint le lieutenant-colonel.

– Après avoir considéré leur caractère, leurs états de service, leur attitude, une simple question faisait pencher la balance en leur faveur : avez-vous de la chance ? Cet homme a de la chance, il est très possible qu'il nous soit utile.

– Match nul, semble-t-il, remarqua le lieutenant-colonel Navajas. C'est à vous que revient l'arbitrage, proposa-t-il à Joaquín Isart.

Pendant quelques secondes, le silence s'installa, uniquement rompu par l'inquiétant craquement des vitres qui essuyaient la bourrasque sonore de la batterie soviétique et de la contrebatterie espagnole.

– Je me rangerai à l'avis général, déclara finalement le capitaine pour ne pas se mouiller.

Arturo envisagea tous les avantages qu'il tirerait de la mission et, voyant que sa chance pouvait tourner, il se proposa de la saisir au vol. Il devait réagir.

– Mon colonel, je suis sûr de pouvoir vous être très utile. Et je peux le prouver.

– Et comment comptez-vous vous y prendre ?

– J'ai... une certaine habileté pour repérer les détails. Cela m'a bien servi pour l'affaire du Prado. Vous lisez fréquemment la Bible, est-ce que je me trompe ?

Il désigna le lourd exemplaire posé sur la table.

– Non, vous avez raison.

– Et vous avez certainement des versets préférés, des phrases que vous relisez souvent...

– C'est possible.

– Vous les soulignez ?

– Ce n'est pas dans mes habitudes.

– Tant mieux. Alors vous les savez sans doute par cœur.

– Je l'espère.

– Me permettez-vous de vous indiquer lesquels ?

Le lieutenant-colonel Navajas chercha pendant quelques secondes à évaluer la dangerosité de la question avant de donner son accord.

– Pourquoi pas ?

Arturo désigna de nouveau la bible.

– Vous permettez ?

– Faites.

–Tout cela ne rime à rien, intervint le commandant Zarauza, grimaçant d'exaspération.

Arturo chercha une nouvelle approbation du côté du lieutenant-colonel, qui la lui accorda d'un geste de la main. Il se leva, saisit le livre et, tournant le dos à tout le monde, accomplit quelques mouvements que seuls ses coudes pouvaient révéler. Ensuite, il se retourna : il tenait la bible fermée entre ses mains.

– Si ces messieurs se fient à la parole du colonel…

Arturo lui remit cérémonieusement le livre où il avait marqué une page.

Navajas del Río le prit, enleva ses lunettes et l'ouvrit à la page indiquée. Il lut en silence, plissant un peu les yeux, et poussa une exclamation d'étonnement avant de refermer la bible et de réciter le texte par cœur.

– «Je voyais Satan tomber du ciel comme l'éclair. Voici, je vous ai donné le pouvoir de fouler aux pieds serpents et scorpions, et toute la puissance de l'ennemi, et rien ne pourra vous nuire», Luc, chapitre dix, versets dix-huit et dix-neuf[1].

Arturo savoura son succès; il se borna à sourire.

– Un simple coup de veine, objecta le commandant.

Navajas del Río s'apprêtait à répliquer lorsqu'un téléphone, caché sous des dossiers, se mit à sonner à petits coups secs. Le lieutenant-colonel colla son oreille au combiné, chaussa ses lunettes et répondit par bribes de phrases lapidaires; il prenait des notes en même temps, avec un stylo à plume Conklin, dessinait des cercles autour de certains mots d'où partaient des flèches. Pendant qu'il était en ligne, Arturo eut le temps d'évaluer les réactions de l'assistance et de capter l'atmosphère de la réunion. Il commença par le seul qu'il connût, le capitaine Joaquín

1. Nouveau Testament, Société biblique française et Éditions du Cerf, Paris, 1972.

Isart, mais estima difficile de le jauger ; sur la rivière, il avait déjà constaté que son visage était hermétique, fuyant, bien qu'il fût convaincu que rien ne lui échappait. Il passa au capitaine Wolfram Kehren : un profil de cheval d'échecs, austère, sec, rectiligne, un squelette tout en longueur, des cheveux noirs, caractéristiques des Allemands du Sud, et des yeux d'une transparence acérée. C'était lui qui était resté le plus distant, même physiquement, en plaçant sa chaise un peu à l'écart du groupe. Son regard, rivé sur la chemise en nankin bleu qui dépassait de l'uniforme du commandant Reyes Zarauza, évoquait un léger rictus grinçant. Arturo envisagea plusieurs hypothèses et pencha pour l'habituel agacement que produisait sur la rigidité germanique la tenue anarchique des Espagnols qui faisaient la guerre avec leur fatras d'écussons et d'emblèmes : Phalange, SEU [1], Jeunesses franquistes… sur l'uniforme réglementaire allemand. Il poursuivit son syllogisme, et l'objet même qui avait dû choquer l'Allemand lui fournit la clé de nouvelles prémisses. Il étudia le propriétaire de la chemise : le commandant Reyes Zarauza arborait une de ces fines moustaches qui semblaient être vendues avec la chemise bleue, il avait les cheveux gominés, coiffés en arrière, un visage couleur de veau trop cuit et un ventre saillant, tel un petit singe agrippé à sa mère. Cette simple chemise pouvait bien être la cause de la sourde antipathie que se vouaient le commandant et le lieutenant-colonel. En 1941, lorsque la décision d'envoyer des volontaires sur le front de l'Est venait à peine d'être prise, la question du recrutement avait immédiatement déclenché un nouvel épisode de la guerre secrète que se livraient l'armée et la Phalange. Franco, poursuivant son dessein d'écarter graduellement les « Chemises bleues » du pouvoir, avait fini par imposer ses conditions concernant le recrutement de façon à assurer aux militaires le contrôle du

1. *Sindicato Español Universitario* : syndicat estudiantin franquiste.

contingent. Un nouveau chapitre de la lutte, pourtant moins virulente, qui se jouait à tous les niveaux venait de s'écrire avec le remplacement éclair à la tête de la División Azul du général Muñoz Grandes, phalangiste de la vieille garde, par un prétorien du régime, Esteban-Infantes. Arturo imaginait la déconvenue que devaient éprouver des hommes qui, au lieu du régime de poètes et de condottieri de la Renaissance qu'ils avaient rêvé d'instaurer, se heurtaient à un vulgaire régime de filous, de gougnafiers et de culs-bénits. De fait, la División Azul était la preuve palpable de leur désaccord : si pour les uns elle était l'application pratique d'un froid calcul politique, la manière parfaite d'amadouer le redoutable ami allemand, pour les autres elle représentait une ultime flambée de grandeur, une aventure esthétique et romantique permettant de combattre le matérialisme marxiste. Comme chaque fois qu'il élaborait une première hypothèse globale, Arturo l'évalua un moment et trouva qu'elle se tenait, même si tous les éléments de l'ensemble ne s'ajustaient pas encore correctement. Qu'il fût convoqué par le chef de la 4e section, dont les attributions incluaient l'ordre et la police, et que le responsable de la gendarmerie assistât à la réunion, tout cela semblait raisonnable; tout comme la convocation du chef du service de renseignements de la 2e section; mais en toute logique, il n'arrivait pas à comprendre la présence d'un officier de liaison de la Wehrmacht. Les relations avec les Allemands n'étaient pas aussi excellentes que le proclamait la propagande officielle, du fait de leurs continuelles ingérences dans les affaires internes de la División Azul où normalement on lavait le linge sale en famille. Le déclic du téléphone qu'on raccrochait arracha Arturo à ses cogitations. Le lieutenant-colonel Navajas del Río le regarda d'une telle façon qu'il se sentit coupable de tout ce qu'il avait fait de mal, de ce qu'il n'avait pas fait et de ce qu'il n'avait pas encore eu l'idée de faire. Le stylo à plume avec lequel Navajas del Río avait pris des notes roula sur quelques centimètres et parsema de gouttelettes d'encre la surface brillante et lustrée de la table.

– Abrégeons, trancha-t-il. D'autres affaires nous attendent.

Il ouvrit un tiroir et en sortit une serviette en cuir qu'il tendit à Arturo.

– Le mort était le sous-lieutenant Luis del Águila, de la 6e compagnie du 2e bataillon du 262e. Voici tous les renseignements dont vous avez besoin concernant le défunt.

Arturo ouvrit la serviette et constata que quelques photos prises sur la Slavianka étaient jointes à des feuillets dactylographiés.

– Il faut mettre la main sur ce type, insista Navajas del Río. Il y va de l'honneur de la Division. Son Excellence le général Esteban-Infantes désire être personnellement informé des progrès de l'enquête. Il s'en remet à Dieu et à notre compétence et nous n'allons pas le décevoir. Je vais vous signer sur-le-champ un ordre de mission avec des instructions détaillées. Pour le reste, vous avez à votre disposition la 2e section et la gendarmerie. Et je veux que vous me teniez au courant régulièrement. Des questions ?

Arturo hésita quelques secondes, mais la tentation était trop forte.

– Non, mais pourriez-vous m'accorder une faveur, mon colonel ?

– Laquelle ?

– J'aurai besoin d'aide.

– En plus ! s'étonna le capitaine Joaquín Isart.

Arturo eut une fois de plus la douloureuse et classique sensation de se justifier pour des faits qu'il n'avait pas commis ; il avait cependant éprouvé le besoin irrationnel de pouvoir compter sur quelqu'un de confiance.

– Ce serait pour effectuer du travail de terrain. Et je suis persuadé qu'aussi bien la Deuxième que la police militaire ont déjà suffisamment à faire.

Le commentaire glissa sur le visage du capitaine Joaquín

Isart. Il ne provoqua même pas une nouvelle irritation chez le commandant Zarauza qui se borna à garder ses mains sur sa bedaine.

– Et à qui avez-vous pensé ? s'enquit le lieutenant-colonel.

– Au sergent Espinosa.

– Espinosa ? N'est-ce pas lui qui a mis en place le dispositif sur la rivière ?

– En effet.

– Bon, vous devez savoir ce que vous faites. Je vais signer un deuxième ordre de mission. Vous le lui remettrez vous-même.

Le lieutenant-colonel Navajas del Río appela le capitaine qui lui servait de secrétaire pour lui transmettre les ordres nécessaires. Ce dernier dactylographia rapidement les instructions dictées et les présenta à Navajas del Río qui les signa avec détermination ; après un ultime trait de plume, il les tendit à Arturo. Puis il ôta de nouveau ses lunettes, ce qui atténua la froideur de son regard.

– Voici. Il n'y a rien à ajouter. Mais la prochaine fois, il faudra que vous m'expliquiez le truc, dit-il en indiquant la bible d'un mouvement du menton.

Arturo sourit et acquiesça. Il prit les feuillets, les plia soigneusement pour les ranger dans la serviette et se leva. Il se coiffa aussitôt de son calot et se mit au garde-à-vous en claquant énergiquement des talons. Les autres militaires présents affichèrent chacun un air différent : bourru, évasif, flegmatique. Avant de faire demi-tour, Arturo échangea un regard fugace avec le capitaine Kehren. Puis la porte du bureau s'ouvrit soudain, comme si l'adjoint était resté tout le temps à écouter derrière elle.

Lorsqu'il sortit du quartier général, le ciel était encore de la couleur des trottoirs. Il sentit le froid lui brûler les paupières, les arcades sourcilières, le front, les os des pommettes, et fut pris d'un bref accès d'angoisse, comme si en dehors de ce monde rationnel les forces de l'imprévisibilité se resserraient comme des cordes autour de son corps. Prenant sur lui, il tapa résolument des pieds dans la neige, remonta son mauser sur l'épaule et empoigna la sacoche en cuir. Il réfléchit à ce cadeau inattendu de son chef. Il en était content mais pas totalement, car il savait que tout cadeau était en soi terrible : un don exigeait toujours un contre-don. Il était planté là, lorsqu'un camion bâché, transportant des soldats ballottés, assis à l'arrière, le dépassa soudain en biais et lui fit une peur bleue. Le véhicule laissa l'air chargé d'une fumée noire, irrespirable, mais agréablement chaude. Soudain, comme un génie émergeant de l'épaisse fumée, le caporal Aparicio surgit devant lui, le faisant de nouveau sursauter :

– On y va ?

Comme s'il avait retrouvé son ancien grade après l'allusion du lieutenant-colonel, Arturo fut piqué dans sa dignité et faillit lui ordonner de saluer, mais il se reprit aussitôt.

– Oui, caporal. Merci beaucoup.

Dans l'intervalle, un faible soleil blafard parvint à trouer la grisaille marmoréenne des nuages. Le caporal Aparicio et Arturo contemplèrent le ciel, leur attitude évoquait une imitation maladroite des hommes épiques et imposants qui peuplaient les affiches de la propagande soviétique. La neige, jusqu'alors opaque, se mit à étinceler, comme si quelqu'un y avait semé des centaines de minuscules diamants.

Après un retour digne d'un rallye, esquivant roulantes, traîneaux et motocyclettes des estafettes, la Peugeot déposa Arturo au cantonnement de Mestelevo. Il prit congé du caporal Aparicio et se rendit à la direction de l'intendance pour effectuer les formalités nécessaires afin de régulariser sa nouvelle situation. Quand tout fut réglé, il consulta sa montre : il était près de quatre heures. Le jour avait déjà atteint cette frontière indéfinissable où la lumière subit une mutation imperceptible, signe annonciateur de sa dégradation progressive, que seul l'esprit peut déceler. Les jours étaient si courts en Russie qu'Arturo n'avait pas de temps à perdre, il se mit en devoir de suivre le plan des opérations qu'il s'était fixé pendant le trajet. Il pressa le pas et se dirigea en premier lieu vers le bâtiment d'abattage. Il s'immobilisa devant le berger allemand. Les griffes plantées dans la neige, il semblait avoir flairé son retour et l'attendait; ses crocs acérés brillaient violemment dans sa gueule. Avec un lointain fourmillement dans sa cheville qui pardonnait mais n'oubliait pas, Arturo affronta le chien. Il s'accroupit et commença à l'insulter. L'animal se mit à tourner sur lui-même en aboyant comme s'il était couvert de guêpes et ne tarda pas à bondir en direction de la jugulaire d'Arturo. La chaîne se déroula en le suivant dans sa course avec un terrifiant claquement métallique. Arturo ne bougea pas d'un pouce, la main crispée sur sa serviette, mais la menace inscrite sur la gueule de l'animal, de plus en plus concrète à mesure qu'il avançait, fit apparaître sur ses traits les premiers signes de peur. Comme il l'avait prévu, la chaîne arrêta net l'attaque du chien qui rebondit en l'air avant d'être projeté à terre, juste au bord de l'arc de cercle qui marquait la frontière entre les vivants et les morts. Cependant, Arturo constata en frémissant que ses calculs s'étaient révélés trop justes, à en juger par la bave dont le berger allemand avait éclaboussé son visage. Le chien recula jusqu'au mur de la baraque et sembla analyser un moment l'incompréhensible situation. Arturo l'excita de nouveau. La manœuvre se répéta, mais cette fois Arturo sentit la peur fondre dans sa gorge comme une pastille de menthe, tandis qu'un plaisir pervers l'envahissait. À plusieurs reprises l'animal répondit à ses provocations avec un résultat tout aussi douloureux. Arturo savait que le berger allemand le haïssait, et aussi qu'il n'y avait pas de pire châtiment pour n'importe quel être vivant, de meilleure façon de le démoraliser, que de donner à son travail un caractère inutile en le vidant totalement de son sens. Lorsque Arturo décida que c'était suffisant pour ce jour-là, le chien, complètement épuisé, se coucha sur le sol sans même avoir la force d'aboyer quand Arturo tourna les talons.

En accord avec l'étape suivante de son plan, il chercha le sergent Espinosa. Il finit par le retrouver dans les magasins de l'intendance, près des traîneaux, surveillant une corvée de chargement et de déchargement de vivres à côté d'une grande baraque dont la spectaculaire chevelure de stalactites glacées pendait du toit. La silhouette d'Espinosa, emmitouflé dans un épais manteau de mouton, coiffé d'un bonnet de fourrure et chaussé de bottes *valenki*, indiquait qu'il avait rapidement compris les avantages qu'il y avait à adopter les usages russes pour se protéger du froid ; cet accoutrement ne le différenciait guère des prisonniers, engoncés dans de gros manteaux ouatés, coiffés de bonnets de peau d'agneau, qui aidaient à transporter d'énormes fromages ronds comme des soleils. Lorsque Arturo surgit devant le sergent, celui-ci le regarda d'un air coupable comme s'il l'avait surpris en train de penser à quelque chose d'interdit ; Arturo se sentit mal à l'aise car pour la première fois depuis qu'il le connaissait, il le voyait baisser sa garde, en proie à une tristesse vulnérable, dépourvue d'ironie. Espinosa s'en rendit compte et se ressaisit en le sommant d'un ton cassant de se mettre au garde-à-vous. Arturo obtempéra, portant énergiquement sa main à la hauteur de son casque, et lui remit les ordres de mission signés par Navajas del Río tout en lui expliquant la situation et en brandissant sa serviette. Il ajouta une version édulcorée de son passé scabreux pour éviter toute question ou tout malentendu ultérieur. Il lui parla de la mort de ses parents, de son départ pour Madrid, pendant la guerre, pour arriver à faire ensuite son chemin dans le nouveau régime, jusqu'à sa promotion au grade de lieutenant dans les services secrets ; de sa fructueuse intervention dans la recherche de *L'Art de tuer les dragons* ; de sa passion pour une prostituée, Anna, de ses démêlés avec Román, le capitaine avec lequel elle l'avait trahi, et du bain de sang qui s'en était suivi ; de son séjour en prison et de son enrôlement dans la Division. Il se garda de raconter que jusqu'alors il avait cru à la morale, à l'honneur, à toutes ces vertus chevaleresques qu'un homme met toute une vie à posséder et que son instinct de conservation n'avait mis qu'une seconde à balayer, le rabaissant à l'état animal. Imperturbable, Espinosa écouta l'exposé avec attention, spécialement quand il était ponctué de pauses et d'hésitations. Finalement, il empocha son ordre de mission et haussa les épaules d'une curieuse façon. Son côté droit voulut dire : bon, qu'est-ce qu'on peut y faire… et le gauche : que serait la vie sans émotions, et puis aujourd'hui il ne fait pas trop froid, mon ulcère me laisse tranquille et pour l'instant on est encore en vie.

– Ainsi quelqu'un n'a pas observé le cinquième commandement ? résuma-t-il.

– Apparemment…

– Et ce n'est pas un coup des Ruskofs…

– Non, sergent.

Espinosa acquiesça, se protégea du vent implacable et prit tout son temps pour sortir ses cigarettes de tabac philippin, providentiellement fournies par l'Espagne, ce qui leur permettait d'échapper aux infectes cigarettes des rations allemandes. Il en alluma une au creux de ses mains et la savoura en faisant durer le plaisir, s'enveloppant autant qu'il le pouvait dans la fumée. Arturo l'observa : avec son perpétuel rictus de mauvaise humeur et son nez crochu, le sergent avait l'air d'être déguisé en aigle. Il ne put qu'envier ce profil de rapace courroucé. Son amour du tabac était si profond qu'à le regarder, même un non-fumeur aurait eu envie de le devenir. Espinosa lui tendit le paquet.

– Vous en voulez une ?

– Non, merci beaucoup, sergent.

– Et un bonbon ? Espinosa plongea la main dans la poche de son manteau. On prétend que les Fritz y mettent des vitamines.

– On dit aussi qu'ils y mettent du bromure.

Le sergent sourit, mais plus qu'un sourire, on aurait dit une lésion à caractère permanent.

– Par un froid pareil, même la fameuse Lili Marleen à quatre pattes n'arriverait pas à nous faire bander. Alors, vous en voulez un ?

– Oui, merci, sergent.

Arturo prit le bonbon et déplia le papier. Il le suça avec délice. Ils restèrent ainsi, côte à côte, se livrant à l'un des sports nationaux : regarder les autres travailler. Arturo estima que les prisonniers faisaient les corvées avec cette indifférence ou cette résignation caractéristique des Russes, comme si l'expérience de leurs ancêtres, qui avaient tout vu, même ce qui arrivait maintenant, pesait sur leurs carcasses.

– Mon arrière-grand-père et mon grand-père en sont morts, commenta Espinosa au passage, en levant sa cigarette à demi consumée tandis qu'il expulsait de minces filets de fumée par le nez. Mon père avait aussi ce vice et il avait envisagé d'arrêter. À la fin, il a compris.

– Il a cessé de fumer ?

– Pensez-vous ! Il a compris qu'il devait arrêter d'y penser. Il a même chopé un autre vice : la boisson. Et quand il en chopait un, il ne le lâchait pas comme ça, le sagouin ! Et, bien sûr, un jour, le corps n'en peut plus. Un seul vice suffit à vous faire crever, alors, deux, vous imaginez ! Il n'avait plus que la peau sur les os ; les vers n'ont rien eu à se mettre sous la dent.

– Et il y a longtemps qu'il est mort ?

– Sa tombe est couverte de mousse.

– Alors, ça fait longtemps…

Espinosa se retrancha derrière un sourire amer et incita les Russes à mettre plus d'ardeur à la tâche : *« Davaï, davaï ! »* Arturo termina son bonbon, le regard perdu dans un ciel d'argent terni. Le sergent contempla son profil.

– Je ne voudrais pas être à votre place, *lieutenant*, fit-il en insistant sur le grade, sans mauvaise intention, faisant simplement allusion à la mission du quartier général.

– C'est comme ça…

– Et peut-on savoir pourquoi vous m'avez embarqué dans cette galère ?

À cet instant, Espinosa perdit son calme et lâcha une bordée de jurons car sa cigarette venait de s'éteindre. Arturo l'observa alors qu'il parvenait à rallumer son mégot avec d'infinies précautions. Il en profita pour trouver une justification rationnelle à l'irrésistible impulsion qui l'avait poussé à demander au lieutenant-colonel de lui accorder l'aide d'Espinosa : s'il fallait faire quelque chose, mieux valait que ce fût de façon ordonnée, or c'était une qualité dont Arturo était dépourvu, mais un homme comme le sergent, habitué à manipuler drogues et médicaments, devait avoir de la minutie à revendre. Avec son imagination, Arturo pouvait élaborer un raisonnement inductif, voir l'aiguille dans la botte de foin, à condition de trouver la botte, et c'est là qu'intervenait le regard déductif d'Espinosa. Toutefois, il admit qu'il y avait aussi une autre raison, plus secrète, inavouable : il voyait en lui la sécurité, la solidité. Comme tout orphelin, Arturo établissait une secrète filiation avec certaines personnes dans sa quête du père. Il résuma tout cela d'une phrase.

– Parce que j'ai confiance en vous, sergent.

Espinosa le regarda durement, sans manifester outre mesure sa gratitude.

– Et vous, pourquoi ne pas vous être attribué tout le mérite de la découverte sur la Slavianka ? s'enquit Arturo à son tour.

– Vous voulez vraiment le savoir ?

– Oui, s'il vous plaît.

– Quel bénéfice pouvais-je en tirer ?

Espinosa finit sa cigarette en quelques profondes bouffées et garda le mégot pour allumer immédiatement la suivante.

– Le soir tombe vite, dit-il.

– Oui, sergent.

– Alors, comme ça, vous êtes d'Estrémadure, soldat.

– De Badajoz, sergent.

– Moi, je suis de Valence. Nous sommes nés sous le même soleil.

– Le même.

– Et vous, qu'est-ce que vous en pensez ?

– De quoi ?

– De tout ça.

– Que c'est le crime d'un fou.

– Ici, ce n'est pas ça qui manque, quoique ce soit toujours plus facile de dire qu'on est fou et tant pis pour les autres !

Arturo ne sut pas comment interpréter la phrase. Il coinça la serviette sous son aisselle et frappa ses gants l'un contre l'autre pour se réchauffer.

– Dès que j'aurai étudié les rapports, je vous en dirai plus.

Ils restèrent quelques instants encore à observer les prisonniers. Pendant ce temps, un groupe de soldats désœuvrés s'était massé autour des Russes, mettant en pratique le talent bien espagnol d'exprimer cent avis différents sur la façon de manier un balai sans même avoir l'idée de se mettre à balayer. Décidément, personne n'aurait pu deviner la férocité avec laquelle ils se battaient pour chaque pouce de terrain. La scène sembla inspirer Espinosa.

– Moi, je sais comment coincer ce salaud sans lever le petit doigt.

– Eh bien, ne gardez pas ça pour vous, sergent !

– On n'a qu'à retourner à la rivière et attendre.

– Je ne pige pas.

– On dit bien que l'assassin revient toujours sur le lieu du crime ?

– Il ne va sûrement pas nous faire cette fleur, sergent, dit Arturo en souriant, l'air dubitatif.

– Bon, alors, prions, nous en avons bien besoin.

– Oui. On peut remercier le ciel que le nombre des suspects soit limité. Nous n'aurons pas à fouiller toute la *Rodina* [1].

– C'est ça, il ne nous restera plus qu'à enquêter dans toute la Division, répondit Espinosa avec une pointe d'aigreur. Après tout, avec un peu de chance, ça nous vaudra peut-être la Croix de fer.

– Du moment que ce n'est pas la croix de bois, je suis d'accord !

Le sergent sourit, un vrai spectacle sur un tel visage, même s'il avait le naturel d'un cul-de-jatte en train de danser.

Pendant ce temps, le ciel continua de s'assombrir à l'approche de la nuit.

Des nuages titanesques. S'empilant les uns sur les autres. À haute altitude.

Quelque chose tressaillit finalement en lui.

1. La patrie russe.

3

Esprits et corps

Arturo émergea du sommeil de façon graduelle comme un liquide s'écoulant lentement. Le flou se fit précis, concret. Il bâilla et se frotta les yeux à deux reprises. Les échos aigus du clairon s'étaient mis à retentir d'une manière horripilante, capable de faire perdre patience à Job en personne, mais, pour la première fois depuis son arrivée en Russie, la diane le laissa dans la plus totale indifférence. Il resta couché encore un moment, prenant plaisir à paresser, pratiquement jusqu'à ce que les grands voiles d'ombres eussent commencé à s'ouvrir. La mansarde que lui avaient réservée les chefs dans le bâtiment même de l'état-major, où il disposait aussi d'une ligne téléphonique personnelle, se révélait finalement accueillante. Il y vivrait en marge de ses obligations quotidiennes, le temps que durerait l'enquête. Le lieu n'était guère plus grand que la hune d'un grand mât et, de plus, il devait le partager avec un lit de camp, un tabouret, un semblant de commode, un lavabo et une petite table, mais c'était suffisant pour satisfaire les besoins spartiates de sa vie. Il n'en regrettait pas moins l'espace collectif du baraquement, les sifflements, les toux, les ronflements nocturnes… Car cette chambre lui semblait si privée qu'elle en devenait angoissante : ce qu'il y a de pire dans le silence, c'est qu'il permet d'entendre les voix intérieures. Sur la petite table, à côté du téléphone en bakélite noire, il y avait une orange, celle-là même qu'il ne s'était pas décidé à manger le jour de la découverte sur la Slavianka ; il étudia sa beauté colorée par de lointains soleils, gorgée d'eau sous sa peau fine. Peut-être ne l'avait-il pas épluchée parce que la vue d'une couleur chaude atténue toujours un peu le froid. Il finit par se lever et s'approcha en grelottant de la cafetière posée sur un petit poêle blotti dans un coin de la pièce minuscule. Il ne s'était même pas déshabillé, de toute façon en Russie, malgré tout ce qu'on pouvait se mettre sur le dos, on n'avait jamais l'impression d'être couvert. Il fit apparaître le cœur rougeoyant des braises en tisonnant le charbon. On disait « griffonner le feu », là-bas, dans son Badajoz natal où, pour supporter les rudes hivers, on laissait les braseros brûler toute la journée en les attisant avec des pique-feu pour ranimer la couleur et la chaleur des braises. Une mélancolie intime et pâteuse, qui ne lui faisait aucun bien, le ramena directement à son album de souvenirs, aux images de son Estrémadure lointaine, ardente, purifiée par le souvenir. Car cette nuit-là, il avait fait un rêve : une après-midi immense et ensoleillée de son enfance où il était allé se baigner, la fragrance évanescente qui émanait d'un bosquet dans un coude de la rivière, les étroits chemins qui serpentaient entre les arbres. Il était resté toute la matinée à se chauffer au soleil, à jouer, puis il avait senti l'eau froide et accueillante où il s'enfonçait jusqu'à la poitrine. Il nageait, plongeait, riait. Il était ensuite allé s'étendre sur l'herbe pour se sécher au soleil. Allongé, sans rien faire, heureux. C'était ça le bonheur, ne rien faire, être là. Le bonheur… Le grondement lointain des orgues de Staline le ramena en Russie. Il se racla la gorge et jeta un coup d'œil par une lucarne d'où il découvrit un pan de jour. Il devait être environ sept heures du matin, une de ces éternelles aubes russes qui n'en finissaient pas. Derrière la vitre, il épia Mestelevo.

L'usine électrique avec son immense cheminée fonctionnait déjà à plein régime ; elle occupait une place de choix, respectée aussi bien par les Allemands que par les Russes car elle fournissait l'énergie aux deux camps. Alentour, les services de la Division en faisaient autant : pelotons en marche, sections antichars tractant leurs pièces, prisonniers russes avec leurs capotes terreuses et leurs tenues matelassées se dirigeant vers l'endroit que leur avait assigné l'organisation du travail allemande Todt, un chasse-neige soulevant des vagues blanches sur son passage... Il s'écarta de la fenêtre et alluma une lampe à huile d'où s'éleva un filet de fumée ; une faible lueur, agonisant lentement, conféra à tout ce qui l'entourait des nuances et des contours ténus. Il observa les deux livres posés sur son matelas. Il sourit. Cette nuit-là, il avait dormi les pieds sur Lermontov et la tête sur Agustín de Foxá. Les exemplaires, dont les couvertures étaient en cuir repoussé, provenaient du service de prêt de la Division. Il sourit de nouveau. Ces œuvres abordaient une longue liste de problèmes existentiels sans tenir compte du fait que là où ils se trouvaient, ils devaient affronter le plus important de tous : comment continuer à exister. Arturo était affamé. Sur la commode, il prit une boîte en bois dont le sceau de plomb était brisé et se rassit sur le lit pour y fouiller avidement. C'était ce qui restait de son colis de Noël : un peu de *turrón* de Jijona, des massepains de Tolède, de la pâte de coings, des raisins secs, des amandes... Chaque fois qu'il voyait la boîte, il avait la sensation de pressurer un pays accablé par la disette et les cartes de rationnement. Le fond de la boîte avait été garni d'une page du journal *ABC* qui apportait sa contrepartie tragi-comique. En consommant le contenu, il avait progressivement dévoilé le texte d'une réclame au centre de la feuille :

POUR MAIGRIR MALIN

SABELIN

MÉLANGE DE PLANTES MÉDICINALES

Efface toute trace d'obésité
en raffermissant et en retendant les chairs

SANS AUCUN DANGER

Dans un pays de crève-la-faim où l'on rêvait tous les jours de homards thermidor et de pot-au-feu madrilènes, cela faisait vraiment l'effet d'une plaisanterie macabre. Il mangea avec application, concentré sur ses sensations. Quand il eut fini, il passa la main sur son menton et le trouva hérissé de barbe. Sur la petite table de toilette, à côté de la cuvette, il disposa les instruments de la raison : quel geste requérait plus de maîtrise et de logique que le passage du fil d'un rasoir sur la peau ? En se rasant, malgré toute la délicatesse avec laquelle il avait fait glisser la lame sur le savon, il s'était fait une légère coupure où perlait une goutte de sang. Il la désinfecta et y colla un morceau de papier. Il finit de se bichonner devant un petit miroir en se peignant avec un mélange d'eau et de gomina qui lui lissa parfaitement les cheveux. Il se prépara ensuite un peu de café et, la bouche encore parfumée par le breuvage, se rassit sur le lit et approcha de lui la serviette contenant les documents. Il étudia avec attention les feuillets efficacement rédigés par le capitaine Joaquín Isart, mais truffés de fautes d'orthographe qu'il examina d'un œil clinique. En résumé, Luis del Águila, car tel était le nom du macchabée, avait été affecté en tant que sous-lieutenant au 262e cantonné à Krasny Bor. Âgé de vingt-deux ans, originaire des Baléares, il avait fait toute la guerre dans la 2e compagnie de la Phalange, faisant le coup de feu en remontant d'Estrémadure jusqu'à Tolède, puis il s'était engagé dans la División Azul au bureau de recrutement de Valence. Il était arrivé avec la relève de mai et aucun incident n'entachait ses états de service, à part une mise aux arrêts pour ivresse. Son séjour à Mestelevo était dû à une blessure au bras dont il était guéri et il s'apprêtait à rejoindre sa compagnie. À Ibiza, il laissait ses parents et une sœur. Pour le moment, on ne disposait d'aucun témoignage, il est rare de trouver quelqu'un à interroger au milieu d'une rivière. Quant à d'hypothétiques empreintes, l'obligation en Russie de ne pas enlever ses gants même pour pisser empêchait d'envisager cette possibilité. Après le passage sur les lieux des soldats chargés de récupérer les chevaux, la recherche exhaustive de quelque objet en rapport avec le cadavre n'avait rien donné. Sur l'incident dans les écuries qui avait provoqué la fuite des chevaux, il était juste mentionné qu'une porte s'était trouvée ouverte, sans plus d'explication. Le reste du rapport contenait des annotations de routine sur la position et les caractéristiques du cadavre, les témoignages succincts d'Espinosa et d'Arturo lui-même, l'heure de la découverte et les conclusions provisoires.

Arturo mémorisa tous les détails, en particulier l'heure, onze heures et quart, et compléta aussitôt le tableau avec ses propres souvenirs. Il en tira une première conclusion, que le capitaine Joaquín Isart écrivait très mal, puis une seconde, que le défunt était un type ordinaire plongé dans des circonstances extraordinaires, comme eux tous. Un mètre et demi de terre, une croix de bouleau surmontée d'un casque d'acier. Et l'histoire s'arrêtait là. Il supposa qu'on annoncerait à ses parents accablés de douleur qu'il était mort en héros au combat. Si on apprenait en Espagne qu'il y avait un assassin dans la División Azul, cela ferait un foin du diable et ce n'était vraiment pas le moment. Ensuite il se concentra sur les photos. Un visage allongé aux yeux sombres surmontés de sourcils qui se rejoignaient, une physionomie non dépourvue d'une certaine douceur. Un type normal. La dimension artistique qui se dégageait de ces clichés retint toute l'attention d'Arturo. Ils se succédaient selon un ordre original, créaient des rythmes, s'attardaient sur certaines parties du corps, parvenant presque à les transformer. Il reprit le rapport d'autopsie et le relut trois fois avec une attention extrême. Puis il laissa de côté les documents et s'allongea sur le lit pour examiner les éléments dont il disposait à la lumière de la raison. Comment, où, quand, pourquoi, et le plus important de tout, qui ? Le moyen était évident, une entaille d'une oreille à l'autre, exécutée proprement, avec préméditation. Le lieu présumé était la rivière, mais, selon l'autopsie, le corps ne contenait plus une seule goutte de sang et, d'après les souvenirs d'Arturo, il y en avait à peine sur l'uniforme du soldat, il avait dû être égorgé ailleurs, pourtant, bien que ce ne fût pas probant, les fouilles effectuées par la suite dans les cantonnements n'avaient rien donné. Le crime devait avoir été commis aux environs de huit heures du soir, le 27 janvier, car d'après le rapport du médecin, Luis del Águila était mort une quinzaine d'heures auparavant. Quant au mobile, le vol étant écarté – on avait retrouvé dans ses poches une partie de sa solde –, il lui faudrait s'en tenir à ceux qui étaient vieux comme le monde : haine, jalousie, vengeance… Tout ça pour en arriver à la vedette du spectacle : le meurtrier. En supposant, d'après le message inscrit sur son cou, que les Russes n'y étaient pour rien et, en suivant à fond cette hypothèse jusqu'à envisager le singulier, c'est-à-dire qu'il n'y avait qu'un coupable, l'assassin, un criminel ayant apparemment des penchants religieux, devait se trouver parmi les quelque dix-huit mille âmes que comptait la Division, réparties le long d'un front s'étirant sur vingt-neuf kilomètres. Arturo toussa avec force puis emplit ses poumons avec la même énergie. Il prit les rapports pour les relire encore une fois, mais leur contenu n'avait pas changé.

Tout était toujours aussi relatif; tout sauf le mort qui avait, lui, une valeur absolue. Il commença à envisager des pistes d'enquête. Primo, charger Espinosa de récupérer les effets personnels de la victime, conservés, d'après le rapport, dans les annexes de la gendarmerie, mais avant il lui fallait téléphoner au capitaine Isart. Secundo, examiner les listes constituées par les bureaux de recrutement pour savoir quels étaient les membres de la Division présentant des antécédents pénaux ou ayant commis de semblables actes de violence, et pour ce faire, il avait besoin de la coopération de la 2e section, c'est-à-dire du commandant Reyes Zarauza. Tertio, rendre visite au médecin pour discuter directement avec lui du rapport d'autopsie. Quarto, se renseigner sur les comportements et les habitudes du défunt pour délimiter un périmètre où chercher des suspects. À cette fin, sachant que les assassins évoluent le plus souvent dans un rayon restreint de l'entourage de leur victime, il leur faudrait interroger tous ses amis et connaissances en suivant une logique qui élargirait progressivement ce cercle. Arturo hésita quelques secondes quant à l'étape suivante, il jugea finalement qu'il était prématuré de lancer les dés et décida que les chevaux pris dans la neige donnaient cette touche surréaliste qui exigerait plus tard un saut intuitif, une façon détournée de penser. Pour l'heure, il devait se livrer à un travail de bénédictin et proscrire tout jugement hâtif. Dans cette optique, ce ne serait pas une mauvaise idée de s'intéresser aux préposés aux écuries et à cette porte inopinément ouverte, car il savait d'expérience que lorsqu'il y a mort d'homme, le hasard n'existe pas. De plus, étant donné la singularité des clichés, il n'oublierait pas le photographe; comme ses congénères, il devait avoir un regard exercé, plus pénétrant que la moyenne, et il pouvait avoir vu un détail qui lui aurait échappé. En somme, il était grand temps de descendre dans l'arène.

Arturo passa les coups de fil nécessaires pour prendre

contact avec la 2e section et la gendarmerie. Au service des renseignements, il put parler directement au commandant Reyes Zarauza qui, contre toute attente, n'émit aucune objection en entendant ses requêtes ; ce qui concernait la gendarmerie dut être notifié à des adjoints car le capitaine Joaquín Isart était sorti. Lorsqu'il fut certain que ses desiderata avaient été bien compris, Arturo rassembla tous les documents, à l'exception de l'une des photos qu'il garda sur lui. Il s'emmitoufla, s'enduisit le visage de crème Nivea pour éviter les brûlures provoquées par la neige, caressa l'orange du regard une dernière fois pour se réchauffer et s'arma d'un pistolet Tokarev pris aux Russes en souvenir, beaucoup plus maniable qu'un mauser pour cette mission. Puis il sortit dans le paysage superbement infini de la Russie.

Le panorama crayeux l'éblouit quelques instants. Il respira par le nez pour empêcher l'air gelé de pénétrer dans ses poumons sans être filtré. Lorsqu'il retrouva une vision normale, il s'attarda à contempler, de l'autre côté du tracé de la rivière, au-dessus du camaïeu des arbres qui apparaissaient et disparaissaient sous la neige, les coupoles à bulbe du monastère de Molevo. Il était conscient de ne pas avoir été aussi heureux depuis des temps presque immémoriaux ; son caractère obsessionnel qui le faisait tant souffrir, temporairement neutralisé par les exigences monolithiques de l'armée, trouvait un succédané dans ce travail et lui permettait de s'y consacrer avec la persévérance d'un martyr. Il respecta l'exigence théorique de son plan et, après avoir rejoint Espinosa, il lui fit un récit qualitatif et quantitatif des faits en faisant ressortir les points forts de l'affaire. Il insista particulièrement pour qu'Espinosa cherchât à se faire une idée des réactions qu'avait suscitées la mort du soldat dans sa compagnie. Ils s'occuperaient postérieurement de glaner des témoignages. Avant de se séparer, ils récapitulèrent toutes leurs tâches. Arturo se dirigea vers l'hôpital de campagne où se trouvait le cadavre de Luis del Águila. Tout en marchant et en soulevant la neige à chaque pas, il se souvint que d'après le dossier du quartier général, le médecin chargé de l'autopsie était le capitaine Alfredo Larios, un praticien expérimenté de l'institut médicolégal de Madrid, ce qui était une chance. Le *Feldlazarett* de la *Blau*, comme l'appelaient les Allemands, était installé dans une bâtisse à deux étages avec une façade en bois et un toit à quatre pentes surmonté d'une douzaine de cheminées. Dès l'entrée, Arturo fut assailli par l'odeur sinistre, agressive, des antiseptiques. Une fois au chaud à l'intérieur, il s'enquit de l'endroit où il pourrait trouver le capitaine auprès d'un infirmier militaire qui le conduisit, en traversant la nef centrale, jusqu'à une salle remplie de lits et de civières où il lui désigna au fond, dans un coin, un lit sur lequel Arturo vit s'incliner une blouse blanche. Il remercia l'infirmier pour son aide et avança entre les travées flanquées de malades, de blessés et d'amputés ; toux calamiteuses, plaintes, gémissements… Il y avait une telle concentration de douleur dans ce repaire de moribonds qu'elle finissait par se neutraliser elle-même. Il s'arrêta juste derrière le capitaine et ôta son casque ; il ne voulut pas interrompre le travail du médecin, qui mit quelques secondes à s'apercevoir de sa présence. Il parla sans regarder Arturo, faisant comme s'il avait tout de suite remarqué qu'il était là.

– Oui ?

– Soldat Arturo Andrade. Mes respects, mon capitaine. Je viens voir le corps du sous-lieutenant Luis del Águila.

– Oui, on m'a prévenu. Un instant…

Larios finissait de faire une piqûre à son patient. D'un geste efficace, le capitaine retira l'aiguille et posa la main sur le front du blessé. Puis il se tourna vers Arturo qui eut le loisir de l'observer. De taille moyenne, le médecin avait une physionomie grave, de grands yeux et des cheveux drus, rêches, parsemés de mèches blanches malgré sa relative jeunesse. Il donnait l'impression d'appartenir à cette catégorie d'individus qui ne font jamais rien à la légère et ne réagissent jamais par réflexe, mais soudain il amorça un geste rapide de la main, à la hauteur de son oreille, comme s'il voulait chasser une mouche. Arturo, déconcerté, ne broncha pas tandis que le médecin suspendait son geste, le regardait avec une moue interrogative et recommençait à s'éventer énergiquement l'oreille. Arturo, qui ne savait pas à quoi s'en tenir, se tint sur la réserve.

– Vous avez du savon sur l'oreille, finit par lui dire Larios.

Tel un adolescent pris en faute, Arturo piqua un fard et pinça plusieurs fois le lobe de son oreille pour le nettoyer. Comme si cette remarque avait épuisé son quota imposé de politesse, le capitaine afficha de nouveau une indifférence abstraite qui ne visait personne.

– Suivez-moi, j'ai peu de temps à vous consacrer et beaucoup de travail.

Sans autre préambule, il le précéda jusqu'à un couloir adjacent, le long duquel s'ouvrait une rangée de portes ; il s'arrêta devant la troisième sur la gauche, une porte battante qu'il ouvrit d'un coup d'épaule après avoir mis les mains dans ses poches. Arturo le suivit et comprit instantanément la cause de son geste frileux : la température avait brusquement chuté. La buée qui s'échappa soudain de leurs bouches signalait la frontière du pays de Thanatos. Ce n'était pas une morgue classique mais simplement une pièce dont le poêle n'était jamais allumé.

– Le voici.

Le commentaire laconique de Larios avait été précédé par le clic d'allumage d'une lampe scialytique qui diffusa sa lumière dans toute la pièce, et par un mouvement du menton pointant vers un lit spécial placé au centre. Couvert d'un drap qui lui conférait des proportions fantomatiques gisait le cadavre de Luis del Águila. Arturo ne fut impressionné ni par la lugubre salle ni par son occupant ; il éprouva seulement un sentiment proche de la tristesse, mélange de mélancolie et de fatalité, en voyant les pieds qui dépassaient du drap et, plus exactement, l'étiquette nouée au gros orteil gauche. Le médecin se lava les mains dans une petite vasque munie d'un robinet à pédale et s'approcha d'un plateau métallique couvert de gazes, d'instruments, de ciseaux… parmi lesquels, après avoir enfilé des gants, il choisit un bistouri étincelant. Il s'approcha de la civière pour se placer latéralement, juste à égale distance de la tête et des pieds du cadavre, et souleva avec précaution le bord du drap, sans toutefois dévoiler toute l'archéologie funéraire. Après une hésitation, Larios découvrit entièrement le corps et se contenta d'observer la réaction du soldat avec un intérêt infime, subliminal. Arturo resta de marbre : le médecin avait pris soin de recoudre le corps en laissant sur le torse une énorme fermeture Éclair en forme de Y. Ils s'enlisèrent dans un silence embarrassé ; les instants de transition sont toujours gênants, surtout s'il faut passer de phrases de politesse à un assassinat.

– Que pouvez-vous m'en dire, mon capitaine ? trancha Arturo.

– Vous avez lu le rapport ?

– Plusieurs fois, mais je souhaiterais l'entendre de votre bouche. Certaines choses ont pu m'échapper.

– Que voulez-vous savoir ?

– Faites-moi un résumé de vos conclusions.

– Eh bien, pour l'essentiel, cet homme est mort d'une incision transversalo-pénétrante, provoquée par une arme pointue et coupante.

Larios s'arrêta, comme figé, les yeux fixés sur son scalpel. Arturo soupçonna qu'il était enclin à des absences.

– C'est-à-dire, reprit le médecin comme s'il surmontait une brusque panne d'énergie, qu'il est mort d'une blessure latérale profonde, effectuée de gauche à droite à l'aide d'un instrument tranchant, vraisemblablement un couteau à lame très affûtée.

Arturo comprit qu'il avait cherché une formulation moins professionnelle.

– L'entaille, à l'endroit qui correspond à la pointe de l'arme, est si profonde qu'elle a éraflé les vertèbres cervicales. Je ne crois pas qu'il ait eu le temps de crier, les cordes vocales et la trachée ont été sectionnées. La rupture de la carotide et de la jugulaire a entraîné une perte de sang massive, notre homme a dû mourir instantanément.

– Il a donc conservé sa tête par miracle.

– Oui, le couteau est entré profondément ; il a tranché des muscles, des vaisseaux… et même atteint les vertèbres.

– C'est l'œuvre d'un professionnel ?

– Ça dépend de ce que vous entendez par professionnel. C'est une entaille faite sans hésitation, d'un seul geste. Et la victime ne présente aucune trace de coupures sur les avant-bras, ce qui indique qu'elle ne s'est pas défendue…

– Pouvez-vous préciser, mon capitaine ? l'interrompit Arturo.

Larios fit glisser son scalpel le long du bras du mort.

– Vous voyez ? Pas une égratignure. Si quelqu'un vous attaque avec un couteau, vous avez le réflexe de vous défendre, habituellement en vous protégeant derrière vos bras…

– Merci beaucoup, mon capitaine, vous pouvez continuer.

– Comme je vous le disais, de deux choses l'une : ou il s'est laissé tuer, ou son assassin l'a surpris.

– Mais vous, vous penchez pour quelle explication ?

– Plutôt pour la seconde. Cet homme était mince mais très costaud, je ne crois pas qu'il se serait laissé faire et, compte tenu de la direction de l'incision, il y a de grandes chances pour que le coupable l'ait attaqué par-derrière.

– Pour faire ça, il faut un individu qui ne manque pas de sang-froid.

– Ailleurs, je ne sais pas, mais ici, c'est comme si vous me parliez de n'importe qui !

– Oui, c'est probable. Que pouvez-vous me dire d'autre, mon capitaine ?

Larios promena son bistouri le long du cadavre.

– Le contenu de son estomac n'a rien révélé d'extraordinaire. Des restes de nourriture et l'alcool habituel dans ces cas-là. À part ça, il avait le foie pas mal atteint, mais c'était encore un « guériseul ».

– Un quoi ?

– Il y a deux sortes de maladies : celles qui se soignent toutes seules ou avec des antibiotiques et les autres pour lesquelles il faudrait un miracle.

– Je vois... Bien jeune pour être alcoolique, non ?

– Si je vous disais...

La condescendance stria son visage de fines et innombrables rides.

– J'imagine...

Arturo fit machinalement le rapprochement entre la dipsomanie et le renseignement fourni par Espinosa, et cet élément alla rejoindre les autres piécettes dans la tirelire de l'enquête.

–Y a-t-il un autre détail qui pourrait nous aider ? Des marques ? Des empreintes ?

– À part la blessure au bras pour laquelle il avait été hospitalisé, rien. Il se raidit un peu, sa voix prit une inflexion dubitative : Encore que cela puisse vous être utile.

– Quoi donc ?

– Le fait qu'il n'ait rien.

– Comment cela peut-il m'aider ?

– Aucune trace d'éraflure, nulle part.

– Et alors ?

– C'est révélateur de la façon dont il a été transporté.

Arturo flaira une piste.

– C'est-à-dire qu'on ne l'a pas traîné.

– C'est la conclusion la plus logique.

– Ça ne figurait pas dans le rapport, mon capitaine, glissa-t-il avec un soupçon de reproche.

Larios ne répondit pas, mais ses grands yeux reflétèrent une sévérité qui montra à Arturo que le bricolage moral de son stoïcisme était trompeur. Arturo fit un geste d'apaisement, un signe animal de soumission et de recul, bien plus efficace que les attitudes réglementaires. Cela lui laissa le temps de faire logiquement le lien entre les chevaux et Luis del Águila : on avait pu se servir d'un animal pour déplacer le corps, ce qui pouvait aussi indiquer que le meurtrier avait agi seul. C'était un élément capital mais pas définitif, car l'utilisation des chevaux éliminait le recours à des complices, si toutefois l'auteur du crime ne possédait pas une force herculéenne ou si la distance à parcourir n'était pas considérable. Une possibilité parmi des centaines d'autres. Ça dépend, ça dépend de tellement de choses, pensa Arturo. Il se borna à enregistrer mentalement ces nouveaux jalons de l'affaire et continua à se servir de Larios comme d'une espèce de médium pour explorer le passé.

– J'ai lu dans votre rapport que la mort du sous-lieutenant Luis del Águila est survenue vers huit heures du soir.

– Approximativement.

– Bien, on précisera avec les témoins. J'ai également lu qu'il n'y avait plus une goutte de sang dans le corps. À l'extérieur non plus…

– En effet.

– Pouvez-vous m'en dire davantage ?

– Il n'y a pas grand-chose à expliquer. Dans le cas d'une blessure de ce genre, le plasma s'écoule extrêmement vite. Cela produit presque un jet.

– Combien de temps faut-il pour perdre tout son sang ?

– Si l'écoulement est constant, quelques minutes.

– Autrement dit, autour de lui il devait y avoir une véritable inondation, une mare de sang.

Larios grimaça et prit un air bourru, méfiant. Arturo le laissa réfléchir tout en tripotant le bord de son casque. Finalement, le praticien traduisit les faits par une expression dénuée d'émotion.

– C'est évident.

Arturo comprit qu'il parlait déjà de très loin, au-delà des mots, que tout cela ne l'intéressait plus.

– Je regrette de vous ennuyer en vous faisant répéter tous ces détails, mon capitaine, mais, si vous me permettez une mauvaise comparaison : pour savourer le jambon dans les règles de l'art, il faut le couper très fin, plus les tranches sont fines, meilleur il est, vous me suivez ?

Larios resta sur son quant-à-soi comme s'il se cherchait en lui-même.

– Comment se fait-il que le sang ait disparu ? insista Arturo. C'est inexplicable, ou alors on n'a plus qu'à préparer nos épieux…

Inopinément, Larios mit fin à son introspection.

– Ne soyez pas stupide, soldat. Vous ne croyez tout de même pas qu'il y ait un vampire dans la Division ?

– Je ne sais plus que croire.

– L'absence de sang signifie seulement qu'il a été égorgé ailleurs.

– Mais les battues et les fouilles n'ont rien donné.

– En Russie ce n'est pas l'espace qui manque pour tuer le cochon.

À mi-chemin entre l'indifférence et la compassion, Arturo se souvint de la mince cravate de cristaux de sang qui enserrait le cou de Luis del Águila.

– Quand tout à l'heure je vous ai interrogé au sujet du sang, j'avais mes raisons, mon capitaine. L'uniforme de Luis del Águila était à peine taché. J'ai peut-être une explication, mais j'ai besoin de vous pour la confirmer : croyez-vous qu'en penchant le corps, avec la pression d'écoulement du sang, on puisse éviter les éclaboussures ?

– Vous voulez dire en décubitus ventral ? interrogea Larios en se penchant en avant et en appliquant sa main sur son cou.

– Oui.

Larios se redressa ; son visage était inexpressif, mais une nouvelle ride lui barrait le front. Arturo ne se rappelait pas l'avoir vue auparavant.

– Absolument pas, affirma-t-il catégoriquement.

– D'accord, essayons autre chose. Et si on l'avait préalablement frappé, déshabillé, tué puis rhabillé ensuite ?

Le médecin n'accorda aucun crédit à sa théorie.

– Je vous rappelle qu'il n'y avait aucun signe de lutte ; ni de marques sur le corps ni de traces aux poignets.

– Et si l'assassin l'avait surpris alors qu'il était déjà nu ?

– Vous connaissez quelqu'un qui ait enlevé son uniforme depuis son arrivée ici ? répliqua Larios avec une pointe d'ironie.

– On aurait pu l'obliger à se déshabiller. C'est plausible.

– Pour qu'ensuite il se laisse égorger comme un mouton ? Oui, c'est plausible… Tout est possible tant qu'on ne démontre pas le contraire. Même que les vampires existent.

Le sujet parut amuser Larios et ses lèvres esquissèrent un sourire. Ils gardèrent le silence ; ce n'était pas un silence amical, mais au moins il semblait professionnel. Arturo étudia le capitaine dont le métier, de même que sa propre mission temporaire, consistait à défaire des nœuds pour comprendre comment on s'y était pris pour les faire, et parfois cette démarche se révélait plus fructueuse si, au lieu de chercher obstinément les réponses, on se posait les bonnes questions. Il s'efforça de poursuivre son examen avant que Larios ne laissât partir son esprit au diable vauvert.

– Mon capitaine, il faut que vous m'aidiez. Dès qu'on aura planté une croix sur la tombe de Luis del Águila, nos chances de retrouver l'assassin s'amenuiseront de façon non négligeable. Que pouvez-vous me dire de la phrase gravée sur sa peau ?

Larios médita quelques instants avec cet air absorbé que prennent les médecins quand ils rédigent une ordonnance.

– « Prends garde, Dieu te regarde »... Les traits étaient très fins, faits avec un instrument aiguisé... Je ne sais pas, je ne peux guère en dire plus.

Larios haussa les épaules et recouvrit le cadavre avec un soin minutieux. Puis il le contempla encore quelques instants avant de reprendre pied dans la réalité. Arturo devina que le capitaine trouvait cette enquête totalement byzantine dans cet univers aux conditions si crûment prosaïques. Son détachement n'était pas dû à la tristesse ou au découragement mais plutôt à la fatigue de quelqu'un qui a trop travaillé pendant trop longtemps. « Pourquoi se soucier d'un mort quand des millions d'hommes sont en train de se massacrer ? »

– Si encore il y avait des mobiles... regretta Larios, de façon inattendue.

Arturo saisit la balle au bond.

– À quoi faites-vous allusion ?

– Oui, on pourrait se raccrocher à davantage de choses.

– Que voulez-vous dire, mon capitaine ?

Larios baissa la voix, comme pour économiser son énergie.

– À des mobiles, à des causes... Voyez-vous, mon vieux, la frontière entre la raison et la démence est bien mince, et nous autres, sur le front, nous en sommes plus proches que la majorité des gens.

L'expression d'Arturo révéla son besoin d'explication.

– Ici il n'y a pas de demi-mesures, tout devient extrême, on enfreint la loi, et un homme sans loi n'est plus qu'instinct.

– Où voulez-vous en venir, mon capitaine ?

– Je veux dire que j'espère pour vous que l'assassin a encore toute sa raison et qu'il avait un mobile. Parce que sinon vous ne le coincerez jamais.

– Tout le monde a un mobile, mon capitaine. Chacun a ses raisons.

Larios fit claquer sa langue, passa sa main dans ses cheveux grisonnants et se frotta les yeux. Il parla sans hésiter.

– Savez-vous pourquoi on n'a jamais attrapé Jack l'Éventreur ?

Arturo pensa que Larios avait disjoncté.

– Pas vraiment.

– Moi, j'ai étudié l'affaire – simple déformation professionnelle – et j'en suis arrivé à la conclusion que s'il ne s'est pas fait piéger, c'est qu'il a tué sans mobile ; impitoyablement, mais sans raison. Il tuait pour le plaisir de tuer, il aimait ça. Il suivait son instinct, qui n'est pas différent de celui de n'importe lequel d'entre nous. Quand l'Éventreur a utilisé son couteau pour la première fois…

Il a inauguré le XXe siècle, un siècle qu'il a baptisé dans le sang, improvisa mentalement Arturo après avoir constaté que le capitaine avait perdu le fil de son raisonnement.

Larios se ressaisit :

– … Oui, c'est ça, c'était foutu, quoi !

Les exhalaisons glaciales de leurs respirations respectives se fondirent en dessinant dans l'air des formes spectrales.

– Pourtant, rectifia Alfredo Larios après mûre réflexion, il y a peut-être une chance. Vous vous rappelez, je vous ai dit tout à l'heure que l'entaille était si profonde que les vertèbres cervicales avaient été éraflées ?

– Parfaitement.

– Cela peut trahir une certaine forme de passion. Et une passion, c'est toujours un mobile. Cherchez dans cette direction. Même s'il avait tout planifié froidement, si ça se trouve, il a perdu les pédales quand il est passé à l'acte. On ne fait pas autant de dégât comme ça, sans raison.

Arturo hésita à poser la question, mais il finit par se décider.

– Excusez ce que je vais vous dire, mon capitaine, mais c'est mon devoir. Où étiez-vous au moment des faits ?

– Et vous ? lui répondit l'autre, quelque peu vexé.

– Comprenez-moi, mon capitaine…

Soudain, leur entretien fut tacitement interrompu par le lointain feulement rauque de la *Parrala*[1] qui se rapprochait. C'est ainsi que les Espagnols avaient surnommé les Chtourmovik. Arturo put parfaitement imaginer les silhouettes des monoplans soviétiques en formation triangulaire qui apparaissaient par surprise pour mitrailler et bombarder tout ce qui bougeait. Les battements de son cœur lui firent l'effet de détonations ; ce n'était pas exactement de la peur, plutôt une sorte d'impatience. Malgré tout, Larios surmontait la tension avec l'impassibilité d'une horloge dans une glacière. Finalement, les chasseurs bombardiers ne firent que passer à la verticale de Mestelevo, épargnant momentanément cet accident de la nature appelé existence humaine. Arturo tenta de prolonger la conversation en posant quelques questions anodines, mais Larios ne jugea pas nécessaire de poursuivre le dialogue et garda le silence. Il s'approcha du plateau, y déposa son bistouri et ôta posément ses gants. Il fixa Arturo sans animosité.

– Au cas où vous voudriez vérifier, au moment du crime j'étais ici, au travail. Où vouliez-vous que je sois ?

– Merci de cette précision, mon capitaine.

Ensuite, un tremblement lointain, menaçant, devint perceptible ; une succession de coups qui résonnaient comme si un géant armé d'une massue frappait la terre. Arturo et Larios s'étudièrent mutuellement avec la même attention. En se rapprochant, le bruit fit tressauter les instruments entassés sur le plateau métallique dans un tintement de pièces de monnaie. Comme un sinistre contrepoint, le mugissement de la Parrala retentit de nouveau ; proche, très proche, toujours plus proche. Larios et Arturo sortirent sans hâte pour éviter de susciter une panique inutile, et le capitaine se mit

1. Dolores Parrales Moreno (Moguer 1845-Séville 1915) : chanteuse de flamenco, plus connue sous le nom de la « Parrala », elle fut l'une des artistes les plus célèbres de son époque.

à aboyer sèchement des ordres qui firent saillir les cordes vocales sur son cou. Arturo n'attendit pas de voir les résultats de sa conduite des opérations et s'éloigna. Les arbres tremblaient à chaque pruneau de l'artillerie russe et s'ébrouaient sous la neige accumulée… Il chercha hâtivement l'entrée d'un bunker. Complétant l'action destructrice des canons, les Chtourmovik mitraillèrent le sol d'un tapis de balles, puis relevèrent le nez pour reprendre de l'altitude en virant rapidement à gauche avant de redescendre en lâchant leurs chapelets de bombes. Champignons de feu et de fumée, tourbillons de neige et de terre, jets de flammes, fulgurances d'éclairs, rougeoiements d'incendies. Arturo isola de petites scènes dans cette avalanche d'événements. Une explosion effroyable, retentissante, projeta en l'air un soldat qui retomba et s'affala comme une marionnette dont on aurait lâché les fils. Un autre vidait sa mitrailleuse sur les avions. Les brancardiers risquaient leur vie entre cratères et cadavres. Alors qu'il était témoin de la scène, Arturo réussit à déchiffrer la dialectique éternellement circulaire de la guerre, ce dialogue violent qui se concluait sur les batteries antiaériennes, enfantées par les bombardiers, et dans le bunker, fils bâtard de l'artillerie. Au milieu de ces cogitations, un sifflement se fit entendre ; un parmi tant d'autres précédant l'explosion d'un obus. Mais Arturo sut que celui-là était différent. Le vrombissement s'enfla ; un chuintement qui se rapprochait peu à peu. Il s'abrita dans le bunker, boucla son casque et ouvrit la bouche pour que l'explosion ne lui fît pas éclater les tympans. C'était tout ce qu'il pouvait faire. Absolument tout.

Un silence.

Plus fort qu'un cri.

Et puis tout ne fut que lumière, feu et chair brûlée.

L'attaque russe commença à faiblir, mais elle avait laissé derrière elle un panorama dévasté, exsangue. Mestelevo se comportait comme un hérisson en boule qui se déplie craintivement une fois le danger passé, tandis que les ambulances Steyr, comme prises de folie, allaient et venaient pour recueillir des soldats avec des roses de sang sur le visage, la poitrine, le ventre... Arturo réussit à grand-peine à sortir du bunker démoli, toussant, haletant, à moitié roussi. Une file d'hommes dans le même état le suivit. Il se déplaça avec précaution au milieu du désastre. Les incendies créaient un microclimat tropical en lançant des vagues de chaleur réconfortante. Encore un peu sonné, il s'assit sur le bord d'une roue de camion à demi calcinée. Il mit un bon moment à se remettre. Tant de morts en si peu de temps... Cela restait toujours aussi incompréhensible, sans pour autant exclure une fascination maladive. À la vue de la neige, une neige qui n'était plus blanche mais rouge de sang et noire de poudre, il éprouva la désagréable sensation d'avoir oublié quelque chose. Il cligna énergiquement des paupières, passa sa langue sur ses lèvres crevassées par le froid. Peu à peu, il parvint à cerner le domaine d'action de sa logique pour se concentrer sur certaines paroles prononcées par le capitaine Larios : «Vous connaissez quelqu'un qui ait enlevé son uniforme depuis son arrivée ici ?» L'impact de la vision de la neige sale déclencha une illumination soudaine. Il reconstitua alors le parcours qu'avait dû suivre l'assassin et, quelques secondes plus tard, il filait à toute vitesse vers l'hôpital, se mêlant au flot de chair à vif qui affluait vers ses portes. Dans l'un des angles de la salle, il repéra la chevelure grisonnante d'Alfredo Larios ; debout, très droit, on aurait dit un officier à bord d'un navire sombrant irrémédiablement qui continue malgré tout à donner des ordres aussi héroïques qu'inutiles. Arturo marcha droit sur lui tout en sachant que sa conduite n'était pas réglementaire. Ce fut aussi ce que pensa le capitaine, à en juger par le regard qu'il décocha à Arturo qui utilisa alors le seul moyen dont il disposait pour neutraliser sa colère : la détermination.

– Mon capitaine, il était propre ou sale ?

– Quoi ?

L'agacement du médecin fit place au désarroi.

– Le corps de Luis del Águila, avant que vous ne pratiquiez son autopsie, était-il propre ou sale ?

Il vit un point d'interrogation dans son regard, le capitaine hésitait à répondre. Arturo le brusqua comme si c'était lui qu'on avait chargé de ce mouroir.

– Oui, il l'était, déclara Larios, soudain docile comme un mouton.

– Il était quoi ? Propre ou sale ?

– Propre, propre…

Bien peu de mots pour tout ce que cela impliquait ! Arturo gratifia le capitaine d'un remerciement pressé et, sans attendre sa réaction, déguerpit par où il était venu. Dehors, il sentit de nouveau le souffle chaud des flammes. Il respira profondément pour laisser la chaleur de l'air emplir ses poumons. « Quel salaud ! » marmonna-t-il. Il avait maintenant la preuve que l'assassin avait prémédité son crime bien avant de le commettre. «Vous connaissez quelqu'un qui ait enlevé son uniforme depuis son arrivée ici ? » Un seul endroit autorisait les trois spécificités du meurtre : la nudité de la victime, la disparition du sang sans laisser la moindre trace et l'agression par surprise. Les douches ! C'était aussi simple, aussi pervers que cela. Tout indiquait la préméditation, la traîtrise, le caractère nocturne du délit… et tout ce que n'importe quel avocat de service pourrait trouver ou inventer. Il venait heureusement d'abandonner le domaine des incertitudes pour aborder celui des probabilités. Il tenta d'ébaucher un profil provisoire du meurtrier. L'homme devait connaître les habitudes de la victime, ou tout au moins l'avait-il soumis à une surveillance assidue qui lui avait fourni l'occasion de mettre ses plans à exécution, ce qui signifiait qu'il pouvait bien faire partie du cantonnement de Mestelevo. C'était aussi une trop grande coïncidence que, parmi toutes les écuries réparties sur le campement, la seule porte retrouvée ouverte fût justement celle d'une écurie proche des douches. Donc, le meurtrier avait vraisemblablement utilisé l'un des chevaux pour transporter le corps, à bonne distance, jusqu'à la Slavianka. C'était sûrement un type costaud, vu la profondeur de l'entaille. De plus, sa capacité à gérer une grande quantité de paramètres, à choisir un procédé frôlant le génie par sa simplicité et son efficacité, et à patienter le temps nécessaire pour que Luis del Águila eût perdu tout son sang, désignait un individu cérébral, patient, méthodique. Cependant, la fantastique mise en scène de la rivière et les mots inscrits sur la poitrine de la victime ne cadraient pas totalement avec sa théorie. Et le sang… Pourquoi courir un risque inutile en attendant que le mort l'eût entièrement perdu ? Si l'on s'en tenait aux apparences, on en déduirait, selon un raisonnement cohérent, une manière de tuer symbolique, ténébreuse, impliquant un message. Il s'efforça toutefois de ne pas plaquer prématurément un schéma d'interprétation susceptible d'entraver sa raison ou de canaliser ses opinions. Il était maintenant essentiel que le commandant Reyes Zarauza examinât à la loupe les antécédents des soldats de la Division. Pour l'instant, il en resterait là ; il aimait avancer comme les araignées : deux pattes en l'air, six par terre. La dure et froide réalité se rappela à lui et dans un coin du décor dévasté, sur fond d'arbres brûlant comme de gigantesques torches, il aperçut la dernière chose qu'il s'attendait à voir. Une sorte de crèche slave dans laquelle un groupe de prisonniers russes aux pommettes hautes et aux yeux obliques, plus dénudés que vêtus, s'abîmait dans la contemplation d'une femme qui donnait le sein à un bébé. Arturo s'émerveilla de la ténacité biologique de la vie qui tresse ses racines autour de son ardent désir d'immortalité. La mère, une femme osseuse au visage rongé par le gel et au corps certainement épuisé par les maternités, gardait une attitude douce et primitive, assise dans la neige, elle soutenait son enfant contre son sein amaigri. Hormis l'attitude d'un des hommes, la scène semblait idyllique ; au tremblement de ses épaules, Arturo devina qu'il pleurait. Quelque chose clochait. Il s'approcha un peu plus et plissa les yeux. Il comprit soudain la cause des larmes : le bébé était mort. Peu après, une des femmes se pencha sur la malheureuse, lui murmura des paroles de réconfort et parvint à la séparer du petit corps. Arturo vit deux gouttes de lait s'échapper du mamelon de la femme et couler lentement en suivant la courbure de son sein avant de s'immobiliser, cristallisées par le froid. Un autre homme reboutonna son corsage. La mort n'attend pas qu'on ait vécu sa vie pour frapper, songea Arturo. Malgré l'ampleur de la tragédie, il fut tout aussi impressionné par leur façon de la surmonter. Là, point de sanglots déchirants ni de femmes poussant des hurlements hystériques que des parentes font bientôt taire ; non, mais il y avait les yeux de cette mère qui reflétaient, outre l'accablement et la douleur, une lointaine, une sereine décision d'accepter l'inévitable. Une idée lui traversa l'esprit : il serait impossible de gagner une guerre contre un peuple aussi habitué à la souffrance. Soudain, il sentit que quelqu'un tirait sur son uniforme et il regarda sur sa droite. Il n'y avait personne. La seconde sollicitation l'avertit que son interlocuteur se trouvait à la hauteur de sa hanche. Il baissa les yeux et découvrit un petit lutin qui l'observait fixement ; un gamin russe couvert de haillons, un *malenkiï*, au regard indéchiffrable, intense mais nullement hostile. Il l'observait, les lèvres entrouvertes, laissant voir un grand trou entre ses incisives ; il avait dû s'égarer dans la pagaille du bombardement. Des bottes trop grandes d'au moins trois pointures lui donnaient l'air d'un Charlot enfant.

– *Ne mogou naïti mamou.* J'arrive pas à retrouver ma maman, lui déclara le gosse d'un air sérieux.

– *I gdie byla tvoia mama?* Et où était ta mère? demanda Arturo.

L'enfant indiqua des isbas détruites. Arturo blinda son expression pour résister à la compassion. Il pensa au cruel paradoxe dont il était témoin : une mère qui venait de perdre un enfant, un enfant qui venait de perdre sa mère.

– *Kak tebia zovout?* Comment tu t'appelles?

– *Aleksandr.*

– *Khorocho, Khandrito, khotchech' idti mamou iskat'?* Bien, petit Alexandre. Tu veux qu'on aille chercher ta maman?

– *Da, no vo pervykh mne nado pisat'.* Oui, mais il faut d'abord que je fasse pipi.

– *Poïdi so mnoï. No ty ne dostatotchno velik, chtoby odin poïti?* Mais… tu n'es pas assez grand pour faire ça tout seul? lui demanda-t-il en souriant.

– *Niet.* Non.

Et le petit se mit à faire d'étranges contorsions, une main entre les jambes.

– *Nou, khorocho.* Bon, capitula Arturo.

Il le prit par la main et l'amena près d'un brasier pour qu'il ne risquât pas d'être gelé.

– *Vot zdes'.* Ici.

Le gosse acquiesça, farfouilla dans son pantalon et attendit de faire. Il se dandina d'avant en arrière comme pour agiter sa vessie sans réussir à expulser une seule goutte.

– *Chto s papoï?* Qu'est-ce qui t'arrive? questionna Arturo.

Une expression étrange se peignit sur le visage d'Alexandre, comme s'il avait mis par erreur quelque chose de mauvais dans sa bouche.

– *Ne mogou.* Je peux pas!

– *Ono i vidno.* Je vois ça!

Ils échangeaient des regards interrogateurs. Le gamin semblait attendre qu'Arturo devinât quelque chose à partir de ses mimiques.

– *S papoï my vmeste pisali.* Papa et moi, on faisait pipi ensemble, finit-il par avouer tout penaud.

– *Gm.* D'accord.

Arturo s'absorba quelques instants dans la vision du feu où se débattaient sauvagement des flammes jaunes, rouges, orangées. Dans les temps anciens, tout le monde adorait le feu, on y regardait à deux fois avant d'éteindre une flamme. Parce que la flamme représentait la divinité. Il esquissa un vague sourire d'approbation et sortit son pénis.

– *Doumaech', my ego potouchim ?* Tu crois qu'on va l'éteindre ? le défia Arturo.

Il visa le cœur du brasier et urina en dessinant un arc élégant qui projetait des filets de vapeur. Alexandre ne fut pas en reste et se mit aussitôt à faire pipi lui aussi. Après quelques gouttes, il se concentra et réussit à faire monter la courbe de son petit jet quelques centimètres plus haut que celui d'Arturo. Un sourire espiègle découvrit ses dents écartées.

4

L'architecte en ruine

Les pommes de douche métalliques étaient alignées le long d'une canalisation squelettique, selon un ordre symétrique, militaire. Arturo effectuait de lentes allées et venues devant elles, comme s'il passait en revue une compagnie. Il se trouvait dans la baraque des douches, une construction faite de rondins imbriqués aux angles à la manière russe, éclairée par la lumière blafarde de quelques ampoules accrochées comme des pendus à des câbles nus. Ses yeux parcouraient les objets, enregistrant des renseignements. À cette heure, aucun soldat ne venait se laver ; à vrai dire, il n'y avait guère plus d'amateurs le reste du temps ; dans l'esprit de la troupe, l'eau, c'était bon pour les grenouilles, quant aux poux, ils faisaient partie de la famille. Dans laquelle de ces douches avait-on pu faire ça ? se demanda Arturo. Il se voyait tel un de ces héros mythologiques soumis à des épreuves dans lesquelles ils devaient choisir entre plusieurs portes, au risque de perdre la vie en cas d'erreur.

– Des gars qui pouvaient pas se blairer.

L'affirmation inattendue fut formulée par Trinitario Aranda Calcedo, le soldat qui, après qu'Arturo eut cherché une mère adoptive pour Alexandre et accompli quelques démarches supplémentaires, se révéla être le dernier à avoir effectué la corvée de nettoyage des douches, le jour du meurtre. Il ignorait totalement pourquoi il avait dû y accompagner Arturo qui ne lui avait rien révélé de sa théorie quant au lieu du crime pour ne pas laisser d'a priori perturber ses souvenirs.

– Oui, c'est lamentable ! répondit Arturo.

– Celui qui l'a liquidé l'attendait au tournant. Et comment ça s'est passé ?

Arturo lui lança un regard ulcéré ; c'était un type sec, maigre, avec de grands cernes violacés et un double menton qui le faisait ressembler à un grand saint-bernard. Il était clair qu'il posait sa question plus par curiosité que par souci de l'enquête. Était-il le seul de la Division à ignorer ce qui était arrivé ? Arturo sentit s'éveiller en lui la bête hobbesienne qui, par le passé, investie de l'autorité que lui conférait son appartenance aux services secrets, lui avait permis de prononcer certaines paroles qui fendaient l'air aussi proprement que le fil d'une épée. Il s'appliqua à adopter une position plus modérée pour éviter de côtoyer le précipice de la violence. Il décida cependant qu'il devait faire tout son possible pour récupérer son ancien grade de lieutenant, même pour un temps, afin de pouvoir jouer efficacement de la carotte et du bâton.

– On lui a tranché la gorge, résuma-t-il, laconique.

– Ça fout les jetons ! dit Trinitario en portant une main à son cou, l'air angoissé. Et qu'est-ce qu'on fiche ici, si on peut savoir ?

Arturo éluda la question et se replongea dans la paisible ambiance balnéaire du baraquement. Il contemplait les douches avec une attention exacerbée.

– Cette baraque, on la ferme ? demanda-t-il finalement.

– Oui, quand on a fini. Avec un cadenas.

– Et c'est toi qui as la clé ?

– Oui.

– C'est-à-dire que, après ton départ, personne ne peut entrer ici.

– Ma foi, on peut jamais savoir, mais je crois bien que non.

Arturo rembobinait peu à peu le film en écartant certaines hypothèses.

– Ce jour-là, tu as commencé à nettoyer à quelle heure environ ? Et quand as-tu terminé ?

– J'ai dû arriver à six heures et des poussières et quand j'ai fini, il était presque huit heures.

– Quelqu'un est entré pendant que tu faisais ton boulot ?

– Oui, un gars, confirma-t-il après réflexion.

– Tu en es sûr ? Et pourquoi pas deux ? ajouta-t-il pour l'obliger à justifier son affirmation.

– Non, un seul. Je m'en souviens très bien parce que je me suis engueulé avec lui. J'étais en train de finir et je lui ai dit que c'était plus l'heure, mais il est entré tout de même. Quel culot !

Arturo sortit une des photos de Luis del Águila prises sur la Slavianka.

– Ce ne serait pas cet homme ?

Trinitario observa les traits du visage maquillé de blanc et n'hésita pas.

– Merde alors ! C'est bien lui !

Arturo sourit ; le moment approximatif coïncidait avec les estimations de Larios quant à l'heure du décès. Il avait peine à croire que les faits pussent s'assembler avec une telle facilité.

– Et tu es certain que personne d'autre n'est entré ?

– Ben oui…

Arturo perçut une légère hésitation.

– Tu es resté tout le temps ici, n'est-ce pas ?

– Ma foi, tout le temps, pas tout à fait…

– Comment ça, pas tout à fait ?

– Je suis sorti un moment pour couler un bronze.

– Pour quoi faire ?

– Pour chier. Ça urgeait quoi… tu piges ?

Il se tapota le ventre comme pour évoquer ses intestins en révolution.

Arturo sentit de nouveau la violence s'agiter dans la vieille tanière de son cœur. Il ne comprenait pas pourquoi il avait pris en grippe ce pauvre type ; peut-être parce qu'il savait que la haine était l'apanage des faibles, on ne déteste pas quelqu'un qu'on peut écraser, mais il était lui-même devenu un moins que rien, et depuis trop longtemps. Il se mordit les lèvres au point d'y faire une marque blanche.

– Te fous pas de ma gueule !

Il maîtrisa à sa façon son explosion de colère pour adopter un ton bureaucratique, comme s'il parlait de la pluie et du beau temps.

– Écoute-moi bien, le général en personne veut démêler cette affaire au plus vite et je dois lui fournir des résultats dès demain. Si j'arrive les mains vides, je vais passer un sale quart d'heure, mais il faudra bien que quelqu'un trinque, et au cas où tu ne le saurais pas, je vais te dire une bonne chose : tu es la dernière personne à avoir vu vivant Luis del Águila, alors tu vas te retrouver le premier de la liste.

La tête de brave chien de Trinitario se décomposa juste assez pour lui faire retrouver une soumission perfectionnée au fil des ans. Il répondit avec un regain de dignité :

– Moi, j'ai rien fait.

– Ça reste à prouver.

– Juste après, je suis allé dormir dans mon baraquement. Y a plein de gars qui m'ont vu.

L'intuition d'Arturo lui soufflait que ce soldat n'avait strictement rien à voir avec l'assassinat et que son alibi serait confirmé ; le type n'était manifestement pas assez malin pour avoir conçu le plan méphistophélique que le crime avait exigé, mais, malgré cela, Arturo voulait se faire valoir en inspirant la peur et non le respect.

– Tu as eu plus de temps qu'il n'en fallait pour le tuer. Parce que moi, j'ai dans l'idée qu'il a été tué dans l'une de ces douches.

– Il est pourtant bien sorti sur ses guiboles !

La révélation trancha net les enchaînements logiques d'Arturo. Il adopta un air vague, mi-entendu, mi-vexé.

– Tu l'as vu sortir ?

– Comme il était entré.

– Bon, on va procéder en bonne et due forme. Dis-moi ce que tu te rappelles de ce soir-là. Tâche d'être objectif.

– Objé… quoi ?

Arturo ignora la question.

– Vas-y, raconte.

Trinitario eut l'air de souffrir. Arturo avait déjà constaté que les personnes peu intelligentes éprouvaient une sensation proche de la douleur physique lorsqu'on les obligeait à se concentrer sur une idée. Le troufion lui expliqua de nouveau tout l'épisode des douches, fouillant cette fois dans les recoins de sa version personnelle, avec à peine quelques variantes.

– … et ensuite le dénommé Luis del Águila est parti sans dire au revoir.

– En fait, à part l'engueulade à son arrivée, tu n'as pas échangé un mot avec lui.

– C'est ça.

– Combien de temps tu t'es absenté ?

– Pas longtemps, moins de vingt minutes, je crois.

– Et quand tu es revenu, Luis del Águila était encore sous la douche ?

– Oui, il a pris tout son temps.

– Tu es sûr qu'il n'y avait personne d'autre ?

– Sûr.

– Tu as vérifié ?

– Non, mais j'en suis sûr.

Arturo fut soudain tenté de l'étrangler.

– Et tu te souviens de quoi d'autre ? poursuivit-il, résigné.

– De quoi encore je dois me souvenir ?

– À part ce que tu viens de me dire, de quelque chose de bizarre, d'anormal, n'importe quoi…

Trinitario, l'air intimidé, eut un regard perdu. Arturo n'accordait aucune confiance à ce témoin, mais au moment où il croyait inutile d'insister, il se trompa de nouveau. Une lueur illumina l'esprit du soldat.

– Crénom, mais c'était la nuit des chevaux !

– Explique…

– Quelqu'un avait laissé la porte d'une des écuries ouverte ou alors un cheval l'avait défoncée, on sait pas ; en tout cas, y en a plein qui se sont échappés. Moi, j'en suis resté baba quand je les ai vus se balader par là. Y en a même un qui m'a foutu la trouille de ma vie.

– Comment ça ?

– Il y avait beaucoup de brouillard et ils arrêtaient pas d'apparaître et de disparaître. Tout d'un coup, tu voyais une tête, une croupe, une patte… et puis plus rien. C'était infernal ! Y en a un qui m'est passé à ça – il rapprocha, à les faire se toucher, son index de son pouce. Il a failli me foutre par terre. Après, on les a presque tous retrouvés dans la rivière. Le mort était là-bas lui aussi, pas vrai ?

– Oui. Alors comme ça, Luis del Águila est reparti sur ses deux jambes ? insista Arturo.

– Aussi sûr que je m'appelle Trinitario.

– Et tu ne te souviens pas dans quelle douche il se trouvait ?

– Il y en a beaucoup.

– Oui, c'est normal que tu ne saches plus.

Trinitario ébaucha un sourire goguenard et rusé en récitant :

– Le loup sort du bois quand on ne s'y attend pas !

Arturo l'observa et se souvint d'un proverbe russe : « La bêtise confine à la sainteté. »

– Et alors ?

– Eh ben si, je m'en souviens !

– Vraiment ?

– Enfin, pas vraiment, mais la nuit, la température descend tellement que le chauffe-eau n'arrive pas à fournir assez d'eau. Elle gèle dans les canalisations, alors elle dépasse pas la troisième douche. Le gars a dû aller dans une des premières.

Arturo se dirigea vers l'extrémité du baraquement. La dernière des misérables ampoules était grillée et les douches indiquées par Trinitario semblaient tapies dans une pénombre que la maigre lumière de l'avant-dernière loupiote parvenait seulement à jaunir. Il ouvrit les robinets, provoquant un léger tremblement dans le métal gelé de la tuyauterie qui se dilata sous l'effet de l'eau bouillante, et il constata que seules les deux premières douches étaient alimentées en eau. Il adopta un point de vue spéculatif : si Trinitario n'avait pas mentionné que Luis del Águila était sorti du baraquement, il serait maintenant en train de contempler ces douches dans une perspective symbolique, avec une perception déformée par ses convictions, c'est-à-dire en voyant ce qu'il voulait voir, et non pas, comme il aurait dû le faire, en se fiant à ce qu'il voyait. La hâte, c'est bon pour les voleurs et les mauvais toreros, pensa-t-il. Bon, il s'était livré à des déductions hâtives et à présent il lui fallait revoir l'enchaînement de ses hypothèses. Où l'assassin avait-il pu exécuter ses macabres desseins ? Faudrait-il prendre au sérieux l'existence éventuelle d'un vampire dans la Division ? L'inquiétude l'assaillit et il se recommanda avec ferveur à saint Soi-Même ; peu à peu sa raison accourut à la rescousse, lui suggérant plusieurs explications possibles qui, dès qu'il se mit à les énumérer, firent reculer la peur. Malgré tout, avant de rejoindre Trinitario, il passa tout en revue une dernière fois.

– Nous en reparlerons, lui dit-il lorsqu'il eut fini. Ne t'éloigne pas d'ici.

Trinitario tendit ses bras écartés vers le paysage glacial, comme pour indiquer qu'il n'y avait nulle part où aller. Arturo se sangla dans son uniforme et, avant de sortir du baraquement, se concentra sur une image réconfortante : un café, un café préparé dans les règles de l'art, brûlant comme l'enfer, pur comme un ange et doux comme l'amour.

Le temps avait subi une saute d'humeur et le ciel d'argent terni qui avait régné sur Mestelevo s'était couvert avant de rester comme suspendu, très bas, pour déployer son majestueux rideau de neige. Tandis qu'il regagnait sa chambre, Arturo avait tout aussi brusquement changé d'état d'âme, s'effondrant pour une raison insignifiante : l'ineptie d'un soldat. Jusqu'alors, il s'était assis sur ses souvenirs comme sur du verre pilé, sans oser faire un mouvement, mais maintenant qu'il bougeait, il commençait à se rendre compte de ce qui était arrivé : *L'Art de tuer les dragons*, les morts, la condamnation, la prison, l'ostracisme, la relégation dans la División Azul… Tout cela le plongeait dans un tourbillon de haine et de peur. Oui, il éprouvait de la haine parce qu'il avait peur. Il avait toujours su qu'il n'était pas courageux, mais dernièrement son instinct de conservation lui avait révélé sur lui-même des choses qu'il n'avait pas crues possibles. Il avait dû renoncer progressivement à certaines images qui l'autorisaient à conserver un semblant d'orgueil et il avait perdu du terrain au point de se retrancher derrière une conviction essentielle, la dernière : il fallait protéger les enfants. Il se rappela le petit Russe Alexandre et murmura des phrases apprises par cœur : «Vous portez en vous un enfant, souvenez-vous que tant qu'il en sera ainsi, vous pourrez échapper au mal en vous réfugiant sous le manteau de l'innocence, vous franchirez des rivières, vous essuierez des tempêtes, vous pourrez même traverser les flammes de l'enfer.» Oui, il voulait y croire. Conserver cette ultime conviction. Cependant, la peur persistait et avec elle, la haine, identique à celle qui animait l'assassin. Comme il l'avait dit à Trinitario, quelqu'un devait trinquer. Et pour l'heure, il tenait le bienheureux qui allait payer la tournée.

Rituels… Les rituels facilitent les choses, ils aident à survivre. Autrefois, tous les péchés d'une ville étaient chargés sur le dos d'un bouc que l'on expulsait pour la délivrer de ses errements. C'était le bouc émissaire. Celui d'Arturo vint à sa rencontre, malgré le froid que propageaient les flocons de neige, en dérapant sur ses pattes, haletant, enragé. Près de l'épave squelettique de la cabine d'un camion qu'on lui avait aménagée en refuge, le berger allemand, qui l'avait aussitôt reconnu, décrivait des cercles de gauche à droite et de droite à gauche, exécutant un autre rituel, cette fois bestial et mortel. Pendant ce temps, à l'intérieur du bâtiment d'abattage, le rythme métallique du bruit des haches accompagnait le travail comme une musique tribale. Le chien finit par se précipiter vers Arturo qui eut l'impression qu'on lui passait les nerfs au papier de verre, mais ne bougea pas. Dans les mâchoires de l'animal, il y avait, outre son désir de le tuer, celui de broyer sa chair, de boire son sang, de l'avaler tout entier. Et si la chaîne lâchait ? se dit-il. Et si j'avais mal calculé la distance ? Son incertitude cessa à l'instant où le chien s'immobilisa à quelques millimètres de son visage, arrêté net par la chaîne, comme pétrifié en plein bond par le gel. Rituels. Entre le chien et lui, un rituel était désormais établi, un lien qui se répéta jusqu'à ce que l'animal finît par chercher refuge à l'intérieur de l'épave, épuisé, humilié. Là, dans l'obscurité, ruminant lui aussi sa haine, il surveilla le dos d'Arturo, jusqu'à le voir disparaître dans la tourmente.

La cafetière qui commençait à siffler concrétisa l'image qui avait occupé son esprit au sortir des douches. Quelques gouttes s'échappèrent le long d'un des prismes de métal, coulèrent et tombèrent sur les anneaux du poêle où elles crépitèrent bruyamment. Arturo prit un gobelet en étain et versa le café qui emplit toute la mansarde d'un arôme réconfortant. Il y ajouta un doigt de cognac, s'installa sur le matelas, à moitié couché, la vareuse ouverte, et saisit le gobelet comme si sa vie en dépendait. Il but une gorgée stimulante et retint le liquide sur sa langue ; la chaleur du café mélangé à l'alcool le conforta dans son opinion que n'importe quel coin de l'univers était un peu plus fréquentable avec une tasse à la main. Le café avait aussi l'avantage d'effacer la saveur aigre de la soupe aux choux et des saucisses froides qu'il avait dégotées à la cantine. Il était un peu plus de deux heures de l'après-midi et le froid provenant de la lointaine Sibérie à travers des milliers de kilomètres se dessinait dans les cristaux de neige sur la vitre de la lucarne. Il réchauffa un peu son regard à la peau de l'orange, comme peinte à la tempera, près de la carapace noire du téléphone. Autour de lui, des livres éparpillés parmi des objets et des objets éparpillés parmi des livres. Que de mots pour un même désordre, pensa Arturo. Il reprit une gorgée de café et la savoura avec plaisir ; il rentra de nouveau en lui-même, se souvenant, reconstruisant ses souvenirs. Sa dévotion pour le sombre liquide remontait peut-être à son enfance, à l'arôme qui avait marqué son odorat à jamais, lorsque son père et lui, derrière la mule chargée de couffins, franchissaient la frontière portugaise pour passer du café en contrebande. À cette époque, l'épidémie de grippe n'avait pas encore emporté ses parents ; ils habitaient à Badajoz une maison tout en profondeur, avec beaucoup de cours, beaucoup de patios, beaucoup de soues pour les cochons et beaucoup d'amour, du moins c'était ce qu'il croyait se rappeler. Il but de nouveau et sourit en pensant à cette mule blanche qu'il aimait tant. Elle s'appelait *Cayetana*, dorlotée, nourrie à l'orge; elle avait une longue tête dure, une touffe de crins entre les oreilles, un fanon souple et un long cou musculeux. Il termina son café et rit béatement; parfois, pas toujours, les souvenirs n'aggravaient pas la solitude. À la dernière gorgée, on frappa à la porte.

– On peut entrer?

C'était la voix grave du sergent.

– Je vous en prie.

Espinosa pénétra dans la pièce en brossant la neige sur ses épaules, déposa son havresac, ôta son épais manteau de mouton, son bonnet aux longues oreillettes, révélant sa physionomie de rapace et sa tête à peine couverte par quelques mèches de cheveux clairsemés, puis il tira sur ses énormes gants matelassés qui découvrirent des mains rougies. Ils se saluèrent de façon peu réglementaire.

– Quelle surprise! Asseyez-vous, je vous en prie. Arturo lui indiqua un tabouret à côté de la petite table. Un café, sergent?

– Oui, merci beaucoup. Ça caille dehors, on est mieux ici!

– C'est le poêle, il tire bien.

– Ça se sent.

– Voulez-vous manger quelque chose?

– Non, je vous remercie, j'arrive du mess. Un café, ça m'ira très bien. Vous savez que les Russes viennent de prendre Stalingrad?

Il dit cela comme on annoncerait que l'eau mouille ou que le feu brûle.

– C'est dingue! murmura Arturo, balançant entre la stupeur, l'acceptation et le mépris.

– Et d'après ce qu'on m'a dit, ce matin, on n'est pas passé loin. Il paraît qu'ils nous préparent un sale coup.

Arturo resta prudent et préféra répondre en s'en tenant aux évaluations triomphales du *Bulletin de campagne*.

– Les positions sur le front ne sont pas l'essentiel. Le Führer sait parfaitement ce qu'il fait ; c'est un génie et, par conséquent, il est imprévisible.

– C'est ça, c'est une question de temps. Personne ne peut vaincre les Allemands. C'est un stratagème pour faire tomber l'ennemi dans la nasse, l'encercler et en finir définitivement avec cette guerre. Vous vous rappelez ce que nous avons fait l'an dernier sur la Volkhov ? Eh bien, c'est pareil. Ils sont en train de fignoler leurs préparatifs en déplaçant d'importants contingents d'hommes et beaucoup de matériel.

– Certainement.

– Savez-vous quel est le véritable problème ?

– Non.

– Les traîtres. Les traîtres, les trouillards, les branleurs…

Arturo remarqua que, pour une fois, le sergent sortait de sa coquille : il ne raisonnait pas froidement, il éprouvait, en partie du moins, ce qu'il disait.

– Sinon, pourquoi pensez-vous qu'ils nous en font voir de toutes les couleurs ? Il doit y avoir un mouchard à Mestelevo.

– Vous voulez dire des espions ?

– Quelque chose de ce genre.

– Tenez, sergent.

Arturo lui tendit un café fumant, mais Espinosa fit la grimace au souvenir de son estomac délabré et, renonçant à satisfaire son envie, il s'excusa et le refusa. Il continua encore quelques instants à parler d'espions embusqués et de stratégies, mais il était évident qu'une fêlure en dents de scie mettait son âme à vif, que quelque chose empoisonnait son sang ; ce discours enflammé était chez lui un signe de faiblesse insolite, habitué qu'il était à afficher une attitude toujours patriotarde, bien qu'infiniment plus cynique. Cela rappela à Arturo ce regard de culpabilité qu'il avait surpris à son retour du quartier général, il en conclut que le sergent avait ses secrets ; des secrets et donc des faiblesses.

– Mais, cette histoire d'espions, c'est officiel ? reprit Arturo.

– Mon vieux, ici n'est officiel que ce qui vient des officiers. Mais vous savez bien comment c'est, il y a le bouche à oreille. Le capitaine Isart et ses gendarmes sont sur les dents. Un rat s'est glissé parmi nous, alors ils ont mieux à faire que de régler la circulation ou de nous emmerder. Une chose est sûre, la surveillance est telle que personne ne pourrait remuer le petit doigt sans être arrêté.

La présence discordante de Wolfram Kehren lors de la réunion avec le lieutenant-colonel Navajas sembla alors faire sens. Un officier de liaison allemand serait parfaitement à sa place dans une affaire d'espionnage susceptible de compromettre la fragile dentelle qui soutenait le front ; au même titre que la présence des renseignements en la personne du commandant Reyes Zarauza. Mais cela impliquait aussi que la mission inattendue confiée par Navajas del Río à Arturo tenait moins à ses talents qu'à la faiblesse des effectifs de la police militaire, en partie utilisée par le capitaine Joaquín Isart pour repérer et capturer le ou les infiltrés. Son orgueil en fut légèrement blessé.

– Quoi de neuf sur Luis del Águila ? demanda-t-il avec un détachement mal dissimulé.

Espinosa se pencha sur son tabouret, attrapa le sac posé par terre et en sortit une chemise remplie de feuillets qu'il déposa sur la table. Il ouvrit ensuite un paquet de cigarettes, en prit une, l'alluma et souffla la fumée avec une avidité redoublée. Il tourna les pages les unes après les autres. Quand il eut terminé, il prit un air solennel.

– Je me suis plus ou moins borné à confirmer ce qu'il y avait dans vos rapports – il déplaça sa cigarette comme s'il s'agissait d'un appendice de son corps. Comme vous le savez, le sous-lieutenant Luis del Águila a fait toute notre Croisade avant de s'enrôler à Valence pour venir ici. L'année dernière, il s'est battu comme un lion dans la poche de la Volkhov. Ensuite, il a été affecté au 262e à Krasny Bor, jusqu'à sa blessure au bras, il a été soigné à Mestelevo, etc.

– il feuilleta les pages en silence, cherchant quelque chose. Il y est resté cinq jours. Déclaré guéri, il s'apprêtait à retourner au casse-pipe. Apparemment il buvait beaucoup.

Arturo remarqua, plus précisément cette fois, le fil rouge qui parcourait toute l'enquête : l'alcoolisme de Luis del Águila. Surtout si l'on tenait compte du fait que la victime n'avait que vingt-deux ans. Ce n'était pas très logique de se concentrer sur ce point plutôt que sur n'importe quel autre élément de cet embrouillamini qu'ils avaient recueilli, mais la nature n'est guère plus logique, il suffit de savoir que quelque chose cloche pour avoir mal au ventre.

– Alors comme ça, il buvait beaucoup… commenta-t-il.

– Comme un trou – Espinosa leva le nez de ses feuilles. Et j'ai ouï dire qu'à la cantine, lorsqu'il se mettait à lever le coude, il payait les tournées.

Arturo redoubla d'attention ; la remarque du capitaine Larios sur les mobiles passionnels lui revint en mémoire, et, en outre, quoi de plus trouble que l'argent ?

– Tiens, tiens… Pour ça il faut du pognon, et la solde ne permet pas ce genre de fantaisie. Il faudra aller voir ce qu'on peut pêcher de ce côté-là.

– Ça peut s'expliquer, si vous permettez que je termine… le freina mystérieusement Espinosa.

– Faites donc, sergent.

Espinosa tira d'abord une bouffée.

– À Ibiza, il laisse ses parents et sa sœur. Au fait… il attrapa le havresac comme s'il soulevait un chiot par la peau du cou et le déposa sur la table. Voici ses effets personnels qui étaient à la gendarmerie. On va y jeter un coup d'œil.

– Sa famille ignore ce qui lui est arrivé, n'est-ce pas ?

– Étant donné les circonstances particulières, on leur a annoncé qu'il était mort au combat.

– Je m'en doutais. C'était juste pour en avoir confirmation. Je ne vous interromps plus…

– Je n'ai plus grand-chose à ajouter…

Mais il tarda encore un moment avant de rendre la parole à Arturo. En résumé, les conclusions d'Espinosa sur Luis del Águila renforçaient encore les conjectures d'Arturo quant à la médiocrité de la victime : il n'était pas « monsieur Personne », mais « monsieur Tout-le-Monde », ce qui était encore pire. Pour les soldats de la Division, son souvenir se diluait dans la mémoire du quotidien avec ses images marquantes, ses temps morts ou vides… Personne ne le connaissait vraiment, mais, avec lui, tout le monde avait partagé une boîte de sardines, joué aux cartes, fait une virée chez les putes ou eu un accrochage… «Ah, il s'appelait Luis, je croyais que tu me parlais d'Alfonso.» Le seul élément irréfutable, c'était que Luis del Águila avait pris la dernière douche de sa vie quatre jours auparavant, dans la soirée.

– … quand on l'a laissé sortir de l'hôpital, il a déjeuné à la cantine, ensuite il a préparé ses affaires. Selon certains témoignages, il a aussi écrit des lettres ; le soir il est allé se doucher. Je suppose que c'était pour la beauté du geste parce qu'il savait que pareille occasion ne se présenterait pas de sitôt. Finalement, d'après mes recherches, les hommes de la Division avaient autant de raisons de tuer Luis del Águila que de ne pas le faire. Toutefois, je dois reconnaître qu'un de ceux qui le connaissaient m'a dit quelque chose à son sujet qui me semble un mobile suffisant pour lui avoir donné son passeport pour l'au-delà.

– Et c'est ?

– Il aimait les anchois.

Arturo ébaucha un sourire, heureux de retrouver le caractère retors du sergent.

– Il faudra en tenir compte ! Autre chose d'aussi positif ?

Le sergent se laissa envelopper par la fumée paresseuse.

– En ce qui le concerne, ce serait plutôt négatif : il jouait. C'est de là qu'il tirait son argent.

– Aux cartes ? Il aurait pu avoir des dettes de jeu.

– Je ne crois pas, il gagnait toujours. Il s'était même taillé une réputation.

– Au whist ?

– Non.

– Au mariage ?

– Non.

– Au poker ?

– Non, il ne s'agissait pas précisément de cartes.

– Ne me dites pas qu'il jouait aux échecs !

– Non.

– Tout de même pas au tennis, sacré nom !

Arturo oublia momentanément qu'il n'avait pas été promu au cours des cinq secondes précédentes et lança un regard interrogatif, pénétrant, exigeant.

– Il jouait à la *violeta*, révéla Espinosa.

– Merde !

– C'est exactement ce que j'ai dit quand on m'en a parlé.

– Je croyais que ce n'étaient que des rumeurs.

– Oui, comme les sorcières, et pourtant elles existent.

– Des parties clandestines ?

– Non, ici rien n'est vraiment clandestin, on y joue beaucoup de roubles, beaucoup de marks et quelqu'un ferme les yeux. Des hommes viennent de tout le front pour jouer, et pas seulement des Espagnols.

– Et qui laisse faire ?

– Ça, on aura du mal à le savoir.

– Pourquoi ?

– Ils savent qu'ils peuvent se faire sacrément ramoner s'ils se font gauler, alors pas question qu'il y ait des mouchards. Pour être admis aux séances, faut avoir un sérieux piston ou être disposé à jouer.

– Et qui peut leur assurer qu'après vous allez tenir votre langue ?

Ce n'était pas vraiment une question, c'était dans l'atmosphère qu'ils respiraient. Espinosa tira une bouffée et retint la fumée qu'il souffla lentement par le nez. Le crépitement du bois dans le poêle produisait une étrange sensation de paix. Il esquissa un sourire qui accentua son air de prédateur.

– Personne, finit-il par dire, mais après on vous couperait la langue, et qui y trouverait à redire ? N'oubliez pas qu'ici on en est à trois morts pour un vivant. Et encore, on a de la chance, au moins avec le froid ils ne puent pas ! ajouta-t-il sportivement.

– Vous avez déjà participé à une partie ?

Espinosa écarquilla les yeux.

– Même pas comme spectateur, répondit-il sur un ton tranchant. Il faut être taré pour assister à ce genre de boucherie. Vous croyez vraiment qu'ils font ça pour l'argent ?

Arturo ne fixa pas ses yeux mais ses lèvres, car Espinosa n'avait pas son pareil pour cacher ses émotions. Il ne put rien déceler non plus, mais il lui sembla que ce n'était pas là le « secret » du sergent ; il n'était pas homme à introduire une balle dans le barillet d'un revolver et à se l'appuyer sous le menton. Cette terrible variante de la roulette russe, où on remplissait progressivement les chambres jusqu'à n'en laisser qu'une seule vide, s'appelait la violeta, parce que, comme les invertis ou violetas, si les joueurs voyaient un trou, c'était pour le boucher.

– De plus, Dieu est finalement le seul à pouvoir disposer de notre vie, pas nous.

Arturo acquiesça sans grand enthousiasme, évitant tout commentaire agressif, mais se condamnant à cent ans de purgatoire supplémentaires pour ses pensées. Il n'insista pas sur les dangereux penchants de Luis del Águila ; cela le fit pourtant avancer de quelques cases sur la voie d'une hypothétique classification des pistes : urgentes, sérieuses, marginales, insignifiantes ou stériles. Ensuite, il fit à Espinosa la synthèse de ses recherches à l'hôpital et aux douches, et conclut qu'ils avaient un mort exécuté et saigné à blanc selon un rituel incompréhensible, autrement dit une grandiose partie de solitaire dont seul l'assassin comprenait les règles.

– Alors, on n'a plus qu'à préparer l'ail et les croix, conclut Espinosa, sur un ton sarcastique.

– Mieux vaut prévenir…

– Dans cette affaire tout peut servir, crénom ! Et ces mots, « Prends garde, Dieu te regarde », ça vous dit quelque chose ?

– Absolument rien.

– Et pourquoi ce ne serait pas le soldat des douches ?

– Il n'a pas une gueule d'assassin.

– Parce que vous croyez que ce serait écrit sur sa figure !

– Non, mais de toute façon, si c'est lui le coupable, il va être sur les nerfs parce qu'il pense qu'on le soupçonne et il finira par faire une gaffe.

Espinosa se racla la gorge pour dissiper les doutes ou peut-être pour les réaffirmer. Puis il finit sa cigarette et jeta le mégot dans le poêle ; les flammes jouèrent avec le papier comme certains prédateurs avec leurs victimes avant de les dévorer. Il sortit une autre cigarette du paquet et en tapota le bout sur la table. Il s'empressa de l'allumer comme si la fumée lui manquait déjà.

– Espérons que le commandant Zarauza nous fournira des renseignements sur les antécédents des gars. Avec un peu de chance, on résoudra toute cette salade de façon bureaucratique.

– Il a dit qu'il m'appellerait… Bon, pouvez-vous continuer à glaner des informations sur Luis del Águila ?

– Comptez sur moi.

Il souffla un filet de fumée par la bouche.

– Essayez d'en savoir plus sur la violeta. Cette après-midi, je ferai un tour du côté des écuries.

Arturo observa le havresac avachi et se souvint que, selon un témoignage, Luis del Águila avait écrit des lettres quelques heures avant sa mort.

– Il y a du courrier dans son sac ? demanda-t-il en le montrant du doigt.

– Une lettre. De sa sœur.

– Vous l'avez lue ?

– Pas encore.

Arturo sentit son cœur bondir anormalement. Il prit le sac, le manipula comme si c'était de la nitroglycérine et, l'inclinant avec des secousses légères, en fit tomber le contenu sur la table. Après s'être assuré qu'il était vide, il le mit de côté. Un savon à barbe, un blaireau, un rasoir Gottlieb Hammesfahr, un crayon, un cahier, des enveloppes, des allumettes Haushaltware, un paquet de cigarettes Juno, un *Personalausweis*, c'est-à-dire une carte d'identité... Des traces d'une existence, des choses qui perduraient avec l'entêtement de ce qui est infime, quotidien. Arturo déplaçait les objets dans un sens ou dans un autre comme des pièces sur un échiquier imaginaire, se livrant à l'acte le plus simple et le plus concret : observer. Il cherchait à détecter des singularités là où en apparence tout était indifférencié. Rien ne lui permettait d'élaborer une théorie, aussi finit-il par isoler du reste une lettre et une photo qu'il plaça devant lui, l'une à côté de l'autre. Il prit la photo ; c'était un portrait de groupe, comme celui d'une équipe de football avant le début du match, avec vingt-six joueurs. Au dos était écrit : Grafenwöhr, juillet 1941. Il la contempla de nouveau. Elle avait été prise dans l'énorme camp militaire de Bavière où la Division avait séjourné pendant son entraînement avant d'être envoyée en Russie. Des soldats portant l'uniforme de la Wehrmacht, sur deux rangs, debout et accroupis, se tenant par les épaules. En arrière-plan, la vue impressionnante d'une esplanade couverte de matériel militaire révéla à Arturo que la photo avait été prise le jour où ils avaient commencé à recevoir leur équipement. Les gars étaient souriants ; ils avaient tous une vingtaine d'années dont ils ne savaient que faire. Arturo adopta une moue de dédain attendri, ce dédain que suscite la jeunesse révolue, avec la même intensité que le désir de la revivre, et il les imagina parfaitement à Madrid, sur la *Gran Vía*, lorsqu'on venait d'apprendre que les Allemands avaient commencé à envahir la Russie. Cris, slogans, manifestations… le sang bouillait dans leurs veines. Bientôt, rue d'Alcalá, sur un balcon, était apparue la silhouette en filigrane de Serrano [1] qui avait profité de la situation pour canaliser toute cette volonté brouillonne, enhardie par la conscience de faire masse. Ils réclamaient, ils exigeaient le droit de combattre l'hydre communiste, oubliant, à l'inverse d'Arturo, que depuis des siècles sainte Thérèse d'Ávila avait prévenu que les prières exaucées font verser plus de larmes que celles qui ne le sont pas. Un jour, un train s'ébranla pour les emmener, leurs visages souriants et vociférants aux fenêtres, tandis qu'ils faisaient leurs adieux à la foule qui se pressait sur le quai de la *Estación del Norte*. Un train qui vit défiler les paysages et les ponts rudimentaires et traversa deux pays en trois jours pour les transplanter des rivages insignifiants où ils vivaient aux berges du fleuve imposant de l'Histoire. Sans doute leur sembla-t-il étrange de se lever en un lieu pour se retrouver soudain dans un autre ; le point de rencontre entre l'Histoire et l'histoire d'un homme, ce point, ce point brillant et obscur. Et il aurait fallu pouvoir observer les regards échangés et l'expression de leurs visages en proie à la nervosité et à la perplexité à mesure qu'ils pénétraient en Russie, bien décidés à tout détruire en abordant cette immensité neigeuse : le néant se protégeant par le néant. Arturo n'éprouva guère d'indulgence, cela n'avait rien de nouveau, ce n'était qu'une vieille leçon rabâchée : il lui fallait tordre délicatement le cou du cygne blanc. Sur la

1. Ramón Serrano Súñer (1901-2003) : phalangiste. Après la guerre civile, et jusqu'en 1942, il fut ministre de Franco et le principal instigateur de la formation de la División Azul.

photo, il effleura de son ongle les mentons avant de s'arrêter sur une tête précise. Dans cette rangée, tous souriaient et regardaient fixement l'objectif; tous sauf le soldat situé le plus à gauche qui était sérieux et détournait le regard vers le bord de la photographie, comme s'il attendait le moment de s'enfuir en courant. C'est lui, pensa Arturo, ou plutôt «c'était lui». Luis del Águila. Arturo n'en resta pas là; il cherchait autre chose. Il continua à scruter minutieusement la photo en se demandant lequel de ces visages était celui de la Mort. Car la Mort avait un faible pour les portraits de groupe, elle apparaissait toujours discrètement, un peu à l'écart, sous les traits d'un visage que personne ne parvenait jamais à reconnaître. Il chercha fébrilement sa piste; peut-être celui-là au second rang, le quatrième en partant de la droite, si flou... Peut-être bien. Il reposa la photo et prit la lettre. L'enveloppe portait l'adresse de l'expéditeur et le secteur postal de l'unité du destinataire; au recto et au verso, elle arborait les cachets à l'encre épaisse de la *Feldpost* et de la censure militaire. Il ouvrit délicatement le rabat puis extirpa une page manuscrite. L'écriture, tracée au crayon, était ronde, très appliquée, presque enfantine. Il la lut avec l'attention de l'archéologue qui brosse avec douceur et précision des couches de poussière ancestrale. Quand il eut terminé, il passa la lettre à Espinosa. Alors que ce dernier la parcourait, accompagnant sa lecture d'un mouvement silencieux des lèvres, Arturo se sentit abattu et fut emporté par un puissant flot de tristesse qui n'était pas due, cette fois, à son habituel sentiment de solitude, mais aux émotions insolites qui l'assaillaient. Pas besoin d'une arme ou d'une pierre, une parole suffit pour vous briser le cœur. Parce que les mots de la lettre lui avaient parlé d'un foyer, d'un «chez-soi», où il n'arrive jamais rien, où il fait chaud, où la mort n'entre pas. Autour de cette lettre, il pressentait un univers modeste, un rien naïf, un peu croyant, toujours routinier, prévisible, sûr. Une maison avec des sofas recouverts de cretonne, des tables à brasero, une bruyante Singer, des images du Sacré Cœur de Jésus, des carillons qui font la course pour sonner l'heure, des parfums douceâtres bon marché, des robes à fleurs, des radios gothiques où les noms de villes exotiques, marqués en vert et en doré, luisent faiblement dans l'obscurité... Il sentit soudain le poids d'un regard. Il leva les yeux et croisa ceux d'Espinosa qui avait fini de lire la lettre et le contemplait avec une telle concentration qu'il en avait même oublié de sacrifier à son rite compulsif : se coller une nouvelle cigarette au bec. Arturo ignorait combien de temps au juste il était resté songeur, suffisamment en tout cas pour laisser la cendre s'allonger au bout du mégot salivé qui s'inclinait, à l'insu du sergent.

– La cendre, la cendre ! s'écria Arturo.

Espinosa réagit à contretemps et elle tomba en poussière sur son pantalon, qu'il épousseta violemment avec force jurons. Arturo attendit qu'il eût réparé les dégâts pour parler.

– Luis del Águila est arrivé avec la relève de mai, dit-il, d'un ton las, il était sur le point de rentrer chez lui. Il était là depuis neuf mois.

– Le temps d'une grossesse, remarqua Espinosa.

– C'est vrai. Arturo réfléchit soigneusement à ce qu'il allait dire : Avec le temps tout devrait être plus facile...

Espinosa gratta d'un doigt les longues mèches clairsemées collées à son crâne. L'espace d'une seconde, Arturo se vit à travers les yeux du sergent, mais il préféra ignorer ce qu'il pensait de lui.

– Il y a des choses auxquelles on ne s'habitue jamais, confirma Espinosa sans pathétisme.

Il lui rendit la lettre et acheva sa deuxième cigarette en observant l'hiver dur comme le marbre qui affirmait sa froidure derrière la lucarne. Puis il rangea dans le sac tous les objets qu'Arturo en avait sortis. Ce dernier se plongea de nouveau dans la lettre, et les mots se remirent à courir dans son cerveau comme de petites araignées.

Ibiza, 7 janvier 1943

Mon cher petit frère,

Nous sommes heureux de savoir que tu es remis de ta blessure. À la maison tout le monde va bien, on a été enrhumés, mais Dieu merci, ça n'a pas été bien grave.

Le Père et la Mère pensent à toi tous les jours et tu n'imagines pas leur joie à chaque fois qu'il y a une lettre de toi. La Mère te fait dire d'être bien respectueux avec tout le monde et de n'embêter personne. Tes amis, et surtout Elpidio, t'envoient un grand bonjour.

Nous avons reçu l'argent que tu nous as envoyé, c'est beaucoup et il ne faut pas que tu en envoies davantage sinon tu vas avoir du mal à te nourrir. Ici on manque un peu de tout, comme tu t'en doutes, mais toi, prends soin de toi.

Ici, rien de particulier, je travaille toujours chez doña Engracia qui nous aide beaucoup à surmonter les difficultés, elle t'envoie aussi le bonjour.

Tu me dis que tu ne peux pas dormir, que tu ne sais pas comment guérir de cette souffrance qui te ronge et que tu n'arrives pas à soulager, tu sais, je ne peux rien y faire sauf te conseiller de t'en remettre à Dieu, lui, il sait mesurer et peser les choses, et comme tu me dis que tu parles avec le curé de là-bas, je crois que lui, il doit pouvoir te trouver une solution. Mais surtout, garde-toi des coups de tête, ne sois pas obstiné et prie, c'est ça qui t'aidera.

Je n'ai rien d'autre à te raconter pour aujourd'hui, alors je te quitte.

Ta petite sœur qui t'aime et ne t'oublie pas.

– Comment est-il possible qu'un type joue sa vie en ayant cette responsabilité ? se demanda-t-il à haute voix, après la dernière ligne. Qu'il aille jusqu'à boire l'eau des fleurs, ça, je peux le comprendre, il y a bien des raisons de boire, mais il n'y en a qu'une de se suicider.

– Il faut croire que c'était pour ça, pour envoyer de l'argent à sa famille.

– Non, c'est contradictoire, il doit y avoir autre chose.

Il chercha de nouveau l'aide d'Espinosa, mais celui-ci se referma et garda le silence. Sur la liste idéale des pistes à suivre, les activités ludiques de Luis del Águila arrivaient maintenant en tête.

– Il va y avoir du changement dans nos plans, annonça Arturo. Vous m'avez dit qu'on avait vu Luis del Águila écrire des lettres le jour de sa mort, n'est-ce pas ?

– Oui, oui, c'est exact.

– Bien, alors où sont-elles ? Pas dans son sac, bien sûr.

Espinosa eut un éclair d'intelligence, rapide comme le déclic d'un couteau à cran d'arrêt.

– Il faut aller chez le vaguemestre, s'empressa-t-il de dire.

– En effet. Del Águila a bien pu envoyer du courrier avant d'être liquidé. Depuis le temps, c'est probablement parti pour l'Espagne, mais il y a toujours du retard, qui sait, on aura peut-être de la chance… Je vais prévenir le lieutenant-colonel Navajas de ma venue et lui demander de retenir le courrier. Une fois sur place, j'en profiterai pour rencontrer le commandant Zarauza ; et il faudra vérifier en Espagne si Erundina del Águila a gardé d'autres lettres. Pendant ce temps, continuez à poser des questions et faites un tour pour moi du côté des écuries. Essayez aussi d'en savoir plus sur la violeta – allait-il aussi le charger de rendre visite au photographe ? Il décida que mieux valait qu'il le fît lui-même. Bon, conclut-il, maintenant nous avons un élément supplémentaire auquel nous raccrocher : l'aumônier. On va voir ce qu'il peut nous raconter au sujet de cette souffrance de Luis del Águila.

En entendant mentionner l'aumônier, Espinosa se raidit et déclara d'un ton lugubre.

– Vous avez raison. Parce qu'on va avoir besoin d'aide.

– De toute celle qu'on pourra trouver, confirma Arturo.

– Oui… et pas seulement ici-bas.

Le sergent ébaucha un sourire de carton-pâte.

5

Les syllabes exactes du présent

– Tu connais la dernière ?

Le caporal Aparicio Tárrega l'observait, assis sur la motocyclette d'un side-car toute déglinguée ; il tira sur l'élastique de ses lunettes d'aviateur pour les ajuster sur son casque en acier, sans cesser de faire pétarader l'engin. Non, Arturo ne connaissait pas la dernière nouvelle mais, sur un simple coup de téléphone, il avait arrêté la machine bureaucratique – par chance pour eux, la célérité germanique ne l'avait pas contaminée –, pour retenir le courrier de toute la Division entreposé chez le vaguemestre de l'état-major, à Pokrovskaïa. Le caporal Aparicio, chargé de transporter les sacs postaux de l'intendance, lui était apparu comme le moyen le plus pratique pour s'y rendre ; Arturo lui avait expliqué la situation et ils s'étaient mis d'accord.

– Non, caporal, je ne suis pas au courant, lui répondit-il après le salut de rigueur. Que se passe-t-il ?

– On a attrapé un espion.

Arturo joua la surprise…

– Pas possible !

– On a trouvé des cartes du secteur et des documents soviétiques sur l'un des prisonniers.

– C'est une bonne chose, mais j'ai bien peur que ce ne soit pas le dernier.

– Tu as raison, ici même les moustiques sont rouges.

– Ne me faites pas penser aux moustiques !

Arturo se remémora l'été précédent, sur la Volkhov, avec ses moustiques armés de dards gros comme des aiguilles de seringue contre lesquels les moustiquaires de tarlatane s'étaient révélées inutiles.

– Oui, d'accord, mais mieux vaut que ce ne soit pas le dernier, non ? Plus on en coincera, mieux ce sera.

Arturo contempla le caporal Aparicio, sa cicatrice, ses yeux noirs, son nez totémique, ce mélange de jeunesse et d'aplomb, cette force capable d'expédier d'un seul coup tout votre scepticisme dans l'autre monde. Il l'admira et l'envia.

– Oui, bien sûr, finit-il par dire, puis il fit un geste vers le side-car : On va se geler les miches là-dedans. Et la voiture rapide ?

– Le moteur de la guimbarde était à moitié foutu. On le remet en état.

– Vous n'aviez pas déjà un camion en réparation ?

– Il a rendu l'âme. On attend les pièces de rechange.

– Et si la moto nous lâche ?

– Eh bien, on prendra un traîneau.

– Et après ?

– Après, à la grâce de Dieu ! Allez, monte !

– Je ne vais pas tenir là-dedans, annonça Arturo en voyant l'énorme sac de courrier installé dans le side-car.

– Mais si ! Prends-le sur tes genoux, comme si c'était une gonzesse !

– Il va me falloir une sacrée imagination…

Arturo casa son corps comme il put dans l'étroit sabot puis posa le sac sur ses genoux. Aparicio chaussa ses lunettes et donna un coup d'accélérateur rageur. Il se tourna pour vérifier que son passager était paré.

– Prêt ? cria-t-il au-dessus de la pétarade.

– Hein ?...

Arturo mit la main en creux derrière son oreille en guise de cornet acoustique.

– Je te demande si on peut y aller ?

– Oui, oui...

– Ha, j'oubliais, tu as eu d'autres problèmes avec les Chleuhs ? lui demanda-t-il en se tâtant la cheville.

– Non, caporal. Merci.

Il remarqua que l'expression d'Aparicio impliquait aussi une certaine curiosité pour l'enquête, mais comme celui-ci ne posa pas d'autres questions, cela lui évita d'inventer un mensonge.

– Bon, dit Aparicio en haussant la voix, tu sais que pour s'entendre avec les Fritz il faut parler mathématiques. Eux, ce qu'ils aiment par-dessus tout, c'est que tout soit carré, ça les épate. Deux fois huit ?

Arturo le regarda avec le désarroi d'un chien qui veut traverser une route.

– Seize ?

– Seize ! Viens ici, que je te baise ! Ça aussi ça les épate ! Allez, on y va.

Le brusque démarrage de la moto plaqua Arturo contre son siège, l'obligeant à se bagarrer avec le sac qui lui coupait la respiration. Quand il parvint à en répartir le poids, il découvrit que lorsque le caporal était en veine de plaisanteries, il était capable de sourire avec n'importe quelle partie de son corps. N'importe laquelle !

En arrivant à Pokrovskaïa, Arturo démontra qu'il pouvait lui aussi faire quelque chose avec chacune des parties de son corps : avoir des courbatures. En fait, le poids épistolaire de plusieurs centaines d'hommes n'avait pas été le pire, ni les secousses constantes du véhicule qui semblait prendre un malin plaisir à n'éviter aucun nid-de-poule, ni même l'atmosphère glaciale qui l'avait transpercé et lui avait à moitié gelé le nez; non, le pire, le plus dramatique, ç'avait été de devoir s'agripper de toutes ses forces aux poignées du side-car en se demandant laquelle de toutes ces brusques manœuvres les enverrait s'encastrer dans un quelconque obstacle. Lorsqu'il put enfin s'extraire de l'engin, le visage violacé de froid, il se sentit fourbu et eut grand-peine à ne pas proférer des paroles qui auraient sali l'atmosphère. Une fois ses os remis en place, il se sépara provisoirement d'Aparicio qui partit garer la moto. Avant de se diriger vers le palais, Arturo contempla un moment le ciel aux reflets pâles où un soleil froid dardait des rayons obliques qui rompaient la grisaille monotone du temps. Comme il connaissait déjà le chemin, il se mêla facilement à l'agitation, digne d'une ruche, qui gravitait autour du quartier général; il esquiva une file de chevaux bâtés menés par un seul soldat, car chacun était attaché par ses rênes à la queue du précédent, puis il se dirigea vers le fronton néoclassique de l'entrée principale. Au contrôle d'entrée, il présenta son autorisation, puis passa sous les chapiteaux ioniques écaillés et pénétra pour la deuxième fois dans le quartier général. Dans le vestibule, les hommes formaient une sorte d'organisme complexe, composé de myriades de mouvements et de paroles, Arturo sentit de nouveau que toute catastrophe, tout désastre ou fléau étaient écartés. C'était la même illusion qu'en mettant une montre à l'heure : pouvoir exercer un contrôle. Il repéra les bureaux où on avait installé la poste et s'y rendit. En entrant, il ôta son casque et se présenta au vaguemestre en lui tendant l'ordre de mission du colonel Navajas. Le préposé, un sergent, était un homme noueux à la peau tannée comme du vieux cuir et aux longs favoris. À sa diction quelque peu affectée et à sa façon de vérifier son autorisation, exactement comme un gourmet français inspecterait les rations de la Heer [1], Arturo sut que le « Méticuleux », comme il le baptisa immédiatement, ne lui serait jamais sympathique mais qu'il était l'homme adéquat pour la tâche qui les attendait.

– Vous êtes en règle, conclut-il en lui rendant la feuille, déjà très froissée. Je suis le sergent Cecilio Estrada. Que puis-je pour vous ?

– J'attends de vous que vous répondiez à mes questions, sergent.

– Je ferai ce qui sera en mon pouvoir.

– Vous êtes certainement au courant de ce qui est arrivé sur la Slavianka.

– Un peu, oui.

– Inutile de vous rappeler que tout ce que nous dirons ici est strictement confidentiel.

– Je comprends.

– J'en suis certain, sergent. Bien, j'irai à l'essentiel. Je peux vous annoncer que nous soupçonnons qu'il s'agit d'un crime dont l'auteur se trouve à Mestelevo. La victime s'appelait Luis del Águila, et nous pensons que celui-ci pourrait avoir envoyé une lettre dans laquelle nous découvrirons peut-être une piste pour nous mener à l'assassin. Vous me suivez ?

Le sergent prit un air grave, de circonstance.

– Parfaitement.

– Bien, au cas où il aurait écrit cette lettre, nous devons savoir si elle est en votre possession. Et ce n'est pas tout… Il hésita avant de poursuivre, les lèvres serrées, l'air sévère : Il faudra aussi vérifier le reste du courrier pour y chercher le moindre indice susceptible de nous aider à identifier l'assassin. Tout peut être important.

– C'est bien normal, mais pour cela j'ai besoin d'un ordre du commandant Reyes Zarauza.

1. Forces terrestres de l'armée allemande.

– Le document que je vous ai montré ne fait pas l'affaire ?

– Le courrier dépend du service des renseignements. Nous ne pouvons intervenir sur le courrier sans l'accord du commandant.

– Nous pouvons peut-être trouver un arrangement et nous régulariserons ultérieurement. C'est urgent.

– Non.

Arturo n'insista pas, estimant que ce type devait céder avec la même fréquence qu'il chiait des diamants.

– Vous avez raison, sergent, concéda-t-il en changeant de tactique, il faut respecter le règlement. Je peux utiliser le téléphone ?

L'expression de Cecilio le laissa perplexe, jusqu'au moment où il se rendit compte que le sergent ne le fixait pas, son regard était posé sur un point derrière lui.

– Ce ne sera pas nécessaire.

En entendant l'intervention anonyme, Cecilio Estrada se mit au garde-à-vous ; Arturo se retourna et tomba nez à nez avec le commandant Reyes Zarauza qui se découpait dans l'encadrement de la porte. Comme toujours, il entra, précédé de son ventre ; son visage avachi semblait indiquer qu'il frôlait la crise d'apoplexie. Il changea sa serviette de main et lissa sa fine moustache du bout des doigts.

– On m'a prévenu que vous veniez d'arriver.

– En effet, mon commandant, répondit Arturo après le salut de rigueur – il remarqua que l'officier avait l'air plus amical que lors de leur première rencontre. J'ai à faire ici.

– Où en êtes-vous ?

Arturo lui résuma posément l'enchaînement des conjectures qui l'avait conduit chez le vaguemestre.

– Je vous félicite, vous menez les choses rondement. Je suis avec vous, croyez-moi. J'ai mon caractère, mais ça, c'est une autre histoire.

Un instant, Arturo fut frappé de mutisme ; il ne parvenait pas à déterminer si l'intention du commandant était captieuse et dut prendre sur lui pour éviter que son ego, réchauffé par l'admiration d'un supérieur, ne s'ouvrît comme une fleur.

– Je n'en ai jamais douté, mon commandant. À propos, où en est… ?

Reyes Zarauza l'interrompit et lui serra fortement le bras pour l'entraîner à l'écart.

– Écoutez, je ne devrais pas vous le dire… Il s'arrêta et observa Cecilio : Sergent, sortez un moment et attendez dehors. Que personne ne nous dérange, compris ?

– À vos ordres, mon commandant.

Reyes Zarauza attendit que Cecilio, le sergent circonspect, exécutât son ordre. Puis, tout en luttant contre ses difficultés respiratoires, il examina le sol à ses pieds et entreprit d'établir un lien plus poussé avec Arturo, au-delà du simple rapport hiérarchique.

– Écoutez, Arturo, je ne voudrais pas vous mettre dans l'embarras, on vous a confié une mission et vous devez l'accomplir comme vous l'entendrez. Ce que vous avez fait par le passé ne me regarde pas, seul le présent nous intéresse, êtes-vous d'accord avec moi ?

– Oui, mon commandant.

– Bien, bien… Il chercha les paroles appropriées les plus frappantes, celles qui avaient le plus de poids : Mais dans la vie, les bonnes intentions ne durent pas, surtout quand on découvre que promettre et tenir font deux, en particulier s'il y a beaucoup d'argent en jeu ou s'il faut faire preuve de beaucoup de courage. Vous me suivez ?

– Je m'y emploie, mon commandant.

– Je crois que je ne me suis pas fait comprendre. Voyons – il adopta un air de Bouddha pontifiant. Dans la vie il y a des classes, vous comprenez ? Même chez les morts. Luis del Águila était un soldat, mais aussi un phalangiste, un bon phalangiste, comme je le suis moi-même, ou du moins comme je m'efforce de l'être, et vous m'accorderez que nous sommes la colonne vertébrale de la Division.

– Sans aucun doute, mon commandant.

– Je vois que nous commençons à nous comprendre. Ce que je veux vous dire, c'est que si cela ne tenait qu'à moi, cette enquête serait menée par mes hommes, et par là je n'insinue pas que le lieutenant-colonel Navajas del Río ne va pas faire tout ce qui est en son pouvoir, non, grand Dieu, non ! Mais dans le monde, il y a… (Reyes Zarauza hésita. Arturo pouvait presque entendre les mécanismes de son cerveau), il y a des circonstances sur lesquelles nous n'avons aucune prise, les choses se compliquent au moment où on s'y attend le moins, et alors les seules lois valables sont celles qui ne sont pas écrites. Lorsque cela arrivera (il le regarda fixement dans les yeux), vous pourrez compter sur moi.

Que de secrets, encore et toujours ! Arturo interpréta la tortueuse déclaration du commandant comme un avertissement pour lui signifier qu'effectivement n'importe qui pouvait le faire tomber dans un traquenard. Il n'en fut pas surpris, encore fallait-il savoir pourquoi. L'affrontement entre les militaires et les « Chemises bleues » était-il si grave ? Cela pouvait impliquer qu'on l'avait désigné non pas parce que la gendarmerie était débordée mais parce qu'il était un pion neutre, ce qui renforça ses craintes.

– Je vous en suis très reconnaissant, mon commandant, et je m'en souviendrai. En outre, je vous demanderais instamment de faire chercher ces noms dont nous avons besoin pour l'enquête. Et aussi de charger quelqu'un de vérifier en Espagne si Erundina del Águila a conservé les lettres de son défunt frère.

– Comptez sur moi, je vais immédiatement en donner l'ordre. Quant aux noms, j'y venais. Dès que j'ai su que vous étiez là, j'ai tenu à vous les apporter moi-même.

Arturo remarqua la serviette qu'il tenait à la main. Le commandant l'appuya contre sa poitrine, défit les boucles pour l'ouvrir et en sortit des feuillets qu'il lui remit.

– Nous avons passé les fiches au peigne fin, vous savez

qu'ici «il y a de tout», des hommes qui se sont enrôlés par idéal, par pure convenance personnelle, pour des motifs religieux, ou encore des aventuriers, des indésirables... Mais revenons-en à notre sujet, nous avons travaillé dur et pour l'instant nous avons quatre-vingt-sept suspects; nous en avons écarté la moitié et nous enquêtons sur les autres. Parmi ceux-là, trois individus arrivent en tête, de la graine de damnés. Pour vous épargner du travail, nous avons vérifié les alibis pour deux d'entre eux : l'un a passé l'arme à gauche la semaine dernière et l'autre était de garde. Quant au troisième, c'est une autre paire de manches; c'est une brebis galeuse des plus contagieuses, il ne suffira pas de la tondre!

– Pouvez-vous m'en dire plus, mon commandant? demanda Arturo tout en feuilletant les documents.

– Une petite merveille! Le contraire d'un patriote, avec un vilain passé et un avenir pire encore. Ricardo Guerra Castells, alias Guerrita, franc-maçon, tchékiste[1] et inverti, vous voyez : les trois grâces! Il a été mis à toutes les sauces; il a dirigé le lieu d'interrogatoire de la rue Fomento à Madrid, puis il a fait partie du SIM[2] pour des opérations clandestines. Le reste est dans son dossier. Toutefois, ce n'est pas encore ce que cette foutue pédale a fait de pire.

– Il y a encore autre chose?

– C'est lui qui a organisé le plan Talion. Vous devez être au courant, à la 2e section, ces choses-là se savaient.

Arturo laissa échapper un léger sifflement comme un petit jet de vapeur. Rien de moins que le célèbre plan Talion! L'attentat manqué qui avait failli coûter la vie au Caudillo!

– Comment se fait-il qu'il n'ait pas été fusillé?

1. Nom donné à ceux ayant appartenu à la *checa* (services secrets des républicains durant la guerre civile).

2. Service d'investigation militaire : nom des services de renseignements et de sécurité sous la République pendant la guerre civile.

– Non, celui-là, on voulait le soigner aux petits oignons, il était bon pour le garrot. Mais, allez le lui demander vous-même. C'est le Caudillo en personne qui l'a gracié et après il l'a envoyé ici avec l'ordre exprès de préserver son anonymat pour éviter que quelqu'un n'ait l'idée de le liquider.

– C'est vraiment bizarre.

– Extrêmement curieux, surtout connaissant le Caudillo. Enfin, je veux dire, étant donné son désir d'arracher la mauvaise herbe, ajouta-t-il pour devancer toute interprétation hâtive. Mais « si vous voulez le voir toréer, dépêchez-vous ! ».

Arturo reconnut la célèbre exclamation d'un torero populaire découvrant pour la première fois l'art révolutionnaire de Belmonte et les risques qu'il prenait dans l'arène.

– Pourquoi ?

– Parce qu'on l'a envoyé à Pouchkine, avec les sapeurs, pour déterrer les mines antipersonnel, à tout moment il peut voler en morceaux.

Arturo acquiesça et consulta les feuillets en exprimant sa pensée à haute voix :

– Celui-là, il ne manquerait plus qu'il boive du sang.

– Eh bien, je n'en serais pas autrement surpris.

– Voilà des renseignements très précieux, mon commandant, assura-t-il en coinçant les papiers roulés sous son bras. Ha ! Et permettez-moi de vous féliciter pour l'arrestation de l'espion.

– Radio macuto marche toujours aussi bien ! estima le commandant avec un étonnement teinté de reproche. Maintenant qu'il est au trou, on le travaille un peu pour lui tirer les vers du nez.

– Et s'il ne parle pas ?

Arturo regretta immédiatement la candeur de sa question, mais sur les lèvres de Reyes Zarauza s'était déjà dessiné un sourire d'une cruauté olympienne.

– Il y a bien des moyens de faire parler un homme, ce

n'est qu'une question d'imagination, et il se trouve toujours quelqu'un pour en avoir à revendre.

La réponse paralysa Arturo sans pour autant effacer sa gêne. Le commandant avait ainsi accompli une partie de son devoir, il passa à la suivante : il reprit son rôle de gradé et lui enjoignit de saluer avant de sortir.

– Je vous tiendrai au courant des recherches.

Arturo était encore au garde-à-vous quand le sergent occupa la place du commandant. Pendant ce temps, il se reprocha amèrement sa puérilité ; à son âge, il n'arrivait pas à comprendre cette vulnérabilité excessive et il pressentait qu'il y avait là quelque chose d'infantile, d'inné, que ni l'expérience, ni la culture, ni l'intelligence ne corrigeraient. Lorsqu'il put survoler les feuillets, et bien qu'il s'estimât au-dessus de la propagande catéchistique orchestrée par le régime dans la société espagnole, il lui fut impossible de ne pas relier les antécédents maçonniques de cet individu, Guerrita, aux étranges circonstances du crime qui rappelaient les obscurs et minutieux rituels de la franc-maçonnerie. Il lut cependant tous les détails, cherchant à se raccrocher à des éléments aussi solides que l'ancien étalon-or, comme quelqu'un qui se méfie de l'Histoire pour l'avoir vue à l'œuvre, car le suspect parfait n'existe que dans les romans, à l'inverse du crime parfait qui n'est possible que dans la réalité. Il plia les feuilles et les glissa dans sa poche. La silhouette mince et brune du Méticuleux donnait des signes d'impatience : malgré sa réserve, il était visible qu'il supportait mal cette perte de temps. Arturo n'en fut pas mécontent.

– Eh bien, sergent, on dirait que nous avons l'autorisation. On peut commencer ?

Cecilio Estrada caressa l'un de ses favoris et acquiesça en silence. Fidèle à son impassibilité de rond-de-cuir, il lui indiqua le couloir qui menait aux entrailles du service du courrier et le conduisit jusqu'au bureau annexe de la censure. Comme ils longeaient le corridor, ils entendirent une voix s'enfler graduellement; une voix criarde, spasmodique, qui alternait les passages raffinés, solennels, les accès de colère, les invectives et même le désespoir : la voix de Hitler. La sensation que le Führer en personne pût se trouver physiquement à quelques mètres provoqua chez Arturo un fourmillement qui, partant de ses pieds, remonta se lover dans son estomac. Son incertitude dura tout le long du trajet, jusqu'à la pièce où était installée la censure. Dans un coin, sur un énorme empilement de classeurs, une radio crachait le discours du leader idolâtré. Elle était réglée sur la station de Pleskau qui diffusait son émission spéciale pour les Espagnols. Les trois employés censeurs se tenaient immobiles, assis derrière leurs tables, si absorbés par la harangue qu'ils ne se rendirent même pas compte de leur arrivée. Cecilio regarda Arturo et posa un doigt sur ses lèvres. Arturo ne put deviner s'il voulait les surprendre à ne rien faire pour mieux les sanctionner ou s'il avait envie d'écouter l'allocution. Pendant ce laps de temps, il se plut à imaginer la scène que l'on tournait au même moment, quelque part en Allemagne : les documentaires de l'UFA[1] reflétaient toujours la même esthétisation de la politique : même place, salle ou forum, remplie de haut-parleurs, de croix gammées, de banderoles; une foule électrisée, hurlant, applaudissant; et, au fond de la mise en scène, le Grand Sophiste, le Tambour, le Rédempteur de la Patrie Germanique, Adolf Hitler, un irrésistible monstre d'énergie déployant tout son arsenal rhétorique et mégalomaniaque.

Il n'était pas nécessaire de comprendre ce qu'il disait; on pouvait même dire qu'il était plus impressionnant si on ne le comprenait pas. Arturo décryptait ses mots; il savait parfaitement que ce sont les tonneaux vides qui font le plus de bruit; de même, le Führer ne faisait que vider les mots

1. Universum Film AG. C'était le groupe cinématographique le plus important de l'Allemagne de l'époque.

de leur contenu pour les remplir d'émotion, dire et redire des mensonges jusqu'à ce que leur scansion narcotique en fît des vérités, transformant de simples consignes en symboles. Oui, Arturo était conscient du fait que le nazisme ne fonctionnait qu'avec de l'imagination, des slogans et du ressentiment. Il ne pouvait cependant pas s'empêcher, lui non plus, d'être fasciné par la caresse irrationnelle de ces paroles, des mots qui ne s'adressaient pas à l'intellect mais au cœur, et en appelaient à l'inconscient, à la panique qu'éprouve tout individu confronté à la liberté. Le chant de sirène cessa lorsque Cecilio Estrada avança pour étrangler le bouton de la radio. Il ne prit aucune mesure concrète, contrairement à ce qu'attendait Arturo, mais se limita à les regarder comme s'il cherchait impatiemment quelqu'un. En le voyant, un des censeurs, qui se balançait sur sa chaise, la redressa d'un coup sec, perdit l'équilibre et fut sur le point de se casser la figure. La « compagnie Waterman », qu'on appelait familièrement ainsi par allusion aux stylographes, constituée d'un groupe hétéroclite de gardes civils utilisés comme gratte-papier, se leva comme un seul homme. Quand il fut certain d'avoir capté toute leur attention, le sergent Cecilio Estrada fit un récit de la situation aussi fouillé que la décoration d'un temple hindou. À la fin, il s'adressa de nouveau à Arturo.

– Je vous présente le soldat de première classe Octavio Imaz. Je vous laisse en de bonnes mains.

Après s'être acquitté de sa tâche, il sortit sans plus d'explication. Proche de la trentaine, Octavio était grand, mince, avec un visage d'ascète, pâle et émacié. Arturo remarqua qu'il avait les yeux rouges, ce qui trahissait un excès de travail ou un penchant excessif pour la boisson, ou les deux à la fois. Il fit le salut militaire auquel Octavio répondit d'un geste aristocratique, puis il se mit à scruter intensément le visage d'Arturo qui se plia avec naturel à cet examen bien qu'il fût secrètement gêné à l'idée que l'élégant soldat pût s'attarder sur les cicatrices de variole qui marquaient ses traits. Dans la mer de ses souvenirs, Octavio finit par trouver le bon.

– Arturo Andrade… Ce n'est pas toi qui t'es occupé de cette histoire du Prado ?

– Si, c'est moi.

– *L'Art de tuer les dragons…* se remémora-t-il sans qu'on pût comprendre s'il ne savait rien de l'affaire ou s'il en savait trop, s'il en avait une opinion négative ou s'il n'en pensait rien.

– Bien – la voix d'Arturo monta d'un ton en s'adressant au reste des inquisiteurs : Vous avez entendu le sergent, nous cherchons une lettre adressée à une certaine Erundina del Águila écrite par Luis del Águila, ou n'importe quelle autre lettre qui fasse référence au crime. On recommence, je veux dire tout, y compris ce qui a déjà été contrôlé. Allez, au boulot tout le monde !

Devant le formidable flot de lettres qui les submergeait, les hommes ne purent réprimer un gémissement collectif. Arturo observa la pièce haute de plafond, agrémentée d'affiches défraîchies de corridas à Séville et Cordoue, avec un sapin au beau milieu, couvert de boules de Noël, et, répartis tout autour, comme des cadeaux, une orgie d'enveloppes, de plis, de documents, de cartes postales, de journaux, de revues, de paquets… Son regard fut particulièrement attiré par deux cartes postales, l'une avec la photo du naufrage du porte-avions anglais *Courageous*, coulé par un sous-marin, et l'autre, lettone, antérieure à l'occupation du pays par l'Union soviétique, à en juger par la légende rédigée dans la langue autochtone. Des mots, pensa-t-il, libérateurs, destructeurs, réconfortants… irrémédiables. Toutes les pensées d'une division, des milliers d'hommes qui travaillaient, aimaient, souffraient, désiraient, mouraient… Il en conclut que là, disposant de l'information omnisciente, cela ne devait pas être difficile de se prendre pour un dieu, avec sa capacité à faire tout le bien du monde, mais aussi tout le mal. Quand son regard revint sur Octavio, tous deux subirent un de ces moments stupides dont on se sort facilement si l'on réagit à temps mais qui, dans le cas contraire, deviennent interminables. Leur embarras se prolongea.

– Allons, messieurs, pensez à votre réputation, ce n'est pas la mer à boire !

La belle voix sonore du caporal Aparicio détendit l'atmosphère et sa présence imposante envahit la pièce lorsqu'il laissa tomber le sac de courrier sur la table dans un grand fracas. Un chahut cordial l'accueillit.

– C'est pourtant pas la place qui manque, mais j'ai mis un temps à me garer ! se plaignit-il.

– Hé, Aparicio, tu sais quelque chose au sujet de l'offensive ? l'interpella, plein d'espoir, un des soldats qui avait la goutte au nez. On dit qu'il s'en prépare une…

– C'est un bobard qui circule, rétorqua un autre, agacé. Depuis notre arrivée, on nous promène avec ça. Mais oui, camarades, on défilera bientôt sur la perspective Nevski… Toujours la même rengaine et on est toujours cloués dans ce bled. Merde, moi je suis pas venu ici pour passer mes journées à lire des lettres ! Moi, c'est tout ou rien.

– Qu'est-ce que tu crois ? Que tu es le seul à t'être engagé pour en découdre ? lui reprocha un troisième qui, malgré une moustache naissante, était presque un gamin.

Les deux protestations suffirent à déclencher une série de chamailleries dont Arturo devina qu'elles étaient quotidiennes. Le tout ou rien, l'uniforme du général ou le costume de sapin, prenait ici une acuité particulière. Lorsque les lamentations prirent fin, un des soldats entonna une de ces chansons phalangistes alambiquées, aux paroles truffées de fanfaronnades, que les autres reprirent en chœur. Arturo, dépassé par cette intervention, sentit son moral défaillir car cela lui confirma qu'en dépit des apparences il avait cessé d'être jeune. Tous les jeunes veulent changer le monde, et pour cela il faut de la candeur, de la passion, alors que lui, il se cantonnait dans les positions tièdes et aseptisées. Oui, c'étaient bien eux les barbares, comme l'avait dit Hitler dans un passage de son discours radiophonique, les jeunes barbares incultes, ignorant tout de d'Histoire, qui saccageraient le monde et mettraient fin à une civilisation. Et Arturo se sentit coupable : coupable d'être vieux, d'être cette civilisation. L'exaltation atteignit un point critique quand l'un des soldats, enthousiasmé, commença à lancer des slogans à la mémoire de José Antonio [1] qui se firent de plus en plus radicaux, au point de devenir dangereusement peu favorables au Caudillo. Le ferment phalangiste bouillonnait avec virulence dans le sang de ses membres, dissimulant mal leur désaccord avec l'Espagne militaire et immobiliste. Octavio, qui jusqu'alors avait suivi le tapage avec un sourire stoïque, fit cesser le vacarme en élevant simplement la voix. Arturo remarqua qu'il avait arrêté le chambard avec l'autorité d'un chef d'orchestre, sans rencontrer d'opposition, au mépris de la hiérarchie militaire, et sans se soucier de son supérieur, le caporal Aparicio.

– Allez, arrêtez, vous devenez lourds. On n'a pas toute la guerre devant nous !

Aparicio, ignorant l'indiscipline d'Octavio, détendit l'atmosphère en frappant dans ses mains.

– Leoncio, mon pote, apporte-nous les munitions !

Le dénommé Leoncio, le soldat enrhumé, se leva, s'approcha d'une des batteries de classeurs et, sur la pointe des pieds, ouvrit l'un des plus inaccessibles. Après avoir défié quelques secondes toutes les lois de Newton, il parvint à s'en sortir indemne et à extraire deux bouteilles qu'il posa sur la table ; l'une contenait du cognac Tres Cepas, généralement fourni à la Division, et l'autre de la vodka provenant

1. José Antonio Primo de Rivera : fondateur du parti fasciste, la Phalange, fusillé le 20 novembre 1936.

d'une distillerie artisanale, fruit des échanges avec les natifs. Des verres apparurent et on fit un sort aux bouteilles en distribuant des doses généreuses des deux alcools.

– Qu'est-ce que tu veux ? demanda Aparicio à Arturo.

Celui-ci aurait préféré la chaleur d'un café, mais il ne voulut surtout pas être discourtois.

– De la vodka.

Aparicio emplit son verre à ras bord et le lui tendit à hauteur des lèvres.

– Allez, buvons pour oublier.

– Oui, ici, il y a de quoi faire dans ce domaine, reconnut Arturo en prenant garde de ne pas renverser le liquide.

– Hé, vous autres ! – le soldat à la moustache naissante réclamait l'attention générale : Portons un toast !

Le groupe adopta une attitude digne d'une cérémonie commémorative. Seule une grosse ride sur le front d'Octavio révéla que tous attendaient qu'il prît la parole.

– À l'Espagne ! proposa-t-il.

Un rempart de bras l'entoura, signe de leur soutien respectueux ; à son tour, il éleva son verre légèrement au-dessus des leurs.

– Santé !

– *Prosit !*

– *Na zdorovié !*

Au dernier toast, tous vidèrent leurs verres. Une lampée glacée, continue, une crispation déformant leurs traits. Oui, pensa Arturo, c'était bon d'être jeune, d'être un barbare. C'était bon de ne pas être seul. Soudain, Aparicio lança son verre par-dessus son épaule, à la russe, provoquant un fracas de verre brisé. L'un après l'autre, ses compagnons envoyèrent les leurs s'écraser derrière eux ; Arturo les imita sans hésiter. Le chahut s'amplifia jusqu'au moment où, au milieu du vacarme, un des verres rebondit plusieurs fois en sonnant creux avant de s'arrêter contre un mur. Le silence se fit, et tous les soldats se figèrent. Un verre intact portait malheur et personne ne voulut savoir à qui il appartenait. Aparicio relâcha la tension en les rappelant à l'ordre. En même temps, Arturo échangea un dernier regard avec Octavio Imaz dont le visage distingué affichait une inexpressivité étudiée face à des questions jugées insignifiantes. D'une certaine façon, Arturo devina que sa prestance ne collait pas avec son uniforme, que c'était une simplification par trop facile. Il détourna son regard et chercha une formule pour prendre congé ; Aparicio lui répondit avec un large et franc sourire, s'engageant à le reconduire à Mestelevo, une fois ses démarches terminées.

– À votre avis, il va leur falloir combien de temps, caporal ?

– Je suis incapable de te le dire. Il faut reconnaître qu'ils ont de quoi faire !

– C'est vrai. Pourraient-ils m'appeler dès qu'ils auront quelque chose ? À n'importe quelle heure ?

– Oui, certainement, ne t'en fais pas.

L'étape suivante de son calvaire passait par le lieutenant-colonel Navajas del Río. Arturo salua de nouveau et franchit le seuil de la pièce, abandonnant la compagnie Waterman dans le passé ; un passé qui, à n'en pas douter, l'attendrait dans un coin du futur.

– Vous permettez, mon colonel ?

– Entrez, entrez.

Arturo eut la sensation de sortir d'une pièce pour se glisser directement dans une autre, sans solution de continuité. Il regarda le capitaine qui, avec la componction d'un huissier, venait de solliciter la permission d'entrer par la porte entrouverte. Après l'avoir obtenue, il tira sur sa veste et passa prudemment la tête dans l'embrasure.

– Soldat Arturo Andrade, mon colonel.

– Qu'il entre.

Arturo pénétra dans le bureau et la première chose qu'il

aperçut fut la fenêtre qui donnait sur cet Hadès glacial qu'était l'horizon russe. Le temps commençait à se couvrir de nouveau avec un ciel lourd, couleur de cendre, tel un pâle au-delà. Les salves de l'artillerie proche ébranlaient les vitres. Il inspecta la pièce ; il ne semblait rien y avoir de nouveau depuis sa dernière visite. Au répertoire des objets dont il se souvenait, posés sur la table couverte de papiers et de dossiers, il ajouta une loupe de grande dimension, montée sur une structure en métal articulée, et un encrier bleu pétrole. Il revit la bible monumentale grâce à laquelle, lors de la réunion antérieure, il avait réussi à convaincre de son utilité dans cette affaire. Au mur, l'almanach exhibait une perle philosophique en date du 31 janvier 1943 : « Sellez-moi le cheval le plus rapide, demanda le messager, je viens de dire la vérité au roi. » Arturo exécuta le salut de rigueur et s'efforça de calquer ses réactions sur celles de l'officier supérieur. Navajas del Río offrait un profil droit et anguleux à la Néfertiti tandis qu'il tapait mollement à la machine, l'air dubitatif, comme s'il essayait de jouer d'oreille une mélodie. Quand il eut terminé, il se tourna vers Arturo en remontant ses lunettes qui avaient glissé sur le bout de son nez. Ses petits yeux sombres paraissaient avoir accumulé des années de suie. Il avait encore l'air d'avoir passé la nuit à jouer aux cartes.

– Comment avez-vous trouvé cette page de la Bible ? demanda-t-il, fidèle à sa mémoire et à son style concis.

Arturo fit un geste vers le texte sacré.

– Vous permettez ?

– Faites.

Arturo contempla la bible ; comme toujours, elle veillait sur un silence de deux mille ans. Il passa son calot sous son épaulette et souleva le livre, en le posant sur le dos, en équilibre sur une main, plaçant l'autre en tenaille sur la couverture. Il écarta et ferma la pince de ses doigts, légèrement, deux, trois, quatre fois, laissant faire le livre qui s'obstina à offrir les mêmes passages en s'ouvrant toujours aux mêmes endroits.

– Normalement, du fait des multiples lectures, un livre s'ouvre aux pages les plus lues, mon colonel, expliqua Arturo, en reposant la bible à sa place.

– Je vois. Les choses sont généralement très simples.

– Parfois, mon colonel...

– En réalité, toujours, trancha définitivement Navajas del Río.

Un sourire rusé balaya son visage et, durant quelques secondes, ses doigts tambourinèrent sur les dossiers en désordre.

– Bien, se décida-t-il, quoi de neuf ?

Arturo lui brossa un panorama général de l'enquête, y compris la filiation maçonnique du principal suspect, tout en passant sous silence les propositions voilées du commandant Reyes Zarauza. Navajas l'écoutait avec attention, intercalant quelques questions sans toutefois couper le fil du discours. Puis il prit une dague de facture très élaborée dont l'armée allemande faisait cadeau à ses chefs, dissimulée sous une rame de papier, et il se laissa aller à sa curiosité avant de se faire une opinion.

– En somme, Luis del Águila a été égorgé par quelqu'un, quelque part, de manière à ce que son sang se volatilise. Nous n'avons guère avancé...

– C'est toujours mieux que de reculer, mon colonel. Certes nous ignorons le lieu du crime, c'est vrai, pourtant je n'irais pas jusqu'à me fier à cent pour cent au dire du témoin, je n'exclus donc pas les douches. Nous ne connaissons pas non plus très exactement la méthode employée, cependant nous pouvons affirmer que, d'une façon ou d'une autre, les chevaux ont joué un rôle dans cette affaire, soit comme moyen de transport ou en fonction d'un dessein préétabli. De plus, nous avons l'heure du décès, et si nous trouvons la lettre, elle nous fournira peut-être des pistes quant au mobile du crime, à défaut, l'aumônier pourrait nous tendre une perche. Et finalement, si l'ordre des paramètres est sans importance, leur somme nous mènera à l'assassin.

– Ce ne sont pas tant les paramètres qui me tracassent que vos « peut-être », « d'une façon ou d'une autre »...

– Il faut procéder avec précaution : les apparences sont trompeuses.

– Non, soldat, rappelez-vous, les choses ont l'apparence qu'on veut bien leur donner...

Navajas soupira comme un professeur lassé d'expliquer un concept simple à un élève bouché ; il reposa la dague, ôta ses lunettes, les examina avant de les chausser de nouveau.

– Tout à l'heure, je vous expliquerai une chose, poursuivit-il, mais finissons-en d'abord avec tout ça. Personnellement, je crois qu'on a trop mélangé les torchons et les serviettes, il est donc inévitable qu'un détraqué ou un dépravé se soit glissé parmi nous. Avez-vous parlé avec le commandant Zarauza ?

– Oui, justement, il m'a donné quelques noms pour commencer.

– Parfait. Vous a-t-il dit autre chose ?

Arturo eut l'impression que le sol devenait élastique ; il ignorait quel mouvement ou quel rebondissement le ferait tomber. Que faire : dire la vérité ou mentir ? Impossible de savoir avec certitude si Navajas était au courant de quelque chose, alors une réponse négative serait un aveu de culpabilité, un oui pourrait bien être un piège et causer sa perte. Il choisit la meilleure politique, la seule valable : l'opportunisme.

– Il m'a offert toute son aide. Comme vous, mon colonel.

– Dans quel sens ?

– Dans tous.

Navajas del Río sourit et s'enfla d'orgueil. Il indiqua un siège à Arturo.

– Asseyez-vous.

Arturo tira la chaise à lui et obéit.

– Le commandant Zarauza est un homme zélé, comme subordonné il est efficace... Un bon soldat, déclara Navajas. Mais il s'empâte, vous ne trouvez pas ?

– Disons qu'il est de nature robuste, mon colonel.

– Ne jouez pas sur les mots, Arturo, si le commandant tombait, il rebondirait !

Arturo parvint à étouffer un éclat de rire qui se transforma en une grimace crispée.

– C'est vrai qu'il ferait mieux de suivre un régime.

– Un régime ? Le seul régime que suit le commandant, c'est le régime franquiste... et encore, conclut-il. Enfin... Ce que je voulais vous expliquer tout à l'heure... (Il présenta son profil de médaille en se tournant pour chercher parmi une multitude de cartes, calques, tableaux, organigrammes...) Oui, voilà ce que je voulais vous expliquer.

Il finit par extraire un plan qu'il déplia lentement. Il reprit la dague et se mit à la déplacer sur la carte avec des hésitations de boussole. C'était une carte militaire de l'Europe occupée sur laquelle il finit par indiquer le front de l'Est.

– Nos positions, mon colonel, confirma Arturo.

– En effet, mais ce n'est pas seulement sur cela que je veux attirer votre attention – il tapota la ligne du front avec la pointe d'acier : Mais plutôt sur les alentours.

Navajas del Río releva la dague et décrivit des cercles concentriques de plus en plus larges qui finirent par inclure le nord de l'Afrique, où Rommel battait en retraite sous la poussée des Alliés, et Stalingrad, théâtre de la dernière et monumentale défaite allemande. Arturo crut tout d'abord que le colonel voulait tacitement lui révéler la délicate situation dans laquelle se trouvait la Wehrmacht, imitation *sui generis* de l'Empire romain : si Rome s'était effondrée à cause de son excès de frontières, le Reich subirait le même sort du fait de l'accumulation des fronts. Mais les cercles continuèrent à s'agrandir, franchissant parallèles et méridiens, jusqu'à englober complètement ce mammouth géographique qu'était la Russie, pour lui suggérer que l'ellipse était beaucoup plus complexe, au point d'établir d'inévitables comparaisons entre le petit cercle rouge tracé autour de leurs positions et l'immensité colossale de l'Union soviétique, comparaison qui suffirait à rogner les griffes de n'importe quelle volonté de conquête. Le tranchant de la dague revint finalement se poser sur Leningrad.

– En face, reprit Navajas, nous avons trois divisions russes, et Dieu sait combien d'autres arriveront avant que la fête commence. Du fin fond de la Sibérie, Staline va faire sortir tous les hommes, jusqu'au dernier, pour les amener ici. Tout ce branle-bas de combat que vous avez remarqué dehors, ce n'est pas pour attaquer mais pour nous défendre, vous comprenez ?

Arturo ne répondit pas, mais acquiesça avec conviction. Il était très surpris d'entendre le lieutenant-colonel lui tenir des propos aussi dangereusement défaitistes, avec une telle simplicité, sans charger le trait de façon pathétique.

– Je vois que, vous comprenez, lieutenant Arturo Andrade, la situation ne tient qu'à un fil.

Arturo remarqua que pour le flatter, il lui octroyait un grade qui n'était plus le sien.

– Oui, mon colonel.

– Mais les guerres, on les gagne d'abord avec ça, dit-il en pointant la dague sur sa tête, et apparemment il y a des gens qui ne veulent pas s'en rendre compte. Et n'allez pas vous méprendre, Arturo, je ne veux pas dire qu'il faille cesser d'enquêter sur un fait aussi grave que l'assassinat du sous-lieutenant Luis del Águila ; je ne peux ni ne veux donner cet ordre, mais dans notre situation, nous n'avons que faire de querelles dévastatrices. Et surtout, nous n'avons pas besoin de martyrs, c'est une évidence. Par conséquent, pour éviter d'aggraver encore les choses, nous n'allons pas tolérer qu'à cause d'une brebis galeuse la Division cesse d'être ce qu'elle est, c'est-à-dire un vivier de volontés et un creuset d'enthousiasmes, est-ce clair ?

Plus les propos du colonel devenaient tortueux, plus Arturo éprouvait une sensation de *déjà-vu** [1] qui le renvoyait à sa rencontre avec Reyes Zarauza. Il tenta de réorienter la conversation.

– Où voulez-vous en venir, mon colonel ?

– Où ? Eh bien, c'est justement ce que je voulais vous expliquer. C'est sans doute parce que nous sommes très loin de chez nous et très près de ces rouges car ce foutu marxisme, c'est un peu comme la rougeole. On perd de la hauteur de vue, tout se brouille, les gens se mettent à avoir des visions, à vouloir faire la révolution. Et pour l'heure, nous avons besoin de tout sauf d'une révolution.

Arturo prit bonne note des explications du colonel. Mais ses intentions demeuraient aussi imprévisibles qu'une tache solaire.

– Je crois deviner ce que vous voulez me dire, mon colonel, mais pourriez-vous être un peu plus précis… Que dois-je faire ?

– Je vous en ai dit plus que je ne devais, affirma-t-il prudemment. Ne me compromettez pas… et ne vous compromettez pas. Vous saurez quoi faire le moment venu.

Navajas del Río adopta l'expression de qui s'accoude de nuit au bastingage d'un navire ou à un balcon, et Arturo abandonna la partie sans tenter de revenir à la charge. Il se borna à serrer les lèvres en signe d'assentiment.

– Puis-je intervenir sur un autre sujet, mon colonel ? Et je vous prie de ne pas me dire blanc si c'est noir.

– Allez-y.

– Je vais être très direct et vous n'aurez qu'à me répondre par oui ou par non. Avez-vous une idée de l'identité de l'assassin ?

1. Les mots en italique suivis d'un astérisque sont en français dans le texte.

Navajas del Río se racla la gorge et, non sans une certaine théâtralité, se leva lentement de sa chaise, s'approcha du poêle dans un coin du bureau et attisa le feu avec un tisonnier. Puis il revint s'asseoir, nettoya ses lunettes, ce qui augmenta la nervosité d'Arturo car cela signifiait qu'à présent il le voyait mieux.

– Non, répondit-il.

– Bien. Disposez-vous d'une information que vous ne m'auriez pas communiquée ?

– Absolument pas, dit-il sur un ton si tranchant qu'il éliminait toute autre possibilité d'interprétation.

Arturo décida de jouer son va-tout et chercha le défaut de la cuirasse pour faire flancher la volonté de Navajas et révéler l'idiot vaniteux qui sommeille en chacun de nous.

– Savez-vous ce que m'a dit le commandant Reyes Zarauza ?

– Non.

– Que dans la Division il y avait deux catégories de personnes : les phalangistes et les autres.

Navajas ne sourcilla pas, son expression se fit peut-être un peu plus sévère.

– Le commandant a raison, enfin… à moitié. Il dit que dans la Division il y a deux sortes de personnes, n'est-ce pas ?

– En effet.

– Eh bien, il n'a pas tort, il n'y en a que deux : les vivants et les morts.

Les propos de Navajas ondulaient comme un serpent dans les feuilles mortes, sans laisser de trace, en zigzag. Comprenant qu'il n'arriverait pas où il voulait en venir mais où on le laisserait aller, Arturo n'insista pas.

– Très bien, mon colonel. J'ai d'autres choses à vous demander, dit-il en se rappelant la nécessité de jouer alternativement de la carotte et du bâton. Pour faire plus efficacement mon travail, il faudrait que je sois réintégré dans mon ancien grade.

– Je sais à quoi vous faites allusion, mais c'est impossible et vous le savez. Je peux vous conférer certains pouvoirs temporaires qui vous mettront sur un pied d'égalité avec la gendarmerie. (Tous deux savaient que dans des circonstances particulières, cela permettait de s'imposer même à des officiers supérieurs.) Je crois que c'est suffisant.

– Je vous en remercie. Autre chose…

– Dites.

– Luis del Águila jouait à la violeta. Qu'en savez-vous ?

– Que c'est interdit.

– Selon les rumeurs, il y aurait des parties…

– Je me fiche des rumeurs, c'est interdit.

Durant quelques secondes, un abîme s'ouvrit entre eux. Arturo comprit ou crut comprendre que le lieutenant-colonel respectait encore certains principes. Il avait une dernière requête à formuler, la plus risquée, mais avant de poursuivre, il chercha dans le regard de Navajas ce singulier mélange d'irritation et de hâte qui indique que le sablier de la patience est sur le point de se vider. Ne l'y trouvant pas, il se jeta à l'eau.

– Lorsque tout cela sera terminé, une promotion serait justifiée.

– Cela me paraît normal, dit Navajas sans broncher. Je verrai ce qu'on peut faire.

La dernière intervention d'Arturo n'avait suscité aucune émotion chez le colonel qui le scruta cependant avec un intérêt pervers. Il s'attendait à une dernière condition ; généralement, quand les gens étaient sur le point d'obtenir ce qu'ils désiraient, ils ajoutaient une requête, s'efforçant d'imposer leur volonté, de se compliquer la vie, au risque de tout perdre. Arturo décida pourtant de se ranger à son avis en faisant acte d'allégeance.

– Bien, maintenant tout est clair.

Le sourire de Navajas del Río dessina tout un réseau de rides autour et derrière ses lunettes, et son silence elliptique retint Arturo encore quelques instants.

– Savez-vous pourquoi je vous ai choisi ? lança-t-il inopinément.

Arturo le regarda d'un air interrogateur.

– Non, mon colonel.

– Avant de décider, j'ai pris tous les renseignements vous concernant et je ne suis pas dupe : je sais qui vous êtes. Un homme réaliste, sans grandes illusions ; peut-être parce que avant vous avez nourri les plus fervents espoirs, mais cela ne me regarde pas. La vie est imprévisible. Les choses étant ce qu'elles sont, vous êtes l'homme idéal pour mener à bien cette affaire, parce que vous êtes comme moi : un type sans amis.

Arturo se crispa comme un condamné sur la chaise électrique, mais Navajas renonça à s'expliquer davantage. En revanche, il lui posa une autre question ; sa façon hésitante de l'amorcer révélait qu'il n'avait aucune intention concrète.

– Croyez-vous que je sois cruel, Andrade ?

Arturo fut légèrement surpris.

– Non, non. Pourquoi me demandez-vous cela ?

– Un chef ne peut-il pas savoir ce que pensent ses hommes ?

– Non… si, bien sûr que si.

– Et vous croyez que je ne me soucie pas de vous tous autant que vous êtes ?

– Mais si, mon colonel.

Navajas sembla mettre des points de suspension à ses pensées et palpa l'étoile d'*Oberstleutnant* sur son épaule, comme si elle lui faisait mal.

– Vous savez, je ne suis pas ici pour me faire aimer de mes hommes. Je pourrais m'y employer, bien entendu, il me suffirait de faire preuve d'un peu de compassion, mais je ne le fais pas. Mon devoir, ici, c'est de forger des hommes, pas de les couver. Si je ne les punis pas quand cela s'impose et si je leur laisse la bride sur le cou, des accidents surviennent, des hommes meurent, des positions cèdent, des batailles sont perdues et même des guerres et des patries entières... Je dois faire ce que je fais, et plus encore.

– Oui, mon colonel.

Arturo devina que Navajas del Río se sentait attiré par un épisode de son passé qui se rappelait à lui avec insistance, comme on passe sa langue dans un interstice dentaire, un souvenir qu'il chassa résolument avant de le fixer, avec quelque chose de très vieux sur le visage. Le ton redevint officiel comme il convenait à son grade.

– Bien, vous pouvez vous retirer.

Arturo obtempéra sans discussion.

– À vos ordres, mon colonel.

Il se leva énergiquement, se mit au garde-à-vous et fit demi-tour sans hésiter. Il pensait, lui aussi, qu'il était préférable de ne pas trop interroger le passé ou la vérité.

Le capitaine l'abandonna dans le couloir plein de monde, comme on dépose un plateau de petit déjeuner pour que le personnel de l'hôtel vous en débarrasse. Arturo s'en formalisa un peu et se dit que la prochaine fois il ferait peut-être mieux d'apporter un gâteau au miel à ce cerbère pour l'amadouer un peu. Il mit son casque et fut sur le point de se diriger directement vers le vestibule, mais il sentit qu'il avait besoin de s'éloigner quelques instants des actes mécaniques de la vie militaire. Il acceptait décidément son destin : il était né pour ne jamais trouver sa place nulle part. Le couloir continuait dans l'autre sens et il le suivit si longtemps qu'il eut l'impression de dépasser les limites de l'étage aulique. Il s'attarda devant certaines statues helléniques; il aimait contempler les sculptures car, contrairement aux hommes, elles respiraient l'ordre et la beauté. Le couloir aboutissait à un escalier de service désert formant une spirale étroite. Arturo le descendit posément; les serviteurs avaient dû l'emprunter jadis pour satisfaire les désirs de l'ancien propriétaire, le prince Camille; à chaque nouveau tournant des marches, il découvrait des panoplies sur fond de moire élimée, décolorée, qui conservaient les traces blanchâtres d'anciennes armes que quelqu'un avait emportées. À mi-chemin, à la hauteur d'une lucarne profondément encastrée dans le mur, il s'arrêta et s'appuya contre la pierre froide et rugueuse pour regarder dehors. Sous un ciel entre gris et cognac, il découvrit une poignée d'isbas, de greniers à grains et de baraquements en bois sur un horizon de forêts denses. Étreignant tout, la neige; un empire qui se reflétait lui-même, hypnotique, dénué de sens, comme en apesanteur. Le calme spectral qui s'attardait sur la poupe du quartier général démentait que, tout autour, des millions d'hommes étaient engagés dans un combat sans merci. On n'entendait même pas le grondement sporadique de l'artillerie dont l'ombre squelettique campait toujours sur ses positions. Durant quelques instants, il se sentit inexplicablement libéré : le passé comme le futur avaient cessé de lui peser. Il n'avait pas peur. Mais, inévitablement, son esprit ne tarda pas à s'empêtrer de nouveau dans son enquête. Il se fit un schéma mental et passa consciencieusement en revue tout ce qui était arrivé. L'hypothèse de se voir mêlé à une lutte de pouvoir lui donnait la sensation que, quelle que fût l'action qu'il entreprendrait, elle serait aussi utile que de vouloir éclairer le soleil avec une lampe de poche. En conséquence, il raccrocherait les gants pour s'en tenir à sa politique, un coup de bâton à droite, un coup à gauche. «Et que les morts enterrent leurs morts»... Le problème, c'étaient tous ces non-dits qu'il collectionnait et tentait d'évaluer dans les commentaires, les regards, les attitudes... qui lui indiquaient à quel point ce crime tombait mal pour les deux camps. Bien sûr, il s'agissait d'un jeu de dupes, guelfes et gibelins pouvaient tout aussi bien feindre, mais... Il se rapprocha du carreau. Son cerveau était en ébullition et il le plongea du regard dans la fraîcheur de la neige. Son instinct lui rappela alors Larios lui parlant des vertèbres, des passions qui marquaient les vertèbres, et de l'unique passion qui lui semblait capable de préméditer un assassinat si diaboliquement atroce : la haine. La haine et sa sœur de lait : la vengeance. Quel rapport y avait-il avec la souffrance dont parlait Erundina del Águila dans sa lettre ? Quel passé pouvait justifier qu'on méritât le purgatoire de l'alcool et de la violeta ? Quelle douleur pouvait être assez extrême pour qu'un homme se dévorât lui-même ? Arturo s'enfonça de plus en plus dans le froid, au point d'atteindre un lieu où la pensée cessait d'être faite d'images et de mots pour devenir autre chose. Pourquoi était-il obsédé par les douches ? Le sang s'échappant des veines, formant des tourbillons écarlates, le sang… Sinon, où était-il, ce sang ? S'il s'agissait d'un vampire, Arturo ne croyait pas qu'il eût une aura gothique mais humaine, celle d'un homme normal qui n'oubliait pas, un homme humilié, offensé, qui ruminait cet affront depuis des années, accumulant les détails, toute son existence tendue vers la précieuse seconde de sa vengeance : un mort vivant. Oui, ils avaient un cadavre parce qu'on l'avait tué, mais le véritable mort se baladait peut-être par là, sans éviter les miroirs. Arturo y voyait de plus en plus clair ; en revanche, il ne se rendait pas compte qu'il s'abîmait en lui-même. Et il eut peur. Et froid. Alors qu'il était sur le point de succomber à une crise de panique, un mince filet de musique parvint soudain à percer son désordre psychique et lui fit reprendre pied dans la réalité. Il s'écarta brusquement de la fenêtre et se laissa guider par la musique comme s'il devait progresser à grand-peine dans l'épaisse couche de cette neige mentale qui l'emprisonnait. Les notes limpides et pures d'un piano l'attiraient vers le premier étage. C'était une musique intensément évocatrice et totalement incongrue qui tenait du mystère et de la magie. Il remonta les marches et arriva devant une porte au style surchargé, la première d'une série sur la droite du couloir. La musique provenait de l'autre côté. Il s'assura d'abord que la cohorte des officiers de tous grades circulant dans le corridor ne paraissait pas considérer que cette pièce faisait partie du système nerveux de l'état-major, et aussi qu'il était le seul à s'étonner de cette mélodie. Il resta bien en vue, près de l'entrée, s'attendant à un rappel à l'ordre, mais il s'aperçut que personne ne le remarquait. Surpris, il ouvrit la porte, l'entrebâilla légèrement et passa la tête. La pièce semblait être le mess des officiers ; c'était un grand salon, tendu de rouge, avec une colonne qui supportait un plafond en voûte où pendait un énorme lustre doré. Une table ovale, en cerisier, avec un vase au milieu entouré de quatre figurines de porcelaine représentant les points cardinaux, était martialement gardée par une cour de chaises et de fauteuils qui disputaient le centre de gravité à la cheminée où les bûches se consumaient dans de grands craquements. D'immenses baies vitrées donnaient sur un petit balcon, et un grand miroir vénitien réfléchissait l'ensemble. Pendant ce temps, la musique résonnait toujours. Dans un coin, assise à un piano à queue au couvercle relevé, une femme exécutait un morceau. Elle se tenait très droite, raide, un peu inclinée en arrière, comme si elle devait retenir les brides d'une force déchaînée. De l'endroit où il se trouvait, Arturo pouvait parfaitement voir ses mains dont les doigts jouaient en cherchant la pression exacte, la mesure parfaite pour refléter fidèlement l'esprit de la composition. C'était une femme dans la trentaine, avec de larges épaules et des traits slaves, des pommettes lisses comme le marbre et des cheveux roux relevés. Elle portait un corsage et une jupe noirs, impeccablement coupés ; plus distinguée que belle, elle exhalait cependant, dans toute sa splendeur, le parfum de la féminité. Arturo sentit le désir alourdir son regard. Ses sentiments réprimés depuis des années s'échappèrent de quelque recoin secret de son âme en se traînant péniblement, et ses souvenirs cristallisés se mirent à dessiner de douloureuses figures sur le kaléidoscope de sa mémoire : Anna, Román… Le doux écoulement de la musique cessa soudain. La femme gardait ses mains posées sur le clavier, rigides, sans enfoncer les touches ; son visage conservait une expression accablée, absente. Finalement, tous ses muscles commencèrent à se relâcher un à un et elle posa ses mains sur ses genoux avant de parler.

– Aimez-vous Chopin ?

Arturo sursauta, mais plusieurs secondes durent s'écouler avant que le silence lui prouvât qu'on s'adressait à lui. Il ignorait ce qui le surprenait le plus : la question formulée dans un espagnol laborieux ou la capacité de la femme à deviner sa présence sans qu'il fût dans son champ de vision. Son expression d'incrédulité s'effaça à demi lorsqu'il la découvrit, reflétée dans la glace, l'observant avec l'attention qu'elle avait consacrée au piano quelques minutes auparavant.

– Le chat a mangé votre langue ?

Après sa nouvelle question, la femme sourit. À sa grande honte, Arturo se sentit rougir comme une jeune fille dont on vient de toucher le sein pour la première fois, et il referma précipitamment la porte. Il le regretta sur-le-champ, mais ce fut tout aussi fugitif. Dans ce genre de situation, sa puérilité occasionnelle était un mécanisme de défense ; avec le temps, il apprenait à se connaître un peu mieux, surtout ses faiblesses, et à cause de cette femme, il s'était senti faible, vulnérable, or ce sentiment était toujours le prélude du désastre. Il haussa les épaules avec l'expression de saint Antoine visité par les démons et se retira, défait mais non vaincu.

En arrivant dans le vestibule, il tenta de reprendre pied dans la réalité et décida d'élaborer mentalement une liste de priorités afin d'organiser ses prochaines démarches. Le premier élément n'avait curieusement aucun rapport avec Luis del Águila, mais avec son estomac. Celui-ci lui rappelait qu'il avait tenu avec un café et le souvenir des choux et des saucisses qu'il avait mangés la veille. Bien décidé à remédier à cet état de choses, il se rendit chez le vaguemestre, à la recherche d'Aparicio. Il le trouva en train de parler avec le Méticuleux qui lui certifia que l'on cherchait la lettre sans relâche. Arturo et Aparicio prirent congé du sergent, et le caporal commença à se frayer un chemin dans le vestibule grâce à sa stature peu commune. Arturo ne put éviter de lui parler de son estomac rétréci qui semblait avoir subi les pratiques des Jivaros.

– Pas étonnant, corrobora Aparicio, ici on mange de temps à autre et, en plus, avec cette bouffe insipide que nous filent les Teutons… c'est même bizarre qu'on ne soit pas déjà tous crevés ! Un sourire de conspirateur donna à son visage un air encore plus jeune et innocent : Si on était chez nous, toi qu'est-ce que tu t'enverrais derrière la cravate ?

Arturo n'eut pas la moindre hésitation.

– Des œufs avec des pommes de terre et des petites tranches de jambon sec.

– Oh là, tu fais dans la dentelle ! Moi, je mangerais un sacré pot-au-feu avec son chorizo, son lard, son boudin, sa pancetta… ! Et après ça, un bon fromage du val d'Aran et un bon petit cigare, et on se prendrait pour des princes !

Aparicio se frotta les mains comme s'il les enduisait de crème, et leurs pensées encore fumantes leur firent venir l'eau à la bouche. Quelques mètres avant la sortie, il s'arrêta et regarda derrière lui comme s'il cherchait ses empreintes pour les effacer.

– Écoute – son expression se fit craintive : Pas un mot sur ce que je vais te dire. Cette nuit, on va faire la bringue au village. Il y a un moujik qui nous prête sa maison et nous avons un copain à l'intendance qui a fauché quelques bonnes choses pour nous. Mais le clou, c'est qu'on a invité quelques *panienkas*, et tu sais qu'ici les femmes, si tu les traites bien, elles perdent vite leur petite culotte. On fait une caisse commune, alors tu peux venir si tu veux, tu n'as qu'à mettre un peu de sous. Mais, bouche cousue, hein ? Qu'est-ce que t'en dis ?

On a beau être endurci, il y a des mots, des expressions, des sourires qui touchent des points stratégiques. Arturo sut qu'il refuserait l'invitation, mais de ce fait se sentit inhumain. La nourriture était un puissant stimulant, mais l'allusion aux amours mercenaires le mit sur ses gardes. Tout désir était une blessure et Arturo léchait encore celles de sa dernière bataille. D'autant plus qu'il avait eu l'impression d'être comme un fétu de paille devant le feu de la femme inconnue. Il s'efforça de ne pas s'apitoyer sur son sort.

– Merde, alors ! se lamenta-t-il en prenant un air abattu.

– Pourquoi ? Qu'est-ce qu'il y a ?

Arturo préféra mentir.

– Je viens juste d'envoyer de l'argent à Madrid et je n'ai plus un rond…

– Si c'est que ça, t'en fais pas, je t'en prête.

– Non, je ne peux pas accepter, caporal. Vous savez : si on prend sans rien donner, finie la caisse commune… Mais je vous remercie vraiment. La prochaine fois, si vous voulez encore de moi.

– C'est pas des fois parce que t'entretiendrais une pépée ?

Aparicio s'inclina vers lui comme pour le cajoler, dans une attitude complice.

– Non, caporal, c'est simplement qu'après tout ce temps à combattre Marx, on dirait que ce salaud a finalement raison.

Une ombre voila le sourire d'Aparicio.

– Qu'est-ce que tu me chantes ?

– Les conditions économiques déterminent tout le reste.

Arturo sourit à part lui et regarda Aparicio à la dérobée, mais sur son visage il ne perçut aucun signe de connivence, ce qu'il trouva décevant. Dans ce merdier, le joyeux caporal était une pièce d'or, mais pas une lumière.

– C'était une blague !

Arturo feignit l'embarras de qui n'a pas su s'exprimer.

– Tu parles, ce genre de plaisanterie en a envoyé plus d'un au cimetière parce que…

Et il se lança dans un discours saupoudré de destins individuels fondus dans l'universel, du soutien inconditionnel au Mouvement, de guerres de libération et de caudillos invaincus ; il énumérait tout cela en le chantant presque, comme font les enfants avec le catéchisme ou les tables de multiplication. Arturo eut l'impression qu'il récitait sans bien comprendre ce qu'il disait, comme un gamin décidément. Il se remonta le moral en pensant que toute réprimande était une simple preuve d'affection primitive. Quand le caporal jugea son sermon achevé, il posa ses mains sur ses reins et s'étira progressivement avec soin. Puis il enfila ses gants, boutonna son manteau jusqu'au cou et ajusta la mentonnière de son casque.

– On n'a plus rien à faire ici. Allez, couvre-toi bien, on y va ! proposa-t-il.

Arturo l'imita, il s'emmitoufla dans son uniforme, mit son casque et le suivit. Malgré leurs préparatifs, ils étaient à peine sortis que les frissons leur donnèrent la sensation de n'avoir que leur peau pour toute protection. Le fourmillement autour du cantonnement était un peu moins intense, suffisamment toutefois pour ne pas avoir à éviter les véhicules et les colonnes des hommes marchant au pas cadencé. Aparicio avait garé la motocyclette entre quelques véhicules resserrés autour d'un feu de bois pour éviter le gel des moteurs. En chemin, la neige crissant sous leurs pas, ils croisèrent un groupe de soldats avec leurs uniformes blancs de camouflage et leurs skis sur l'épaule, comme s'ils profitaient d'une agréable fin de semaine dans une station de montagne. L'après-midi s'évanouissait en tonalités sanguines, un crépuscule tristement beau qui parvenait à déchirer la plaque argentée du *pasmourno* ou temps couvert. Ils arrivèrent aux véhicules. Apercevant un bois de bouleaux à proximité, ils se mirent automatiquement sur la défensive. La frondaison était opulente, élancée, transparente et sombre à la fois, tachetée d'écorces argentées et de troncs marqués par la lèpre des écailles rouges. Pas très loin, au-dessus des cimes, on distinguait le squelette d'une tour en bois, très haute, qui faisait partie d'un dispositif anti-incendie. À part quelque écureuil affolé qui courait de temps en temps le long des branches vitrifiées, faisant sursauter les soldats de garde, apparemment le bois n'abritait guère d'activité. Arturo savait cependant qu'il ne fallait pas prendre à la légère son apparente inanité ; des partisans de la *otriadi* tout comme des unités spéciales de la RKKA [1] opéraient dans cette zone à la recherche de scalps *ispaniets*. Il sentit le poids rassurant de son Tokarev tout en scrutant l'épaisseur du bois. Pendant ce temps, Aparicio avait retiré les branches posées sur la moto pour la camoufler, l'avait enfourchée et s'employait à la démarrer. Au bout d'un moment, à en juger par le nombre de coups de pédale qu'il avait déjà donné, ils comprirent que ce serait long. Arturo en profita pour se chauffer un peu près du feu. Aparicio finit par se fatiguer et décida d'approcher la moto en bordure des flammes, puis il sortit une de ces cigarettes russes *papirosy* à long filtre pour pouvoir fumer sans retirer ses gants. Il l'alluma et alla s'asseoir sur le side-car.

– Toujours la même histoire, maugréa-t-il. Espérons qu'avec la chaleur du feu…

Soudain, sans raison, Arturo se souvint du mystérieux toast porté par Octavio Imaz. La curiosité est un vilain péché, mais il ne put résister ; il fit un détour protocolaire et fit semblant d'aborder le sujet comme on sort un jeu de cartes : pour passer le temps.

– Cette vodka, tout à l'heure, c'était de la dynamite.

1. Armée des Travailleurs et des Paysans soviétiques.

– Une merveille, hein ? répondit Aparicio, enthousiaste. C'est le moujik qui nous prête la maison qui nous la dégote.

– Les types de la Waterman ont l'air de braves gars.

– Parfois ils dépassent les bornes, mais s'il y a des gens ici qui font correctement leur boulot, c'est bien eux ; t'en fais pas, Porte-de-prison fonctionne mieux qu'une montre suisse. Ils vont la trouver, ta lettre.

– Porte-de-prison ?

– Le sergent Cecilio.

Le Méticuleux, pensa Arturo en souriant.

– Oui, il paraît très sérieux, approuva-t-il. Et Octavio aussi.

– Tu l'as dit !

– Qu'est-ce qu'il fait ?

– Ça… il est au courrier.

– Non, je veux dire qui est-ce ?

– Un vrai personnage. C'est le fils d'un comte et depuis son entrée à l'université, il était le chef d'un escadron de la Phalange. Quand la guerre a commencé, il a choisi la cinquième colonne, il se baladait dans Madrid au volant d'une voiture fantôme qu'il avait peinte en jaune, une Chrysler de son père, pour tirer sur des miliciens. Tu sais, poum ! poum ! ni vu ni connu. Ils ont fini par reconnaître sa voiture et il a failli faire le malheur de sa famille, mais comme son père était quelqu'un d'important à la Compagnie des téléphones, le gouvernement a accepté de passer l'éponge, et il a été envoyé en exil à l'ambassade du Panama.

Arturo ne fut pas surpris ; il pouvait parfaitement imaginer Octavio Imaz avec un œillet à la boutonnière, une chemise à son chiffre, des boutons de manchette en émail à motif marin, le chapeau de côté, débarquant tout juste à Barajas et commandant du melon au jambon pour son petit déjeuner.

– S'il avait tellement envie de presser sur la détente, comment se fait-il qu'il soit au courrier ? remarqua-t-il.

– Parce que son père a le bras long et qu'il ne se résignait pas à voir son aîné être tué. Alors, bien que le garçon se soit faufilé en douce dans un bureau de recrutement, contre sa volonté, il a remué ciel et terre jusqu'à ce qu'on envoie son fils loin de la première ligne de front.

– Il n'en est pas bien loin. Si le comte apprend ça…

– Non, au début, il a été affecté à Riga, à l'atelier du journal, la *Hoja de Campaña*, mais ce gamin, il a le diable au corps et il s'est arrangé pour atterrir ici.

– À Riga ? demanda Arturo avec une certaine nonchalance. Pour quoi faire ? Balayer l'imprimerie ?

– Non, pour faire le journal.

La surprise d'Arturo n'eut d'égale que sa capacité à la dissimuler.

– Mais que foutait un chef d'escadron de la Phalange à la *Hoja de Campaña* ?

– C'est qu'en fait, tu sais, il est très cultivé, c'est une grosse tête. Fais attention, ici c'est la zone de patinage artistique, lui annonça-t-il en lui montrant un endroit mal défini sur le sol.

L'avertissement n'évita pas à Arturo de glisser sur une couche de neige gelée ; il fut sur le point de s'écrouler puis récupéra l'équilibre en agitant les bras.

– Un coup à se tuer, marmonna-t-il.

– C'est ce qui arrive à beaucoup de monde.

– Tu disais qu'Octavio est un cerveau ? lui rappela Arturo.

– Oui, il était dans la délégation nationale de la Presse et de la Propagande. Il paraît que juste avant de venir ici, il a même reçu un prix.

– Un prix de quoi ?

– Littéraire.

– Comment ça, littéraire ?

– Il écrit. Enfin, il travaille pas, quoi…

– Tiens. Arturo ne releva pas la bêtise et continua à le faire parler : Et qu'est-ce qu'il écrit ?

– Des livres.

– Naturellement, mais quel genre ?

– Bizarre.

– Et c'est comment des livres bizarres ?

– Avec beaucoup de lettres. Un jour, j'ai essayé d'en lire un, mais j'ai rien compris ; c'étaient des choses vraiment bizarres, curieuses. Si au moins il écrivait des romans d'amour, là ça me plairait. Ou ceux qu'on lit d'une main – il ébaucha un sourire de satyre : Tu me comprends !

– Oui, je vois parfaitement, répondit Arturo avec un sourire ambigu.

– Crois-moi, des fois il reste des heures devant une machine à écrire avec un air absent.

Malgré son incompréhension, Aparicio prononça la dernière phrase avec ce mélange d'admiration et de respect qu'inspirent les intellectuels à ceux qui circulent sur des voies distinctes et lointaines.

– Et tu sais quel prix il a reçu ?

– Oui, un fameux... Il hésita : Celui du Caudillo, parvint-il à indiquer.

La surprise d'Arturo dépassa alors son pouvoir de dissimulation.

– Le prix national de littérature Francisco Franco, précisa-t-il de façon lapidaire.

– Oui, oui, c'est ça, dit Aparicio avec une joie puérile.

Arturo demeura silencieux et fit le lien à une vitesse vertigineuse entre Octavio Imaz et Octavio Imaz Cadenas, auteur de *Plaidoyer pour l'Espagne*, une œuvre brillante à mi-chemin entre la harangue impériale et le drame littéraire, et qui, bien qu'elle fût très politisée, réussissait à esquiver proprement, grâce à son talent, la balourdise de la bureaucratie littéraire. Il considéra que de tels antécédents pouvaient expliquer pourquoi il était au courant de son rôle dans l'histoire du Prado. Il chercha à revenir à son impression première sur Octavio et découvrit qu'il n'en avait toujours pas. Cela confirma seulement sa première conclusion : un homme de son milieu, disposant de la parole, l'arme parfaite pour se prendre pour Dieu, et qui n'avait pas peur d'appuyer sur la détente, pouvait faire tout le bien ou tout le mal du monde. Tandis qu'Arturo se perdait dans ses réflexions, Aparicio s'était mis à contempler le feu, se laissant emporter par des pensées inconnues. Arturo avait bavardé avec Aparicio, à demi tourné, c'est-à-dire en se brûlant une partie du corps et en se gelant l'autre, il s'efforça donc d'offrir une surface plus homogène à la chaleur. Comme le caporal, il plongea son regard dans le feu de bois. Les flammes lui rappelèrent son labeur de pompier improvisé aux côtés du petit Alexandre, un souvenir doux, curatif, qui croisa l'évocation de la pianiste dans une inquiétante et violente gamme de rouges. Alors que tous deux s'absorbaient dans leurs chimères, à la lumière du brasier, de vastes pans d'ombre s'attardaient sur le paysage, bâillonnant les grands bruits et amplifiant les petits murmures.

– Je vais voir si la moto veut bien démarrer, annonça Aparicio.

Il extirpa sa carcasse du side-car et enfourcha la moto. Après avoir donné dix coups de kick sans résultat, il se tourna vers son compagnon avec une moue de contrariété. Il était sur le point de dire quelque chose, lorsque le regard d'Arturo lui servit d'avertissement et il garda le silence. Arturo avait perçu un bruit suspect. Il attrapa son Tokarev et fouilla des yeux la bordure noire du bois. Il entendit le même bruit qui, cette fois, parvint à Aparicio qui s'immobilisa ; c'était un bruit de pas étouffés par la neige et de branches cassantes. Leurs esprits se peuplèrent de partisans glissant secrètement, avec leur tenue de camouflage blanche sur la neige blanche et leurs longs *kandras* à double tranchant. Le caporal empoigna son mauser en hâte et vint se placer à la hauteur d'Arturo, le cou tendu vers l'avant comme un chien qui flaire une piste.

– Tu crois que ce sont les nôtres ? chuchota-t-il en armant son fusil avec un claquement sec.

– Aucune idée, répondit Arturo. En tout cas, mieux vaut se mettre de profil.

Un lointain crépitement de mitrailleuse troua le silence. Malgré les quelque trente degrés au-dessous de zéro, une goutte de sueur perla sur le front crevassé d'Arturo et se cristallisa instantanément sous l'effet du froid. Le bruit se répéta, cette fois plus constant, confirmant la progression d'un groupe d'hommes. La tension nerveuse leur dessécha la gorge.

– Il faut donner l'alarme, proposa Arturo.

– Non, il faut d'abord savoir si ce sont des Ruskofs. Mets-toi derrière moi.

Arturo ne discuta pas le geste autoritaire de son supérieur et se retrancha derrière Aparicio. Allongées par le feu, leurs ombres les précédaient, grimpant le long des arbres. Le caporal chercha un sentier coupe-feu qui s'enfonçait dans le bois et s'y engagea en restant sur le qui-vive. Ils avancèrent prudemment, conscients que si on leur préparait une embuscade, on pourrait les éliminer en un clin d'œil. Une lumière grise, agonisante, émanait de la neige, qui rendait leurs ombres mouvantes, incertaines. Durant leur marche, les mouvements furtifs furent de nouveau tangibles, accompagnés, cette fois, de voix qui montaient et descendaient en contrepoints furieux, si diffuses toutefois qu'elles ne leur permettaient pas de reconnaître la langue. Ils aiguisèrent leurs sens et redoublèrent de précaution. L'incertitude se dissipa progressivement comme ils approchaient d'une clairière. Peu à peu, les voix, des mots isolés devinrent déchiffrables ; des mots qui, à leur grand soulagement, appartenaient au castillan. Ils s'arrêtèrent au bord de la clairière et Aparicio signifia par gestes à Arturo de s'accroupir derrière un tronc d'arbre. Entre deux replis de terrain gelé s'élevait la tour de surveillance qu'ils avaient aperçue auparavant, et, autour, les voix s'incarnèrent dans un demi-cercle de soldats illuminés par des torches qui créaient un singulier univers de lumières et d'ombres. Arturo contempla la scène déconcertante dont il ne captait pas le sens. Les soldats se mirent au garde-à-vous derrière leurs fusils et le chef de la gendarmerie, le capitaine Joaquín Isart, surgit du bois suivi de l'officier de liaison Wolfram Kehren et de trois soldats sur les casques desquels il put distinguer les runes mystiques des Waffen SS. Presque immédiatement apparurent un curé, trois autres soldats espagnols, un prisonnier russe avec les mains attachées et un autre avec un bras en écharpe et la main bandée. Arturo comprit instantanément qu'il s'agissait d'une exécution. Il observa les deux condamnés qui furent placés l'un près de l'autre à très faible distance du peloton déjà en position. Il supposa que celui qui se trouvait sur la droite, avec ses traits anguleux de Slave, durement marqués par l'interrogatoire, était l'espion qui avait été arrêté. Mais à sa grande surprise, l'autre, courtaud, brun, à l'air enfantin, appartenait à la División Azul. Lorsqu'on le plaça à la hauteur du Russe, il tenait sa main blessée et sentit ses jambes se dérober, mais il se reprit énergiquement et adopta une attitude digne et forte. Le visage terrible mais docile du Russe, pénétré du vide métaphysique si présent dans l'âme slave, demeurait serein, à l'inverse de celui, crispé et tremblant, de l'Espagnol dont le combat intérieur était évident. Aparicio devina le trouble d'Arturo et lui expliqua en murmurant que quelques jours auparavant, on avait fait un procès sommaire à un soldat pour avoir feint un accident qui lui aurait assuré un billet de retour pour l'Espagne, c'était sans doute le malheureux en question. Durant ces précisions, la scène continuait à se dérouler et le curé s'approcha des condamnés pour leur parler à voix basse de vies éternelles, de paradis célestes et de pardon des péchés. Quand il eut terminé, tous deux baisèrent le crucifix que le prêtre leur tendait et se signèrent ; le natif à la manière russe, de droite à gauche. Arturo se demanda si c'était le curé qui avait confessé Luis del Águila. Ensuite, Joaquín Isart, sur un ton de commandement, sans aucun ménagement, ordonna au peloton de mettre en joue. Le Russe ferma les yeux comme s'il acceptait déjà de ne plus être de ce monde ; en revanche l'Espagnol perdit le peu de couleur que conservait son visage, et, en entendant les ordres successifs du capitaine Isart, il tomba à genoux dans la neige et commença à pleurnicher. La scène, à la lumière des torches nerveuses, ressemblait à un des *Désastres de la guerre* de Goya. Les cris d'Isart lui ordonnant de se mettre debout restèrent sans effet. Témoin de sa peur, un des *Schutzstaffel* dégaina son arme comme une prolongation de ses noires intentions et se dirigea vers l'Espagnol, mais un des soldats qui avait gardé le prisonnier s'interposa. La situation se tendit, le conflit de forces chercha sa résolution auprès des chefs. Wolfram Kehren et Joaquín Isart étaient capitaines, mais l'Allemand, du fait que le condamné espagnol n'était pas sous son autorité, céda le commandement à Isart. Il le fit pourtant avec lenteur et condescendance. Le garde qui s'était interposé put ainsi s'agenouiller près du condamné et la vision de leurs deux visages côte à côte, parfaitement nets dans le halo d'une lampe électrique, fit naître une expression de stupeur sur le visage d'Arturo. Ils étaient identiques. « Des jumeaux », Aparicio n'évita pas la lapalissade. « Oui », confirma Arturo, et après ce monosyllabe, il n'eut qu'une pensée, froide, anthropologique, pour les façons qu'avaient la vie et la nature de se défendre en multipliant par deux les possibilités de survie de ses créatures. Après quelques secondes de murmure à son oreille, le condamné récupéra inopinément une expression dure et, avec une précision mécanique, naquit un autre soldat, différent de l'homme désespéré : il cessa de pleurer, se remit debout et se disposa à mourir. Son frère s'écarta, l'air impénétrable, et l'ordre du capitaine Isart fendit l'air comme un couteau. Il y eut une décharge nourrie, sonore, et l'odeur du sang, âpre et métallique, se répandit pour apaiser les dieux de la guerre. Dans l'atmosphère, dans toutes les pupilles, demeurèrent des restes de lumière, comme si quelqu'un avait lancé une branche enflammée qui eût laissé un sillage de particules incandescentes. Arturo s'interrogea sur le contenu des mots distillés goutte à goutte qui avaient eu un effet si spectaculaire sur la conscience du prisonnier. Bien des années plus tard, le jumeau, marchant déjà à la frontière de sa vie, se souviendrait de son frère, enterré là-bas, en terre étrangère ; de façon obsessionnelle, il évoquerait ses yeux, au ras du sol, contemplant la neige avec cette expression de surprise indélébile qu'il avait prise, après les coups de feu, quand il avait senti dans sa poitrine une chaleur de pierres brûlantes, cette même expression qu'il avait eue pour le regarder avant de s'écrouler, le mensonge diluant encore sa peur : la certitude que cette exécution était un simulacre, une leçon infligée par les chefs, car personne n'exécuterait un soldat qui, alors qu'il aurait pu plaider l'accident, avait avoué pendant le procès s'être tiré une balle dans la main. Le visage contracté par la douleur, retenant ses larmes, la tête pleine du bruit sec du coup de grâce qui avait vidé celle de son frère, il commença à creuser une tombe au milieu de nulle part, aidé par les deux autres soldats espagnols. La neige était si dure que les pelles grinçaient et que les pioches envoyaient à chaque coup de soudaines étincelles. Tous, même les SS, restèrent là à les observer ; tous sauf le capitaine Kehren. Et Arturo pressentit partiellement ce que cet homme était venu faire en Russie, un travail qui, comme il s'en était douté dans le bureau de Navajas, n'avait rien à voir avec l'état-major de liaison, en observant son profil précis, cartésien, et en le voyant fixer la forêt, y enfoncer son regard, comme pour chercher la part la plus profonde, ancienne, obscure, de son âme germanique.

– Barbares, chuchota Arturo.

– Qu'est-ce que tu rumines ?

– Non, rien, caporal.

– Tu as une sale gueule, ça va ?

Arturo planta ses yeux dans les siens.

– Non, caporal, ça ne va pas. Il hésita un instant, mais il sut que toute explication serait comme la pluie : elle ferait du bruit mais ne voudrait rien dire. Au fait, l'invitation de tout à l'heure, elle tient toujours ?

– Bien sûr, voyons ! (Aparicio lui tapota affectueusement l'épaule.) Ça va aller... le réconforta-t-il, comprenant en partie son découragement. Demain il fera jour.

– Oui, demain... Mais pour ce qui est d'aujourd'hui, c'est foutu.

6

Éternels seconds

– «De bon matin j'ai rencontré le train de trois grands Rois qui apportaient du vin...»

Les vocalises d'un des soldats éméchés, Alonso Cogollos, surnommé «Clark Gable» car il arborait de si grandes oreilles qu'elles en étaient presque transparentes, et aussi parce qu'il était projectionniste au *Soldatenkino* du cantonnement, provoquèrent une explosion d'exclamations et de rires qui se propagea en roulant comme une bouteille vide.

– Alonso, on n'est plus à Noël, les Rois mages sont déjà passés! dit un soldat très poilu, au visage rond, avec des yeux bridés et un accent de paysan aragonais.

– T'as tort, Totor, le contredit un autre au front énorme, couvert de taches de rousseur, qui cherchait ses mots, la voix rendue pâteuse par l'alcool. Ici, y a pas de Noël, c'est tous des mécréants!

– Comment ça? Ils fêtent peut-être pas les Rois, mais le père Noël, si, assura Alonso, fâché.

– Santa Klaus, précisa un type à la mâchoire prognathe qui avait une tête de tuberculeux. Les rouges l'appellent Santa Klaus.

– Ils peuvent bien l'appeler Tartempion. Qu'est-ce que ça

peut foutre, c'est pareil. De toute façon, il s'est fait flinguer la semaine dernière, précisa le soldat à la grosse tête.

– Mais qu'est-ce que tu racontes, bordel ! l'engueula l'Aragonais dont le visage semblait peint sur un ballon.

– Merde, tu peux dire ce que tu voudras, mais un type qui apparaît en pleine nuit sur un traîneau en poussant des cris… Les soldats de garde ont cru que c'était une patrouille de Ruskofs…

– Et en plus, habillé en rouge, souligna Alonso.

– Et dire qu'il ne nous apportait que des cercueils, bordel de merde ! dit Aparicio pour le faire enrager.

Dans l'effervescence des éclats de rire, un soldat aux traits fins, bien dessinés, qui se tenait dans l'ombre, voulut aussi mettre son grain de sel. Il vint se placer à la hauteur d'Arturo, témoin amusé de toute la scène, en lui parlant dans un étrange sabir plein de voyelles traînantes et de borborygmes, jusqu'au moment où il eut le hoquet et n'arriva plus à articuler. À la soutache de sa casquette, Arturo comprit qu'il était dans l'artillerie, et aux insignes sur sa manche, qu'il appartenait à la Division. Il chercha de l'aide auprès d'Aparicio.

– Je ne comprends rien à ce qu'il dit, caporal. Il est basque ?

– C'est seulement qu'il a la dalle en pente. Mais t'en fais pas, encore trois tournées et on le comprendra tous !

Le catalyseur de toutes ces bêtises, Alonso Cogollos alias « Clark Gable », continua à se charger de la bande sonore, il se mit à imiter Lola Flores chantant *La Zarzamora* et déchaîna l'enthousiasme de toute la compagnie. Arturo s'envoya un SOS à lui-même et but une autre gorgée substantielle de cette liqueur transparente qui piquait la langue.

Après un retour mouvementé à Mestelevo, avec Aparicio poussant chaque cheval du moteur de la moto, ils s'étaient installés dans cette isba, un havre d'insouciance et de réjouissance, au milieu d'une mer de vodka. Avant de se saouler, ils avaient réglé son compte à un agneau grillé, mariné aux herbes aromatiques, accompagné de pommes de terre baignant dans une sauce délicieuse qui avait autant alimenté leurs estomacs que leurs souvenirs. À force de saucer leurs assiettes, ils avaient liquidé tout le pain. Le dessert n'avait pas démérité : chocolat hollandais et pudding allemand. L'isba faisait partie d'un ensemble de constructions alignées le long d'un chemin, un typique hameau d'«âmes» russe. Rectangulaires, avec des murs de rondins mal dégrossis et des toits de tuiles végétales, la plupart des maisons étaient misérables, vermoulues, même si la leur comptait parmi celles qui étaient en meilleur état. À l'intérieur, dans une pièce assez spacieuse, éclairée de-ci de-là par quelques bougies, il n'y avait pratiquement rien : un grabat fait de lambeaux de couvertures sur un matelas en paille, deux bancs, une table, un buffet avec des ustensiles de cuisine disparates, quelques outils pour travailler la terre… Le groupe de soldats en goguette s'était rassemblé autour du four de briques; le sol en terre battue était couvert de foin et de sacs vides infestés de poux qui se rappelaient invariablement à eux en les martyrisant. Autour s'amoncelaient des capotes doublées de veau retourné, des surgants ouatinés, des passe-montagnes, des godillots à haute tige, des havresacs, des fusils-mitrailleurs, des munitions, des baïonnettes… Ils attendaient le retour de leur Roi mage, le propriétaire de l'isba, chargé d'amener les aimables et généreuses panienkas, pour continuer à faire la bringue en leur compagnie. L'atmosphère était nébuleuse, asphyxiante, saturée de tabac mêlé aux odeurs corporelles et aux effluves de la décomposition des joints en ciment végétal des murs de rondins. Arturo but de nouveau et toussa un moment. Accablé, il tenta de s'enfuir mentalement à travers l'une des fenêtres; une lune immense brillait au-dessus de la masse sombre de la forêt. Cependant, son camarade Dalle-en-Pente ne paraissait pas disposé à le laisser s'échapper plus longtemps et, par un son inarticulé, il lui signifia son intention de consolider son incompréhensible camaraderie. Arturo, peu enclin à la patience, attrapa une bouteille, abandonna le garçon au milieu d'une phrase à moitié élaborée, se leva en titubant sous l'effet de l'alcool et sauta par-dessus les adeptes de Bacchus, maintenant lancés dans une version de *Mi Jaca*, pour se réfugier contre le mur le plus éloigné de l'isba. À défaut de papier à fleurs, les plaques de bois qui recouvraient les rondins avaient été tapissées d'un *collage** particulier, constitué de feuilles arrachées à toutes sortes de revues et de journaux nationaux et étrangers. *ABC, Signal, Ya, Hoja de Campaña, La Codorniz, Fotos, Arriba, Pravda, Izvestia*... Arturo laissa errer lentement son regard sur ces mots en vrac, comme un archéologue sur les protubérances calcaires révélant un fabuleux trésor de peintures rupestres. Il ne tarda pas à s'en désintéresser et continua à boire, debout, dans le ronronnement du bruit de fond. Il entrait progressivement dans cette phase de l'ébriété où tout semble être une version différente de la réalité, une autre forme de lucidité, presque un dégrisement, il en profita pour scruter les autres soldats à travers l'atmosphère âcre. L'alcool, comme la mort ou la neige, en avait fait des êtres indifférenciés. Il se rendit compte qu'il ne pouvait pas rater une telle occasion, écouter radio macuto en pleine cuite, sonder les rumeurs en lançant ses filets et voir ce qu'il pêcherait. Et il devait le faire avant l'arrivée de leur majordome russe. Il s'approcha résolument d'une foule de bouteilles sans étiquettes pour servir une tournée en remplissant tous les verres. Il revint ensuite près de l'insupportable Dalle-en-Pente et proposa un toast afin d'arrêter les chansons, puis il se comporta comme un renard choisissant soigneusement les poules les plus dodues. Au comportement d'Alonso Cogollos qui agissait toujours comme s'il brûlait ses vaisseaux devant les hommes et l'Histoire, il découvrit que chez lui l'exhibitionnisme l'emportait sur la raison. Il commença donc par lui.

– Qu'est-ce qu'il y a au cinéma cette semaine ? demanda-t-il innocemment.

– Pareil que les dernières semaines : *À moi la légion !*

– Je l'ai déjà vu. Mais comment ça se fait ? Les films ne changent pas ?

– Un soldat s'est plaint à l'intendance qu'on passait toujours les mêmes, quelqu'un s'est fâché et a dit que si on n'était pas contents, on allait nous les repasser jusqu'à ce qu'on sache les apprécier, répondit-il en bâillant avec indolence pour faire son important.

– Dis-moi, comment il finissait, ce film, tu sais, celui où il y a eu la panne de courant ? intervint Grosse-Tête. On n'a jamais su...

– J'ai oublié.

– Le méchant devait mourir, suggéra Arturo avec une pointe de malveillance. Il s'en voulut immédiatement : C'est juste une supposition, mais... c'est vrai que les films préférés du Führer sont ceux de Walt Disney ? lança-t-il pour faire diversion.

– C'est ce qu'on dit, confirma Alonso, et il paraît que ce sont aussi les préférés de ce salaud de Staline.

– En parlant de films, enchaîna Arturo, le soldat égorgé dans la rivière, ça ferait un sacré film d'horreur !

– Et un bon en plus !

– C'était comment son nom ? Onofre... dit Arturo, feignant l'ignorance.

– Non, intervint le petit Aragonais hirsute, il s'appelait Luis, Luis del Águila.

– Tu le connaissais ?

– Pas personnellement – il emplit de nouveau son verre. Mais d'après ce qu'on m'a raconté, il n'avait pas beaucoup d'amis.

– Et des ennemis ?

– Ça, on en a tous, conclut l'Aragonais qui, en soufflant, gêné par la chaleur, ouvrit un peu sa vareuse, découvrant ainsi l'épaisse toison sur sa poitrine.

Arturo fit mine d'observer son verre, tandis que, du coin de l'œil, il surveillait Aparicio qui avait compris son manège mais gardait le silence, ce dont il lui sut gré mentalement.

– Bon, alors que Dieu l'accueille au paradis, dit finalement Arturo en trinquant.

– Ça, c'est sûr. C'était un cul-bénit.

Il eut l'impression que sa toile d'araignée commençait à vibrer. Suivant une stratégie vague et fluctuante, il avait lâché la phrase sans aucune intention précise, mais à cet instant les paroles d'Erundina del Águila au sujet de la souffrance de son frère résonnèrent dans sa tête. Il appâta son hameçon.

– Il aimait les curés ? Ton nom, c'est… Excuse-moi, j'ai du mal à retenir les prénoms.

– Servando – son accent aragonais sembla rallonger son nom. Et le tien ?

– Arturo.

– Oui, Arturo, les curés, il les avait à la bonne, une vraie grenouille de bénitier ! Moi, je suis infirmier à l'hôpital, et tout le temps qu'on l'a soigné, il était toujours avec l'aumônier Ramón. On aurait dit qu'ils étaient fiancés.

– Et il est comment cet aumônier ?

Servando jura. Avec la cuite qu'il tenait, ses mains le trahissaient, les objets lui échappaient et il avait presque renversé l'alcool.

– L'aumônier ? se reprit-il. Il aime s'écouter parler, mais c'est un brave type.

– Le bouffeur d'hosties, c'est une grande gueule qu'a pas de respect, s'écria Alonso.

– C'est toi qui dis ça ! Comme si toi, le fils à papa, tu te faisais pas mousser ! lança Grosse-Tête.

Alonso fit mine de ne pas pouvoir faire le tour de sa tête.

– Et allez donc ! La terreur des chapeliers…

– Tu veux que je te foute un pain, mon salaud ? répliqua l'autre en le menaçant du poing avant d'attraper sa baïonnette.

– Un seul ? Tout à l'heure tu voulais m'en donner trois morceaux pour saucer et j'ai pas voulu.

Arturo comprit que c'était une querelle de routine entre deux amis et les laissa se disputer comme un vieux couple. Il continua ses investigations.

– D'après ce qu'on raconte, dit-il à Servando, ce Luis, il levait pas mal le coude… S'il se confessait autant que tu le dis et qu'en plus il buvait beaucoup, il ne devait pas avoir la conscience bien tranquille, suggéra-t-il ironiquement.

– Maintenant que tu le dis, c'est vrai qu'il levait le coude. Tu as raison, si ça se trouve, il était pas net. Et d'après moi, remarqua Servando avec l'air d'un conspirateur et les intonations complices d'une commère, il avait le ciboulot atteint.

– Pourquoi tu dis ça ?

– Tous ces coups de feu, ça avait dû le rendre un peu dingue, des fois je le voyais causer tout seul.

– T'as jamais parlé tout seul ? On est tous un peu fêlés.

– Ouais, tous – il se redressa comme il put sur son tas de foin. Mais lui, c'était comme s'il était en face de quelqu'un et qu'ils discutaient ensemble. Il en bavait, je te jure.

De nouveau, les paroles d'Erundina résonnèrent dans la tête d'Arturo.

– Ça, c'est le passé, suggéra-t-il.

– Hein ? Avec ces deux-là, je t'entends mal.

– Le passé, répéta-t-il.

– Je comprends pas.

– Il parlait avec son passé.

Servando fit les yeux ronds et murmura :

– Ce qui faut pas entendre… Tu serais pas un peu timbré, toi aussi ? Parce que les dingues, ici, c'est pas ça qui manque. Les Russes nous en ont laissé un asile plein à craquer.

– Eh bien, dis-moi où c'est, j'irai m'inscrire.

– Crénom… Dans quel monde tu vis ? Tu sais pas où se trouve Molevo ?

– De l'autre côté de la rivière ?

– C'est ça.

– Mais c'est un monastère.

– Autrefois. Après, les Ruskofs en ont fait un asile de fous et quand ils ont battu en retraite, ils les ont abandonnés à la grâce de Dieu, c'est le cas de le dire. Un gars de la brigade antichars m'a prêté un télémètre, et je les ai vus de loin ; ils se baladent aux alentours, il y en a qui sont très calmes, d'autres qui courent et poussent des cris, terrorisés par les obus, ils crèvent tous de faim. Il faut reconnaître qu'ils font pitié.

Arturo se rappela les coupoles à bulbes de Molevo, écarlates et dorées, au-dessus de la cime des arbres, juste là où la Slavianka se perdait dans un large méandre. Il se rappela aussi que lui, il devait éviter de se perdre dans sa recherche de la vérité.

– En fait, peut-être qu'on aurait dû le faire entrer là-bas, reprit-il sur un ton confidentiel, parce que le bruit court aussi que ce Luis del Águila jouait à la violeta.

Il est des mots qui vous laissent sans voix. Servando se raidit, sur la défensive.

– On dirait que tu t'intéresses beaucoup à ce macchabée…

Arturo battit en retraite.

– Qu'est-ce que tu veux que j'en aie à foutre, c'est juste que la façon dont il a été tué, c'est de la boucherie.

L'Aragonais le regarda avec méfiance.

– Dis donc, trancha-t-il, qu'est-ce que tu veux ? Qu'on nous mette à genoux pour dire notre dernière prière ?

– Non, mon vieux, je cherche pas les embrouilles.

– Alors, boucle-la, les gens parlent, ils exagèrent les choses et ça pourrait nous retomber dessus.

– Mais, pourquoi ?

– Parce que.

Il mit un point final à la discussion en vidant son verre d'un seul trait, un geste viril, et rota avant de s'essuyer la bouche du revers de sa main velue.

Le sacro-saint parce que, pensa Arturo ; il espéra que, dans cette affaire, le sergent Espinosa ne tomberait pas sur autant d'impasses. Il se resservit de l'alcool et prêta momentanément attention au beau Dalle-en-Pente : imbibé au point de ne plus savoir qui il était, celui-ci avait cessé de lui casser les pieds et se contentait de le fixer de ses yeux hagards et enfiévrés. Arturo finissait par le trouver attendrissant, il lui tapota le dos et le soldat sourit. Il allait lui demander comment il se sentait, quand, peu à peu, l'autre inclina la tête en arrière, ouvrit la bouche, un filet de salive coula aux commissures de ses lèvres, et il émit des ronflements forts et réguliers.

– Pablito va louper le clou de la soirée.

Le commentaire ramena sur le devant de la scène le soldat au menton proéminent qui avait clarifié la filiation de Santa Klaus. Sa silhouette était imprécise, ce qui obligea Arturo à le scruter pour distinguer son extrême maigreur, comme si sa peau était peinte sur ses os. Cousu à une poche de sa *Feldbluse*, il y avait un scapulaire du Sacré Cœur de Jésus, insigne distinctif des carlistes en campagne.

– Oui, il en tient une bonne ! répondit Arturo.

– Ces légionnaires sont tous pareils, entre cette merde de tabac qu'ils fument et ce qu'ils boivent, ils sont allumés. Mais c'est un chaud lapin, c'est pas grave s'il tire pas son coup ce soir.

– Pourquoi ? C'est vraiment un don Juan ?

Les yeux du soldat sourirent.

– Un peu, ouais ! Au point qu'on l'appelle comme José Antonio : l'Absent.

– Pourquoi ?

– Parce que quand il part en perme, on peut plus mettre

la main sur lui. Il doit croire qu'il est venu en Europe pour faire du tourisme. La dernière fois, il n'a pas rejoint son unité et il a mis toute la gendarmerie de l'arrière-garde sur les dents. Bien sûr, ils ont fini par le retrouver.

– Où ça ?

– Dans un bar, en Grèce, acoquiné avec la patronne, une veuve. Quand on l'a arrêté, il a affirmé qu'il s'était perdu – il rit de bon cœur. On ne l'a pas fusillé parce que c'est un as pour calculer les angles de tir, mais on l'a envoyé espionner sous le nez de Staline. Il a de la chance qu'on ait maintenant ce nouveau général, avec Muñoz Grandes, il n'aurait jamais pu sauver sa peau.

Arturo observa affectueusement le visage de bébé Cadum du bel endormi qui continuait à baver abondamment sur sa vareuse, et il eut bien du mal à imaginer ses désertions galantes. Il se demandait quelle serait la meilleure façon de soutirer des informations au carliste, quand Aparicio le devança.

– Vous êtes au courant de la fête qui va être organisée au QG ?

La question du caporal, qui avait écouté toute la conversation en silence, ne suscita pas immédiatement l'intérêt d'Arturo ; en revanche Servando se montra curieux.

– Allez, raconte.

– C'est Paramio qui me l'a dit hier.

– Le photographe ?

– Oui. Paramio Pont.

L'évocation du photographe fit à Arturo l'effet d'une morsure ; les traces de l'affaire apparaissaient et disparaissaient comme le Guadiana [1].

– Et qu'est-ce qu'il t'a dit ? le pressa Servando.

– Eh bien, l'autre jour je suis allé chercher des photos,

1. Dans son cours supérieur, le fleuve Guadiana disparaît de la surface pendant environ soixante-dix kilomètres.

mais il m'a expliqué qu'il n'avait pas eu le temps de les développer. Il était débordé de travail à cause de la préparation de la visite du général Lindemann. Les types de la Propagande l'avaient chargé du boulot.

Il imita un mouvement de manivelle avec sa main droite à hauteur de la tempe, comme s'il filmait.

– Mais ici ça barde vachement, comment ça se fait qu'on invite des huiles ?

– Il s'agirait de soutenir le moral des troupes en les passant en revue.

– Et ce Paramio Pont, on peut s'y fier ? intervint Arturo qui mentit : J'ai des pellicules à développer...

– Qu'il soit de confiance ou pas, c'est pareil : il est le seul.

– Oui, mais je peux vraiment m'y fier ?

– Oui, sans problème.

– À mon avis, il va pas faire de vieux os, déclara Servando en buvant un coup de vodka.

– Pourquoi ?

– Jusqu'à présent, il s'en est bien sorti, mais les flingueurs russes doivent être en train de le tirer au sort. (Il se référait aux francs-tireurs.) Il a déjà reçu des avertissements.

– On veut le sortir de l'arène ?

Servando apprécia la plaisanterie taurine.

– C'est presque ça. Dès qu'il peut se faire oublier, il attrape son Leica et il va se balader en première ligne.

– Il doit chercher quelque chose.

Arturo trancha de la main un petit nuage de fumée qui flottait devant ses yeux, le transformant en deux tourbillons qui tournèrent lentement.

– Oui, sans doute, appuya Servando.

Que de secrets... Toujours cette rumeur trouble et profonde sous la surface impeccable, paisible. Le comportement insolite du photographe renforça l'envie d'Arturo de le rencontrer. Par une rapide association d'idées, il fit le rapport entre la présence exotique de la pianiste et l'organisation des festivités officielles. Son désir abolit la distance et il se rappela sa silhouette raide et distinguée, ses cheveux roux relevés en un chignon serré, la pâleur de son visage mystérieux auréolé de notes soyeuses, subtiles, intenses, fluides, pernicieuses. «Aimez-vous Chopin?» L'espace de quelques secondes, il n'y avait rien eu au monde de plus parfait ni de plus nécessaire. Et il éprouva de nouveau l'affolement, le trouble, le chagrin… la terreur.

– Ben vraiment, au train où vont les choses, on aura plus qu'à se branler.

Alonso Cogollos, qui avait déjà du mal à articuler, continuait cependant à jacasser et témoignait ainsi de sa virilité.

– Elles ne vont plus tarder, affirma Aparicio en regardant sa montre. Et ces filles ne sont pas comme ces grosses putes de foire que tu fréquentes, alors faut pas déconner.

– Bon, elles arrivent, oui ou non? Parce que moi, j'ai la bite comme le cou d'un chanteur de flamenco, insista-t-il en sifflant son verre d'un trait et en passant lascivement sa langue à l'intérieur, dans l'intention de montrer ce qu'il comptait leur faire.

– Et tu crois qu'elles sucent, Alonso? demanda Grosse-Tête avec le sourire exagéré d'un satyre.

– Même pas besoin de leur demander, comme les Françaises. Ici, elles ont ça dans le sang. Mais il faudrait d'abord qu'elle trouve ta queue, parce que avec le petit machin que tu as…

– D'après ta sœur, il vaut la chandelle!

– Écoute, petit, je chie pas sur ton père parce que c'est peut-être moi!

– Si tu crois que tu vas m'avoir, pauvre con!

– Je baise pas les mecs, taré!

Grosse-Tête attrapa de nouveau sa baïonnette et la dispute reprit de plus belle. Cette fois, Aparicio les calma.

– Allez, ça va!

Arturo observa tristement le couple; cela lui faisait penser à une relation du style «je ne peux pas vivre sans toi ni avec toi». Tout connard trouve toujours plus con que lui, pensa-t-il, et durant quelques instants, à cause de l'alcool qui circulait dans ses veines, il effeuilla mentalement une marguerite : allaient-ils se battre? Oui, non, oui, non. Puis une réminiscence déchue de l'honneur chevaleresque, protéger les jeunes filles, brilla dans son esprit avec de sanglants reflets métalliques.

– J'espère au moins que vous vous êtes lavés sous la ceinture, dit-il sur un ton provocant, avec une emphase glaciale.

Visiblement irrité, Alonso le fixa et se disposait à répliquer, lorsque dehors on entendit des pas feutrés et le sifflement de skis. D'un seul coup, l'alcool s'évapora de leurs corps et ils eurent conscience de célébrer une fête à la lisière des sombres rêves de cent cinquante millions de Russes. Aparicio réagit le premier; prudent et rapide, il déplaça avec agilité son corps aux proportions démesurées pour éteindre tous les points lumineux de l'isba. Des ténèbres primitives s'abattirent sur la pièce. Le doute, la frayeur, l'incertitude. Arturo imagina que les soldats étaient soudain devenus des boules de nerfs, leurs visages, des masques d'argile, tandis qu'à moitié dévêtus ils cherchaient leurs armes à l'aveuglette. Aparicio continuait à se traîner d'une fenêtre à l'autre, scrutant l'extérieur, quand un crissement syncopé de la neige et le chuintement des skis leur étreignirent le cœur, faisant surgir l'image de silhouettes blanches se déployant en éventail autour de l'isba et se concertant en silence pour guetter le moment de déclencher une Saint-Barthélemy russe. Dans l'épaisseur du silence, les soldats armèrent leurs fusils et les culasses qu'on verrouillait produisirent un sinistre cliquetis métallique. Alors que tous attendaient les ordres d'Aparicio, qui se trouvait être le plus gradé, ce dernier posa la main sur l'épaule de Servando.

– C'est plein de Ruskofs, dit-il d'un ton grave, et si on

reste ici, ils vont tous nous zigouiller, il faut sortir à toute vitesse. Vous savez comment faire, un par un, et dispersion immédiate. Et ne vous avisez pas de tirer avant que je vous le dise. Et…

Avant de donner ses dernières instructions, il serra l'épaule de Servando, comme s'il allait lui dire quelque chose, mais il changea finalement d'idée et ne s'adressa pas à lui mais à Grosse-Tête.

– … Faustino, tu sors le premier.

– Moi ? lâcha Grosse-Tête, comme piqué au vif – sa voix trahissait sa nervosité. Pourquoi moi ?

– Parce qu'il faut bien que quelqu'un passe devant.

– Merde alors ! Et il faut que ça tombe sur moi… Caporal, sûr que c'est parce que l'autre jour je vous ai pas aidé avec les sacs de courrier, objecta-t-il, récalcitrant.

– Non, c'est pas pour ça, c'est parce que t'es un gland. Sors d'ici, bordel de merde !

– Je savais bien qu'il y avait une raison…

Faustino blasphéma et avança courbé en deux, tout en préparant son fusil-mitrailleur et une grenade, puis sa silhouette se découpa sur la porte de l'isba. Il pria quelques secondes, fit un pacte quelconque avec Dieu et attendit le signal d'Aparicio.

– Et te cogne pas la tête, tenta de l'encourager Alonso.

Le bras d'honneur de Faustino et l'ordre d'Aparicio se télescopèrent au moment où le soldat ouvrait violemment la porte et se précipitait à l'extérieur. Les autres entourèrent le caporal, disposés à s'engouffrer dans le sillage de Faustino, mais il les arrêta d'un geste brusque. La séquence suivante aurait dû être rythmée par le crépitement des fusils-mitrailleurs et les terribles cris de guerre hurlés par les Russes, « Hourra, hourra », mais aucun éclat de voix, aucun tir ne se firent entendre.

– Sûr qu'ils lui ont ouvert le ventre, compatit Alonso.

L'allusion aux couteaux emplit le sang des soldats de

minuscules glaçons. Avec une arme à feu, on pouvait tuer un homme, mais avec un couteau, on en tuait un et on en terrorisait mille.

– On y va, caporal? s'enquit Servando.

– Non, pas encore, répondit Aparicio, qui demeurait le nez collé à la fenêtre. Et pas de conneries, compris?

Le vent qui se glissait par la porte ouverte les engourdissait, et la lune se reflétait sur le rectangle de neige découpé par la porte, pénétrant par les fenêtres et inondant toute la pièce d'une lumière cendrée qui renforçait la sensation de froid.

– On démarre? insista Servando quelques instants plus tard.

Cette fois la réponse fut incompréhensible, une voix gutturale finit par révéler qu'Aparicio essayait seulement d'étouffer un éclat de rire. Les soldats commencèrent à s'énerver et Arturo se rendit compte qu'ils n'avaient pas seulement mordu à l'hameçon, ils avaient tout avalé, y compris la canne et le pêcheur. Comme une démonstration mathématique, Grosse-Tête se détacha dans le cadre de la porte, encore sous l'effet d'une trouille mémorable. «Fils de pute!» furent les premiers mots dont il gratifia Aparicio qui éclatait maintenant d'un rire tonitruant. «Fallait le voir détaler comme un lapin!» articula-t-il laborieusement entre deux hoquets. Quand les autres comprirent qu'il s'était agi d'une blague, ils se solidarisèrent avec Faustino et engueulèrent le caporal hilare comme du poisson pourri. Arturo se souvint alors de Pablito et le chercha, se demandant comment il avait surmonté tout ce cirque, mais après un coup d'œil rapide, il s'étonna de ne pas le voir. Une brève récapitulation lui confirma qu'il ne trouvait pas Pablito parce qu'il l'avait cherché partout sauf à un endroit : celui où il devait être. Le beau jeune homme dormait toujours du sommeil du juste, oublié de tous, la bouche à peine entrouverte, exhalant un soupir régulier et sifflant, totalement étranger au tapage ambiant. Il y a un ange gardien qui fait des heures supplémentaires, pensa Arturo. Sans plus attendre, il enfila sa vareuse, évita le groupe qui harcelait Aparicio, et sortit de l'isba afin de confirmer ses soupçons. La neige scintillait d'un éclat métallique d'aluminium pulvérisé. Dans ses yeux, la rétine devint un peu douloureuse. Exactement comme il l'avait supposé, les pas et les chuchotements provenaient du convoi qui attendait à quelques mètres de la maison, encore un peu déconcerté par la sortie en trombe de Faustino. Attelés à une troïka, deux chevaux efflanqués à poil long, la crinière emmêlée, s'ébrouaient, l'air harassé ; de temps en temps, un moujik tout emmitouflé les flattait de la main ; il avait un visage dur, osseux, et le froid avait ourlé de blanc ses sourcils, ses cils et sa longue moustache raide. Il était chaussé de raquettes rudimentaires et tenait une badine de bouleau. Sur la troïka, resplendissantes sous la clarté laiteuse de la lune, se blottissaient les panienkas si convoitées, enveloppées dans d'épaisses pelisses, leurs petits visages emmitouflés dans des foulards et des bonnets de grosse laine. Arturo, sans savoir pourquoi, avait imaginé une caravane de paysannes girondes aux joues rouges, à la chevelure blonde semée de fleurs sauvages, comme celles qu'on voit sur les cartes postales, assises dans des charrettes avançant sur fond de champs de blé ondoyants ; il y en avait bien deux de ce genre, les autres étaient des beautés typiquement russes aux cheveux sombres dont les regards, d'une douceur particulière, n'étaient pas gais mais enfantins. D'un geste inconscient, Arturo lissa ses cheveux et rectifia sa tenue. Puis il sourit en levant la main, quelque peu intimidé. Les jeunes filles lui répondirent immédiatement, l'encourageant à venir les accueillir.

– *Dobro pozhalovat !* Soyez les bienvenus ! salua-t-il.

Le moujik s'approcha le premier et se lança dans des salutations affectueuses, hospitalières, accompagnées d'une prodigieuse débauche de mimiques ; il parlait très vite, nullement découragé par son ignorance de la langue de l'envahisseur. Arturo, aussi ravi qu'abasourdi, avait grand-peine à le suivre mais, après quelques secondes de gesticulations et un ralentissement minime du débit du Russe, il constata que la compréhension est davantage affaire de volonté que de mots. Les hommes qui avaient fini de régler leurs comptes avec Aparicio sortirent les uns derrière les autres afin de prouver qu'après les milliers de kilomètres parcourus depuis l'Espagne à complimenter tout ce qui portait jupon, ils n'avaient rien perdu de leur virtuosité dans ce domaine.

– Quelles gonzesses !

– De vraies petites cailles, oui, y a plus qu'à les farcir !

– Du perdreau comme ça, y en a pas chez les flics !

– Allons-y, les gars, sus aux pépées ! Le dernier arrivé est un pédé. Vive l'Espagne !

Aparicio, rougissant d'enthousiasme, tenta de mettre de l'ordre dans toute cette confusion.

– Et n'allez pas les engrosser, que celui qui veut se mouiller mette un caoutchouc. Avec elles vous n'aurez pas besoin de permanganate, c'est pas le genre ! Traitez-les comme des princesses, leur recommanda-t-il.

Souriant et chuchotant entre elles, se sentant admirées par les Espagnols, les filles descendirent de la troïka l'une après l'autre, en s'appuyant chacune sur le bras de leurs casanovas respectifs qui se disputaient à coups de coude le privilège d'être le premier à les courtiser. Après avoir jaugé la marchandise, Alonso, impatient et dominateur, repéra une grande bringue et se fraya brutalement un passage jusqu'à elle. Lorsque la jeune femme mit pied à terre, elle avait une tête de plus que le soldat émerveillé qui croyait contempler Ava Gardner en personne. « Qu'importe la jument pourvu que le poulain tète ! » lança Faustino sur le ton du sarcasme. Sans se faire prier, les panienkas choisirent successivement les soldats, et ce fut alors le tour d'Arturo qui, bien qu'il fût sorti le premier, peu sûr de l'impression qu'il ferait, était resté en arrière. Quand il n'eut plus de doute quant à la jeune femme qui lui était destinée, il prit une pause avantageuse et passa la main dans ses cheveux gominés, feignant une aisance qu'il n'avait pas. La fille avait la peau rougie par le froid, des cheveux châtains, à en juger par les mèches qui s'échappaient de son fichu, et des yeux de velours étincelants, très très grands ; elle n'était pas vraiment belle, mais sa peau lisse et son air espiègle camouflaient ses imperfections. Arturo éprouva une attirance douce, une sorte d'élan qui le poussa vers elle ; il l'aida à descendre de la troïka et la conduisit vers l'isba en échangeant des paroles légères, rituelles. Elle s'appelait Zira, sentait le vin doux et parlait d'une voix tranquille, étrangement calme, surprise et ravie à la fois de voir Arturo se débrouiller dans sa langue. À l'intérieur, quelqu'un s'était chargé de rallumer les bougies et de raviver le feu avec quelques bûches. Les flammes répandaient une lumière chaude et peu à peu cette chaleur revint couler dans leurs veines ; les filles se débarrassèrent de leurs gros manteaux, découvrant les trésors épanouis qui gonflaient leurs blouses brodées et leurs jupes épaisses. Au milieu des rires et des plaisanteries, les soldats s'étaient répartis dans la pièce, comme des hiboux sur leurs oliviers, chacun essayant de délimiter son territoire, redoublant d'attentions pour son amie ; ils gardaient encore leurs distances, mais les sous-entendus fusaient sous l'effet de l'excitation et de l'appréhension. Arturo conduisit Zira vers son coin, il regrettait de ne rien pouvoir lui offrir de plus confortable que la grosse toile des sacs disposés par terre sur lesquels il s'était installé auparavant. À côté, Pablito était toujours au septième ciel ; de ses lèvres entrouvertes s'échappaient des paroles sans suite. Tandis qu'ils continuaient à faire connaissance, le moujik, qui semblait avoir disparu, reparut avec une balalaïka et une bouteille de champagne Veuve Clicquot. Par inadvertance, l'hiver avait posé sur elle ses doigts glacés, gelant les bulles d'alcool, et le liquide s'était solidifié. Le Russe bavard se chargea en un clin d'œil de mettre de l'ambiance, il ordonna à l'une des filles de jouer de l'instrument et se transfigura, dès la première note, en se lançant dans leur danse préférée, la danse cosaque. Quelques Espagnols se risquèrent à l'imiter mais ne tardèrent pas à tomber, épuisés, essoufflés par l'effort et la difficulté. Arturo ne prêtait guère attention aux danseurs, fasciné par la présence de Zira qui suivait leurs évolutions avec une joie enfantine. Il désirait lui plaire et son anxiété le rendait nerveux. À un moment donné, un rayon de lune plus intense illumina le visage de la fille et le fit pâlir ostensiblement, lui conférant une texture fantomatique.

– *Potchemou ty na menia smotrich'?* Pourquoi me regardes-tu tellement ?

La voix de Zira l'arracha au gouffre de ses émotions complexes. Elle soutenait son regard en souriant, les bras autour de ses genoux, à mi-chemin entre l'incompréhension et la curiosité.

– *Ia doumal.* Je réfléchissais, improvisa-t-il.

– *O tchom ty doumal?* À quoi ?

– *O tom, chto ty takaïa khorochenkaïa.* À ta beauté.

Elle sourit, un sourire délicat comme du cristal, bien que voilé d'incrédulité.

– *Ou tebia nevesta?* Tu as une fiancée ? demanda Zira.

– *Niet, nevesty ou menia niet.* Non, je n'en ai pas.

– *Ty veroyatno vrioch'. U vas vsekh est' nevesty.* Je suis presque certaine que tu mens. Vous avez tous des fiancées.

Son reproche ne dressait pas une barrière entre eux, ce n'étaient que des paroles en l'air qui faisaient partie du jeu de la séduction.

– *Tchestnoe slovo, ou menia ee niet. I nikogda ne bylo.* Non, vraiment, je n'en ai pas. Je n'en ai jamais eu.

Sa curiosité autorisait Arturo à lui retourner la question sur un plan d'égalité.

– *A ou tebia zhenikh est'?* Et toi, tu as un fiancé ?

– *Niet, ou menia tozhe niet.* Non, moi non plus.

Arturo savait que c'était probablement vrai ; les hommes jeunes de la région avaient été recrutés par l'Armée rouge, avaient fui ou étaient morts. En fait, c'était une des raisons pour lesquelles il leur était si facile de se lier aux natives.

– *Skazhi mne chto-niboud' o tvoeï zhizni.* Parle-moi un peu de toi, s'intéressa de nouveau Zira. *Kakaya Ispania ?* C'est comment l'Espagne ?

– *Ia i Ispania.* Moi et l'Espagne... Il but une gorgée de vodka : *Eto dolgo rasskazivat'.* C'est une longue histoire.

Il se mit à parler et, contre son habitude, devint volubile. Il inventa une version édulcorée de sa vie et une vision idyllique de l'Espagne. Peu importaient les mensonges, car une seule chose comptait : parler. Et tandis qu'il s'épanchait, il sentit se relâcher la tension qu'il éprouvait depuis des mois. Il savait qu'il ne pouvait pas s'offrir le luxe de la passion ; en revanche, il pouvait momentanément voir la jeune femme comme auréolée d'une multitude de roses fraîches, paisible, désirable, attirante. Oui, ne serait-ce qu'une nuit. Parce que cette nuit, il désirait une présence vivante, jeune, sans culpabilité ni douleur. Cette nuit, il le méritait bien. Autour d'eux, les danseurs et la musique s'étaient calmés et pendant que certains buvaient ou essayaient de communiquer avec des mots mercenaires et des gesticulations alambiquées (*« Tvoi glaza kak nebo golouboe »*, furent les mots qu'il entendit sur les lèvres d'un Aparicio émoustillé, « Tes yeux sont aussi bleus que le ciel »), d'autres entamaient les préliminaires de leur commerce charnel, frôlements qui n'avaient rien d'innocent, car, sous la caresse, le corps ne l'est jamais, il explore, s'exprime, interroge.

– *I seïtchas ty pro sebia govori.* Et maintenant parle-moi de toi, conclut Arturo.

Sa question n'avait rien à voir avec la curiosité. Il voulait juste prendre son temps. Pour regarder, pour admirer. Il se mit à savourer ces instants en silence, et il aurait continué ainsi toute la nuit s'il ne s'était pas demandé depuis combien de temps il n'avait pas fait l'amour avec une femme. Il fut surpris de découvrir qu'il y avait presque quatre ans qu'il avait couché avec Anna pour la première (et la dernière) fois. Durant ses années de prison, il avait eu quelques rapports avec d'autres prisonniers ; du sexe animal, brutal, clandestin. Mais pas l'ombre d'une femme. Parvenu à ce point de ses réflexions, il s'aperçut qu'il était excité et, tandis que Zira continuait à parler de son univers rural, il sentit croître son érection de façon si impérieuse qu'une seule chose l'arrêtait encore : la passion. Des sentiments ambivalents, ankylosés, défilèrent dans son esprit. Méfiant, il envisageait déjà de se lever et de rejoindre tout droit sa tanière, lorsqu'il vit dans les yeux de Zira une chose qui l'immobilisa. Arturo connaissait bien ce regard. Il l'émouvait et le soulageait aussi. Parce que la fille voyait en lui l'homme perdu et qu'elle éprouvait le désir de le sauver ; c'était, chez les femmes, un profond instinct qui les incitait à aider les hommes à révéler ce qu'ils avaient au fond d'eux-mêmes de plus incertain et de plus terrible. Arturo respira ; c'était en effet très simple : à l'inverse de ce qui pouvait arriver avec la pianiste, il ne risquait pas de tomber amoureux de Zira, d'une femme qui voulait le sauver, parce qu'il n'était capable d'aimer que les femmes susceptibles de le détruire.

– J'ai envie de toi, Zira.

Il fut surpris de s'entendre le lui dire en espagnol, alors qu'il savait qu'elle ne comprendrait pas. Mais elle acquiesça, passa ses bras autour de son cou et lui donna un baiser imprévu ; ce fut comme un déclic qui mit fin à son indécision. Arturo prit avec délicatesse l'initiative des baisers suivants qui alternèrent avec les regards. Avant que leurs caresses ne se fissent plus intimes, elle l'arrêta un instant et, en glissant ses mains dans ses cheveux, l'entraîna vers la partie la plus à l'écart de l'isba. Là, ils recommencèrent à s'embrasser et elle s'abandonna définitivement à ses mains, non sans lui avoir d'abord donné un préservatif; Arturo comprit et n'en fut pas contrarié : la guerre était loin d'être gagnée et si les bolcheviks revenaient et la trouvaient avec un enfant des vaincus, ils les tueraient tous les deux. À chaque centimètre de peau découverte, Arturo devait contrôler la brutale envie de possession immédiate qui le submergeait. Ainsi, chaque détail du corps de Zira resterait gravé à jamais dans son esprit en vertu d'une mnémotechnie de la passion. Quand il la pénétra, il le fit lentement, laissant passer une éternité entre les assauts profonds, de plus en plus profonds, à lui toucher le cœur. Le temps s'écoula doucement sans qu'ils s'en rendissent compte; à un moment donné, tous deux serrèrent leurs paupières et leurs visages prirent une expression presque douloureuse, chacun ressentant le tremblement de l'orgasme de l'autre, et Arturo, durant ces brefs instants, entre ces quatre murs, oublia tout ce qui l'empêchait d'être heureux. Ensuite, ils restèrent longtemps enlacés, leurs corps blottis l'un contre l'autre, avant de s'endormir.

L'événement suivant fut l'arrivée d'un flocon de neige de la taille d'un timbre; léger, annonciateur de millions de ses semblables qui tomberaient quelques heures plus tard, il se glissa dans l'isba par une fente et plana sur un léger courant d'air à travers toute la pièce, pour venir se poser sur la joue d'Arturo où il fondit instantanément comme une larme, le long de sa pommette. Il était exactement une heure quarante-sept minutes.

Le réveil d'Arturo fut violent, angoissant. Une lutte contre le vent, au milieu des morceaux éparpillés de sa conscience, jusqu'au moment où l'espace redevint solide, palpable. Il ne se souvint pas immédiatement du songe qui avait hérissé sa nuit de piques acérées, mais, peu à peu, les choses se remirent en place dans son esprit, il retrouva sa lucidité et des lambeaux de rêve traversèrent son cerveau comme autant de coups de cravache. Ce n'était pas un phénomène linéaire, plutôt des taches sur la toile de sa mémoire : les paroles apocalyptiques d'Alfredo Larios, la douceur du ventre de Zira, le visage stupide de Trinitario, le jumeau s'écroulant dans la neige, la vapeur épaisse que dégageaient les jets brûlants des douches, les notes arrachées au piano par la mystérieuse et sensuelle pianiste… Tout était trop intense, trop angoissant, et il décida de se détendre, de ne pas torturer sa mémoire. Les bougies avaient fondu et la lune, disque de lumière pure, éclairait l'intérieur de l'isba de sa lueur glacée, soulignant les ombres et le contour des masses endormies qui gisaient çà et là, à même le sol. Quelques tisons incandescents brillaient encore faiblement dans le ventre du four. Derrière les fenêtres, dans la forêt, les cimes des arbres opulents et denses, entourées d'une vague clarté, émergeaient toujours de la neige ; le vent soufflait entre les branches en un concert discordant. Au-delà, la guerre suivait son cours, se rappelant à eux par des coups de canon espacés ou par le harcèlement méthodique des mitrailleuses. Arturo tenta de l'oublier en observant Zira, collée contre lui, à demi nue, des mèches de cheveux châtains barrant ses joues comme des algues sur le corps d'un naufragé. Sa peau diffusait de la chaleur. Il sourit, toussa légèrement. Il frotta sa joue et sentit qu'il piquait ; cela, ajouté au croissant de saleté sous ses ongles, lui fit penser qu'il s'était juste lavé, à toute allure, ce qui était vraiment indispensable. Il fut momentanément distrait de Zira par la sensation physique de l'eau sur son corps qui matérialisa dans son esprit la silhouette de Luis del Águila, nu comme un ver, sous la douche, tandis que les filets d'eau qui coulaient sur sa peau se teignaient soudain d'écarlate. Un doute très lointain l'assaillit de nouveau. Pourquoi cette émotion ne cessait-elle d'alerter sa raison pour lui indiquer que le baraquement des douches était le lieu du crime ? Le témoignage de Trinitario, dernier soldat chargé de la corvée de nettoyage, affirmant que Luis del Águila en était ressorti vivant, ne semblait pas suffire à calmer ses soupçons. Ce laps de temps durant lequel Trinitario avait laissé seule la victime pour aller se soulager fonctionnait comme une obscure et hallucinante logique qui se mouvait sous la forme d'une créature abyssale, millénaire, ridant à peine, mais de façon inquiétante, la surface lisse de ses certitudes. Il révisa la combinaison de phrases et de faits accumulés dans sa mémoire, cherchant une justification intellectuelle aux problèmes intestinaux du soldat. Il était sur le point de renoncer, lorsqu'il se figea. « Les façons qu'avaient la vie et la nature de se défendre en multipliant par deux les possibilités de survie de ses créatures », se souvint-il. Quelques secondes suffirent, et quelques associations d'idées fulgurantes, pour que les indications du médecin, le capitaine Alfredo Larios, le témoignage de Trinitario et l'exécution du jumeau lui fournissent la réponse douloureusement simple à toutes ses interrogations. Comprendre, c'est s'identifier à l'autre, pensa Arturo, et il commença peu à peu à se fondre dans la nature méthodique, patiente de l'assassin, à se confondre avec elle, mettant ses pas dans les siens, comme cette nuit-là derrière Luis del Águila. Peu importait si l'assassin avait prévu la présence de Trinitario, car c'était « son » moment. Il avait attendu que ce dernier lui laissât le champ libre pour entrer dans la baraque et repérer la vapeur qui révélait la présence de sa victime. Luis del Águila était bien là, de dos, nu, le visage levé, aveuglé par les jets d'eau qui tombaient directement sur lui, parfaite offrande pour l'holocauste. Le destin attendait. Et il n'avait pas eu longtemps à le faire. Le meurtrier avait brandi le couteau pour égorger sa victime d'un mouvement essentiel, naturel comme un sourire ou une chute de neige. De la carotide sectionnée, le sang avait jailli à gros bouillons devant l'assassin, qui restait là à le regarder disparaître avec l'eau. Sans perdre de temps, avant le retour de l'inévitable Trinitario, il avait fermé le robinet de la douche, caché le cadavre et ses vêtements dans les zones d'ombre dont Arturo se rappelait qu'elles ne risquaient pas d'être éclairées, car la dernière ampoule était grillée, puis, se faisant passer pour Luis del Águila, chose possible grâce à la capuche des tenues de camouflage, il était sorti sans adresser la parole à Trinitario. Il était la copie d'Águila, son double, son jumeau pervers. Plus tard, avec toute la nuit devant lui, il avait dû revenir au baraquement pour terminer sa besogne. Arturo se souvint qu'il était fermé par un cadenas et que Trinitario n'avait pas signalé qu'on l'eût forcé, bien que n'importe qui pût surmonter cet obstacle avec un peu d'habileté et un crochet. Il considéra qu'il n'était pas fondamental de savoir si les actes avaient été improvisés ou planifiés, les deux options étaient possibles, de fait l'improvisation exige une plus grande préparation ; en tout cas, les deux éventualités avaient exigé un cran fabuleux. Comprendre, c'est s'identifier à l'autre, oui, c'est aussi pour cela qu'Arturo était capable d'éprouver mentalement sa haine. « Cherchez une passion, lui avait dit Alfredo Larios, une passion, c'est toujours un mobile. » Et quelle passion plus puissante que la haine ? Le cinquième cercle de Dante. Un coléreux. Un homme enfermé dans un passé autosuffisant, condamné à l'éternelle répétition de son cycle obsessionnel, un homme qui ne se met en marche que lorsque son horloge intérieure sonne l'appel du sang. Un non-mort. Un non-vivant. Un vampire. Arturo trembla et se serra contre Zira pour essayer de franchir les frontières de leurs peaux et trouver le fil qui le guiderait dans sa confuse perception de l'esprit de l'assassin. Il contempla Zira. L'admira. Sa présence lui insufflait des flots d'optimisme. Alors, comme devant l'icône d'une vierge, Arturo la supplia pour que ce fût la bonne réponse, pour que l'assassin eût un mobile, une histoire de haine et de vengeance, n'importe quoi, parce que l'autre possibilité, celle d'un Jack l'Éventreur, n'avait aucune consistance. Cela signifierait l'impunité. Le vide. L'absurde. Mais, surtout, l'horreur.

Arturo enlaça de nouveau Zira. Endormie, elle exhala un soupir, se retourna sur le côté et bougea sa petite tête contre son bras, autant d'actes insignifiants qui finirent par le calmer. Il pouvait encore dormir quelques heures. Il se laissa envahir par les signes avant-coureurs du sommeil qui se collait à son visage comme une toile d'araignée, le faisant flotter, lui fermant doucement les yeux; alors qu'il perdait contact avec la réalité, une voix de stentor le réveilla en sursaut.

– Alors, c'est pour quand?

Pablito, qui venait de s'éveiller du sommeil du juste, le regardait comme s'il voyait un revenant, il chancelait et un sourire éclairait son visage angélique. Tandis que tous deux s'observaient avec étonnement, un second flocon de neige, frère de celui qui avait fondu quelques heures plus tôt sur la joue d'Arturo, parvint aussi à s'introduire dans l'isba; aérien comme un souvenir lointain, hésitant, il tourbillonna dans un souffle de vent et alla se poser sur une des briques incandescentes du four où il brilla avant de s'évaporer avec un léger sifflement.

Il était exactement quatre heures trente-cinq minutes.

Puis la neige se mit à tomber.

Elle tomba toute la nuit.

La neige.

7

Pureté

Un ciel bleu outremer, comme la base d'une flamme, s'enfonçait dans la neige compacte et aveuglante de Mestelevo. La sévère bourrasque de la nuit précédente avait transformé le monde en un vaste fief hivernal. Arturo, qui promenait sa gueule de bois dans le paysage russe, plissa les yeux pour éviter la brûlure de la lumière. Les battements du sang dans ses tempes résonnaient sous la voûte calcinée de son crâne, et le froid, dont il sentait la caresse glacée et atavique, semblait s'attaquer à ses os. Il s'était réveillé dans l'isba, d'où tout le monde paraissait avoir disparu comme par enchantement, seul, assoiffé, la tête dans un étau, et sans cette espèce d'énergie salutaire que lui avait insufflée Zira, il était de très mauvais poil. Il se dirigea vers les baraquements. Avant d'arriver à sa mansarde, il croisa un groupe de soldats ; ils convoyaient une lente colonne de prisonniers qui traînaient lourdement leurs valenki dans la neige comme s'ils remorquaient toute l'énormité de leur défaite. Un des captifs s'arrêta pour le regarder ; un Mongol colossal dont les cheveux raides et gras dépassaient d'un bonnet pointu à oreilles. C'était le prototype du soldat russe moyen, grégaire, résigné à la souffrance, indifférent à la déroute, obéissant davantage par crainte des commissaires que par amour de la mère patrie. Au bout de quelques secondes, un de ceux qui marchaient derrière lui le bouscula, et il finit par détourner les yeux avant de se remettre en marche. Dans ce bref laps de temps, son regard bovin réveilla chez Arturo une sorte d'énergie profonde, obsessionnelle, où se combinaient la faiblesse, le malaise, l'impatience, la colère, la névrose... Arturo sentit renaître tout son ressentiment, là, dans sa gorge. « C'est normal de tuer. » Le pauvre soldat ne saurait jamais à quel point, à l'instant où leurs regards se croisaient, il avait été à deux doigts de recevoir le chargeur entier d'un Tokarev.

Rituels. Les rituels anesthésient les dures conditions matérielles, l'anxiété, la sensation de danger. Au lieu de se rendre directement à son baraquement, Arturo avait pris la direction du bâtiment d'abattage et il observait avec une sobriété entomologique le berger allemand qui bavait de colère, grognait et le menaçait rageusement de ses crocs. Il subissait toujours le supplice de Tantale, enchaîné à l'épave du camion qui lui servait de niche. Il s'était déjà élancé quatre fois vers lui, et tout autre animal, après s'être quasiment brisé le cou avec une régularité pavlovienne, serait resté sous son toit improvisé, les oreilles basses et la queue entre les pattes. Mais pas cet orgueilleux spécimen, pas lui. Tandis qu'il prenait de nouveau son élan, y mettant toutes ses forces, suivi par la chaîne ondulante, à aucun moment Arturo n'aurait pu dire pourquoi il continuait à torturer ce chien. Il était simplement là, à portée de main ; Arturo avait des comptes à régler avec le monde et, pour l'heure, cet animal en était une assez bonne incarnation. Même lorsque, pour la cinquième fois, le chien fut stoppé net en l'air et retomba dans la neige, Arturo n'éprouva pas le moindre remords. Essentiellement parce qu'il savait que la contrition suppose l'espoir du pardon et qu'il avait conscience de faire une chose impardonnable. Leurs liens de sang en furent revigorés. Sans geste superflu, d'un pas vif, il se dirigea vers sa mansarde.

La première chose qu'il fit en entrant dans sa chambre fut d'allumer le poêle qui occupait un coin de la pièce ; il attendit de voir les flammes se tordre entre les bûches avant d'enlever ses vêtements molletonnés et son casque, but de l'eau afin d'apaiser sa gueule de bois, puis mangea les restes de son colis de Noël : une boîte de sardines, un pot de confiture et quelques dragées. Il mit de côté un peu de l'huile des sardines : il n'y avait pas de meilleure protection pour les lèvres gercées. Il fut également tenté de manger l'orange toujours posée près du téléphone ; songea à enfoncer ses ongles dans la pulpe acide, à en détacher un à un les quartiers, mais préféra finalement conserver sa lumière acidulée. La cérémonie du café ne tarda pas ; il mit la cafetière à chauffer sur la fonte du poêle et, aux premiers bouillonnements, un parfum pénétrant et ténébreux envahit la pièce. Puis, assis sur son lit, il s'adossa au mur et se réchauffa les mains à son gobelet d'étain rempli à ras bord, tout en soufflant sur le café. Il avala quelques gorgées et se laissa envahir par leur pouvoir calorifique. Il finit de boire en soupirant. Les choses auraient beau changer, se consola-t-il, le café serait toujours le café. Il reposa le gobelet et s'abandonna à l'envoûtement des flammes qui dansaient dans le poêle. Le sortilège n'opéra pas longtemps : il avait une enquête à mener. En admettant que Luis del Águila eût été assassiné dans les douches, trois des éléments clés de l'affaire, où, comment et quand, étaient établis. Il évaluerait plus tard la façon dont les autres variables viendraient s'articuler sur cette base, à savoir la débandade des chevaux, leur tombe de glace et la phrase gravée sur le mort. Cela renforçait en tout cas sa conviction que le coupable avait surveillé Luis del Águila, ce qui impliquait qu'il pouvait facilement aller et venir dans Mestelevo, d'autant plus qu'il avait dû ouvrir le cadenas pour retourner dans le baraquement des douches. Il savait aussi qu'il était élancé et d'une constitution comparable à celle de sa victime, tant par la force nécessaire pour commettre le crime que par la manière dont il s'était fait passer pour Luis. Pourtant, le quatrième élément clé, le mobile, le tenait encore en haleine. D'un côté, les affronts et leurs réparations entre militaires et phalangistes semblaient une piste cohérente ; d'un autre côté brillait la lueur noire de la vengeance. Bon ! Une fois les problèmes identifiés, il fallait hiérarchiser les solutions. Il était urgent de faire préciser ses souvenirs à Trinitario, à l'affût de ce détail qui, chaque fois que l'on reprend ses notes, est toujours là, ne demandant qu'à être découvert. Ensuite, le plus urgent serait de s'entretenir avec l'aumônier, puis avec Ricardo Guerra et Paramio Pont, le photographe. Les autres questions en suspens dépendaient des investigations d'Espinosa et d'un coup de fil du Méticuleux. Il n'insista pas : ce serait néfaste d'encombrer inutilement son esprit. Soudain le téléphone se mit à sonner impérativement. Arturo sursauta et bondit presque hors du lit pour décrocher le combiné. Sa première supposition fut que le Méticuleux l'appelait pour le prévenir que les «Waterman» étaient tombés sur la lettre envoyée à Erundina del Águila, mais à travers la friture qui perturbait la ligne, ce fut la voix grave du sergent Espinosa qui résonna à l'autre bout du fil.

– Ce n'est pas trop tôt – le ton était acerbe, tranchant. Je vous ai déjà appelé cinq fois. Vous m'entendez ?

– Plus ou moins, mais je vous entends, sergent.

– Moi, je vous entends très mal. On peut savoir où vous étiez ?

Arturo n'eut pas l'impression qu'on lui parlait mais qu'on lui crachait dessus. Il pressentit qu'Espinosa était dans un de ses mauvais jours et décida de faire profil bas.

– Je regrette, je n'ai pas fermé l'œil de la nuit. Je n'ai pas dû entendre la sonnerie.

– Je vois. Quand le chat n'est pas là, les souris dansent, lui reprocha le sergent.

– Je suis désolé.

Son manque d'animosité parut convaincre Espinosa que, ce jour-là, il devrait chercher un adversaire ailleurs.

– Venons-en au fait – sa voix avait pris une inflexion académique, dépourvue d'émotion. Vous savez que c'est aujourd'hui qu'on enterre Luis del Águila ?

– Non, je l'ignorais, répondit Arturo en se demandant où il voulait en venir.

– Qu'est-ce que vous dites ?

– Je dis que non, reprit Arturo en criant presque. Je n'en savais rien.

– Dites, on ferait peut-être bien d'aller présenter nos condoléances.

– Il y a plus urgent à faire – Arturo pensait à Trinitario.

– Peut-être, mais c'est un certain Ramón qui officie, un aumônier, et ça pourrait bien nous intéresser.

Arturo resta muet le temps de se rendre compte que, d'après les révélations de Servando, la veille au soir, cela les intéressait en effet.

– Vous êtes toujours là ? demanda Espinosa.

– Oui.

– J'ai cru qu'on avait été coupés. Qu'est-ce qu'on fait ?

– C'est lui l'aumônier qu'on doit interroger.

Cette fois, le silence se fit à l'autre bout de la ligne.

– Sergent ? s'inquiéta Arturo.

Dans l'écouteur, le silence était émaillé de grésillements.

– Sergent Espinosa, vous m'entendez ?

– Et com… en… cert…

Les paroles d'Espinosa pointaient le bout de leur nez et disparaissaient soudain, comme un naufragé qui résisterait vaillamment à la noyade.

– Répétez, sergent, je ne vous entends pas bien !

– Comment… êt… ain…

– Je ne vous entends toujours pas…

– Je vous disais : Comment en êtes-vous si certain ?

La ligne, quoique mauvaise, redevenait audible.

– Ah ! Ça y est, je vous entends. Parce que j'ai fait mes devoirs. Et vous, vous avez fait les vôtres ?

Il se repentit instantanément d'une légitime curiosité qui pouvait passer pour une exigence, mais si Espinosa en fut froissé, il n'en laissa rien paraître.

– Ne vous en faites pas, moi aussi je me suis appliqué.

– Il y a du neuf ?

– Il n'y a jamais rien de neuf, tout est vieux, vieux comme le monde.

Arturo sentit que l'ombre d'une tension traversait l'écouteur et jugea bon de ne pas insister.

– D'accord. Vous me raconterez ça plus tard. L'enterrement est à quelle heure ?

– À midi, dans deux heures.

– Parfait. Rendez-vous au cimetière à onze heures et demie. J'ai encore une ou deux choses à régler.

– D'accord.

Arturo allait prendre congé, mais Espinosa raccrocha sans lui en laisser le temps. Il écouta encore quelques minutes ; une conversation lointaine dont il ne comprenait pas les mots semblait interférer sur la ligne. Il avait à peine raccroché que le téléphone se remit à sonner impérativement en lui faisant une peur bleue. Il laissa passer encore deux sonneries avant d'attraper le combiné, quasiment persuadé que, cette fois, la voix péremptoire et pointilleuse du Méticuleux ne le décevrait pas.

– Allô !

– Vous êtes un lève-tard, dites-moi…

La voix de Navajas del Río était parfaitement nette. Le juron qu'Arturo étouffa lui resta en travers de la gorge avec un goût de sang.

– À vos ordres, mon colonel.

– Repos ! Et soyez tranquille, je ne vais rien vous faire copier cent fois.

Navajas lui laissa le temps d'assimiler cette amnistie et ils restèrent dans l'expectative comme si chacun cherchait à deviner les pensées de l'autre.

– Si vous appelez pour l'enquête…

Navajas del Río coupa court à un éventuel plaidoyer.

– Ce serait un peu prématuré de ma part, bien que je sois certain que vous ne perdez pas votre temps. Non, je vous appelais parce que j'ai un problème imprévu que vous pouvez peut-être m'aider à résoudre.

– Je ferai tout ce qui sera en mon pouvoir.

– Je peux vous assurer que ça ne vous fera pas perdre beaucoup de temps, à peine quelques heures.

– À votre disposition, mon colonel.

– Je ne sais pas si vous êtes au courant qu'après-demain il y aura un déjeuner au QG. Une réception officielle, à laquelle le généralissime Lindemann assistera avec d'autres personnalités – il marqua une pause, comme s'il notait rapidement quelque chose pour lui-même. Bien, en tout cas, il y aura également des officiers russes, des vlassovistes [1], et c'est là que vous intervenez. Notre interprète a attrapé une pneumonie, or il se peut qu'au cours des réjouissances on aborde des sujets confidentiels. Pour l'instant, je ne vois personne d'autre que vous à qui nous puissions faire confiance. Car vous parlez russe, n'est-ce pas ?

Arturo eut une pensée pour les interminables heures de travail consacrées à l'apprentissage de cette langue.

– Oui, mon colonel.

– C'est ce que j'avais cru comprendre. Alors, je peux…

La ligne se mit à grésiller par intermittence et, au fond,

1. Du nom du général russe Andreï Vlassov, prisonnier des Allemands, puis rallié à eux en 1942.

entre les interstices sonores, Arturo entendit de nouveau une conversation lointaine.

– Vous m'entendez, mon colonel ?

Le chuchotement d'un conciliabule perdu dans des obscurités cylindriques et kilométriques fut la seule réponse qu'il obtint.

La voix de Navajas surgit tangentiellement à la conversation fantomatique.

– Arturo, vous arrivez à m'entendre ?

– Oui, maintenant, oui, fort et clair, mon colonel.

– Il était temps ! Ces maudits téléphones ne nous causent que des problèmes. Les ingénieurs disent que la proximité de l'Arctique produit des perturbations magnétiques. Vous y croyez, vous, à ces sornettes ?

– Je n'ai pas d'idée sur la question, mon colonel, déclara Arturo, embarrassé.

– Eh bien, moi, je pense que cette bande d'incapables n'y connaissent rien, alors ils se cherchent des excuses. Mais peu importe, conclut-il, pourrez-vous me rendre ce service ?

– Certainement, mon colonel.

– Bien, très bien... – Navajas prolongea sa satisfaction de points de suspension. On vous préviendra. Après tout, il ne serait pas superflu que vous me fassiez à présent un résumé sommaire de vos progrès.

Arturo fit passer le combiné d'une main à l'autre et tenta de détailler ses conclusions, juste assez pour ne pas créer de faux espoirs, mais suffisamment pour masquer la facilité avec laquelle on pouvait démonter son échafaudage logique.

– Je suis content de vous, Arturo, résuma Navajas lorsqu'il eut terminé. Impossible de faire davantage en si peu de temps – sa voix se colla au téléphone, comme pour le scruter : À propos, notre vieux phalangiste vous a-t-il encore tarabusté ?

– Non, mon colonel.

– Tant mieux. Et quand allez-vous voir ce sacré lascar, ce... ?

– Ricardo Guerra. Aujourd'hui même.

– N'oubliez pas que la maçonnerie judaïsante et athée a failli détruire la patrie, que la mauvaise herbe doit être arrachée et la mauvaise graine extirpée – il débita tout cela d'une traite, comme une table de multiplication, pour lui rappeler que dans cette partie il ne serait pas mauvais de piper les dés. Et n'oubliez pas, il y va de votre avancement.

– À vos ordres, mon colonel.

– Prévenez-moi quand il sera fait comme un rat.

– Oui, mon colonel. *Arriba España! Viva Franco!*

– *Viva!*

Plutôt soucieux, Arturo raccrocha le combiné avec la sensation de devoir relier sa vie et son enquête, sans avoir droit à l'erreur, comme les points chiffrés de ces figures à la page de jeux des journaux, pour que l'une et l'autre continuent d'exister. Il en conclut qu'il avait besoin d'un café; c'est-à-dire de penser. Il s'approcha du poêle et se servit un autre gobelet de café fumant; il le but debout, se délectant de toute sa gamme de saveurs, puis en dégusta un autre tandis que son esprit tournait sur lui-même, mécaniquement, telle une danseuse dans une boîte à musique. « S'il y a quelque chose à faire, que ce soit méthodique », murmura-t-il. Ragaillardi, il finit son troisième café et empoigna le téléphone. Son premier appel aboutit directement à l'intendance où il obligea l'officier de service à remuer ciel et terre pour mettre la main sur Trinitario qui, malgré l'intelligence dont il avait été doté au compte-gouttes, se souvint qu'en effet il n'avait pas pu voir le visage de Luis del Águila à cause de sa capuche relevée, mais que l'allure générale était la même. Malgré son mal de tête et le plaisir que lui procura la confirmation de son hypothèse, il n'en chercha pas moins des phrases meurtrières pour rappeler à ce troufion que, pour peu que lui, Arturo, en eût envie, il l'enverrait découvrir le royaume des cieux. Sa colère l'enchantait, aussi la prolongea-t-il autant qu'il put. Après avoir raccroché, il regarda l'heure. Il avait le temps de faire un brin de toilette. Eau, savon, rasoir. Il réussit à se raser sans dégâts puis essuya les traces de savon. Il se rhabilla, ajusta son casque et s'assura du parfait état de son Tokarev. Il pouvait maintenant assister à un enterrement. Avant de sortir, il jeta un dernier coup d'œil à l'orange. Sa lumière gorgée de soleil méditerranéen lui rappela la pianiste : sa moitié d'orange. Droite, très droite, d'une beauté étrange aux traits imparfaits, avec sa pâleur surnaturelle et ses cheveux roux relevés en chignon, un flot de notes douces s'écoulant de ses longues mains. «Aimez-vous Chopin ?» Il choisit de ranger ce souvenir parmi ces choses dont on se demande s'il n'eût pas été préférable de ne jamais les avoir vues tant elles sont source de souffrance. Sa moitié d'orange ? Pour notre intégrité mentale et physique, mieux vaudrait que chacun de nous fût une orange entière.

Le cimetière de Mestelevo s'étendait sur un vaste terrain entre la ligne de chemin de fer et la Slavianka, hérissé d'innombrables croix de bouleau dont beaucoup étaient coiffées de casques, certaines agrémentées d'un RIP griffonné en noir sur la planche horizontale, d'autres simplement nues. Dans l'un des angles, coincé entre un boqueteau gelé et le lit de la rivière, Arturo distingua une grande croix dominant un ensemble où avaient été ensevelis ceux qui avaient appartenu au deuxième bataillon du 269e, massacré en janvier de la même année à Poselok. Seuls vingt-huit hommes avaient survécu à cette opération infernale pour creuser les tombes des centaines de soldats qui avaient rendu l'âme dans la neige. Au centre du cimetière, la trajectoire invisible d'un obus soviétique avait labouré quelques tombes et violemment exhumé les restes d'un pauvre gars. Arturo médita lugubrement sur toute cette mort, la mort s'acharnant sur un mort. En moins de temps qu'ils n'auraient jamais pu l'imaginer, personne ne se souviendrait d'eux, personne ne saurait pourquoi et comment ils étaient morts. La seule chose susceptible de les consoler de tant d'oubli était qu'ils fussent morts en pleine exaltation, convaincus de l'utilité de leur geste. Arturo aspirait lui aussi à la même chose : il ne demandait pas à être éternel, juste à croire qu'avec le temps ses actes auraient toujours un sens.

Derrière son épaule droite, Espinosa affirma sur un ton lugubre :

– Que des os…

Arturo attendait l'arrivée du sergent depuis quelques minutes, mais son apparition le fit sursauter. Il le salua en claquant des talons.

– Bonjour, sergent.

Espinosa remonta le col de son énorme manteau de mouton et répondit d'un bref mouvement de tête. Son visage d'aigle, durci par les angles métalliques du casque remplaçant son habituel bonnet de fourrure, possédait le hiératisme des oiseaux de proie qui, du fait de leur position confortable dans la pyramide des espèces, n'ont pas à démontrer leur extrême férocité. Arturo ne fut pas sans remarquer que le sergent était encore de mauvaise humeur, à cause du brusque réveil de son ulcère ou de quelque autre contrariété, et il s'apprêta à affronter vaillamment ses éventuelles attaques.

– Alors, qu'en pensez-vous ? dit le sergent.

– De quoi ?

– De l'éternité.

La question d'Espinosa, directe, inopinée, prit Arturo au dépourvu.

– Moi, je ne réfléchis pas beaucoup, sergent, je ne fais qu'obéir, dit-il pour se défiler.

– Mais vous éprouvez tout de même quelque chose ! Avez-vous peur de mourir ?

En sortant des strictes limites du service, le sergent

le mettait dans l'embarras. Réflexion faite, il décida de répondre avec sincérité.

– Franchement ?

– Oui.

– Pas plus que de vivre.

Un rictus de satisfaction figea les traits d'Espinosa. Ils demeurèrent encore quelques instants silencieux, côte à côte, deux silhouettes se détachant sur la légère couche de rêve qui flottait au-dessus du cimetière. L'air froid leur brûlait les poumons.

– On n'est pas loin des trente degrés, finit par annoncer Arturo. Quelle chaleur !

La blague la plus éculée de la Division ne fut pas du goût d'Espinosa. Il se retourna pour observer Arturo et revint à la charge.

– Et qu'est-ce que vous pensez du démon ? Vous croyez à l'enfer ?

Arturo, confus, tourna la question dans tous les sens.

– L'enfer ? Sergent, je crois que l'aumônier répondrait mieux que moi à tout ça.

– C'est votre avis que je veux ; celui de l'aumônier, je le connais déjà, précisa-t-il lentement, en détachant les syllabes.

Arturo était conscient de la véritable profondeur de ses paroles ; elles n'étaient que les secousses sismiques d'un épicentre de douleur qu'il avait entrevu en d'autres occasions. Des secrets. Les choses renferment des secrets. Et d'une certaine façon, il pensa soudain que le sergent tentait peut-être de lui montrer sa blessure.

– Si je crois à l'enfer…

Il répéta cela deux ou trois fois sans parvenir à choisir une réponse. Il haussa les épaules et sautilla d'un pied sur l'autre pour chasser le froid. Espinosa le regarda avec une résignation amère où pointait un certain mépris. Arturo se demanda pour quelle raison le sergent s'acharnait, comme saint Thomas, à mettre le doigt sur la plaie… D'autant plus qu'en matière de croyances, il ne péchait pas précisément par tiédeur. Des soupçons insensés s'emparèrent alors de son esprit, comme la limaille attirée par un champ magnétique : et si c'était lui l'assassin ? Espinosa était sous-officier, il pouvait aisément se déplacer dans Mestelevo et, détail encore plus essentiel : il fouillait le sédiment boueux de sa mémoire, passant et repassant ses doigts vivants sur un temps mort qui, apparemment, proliférait en lui comme les cellules malades d'une tumeur. Et si c'était lui ?

– Cette croix est lamentable, finit par déclarer Espinosa en s'approchant de deux planches grossièrement assemblées qu'il redressa.

– Oui, le troufion qui a fait ça ne s'est pas foulé, renchérit Arturo en mettant ses réflexions personnelles en quarantaine.

– S'il avait construit un pont, à l'heure qu'il est, il serait déjà en taule, décréta laconiquement Espinosa.

Arturo sourit. L'Espinosa qu'il appréciait était de retour et, à son habitude, il avait la dent dure.

– Et si on passait à nos devoirs ? proposa Arturo.

– Oui, c'est le moment.

En cinq minutes, Arturo lui fit part de ses recherches en insistant sans en avoir l'air sur les chances qu'avait Ricardo Guerra de décrocher le gros lot de cette tombola, mais en taisant provisoirement les pressions tacites du lieutenant-colonel Navajas del Río.

– Bref, le vaguemestre ne vous a pas encore appelé, résuma Espinosa.

– Ils cherchent toujours la lettre.

– C'est une question de temps – la réverbération de la neige lui fit plisser les yeux. Si le type qu'on cherche a vraiment liquidé Luis dans les douches, ça pourrait coller avec ce que j'ai appris dans les écuries. J'ai interrogé les deux gars qui étaient de garde cette nuit-là. Ils m'ont raconté que le soir en question, un des chevaux s'était énervé et avait ouvert l'écurie, mais moi, j'ai bien regardé et je n'ai trouvé aucune marque de ruades sur les portes. En plus, leurs deux témoignages coïncident au millimètre près, ce qui veut dire qu'un seul pense pour les deux, autrement dit, qu'ils mentent.

– Très astucieux !

Espinosa fit non d'un air dédaigneux et poursuivit.

– Il y a de grandes chances pour qu'ils se soient endormis ou que l'un des deux ait abandonné son poste, allez savoir ! C'est compréhensible qu'ils jouent les innocents ; l'autre salaud les a foutus dans le pétrin, car s'il s'avère qu'ils n'étaient pas à leur poste, de toute manière ils sont bons pour le peloton !

– Logique.

– Ah, oui ! Encore une chose. Le cheval près duquel se trouvait Luis del Águila dans la Slavianka, ou plutôt sur lequel il est supposé avoir été transporté, c'était une jument.

Arturo ne put dissimuler sa perplexité.

– Et alors ?

– C'est une information. Vous dites que tout est important.

– Oui, bien sûr.

– En plus, c'est bizarre.

– Pourquoi ?

– Parce que tous les autres chevaux étaient des étalons.

C'était une précision étrange, comme une minuscule perle noire, qui confirma à Arturo qu'il ne s'était pas trompé en tablant sur la minutie du sergent. Il se contenta de classer ce détail parmi les autres éléments de l'enquête.

– Du bon boulot. En somme, notre mystérieux assassin savait exactement quand et comment opérer. Il a donc choisi une nuit de brouillard, lâché les chevaux pour faire diversion, éliminé Luis del Águila, puis l'a chargé sur le dos de l'une des bêtes et s'est dirigé vers la rivière. Là, il a fait sa mise en scène : un de ces rituels maçonniques impies de la canaille marxiste, et le tour était joué.

Avec cette dernière précision, Arturo faisait pencher la balance au détriment de Ricardo Guerra Castells.

Espinosa demeurait silencieux.

– Qu'est-ce que vous en dites, sergent ? le pressa Arturo.

– Je peux vous répondre avec ça, ça, ou encore ça, fit-il en désignant successivement sa tête, sa bouche et sa poitrine. Qu'est-ce que vous préférez ?

Arturo eut le sourire contrit d'un enfant pris en faute.

– Avec votre tête, dit-il en effleurant son casque avec son gant.

– Mon vieux, dans cette affaire il y a beaucoup de fils sur lesquels tirer, assez pour nous pendre tous les deux s'ils s'enroulent autour de notre cou.

– Impossible de tirer tous les fils… se défendit Arturo.

Espinosa, sceptique, le regarda d'un air las.

– Ou alors, mieux vaut ne pas chercher à le faire.

Arturo se sentit en porte-à-faux, vulnérable, comme s'il essuyait les remontrances d'un père. Il fut tenté de partager avec le sergent ses réflexions sur l'inutilité d'affronter le pouvoir, la bureaucratie, la routine ou toute autre représentation de la stupidité et de la duplicité du genre humain, mais il était conscient qu'Espinosa n'était pas étranger non plus à cette façon de penser.

– Bon ! Je crois que nous avons perdu assez de temps, trancha-t-il, pour revenir à des choses plus simples. La situation est ce qu'elle est. Et que dit radio macuto ? Du nouveau sur la violeta ? fit-il en feignant de continuer à se renseigner.

– Ma foi, il n'y a rien de nouveau sous le soleil : ici, personne ne voit rien, n'entend rien, n'imagine rien et ne soupçonne rien.

– Bien sûr…

Arturo se laissa distraire un instant par la beauté des peupliers et des bouleaux ; raides, vitrifiées, leurs branches fondaient sous les cristaux éblouissants. Malgré son cynisme, il se sentit moralement obligé de reconsidérer le problème de la violeta ; si Luis del Águila tenait vraiment à envoyer de l'argent à sa famille, il avait d'autres moyens de s'en procurer, certes moins lucratifs, mais aussi moins risqués, sans compter que le total des soldes des deux armées, espagnole et allemande, n'était pas négligeable. Alors, quel besoin avait-il de risquer sa peau de la sorte ? Luis del Águila aimait les siens, il avait donc une raison de rentrer chez lui ; pourquoi exposer sa vie en jouant avec la mort ? Et quel était le secret de son passé qui le poussait à se détruire le foie et l'empêchait de guérir cette souffrance dont parlait sa sœur ? Arturo décida finalement de privilégier les pistes en fonction des intérêts en jeu et préféra concentrer tous ses efforts sur le coupable officiel, Ricardo Guerra Castells. L'apparition du cortège funèbre en haut du chemin carrossable qui longeait la rivière réclama son attention.

– Eh bien, pour le moment, il va falloir remettre notre affaire entre les mains de Rome, dit-il en désignant le convoi qui s'approchait, l'aumônier en tête.

Ils observèrent les soldats qui portaient une caisse rustique, en guise de cercueil improvisé, construite au moyen de simples planches mal équarries.

– Qu'est-ce qu'on sait de lui ? s'enquit Arturo.

– C'est un dominicain, répondit Espinosa. De Teruel. Avant son départ d'Espagne, il avait créé une sorte de milice religieuse armée, un peu comme pour une croisade, dans l'intention de venir purifier la Russie. Quand l'armée l'a appris, elle l'a démantelée.

Il n'en dit pas plus, jugeant suffisante cette biographie du personnage. La colonne avança prudemment, pour éviter les chutes, jusqu'aux fosses déjà creusées. Les soldats déposèrent la caisse à côté de l'une d'entre elles, au hasard, et accomplirent les gestes stéréotypés d'un enterrement. Le prêtre, bien protégé dans sa tenue de camouflage, procéda à une cérémonie simple qu'il commença par un bref répons repris par toute l'assistance et acheva en émiettant sur le couvercle du cercueil, à défaut de terre, une poignée de neige qu'il avait préalablement baisée. Avant de le descendre dans le trou – « une parcelle d'Espagne en Russie », avait proclamé l'aumônier dans son oraison –, un des soldats déplia un drapeau rudimentaire rouge et noir, aux couleurs de la Phalange, et en couvrit le cercueil. Puis ils le mirent en terre à l'aide de cordes, lentement, jusqu'au moment où il heurta le fond avec un son lugubre. Les pelles achevèrent le travail. Espinosa et Arturo avaient assisté à la scène en silence. À la dernière pelletée, Arturo effleura le coude du sergent et se dirigea vers le groupe qui allait se disperser. Alors qu'ils gravissaient une légère côte, il devança Espinosa de quelques mètres. Il rejoignait les autres, quand il glissa sur la neige dure et faillit se fracasser la tête.

– Attention, mon fils, évitons un autre malheur, s'exclama l'aumônier, qui le rattrapa prestement.

Arturo remarqua d'abord sa voix rauque, contrôlée, collant au sens de ses paroles. Rien à voir avec la voix perçante et impérieuse qu'avait décrite Alonso Cogollos, alias « Clark Gable ». Puis il fut surpris par sa force, car le prêtre avait retenu son corps maigre d'une main de fer. Quand il fut de nouveau d'aplomb sur ses pieds, il rajusta son uniforme et remercia l'aumônier.

– Merci beaucoup, mon père.

– Remercie Dieu, mon fils, c'est Lui qu'il faut remercier.

Sans autre préambule, Arturo fouilla laborieusement les multiples pelures d'oignon de son uniforme et en sortit l'autorisation de Navajas del Río, en piteux état, toute chiffonnée. Il s'apprêtait à effacer la première impression qu'il avait produite en adoptant une attitude énergique, efficace, mais se retint à temps, considérant que le bon sens voulait qu'il tournât le ridicule en sa faveur : l'humilité était toujours le plus court chemin vers le succès. Il se composa du mieux qu'il put le masque du type ordinaire, en accord avec son entrée en scène, et remit son ordre de mission à l'aumônier. La lecture du document n'entama en rien le flegme du prêtre.

– C'est au sujet du défunt ?

Arturo se rendit compte que le cortège n'attendait qu'eux pour repartir.

– Oui, mon père, mais on devrait peut-être en parler ailleurs.

– Je suis d'accord.

Sans plus tarder, l'aumônier s'approcha des soldats et, dans son zèle apostolique, distribua des images, des médailles et des brochures avec les prières les plus importantes, leur enjoignant de « prier un peu, parce que ici nous sommes tous en danger de mort ». Puis il les bénit sans solennité, en bloc, comme s'il s'agissait d'un troupeau de moutons, les libéra et se mit à la disposition d'Arturo.

– Quand tu voudras. Nous pouvons parler dans l'église.

Arturo accepta ; l'expérience lui avait appris à laisser l'autre choisir son terrain, car la conviction que ce choix permettait de contrôler la situation s'était souvent révélée trompeuse. Espinosa avait eu le temps de le rejoindre et Arturo lui suggéra d'accompagner les soldats pour les interroger. Contre toute attente, Espinosa, le désaccord peint sur son visage, refusa d'obtempérer ; Arturo faillit lui rappeler qu'il n'était pas question de prendre les décisions à la majorité absolue, quand, dans l'expression du sergent, il découvrit aussi une profonde déception. Pour une étrange raison, Espinosa voulait assister à cet entretien avec l'aumônier. Il tint compte de la conversation insolite qu'ils venaient d'avoir et en conclut que, dans certaines occasions, mieux valait laisser de côté les lois pour suivre nos principes personnels. Il décida de transiger. Comme les bons taureaux, lorsqu'il chargeait, le sergent ne se laissait pas détourner facilement. Et ce n'était pas non plus le moment de bousiller un début d'amitié.

– Ou plutôt, corrigea-t-il, prenez leur identité pour les interroger tranquillement plus tard.

Le visage du sergent s'éclaira. Arturo tint cependant à souligner sa déférence.

– J'ai exaucé un de vos vœux, sergent. Il ne vous en reste plus que deux.

Espinosa ébaucha à peine un sourire mais, au fond, on voyait qu'il était heureux comme un pape.

À Mestelevo, l'église de la Division, appellation extrêmement optimiste, était en fait une petite chapelle orthodoxe, à l'orée du village, que les Soviétiques avaient utilisée comme maison du soviet local, et dont les murs avaient été recouverts d'affiches de propagande agricole, de tableaux statistiques sur le rendement des moissonneuses, et d'effigies de Marx, de Lénine et de divers commissaires du peuple. Le prêtre les invita à entrer dans le minuscule édifice, à peine réchauffé par des poêles de campagne, où la nef exiguë, soutenue par de frêles colonnes rehaussées de dorures à la feuille, les accueillit dans sa clémence. À en juger par quelques impacts artisanalement cicatrisés, le feu des projectiles avait atteint le revêtement de plâtre dont les parties épargnées, ni noircies ni écaillées, présentaient une décoration de style byzantin où des fresques et des bas-reliefs illustrant des scènes de l'histoire russe côtoyaient des centaines d'anges aux silhouettes rongées et décolorées. À son arrivée, le père Ramón, en proie à une sainte colère, avait célébré un autodafé pour purifier le sol sacré des outrages de l'infidèle, redonner à l'espace sa vieille odeur d'encens et y insuffler la peur encore plus ancienne du dieu hébreu. *Kyrie, Kyrie eleison*, pensa Arturo. Il inventoria tout l'intérieur éclaboussé par la lumière qui filtrait à travers une rosace multicolore. Pendant ce temps, l'aumônier ôta son épais manteau, révélant un corps sec, fibreux, sous l'uniforme de la Wehrmacht, avec son béret de drap violet, signe de sa condition, dans la poche gauche de sa vareuse. À la deuxième boutonnière, il portait un gros ruban que les Allemands désignaient par l'un de leurs habituels noms composés, *Kriegsverdienstkreuz II Klasse*, ce qui signifiait en clair qu'il avait été décoré de la Croix de fer de deuxième classe. Lorsqu'il enleva sa cagoule réversible, Arturo constata que celui qu'il avait d'abord pris pour un homme de trente ans faisant plus vieux que son âge était finalement un quinquagénaire qui faisait plus jeune. Il avait vaguement l'air d'être métis ou mulâtre, et un léger tic de la lèvre atténuait la raideur cléricale de son visage, mais Arturo remarqua surtout ses cheveux, ou plutôt leur absence, car il était chauve comme une boule de billard. L'aumônier alla se signer devant l'autel portatif, geste qui fut imité par Espinosa et qu'Arturo accomplit plus par réflexe que pour autre chose. Puis le prêtre s'approcha d'une commode et fouilla dans un tiroir contenant des étoles, des ornements, une petite boîte aux saintes huiles, pour en extraire une bouteille de xérès La Ina, deux petits verres, des serviettes en tissu et un carton ; il les disposa méthodiquement sur le meuble, à l'exception des verres qu'il examina par transparence pour vérifier leur propreté. Apparemment, il n'en fut pas satisfait car il les frotta en divers endroits avec un torchon pour les rendre bien nets.

– Un petit coup, ça vous dit ? leur proposa-t-il avec empressement, suivant un principe élémentaire de la courtoisie : offrir à boire. Je le garde pour les visiteurs particuliers ; il est tout juste passable, mais c'est toujours mieux que rien.

Sans attendre leur réponse, il distribua les serviettes, remplit leurs verres, ouvrit la boîte en carton à moitié pleine de macarons, de gâteaux secs et de biscuits, et les invita à se servir. Une fois leurs casques posés à côté de la bouteille, Espinosa se fit beaucoup prier avant d'accepter un gâteau, mais Arturo ne se le fit pas dire deux fois.

– C'est bien pour ne pas vous froisser, dit-il, la bouche en cul-de-poule, toujours soucieux de se montrer disert.

L'aumônier laissa la boîte à leur portée mais ne s'assit pas, pour leur signifier que l'entretien serait bref. Il sourit, ce qui figea momentanément son tic.

– Je vous écoute.

– Nous n'abuserons pas de votre temps, mon père, assura Arturo. Bien, comme je suppose que vous êtes au courant de nos investigations concernant l'assassinat de Luis del Águila, j'irai droit au but. Nous savons de source sûre que le défunt était très lié avec vous. Je me réfère aux liens de piété qui vous unissaient.

– Oui, Luis était un bon chrétien, respectueux des préceptes de l'Église, confirma-t-il presque voluptueusement.

– Donc, vous l'avez bien connu.

– Comme un prêtre peut connaître ses ouailles.

– L'entendiez-vous en confession ?

– Oui.

– Souvent ?

– Mon fils, ce qu'on garde pour soi a tendance à aigrir, à devenir trouble et finit par tourner au vice ou au délire. Mieux vaut partager son fardeau. Et Luis était un bon chrétien, répéta-t-il. Et toi, mon fils, vas-tu à confesse ?

Arturo tenta de feindre l'embarras.

– Pas autant que je le devrais, mon père. Ici, le temps nous manque.

– Ce qui manque, c'est surtout l'envie de le faire – son ton réprobateur attestait qu'il était certain de pouvoir les manœuvrer. Souviens-toi que les péchés s'installent en nous ; ne vaut-il pas mieux se purifier à l'église plutôt que dans les flammes de l'enfer ?

– Si, mon père, vous avez raison, j'essaierai d'assister plus souvent aux offices religieux, je vous donne ma parole… Mais nous devons continuer… Luis del Águila… – il feignit de se heurter à l'écueil d'une supposée incompétence dialectique pour persuader l'aumônier qu'il était bien aussi incapable qu'il en avait l'air. Est-ce que Luis del Águila était un grand pécheur ?

– Comme tout le monde, mon fils, comme tout le monde. Et nous devons prier pour que Dieu, dans Son infinie miséricorde, ait pitié de nous.

– Vous avez raison, mon père... Il hésita, cherchant un autre angle d'attaque ; ce ne fut pas long : Nous avons une lettre. La sœur de la victime y parle d'une souffrance spéciale et lui dit de s'en remettre à vous. Pouvez-vous éclairer notre lanterne ?

– Je regrette de te rappeler que tout ce qu'il a pu me dire en confession est secret. C'est un sacrement inviolable, mon fils. Tu devrais le savoir.

– Et en dehors de la confession, vous a-t-il raconté quelque chose qui puisse nous aider à orienter nos recherches ? Nous croyons que son assassin pourrait être, d'une manière ou d'une autre, quelqu'un de son entourage.

Le père Ramón caressa son crâne dégarni et contempla le plafond, comme si les fresques de la chapelle Sixtine gravitaient au-dessus de lui. Après avoir pesé ses souvenirs, il leur rapporta à peu près tout ce qu'ils savaient déjà de la biographie de Luis del Águila, le tout entouré d'un rempart de détails superflus et protocolaires.

– Mais ne vous a-t-il vraiment rien confié de son passé ? tenta de poursuivre Arturo. Vous savez, avec tout ce qui est arrivé pendant la guerre...

– Il avait toujours le cafard et il était très réservé, éluda le père Ramón. Ses camarades n'avaient guère d'estime pour lui. Dans chaque régiment, il y a invariablement un garçon comme ça, timide, qui a du mal à se faire des amis. Oui, il m'a raconté des choses, mais je crois qu'elles n'ont rien à voir avec ce qui vous occupe. Luis avait beaucoup souffert pendant la guerre, mais c'était une âme sensible, un bon chrétien.

– Peut-être qu'il y a un rapport...

– N'insiste pas.

Arturo n'insista pas ; il avala une grande gorgée de xérès et reposa soigneusement le verre sur la serviette. Il bouleversa mentalement l'ordre de la série de questions qu'il avait élaborée car, sinon, il ne tirerait rien de l'aumônier. Pourtant, dès l'abord, il s'était fait une idée des relations du dominicain avec le dénommé Luis.

– Un bon chrétien... répéta inopinément Espinosa, c'est sûr, mais nous avons aussi appris qu'il jouait à la violeta. Et ça, c'est un péché mortel, si je ne me trompe ?

Une ombre d'hostilité voila le regard du père Ramón et disparut presque instantanément. Le tic de sa bouche s'accentua violemment.

– Je te répète que tout ce que le défunt, paix à son âme, a pu me révéler reste entre Dieu et lui. Moi, je ne fais que donner l'absolution en Son nom.

– Mais que pensez-vous de la violeta ? enchaîna Espinosa. Vous savez forcément que Luis del Águila aidait sa famille et si elle dépendait de lui, pourquoi prenait-il de tels risques ? N'est-ce pas là un autre péché ?

Arturo remarqua que le sergent avait lui aussi préparé son affaire et qu'il ne craignait pas de pousser la vérité dans ses retranchements.

– Je te répète que moi, je pardonne au nom de Dieu.

– Et combien de fois, mon père ? Combien de fois peut-on pardonner un péché ? Combien de fois, s'il n'y a pas le désir de s'amender ? Combien de fois avant d'en être éclaboussé ?

Les yeux du prêtre s'assombrirent un peu.

– Le péché ? C'est toi qui me parles du péché ? Qu'en sais-tu ?

Le silence se glissa lentement entre eux comme une goutte de métal incandescent. Arturo observa le sergent du coin de l'œil et se rendit compte qu'il n'allait pas refréner sa véhémence, davantage liée à ses propres démons qu'à l'enquête.

Il faillit l'arrêter, mais s'en garda, il éprouvait la pire chose dans sa situation : de la curiosité.

– J'en sais autant que vous, mon père, finit par répliquer Espinosa. Je suis confronté au péché tous les jours.

Le ton de l'aumônier devint hystérique, tout comme le tic de ses lèvres.

– Non, tu n'en sais rien ! Luis del Águila savait que la patrie a été prostituée par le libéralisme, souillée par le marxisme, et il était venu pour incarner le souffle de la vengeance de Dieu à la pointe de sa baïonnette.

– Mais nous tuons, mon père, nous tuons sans relâche, ici comme en Espagne. Nous péchons.

– Ce sont eux qui ont commencé. Les centaines, que dis-je, les milliers de prêtres assassinés, les églises incendiées, les écoles, les couvents... Ce sont eux qui ont commencé ! répéta-t-il.

– Et maintenant nous le leur rendons au centuple, mon père. Est-ce que ce n'est pas pécher ?

– Pécher ? Ce n'est pas pécher que d'éliminer les impies, que de rendre sur terre la justice du Très-Haut, implacable et nécessaire... Cette main – il leva sa main droite qu'il agita frénétiquement pour renforcer son geste – a perdu le compte des yeux qu'elle a fermés à Posad, sur l'Ilmen, sur la position *El Dedo*... mais elle continuera à le faire sur cette terre de Caïn, jusqu'à ce que notre guerre, sainte et juste, la reconquière physiquement et spirituellement, pour qu'en Espagne le sang si précieux des martyrs n'ait pas été versé en vain. Toutes les autres considérations sont impies, destructrices, immorales, blasphématoires... – sa voix grimpa au point de s'étrangler dans un cri. Luis s'est sacrifié pour Dieu, te sacrifieras-tu, toi, pour cette juste cause ?

Espinosa se statufia, ses traits aquilins, aigus, trahissaient sa fascination éperdue pour la proie.

– Ce qui est juste n'est pas forcément humain, trancha-t-il.

Ce fut comme si l'aumônier grattait le sol du pied avant de charger.

– De quel côté es-tu donc, mon fils ?

– Du côté de l'humain.

– L'humain... Sa lèvre s'immobilisa inopinément et il acquiesça calmement comme si c'était le comble de la sagesse : L'humain, parfait, mon fils, parfait, parce que ce que nous avons en face de nous, ce sont des rats, des araignées, des vipères... et pour en venir à bout il faut brûler leurs nids. Le seul moyen d'extirper le cancer rouge qui ronge le monde, c'est le thermocautère. Bénis soient les canons, bénis soient-ils si dans les brèches qu'ils ouvrent fleurit l'Évangile ! Et toi, mon fils, tu participes à une cause, grande, libre, à une croisade où l'Espagne et l'Église, l'épée et la croix, avancent côte à côte, animées par la volonté de créer l'empire de Dieu sur terre pour la rechristianiser. Notre quête est la cité de Dieu, le temps de la parousie où il n'y aura plus de contradiction possible et où le loup côtoiera l'agneau et l'aigle la colombe, pour vivre heureux pour les siècles des siècles...

Tout en parlant, l'aumônier s'était approché d'Espinosa, jusqu'à s'appuyer de tout son poids sur son épaule, tandis que ses paroles, comme une litanie, se vidaient peu à peu de leur contenu. Et Arturo ne put s'empêcher de le comparer au discours du Führer à la radio lors de sa visite à la compagnie Waterman, la même intuition extraordinaire pour attaquer les points faibles de l'auditoire et se servir de la peur de la responsabilité qu'éprouve tout être humain confronté à la liberté. La cité de Dieu. Le retour à l'innocence du paradis. La félicité du troupeau.

– Comprends-tu, mon fils ?

Le point final que mit ainsi le père Ramón à son enthousiasme catéchistique arracha Arturo à son soliloque. S'il n'était pas convaincant, il fallait reconnaître qu'il tentait d'être persuasif. Quant à Espinosa, il semblait avoir affermi ses convictions chancelantes à coups d'extase et de foi, encore qu'avec le sergent on ne fût jamais sûr de rien. Lorsque l'aumônier lissa un faux pli inexistant sur l'uniforme d'Espinosa, comme pour le délivrer de ses péchés, le visage du sergent hésita entre la joie, l'indifférence et la colère.

– Excusez-moi, mon père, intervint Arturo, mais nous devons continuer.

– Bien sûr, mon fils, bien sûr.

– Vous nous avez dit tout à l'heure que Luis vous avait raconté des choses qui s'étaient passées en Espagne, et je persiste à croire qu'elles pourraient nous être utiles. Ne peut-on pas solliciter une dispense ecclésiastique ? Les circonstances nous pressent…

– Te rends-tu compte de ce que tu me demandes ? Seul le pape pourrait l'accorder.

– Et dans certains cas très particuliers, un prêtre ne peut-il pas faire une exception ?

– Les péchés capitaux ne tolèrent pas d'exception, conclut l'aumônier péremptoirement, d'une voix vibrant d'orgueil ou de colère.

Arturo n'insista pas pour éviter d'aggraver son échec en prenant le risque d'ajouter un fléau à ceux que le Dieu biblique avait infligés avant de n'être qu'amour.

– Bon, eh bien alors, je crois que nous en avons fini pour aujourd'hui. Je vous demanderais seulement de répondre à une dernière question : où étiez-vous dans la soirée du 27 janvier aux environs de huit heures du soir ?

Le père Ramón répondit de bonne grâce.

– Je priais.

– Où ?

– Ici même.

– Y a-t-il quelqu'un qui puisse en témoigner ?

– Dieu, cela ne te suffit pas, mon fils ?

Arturo s'empressa d'acquiescer et reprit son rôle de faux jeton.

– Merci beaucoup. Puis-je en prendre un autre ? dit-il sur un ton mielleux presque visqueux, en montrant la boîte de petits gâteaux.

– Prends, prends ! Ils sont bons, n'est-ce pas ? Ils sont faits par des sœurs de Burgos qui me les envoient elles-mêmes.

– À s'en lécher les babines, mon père.

– Et vous, sergent, vous n'en voulez pas un autre ? proposa-t-il à Espinosa.

– Non merci, mon père, répondit celui-ci un peu gêné, alors qu'il tentait peut-être de remettre de l'ordre dans ses convictions.

– De saintes femmes, affirma Arturo en ne faisant qu'une bouchée d'un macaron. Bon, allons-y, sergent. Nous avons assez dérangé le père.

– Un instant, intervint Espinosa. Mon père, pouvez-vous m'accorder une dernière faveur ?

– Que désires-tu, mon fils ?

– Me confesser. Pour ce que j'ai dit tout à l'heure. Et…

Il déboutonna sa vareuse d'un geste enfantin et en sortit une petite croix en or qu'il pinça entre le pouce et l'index de la main droite, comme si c'était un petit grain de blé lumineux.

– … pouvez-vous la bénir ?

Le père Ramón sourit, interrompant ainsi le tic de ses lèvres, puis il mit les mains au-dessus du bijou, ferma les yeux et récita une prière. Arturo profita du réconfort spirituel d'Espinosa pour jeter un coup d'œil à la nef. Il la remonta jusqu'au chevet et s'arrêta devant l'autel portatif. Au-dessus, sur le mur, on pouvait admirer les restes écaillés d'une grande icône de mosaïque, directement éclairée par la lumière de la rosace qui en tirait de pâles reflets d'or. La Vierge, une cohorte d'anges et de saints à longue barbe apostolique et au visage biblique aigu, serrant entre leurs mains jointes des rouleaux d'écorce de bouleau ou écartant les bras, telles des ailes de colombe, s'échelonnaient en demi-cercle autour d'un Christ Pantocrator, la main droite levée et la gauche soutenant les Évangiles. Quelques minutes de contemplation suffirent à inspirer à Arturo une pensée fort peu dévote : «Merde!» Il venait de se rappeler quelque chose. Il attendit que l'aumônier eût fini de réconforter Espinosa.

– Mon père, j'ai une dernière question.

Le prêtre regarda sa montre-bracelet.

– J'ai à faire, prétexta-t-il.

– Il n'y en a que pour une seconde. «Prends garde, Dieu te regarde.» Cette phrase vous évoque-t-elle quelque chose?

Le prêtre en profita pour ranger les verres, la bouteille, la boîte de friandises et plier minutieusement les serviettes en coton, tout en réfléchissant à la question.

– Non, ça ne me dit rien. Pourquoi?

Arturo fendit l'air d'un geste, comme pour déchirer une toile d'araignée invisible.

– Un détail, mon père. Bon, nous n'allons pas vous retarder davantage. Merci pour tout.

Il reprit son casque et observa un instant l'aigle surmontant une croix gammée qui en ornait le côté gauche, puis il tendit le sien à Espinosa. Après avoir salué militairement, il s'apprêtait à ouvrir la porte, lorsque la voix du prêtre, au timbre intense et précis, résonna dans son dos.

– Mais si, maintenant je me souviens... – l'aumônier passa la main sur son crâne lisse. Mais oui, suis-je bête...

Arturo sursauta et revint sur ses pas.

– Je vous écoute, mon père.

– À vrai dire, je ne sais pas si ça peut avoir de l'importance...

– Qu'est-ce qui n'en a pas, mon père? Moi, je l'ignore.

– C'est si évident que je n'ai pas cru... Vous ne savez pas ce que c'est? leur demanda-t-il comme s'il pensait à autre chose.

Espinosa et Arturo, sur des charbons ardents, répondirent par la négative comme un seul homme.

– « Prends garde, Dieu te regarde, prends garde, il te regarde, prends garde, tu vas mourir, quand, tu ne saurais dire », récita-t-il. C'est une comptine.

– Ça ne nous dit toujours rien – Arturo eut soudain un pressentiment : Mais vous, mon père, savez-vous pourquoi nous vous avons demandé ça ? questionna-t-il.

– Non, vraiment pas.

– « Prends garde, Dieu te regarde »... C'est ce qui était inscrit au couteau sur le cou du mort.

Arturo eut tout juste le temps d'entrevoir quelque chose se glisser comme une ombre sur les traits métissés du père Ramón, une sorte d'inquiétude, fugace comme l'éclair.

– Non... Je l'ignorais. Et croyez-vous que cela vous sera utile ?

– Qui sait ? Comme on ne sait à quel saint se vouer...

– Alors, tenez, ça vous aidera.

Il fouilla dans ses poches et leur remit des images pieuses représentant des phalangistes, des carlistes et des légionnaires, le bras tendu, qui lévitaient vers le ciel grâce à de puissantes ailes d'aigle et brandissaient des épées flamboyantes en escortant Franco, le généralissime, déguisé en croisé.

– Merci beaucoup, mon père, lui dit Espinosa en embrassant les siennes. Faites brûler un cierge pour nous.

– Partez tranquilles, je le ferai. En toute occasion, prier Dieu est le meilleur remède.

– Alors, faites-en brûler plutôt deux, mon père, proposa Arturo. On ne sait jamais !

Comme ça, il y en aura un pour le diable, pensa-t-il.

Le monde redevenait une croûte blanche et dure qui s'étendait en de molles ondulations sur des kilomètres et des kilomètres, balayée par les innombrables pales du vent. Espinosa s'arrêta et se situa par rapport aux points cardinaux : au nord, la patience des bois supportant le poids de la neige, au sud, le grouillement militaire de Mestelevo, à l'ouest, la plaque de verre de la Slavianka, et à l'est, Arturo. Campé sur ses valenki, il écarta les jambes, sortit une cigarette des plis de son manteau et l'inspecta en fronçant les sourcils ; puis il la plaça délicatement entre ses lèvres, se pencha en avant et, protégeant la flamme avec ses gants, en approcha une allumette jusqu'à l'apparition de la fumée. Au loin, le feu nourri de l'artillerie semblait embraser le ciel.

– Si vous saviez comme j'ai envie de retourner à Valence, déclara Espinosa après la première bouffée, retrouver pour quelques instants l'eau dormante des rizières, les plages du quartier maritime de La Malvarrosa, les terrasses de café pleines de gens buvant du lait d'orgeat. Là-bas, remarqua-t-il à dessein, on utilise la poudre pour les feux d'artifice, au moment des fêtes de la ville. Que pensez-vous de notre conversation avec l'aumônier ?

Arturo prit un air grave.

– Que vous ne devriez pas tout mélanger, lui reprocha-t-il en se référant à son accrochage avec le prêtre.

Le sergent ne daigna pas répondre et continua imperturbablement à fumer, réchauffant par ses bouffées l'air glacial qu'il respirait.

– Vous voyez, finit-il par dire, quelque peu contrit, moi aussi, j'ai mes mauvais jours.

– Comme nous tous, sergent. Ce n'est pas une excuse.

– Parfois, c'est... – il hésita – difficile de ne pas s'impliquer. Vous comprenez ?

Arturo comprenait en partie, mais si Espinosa ne lui montrait que la surface de ce qui l'affligeait secrètement, il n'était pas disposé à aller chercher au fond de la mer les clés de sa délivrance. Il se demanda s'il s'était vraiment confessé au curé. Non, décréta-t-il, le sergent avait beau être dévot, il n'était pas homme à partager sa douleur.

– Il n'y a que les morts qui ne s'impliquent pas, sergent, répondit-il. Vous me demandez mon avis ? – il rajusta son ceinturon. Primo, l'aumônier est chauve comme une boule de billard.

Espinosa, flegmatique, suivit des yeux la fumée qu'il expulsait avec force.

– Oui, ça va pas être facile de le prendre dans le sens du poil.

– Ni de lui couper les deux oreilles, renchérit Arturo, emporté par sa ferveur taurine. Secundo, il n'a rien à voir avec le meurtre, mais il en sait plus qu'il ne le dit. Peut-être qu'il ne nous ment pas, mais il nous cache une partie de la vérité.

– Qu'est-ce qui vous fait croire ça ?

– Quand vous lui avez révélé que Luis del Águila jouait à la violeta, il n'a pas affirmé le contraire, il n'a pas été surpris du tout. Il doit forcément savoir quelque chose.

– Et pourquoi n'a-t-il rien à voir avec le meurtre ?

– Vous avez remarqué qu'il n'a pas sourcillé quand je l'ai interrogé sur la phrase inscrite sur la victime ? À part quelques personnes, et il n'en fait pas partie, nul n'est au courant de ce détail dans la Division. S'il était dans le coup, il ne nous aurait pas fourni cet éclaircissement.

– De toute façon, ce ne sont que des hypothèses.

– Oui, mais on n'a rien d'autre. Ce qui ne cesse de m'intriguer, reprit Arturo en suivant son idée, c'est pourquoi Luis s'obstinait à jouer à la violeta alors qu'il était chargé de famille ?

Ce n'était pas vraiment une question, il était juste étonné et déconcerté, peiné, même.

– C'est évident, lâcha Espinosa.

Arturo le regarda avec stupeur.

– Évident ? Eh bien, moi, je n'y pige rien.

– C'est une sorte de pénitence. Contrition, confession et pénitence. On se mortifie pour expier ses péchés.

– Vous délirez ! Comment voulez-vous que le curé lui impose une telle pénitence ?

– Il se l'infligeait lui-même. Une pénitence telle qu'il remettait directement sa vie entre les mains de Dieu. Parfois la faute est si grande qu'il n'y a pas de place pour le pardon.

– Mais est-ce que tout ça n'est pas contradictoire ?

Espinosa haussa les épaules et jeta son mégot ; au contact du bout encore incandescent, la neige fondit légèrement. Arturo reconnut qu'il n'avait pas non plus la moindre certitude.

– Quoi qu'il en soit, résuma-t-il, il faut continuer. À défaut de l'avoir fait au cimetière, vous pouvez aller poser des questions à présent pour essayer de savoir si l'un des gars qui portaient le cercueil connaissait particulièrement bien le mort. Quand vous aurez fini, repartez à la pêche, peu importe ce que vous attraperez, on trouvera bien le moyen d'en tirer parti. Appelez-moi demain – il réfléchit un instant pour savoir comment orienter l'enquête. Moi, je parlerai au capitaine Joaquín Isart pour lui demander de faire surveiller l'aumônier, décida-t-il. Et aujourd'hui même, je vais rendre visite au dénommé Ricardo Guerra, s'il n'a pas encore sauté sur une mine, et…

Un coup sec à la poitrine l'empêcha de finir sa phrase. Surpris par le claquement, ils se recroquevillèrent, genoux au menton. Arturo s'étonna d'être encore en vie. Pointant ensemble le canon de leurs armes, ils cherchèrent leur ennemi en tournant rapidement sur eux-mêmes et ne tardèrent pas à le repérer. Il était bien visible, à côté de la porte de la chapelle, s'apprêtant à leur lancer un nouveau projectile. Arturo et Espinosa se redressèrent lentement, rengainèrent leurs armes et diluèrent leur peur dans un chapelet de jurons mêlés à quelques exclamations du sergent affirmant sa sympathie pour Hérode ! Le Russe fit de nouveau mouche avec une adresse enviable en atteignant la poitrine d'Arturo, qui brossa à petits coups les restes de la boule de neige. En souriant, il en pressa une à son tour et l'envoya à Alexandre ; un tir trop court qui ravit le gamin. Il souriait à Arturo de toutes ses petites dents écartées, à cent lieues de se douter de la force primitive qui allait s'abattre sur lui. Car une des femmes du groupe qui se dirigeait vers l'église l'attrapa pour lui administrer une fessée. Arturo s'en réjouit pour lui et sentit même qu'il l'enviait ; dans certains cas la violence est la preuve la plus absolue de l'amour. Tout cela voulait dire que le petit Russe avait retrouvé sa mère ou, à défaut, une mère adoptive.

– Vous connaissez ce mioche ? s'enquit Espinosa.

– Oui, déclara Arturo, on a pissé ensemble.

– Comment ?

– Pisser, quoi ! Comme on dit chez nous, pisser à deux, c'est beaucoup mieux !

Le sergent se passa la langue sur les lèvres et ne laissa rien paraître, un peu inquiet toutefois des éventuelles implications pédophiles de ces paroles.

– Sacrée raclée ! apprécia-t-il, tandis qu'il observait la correction. Si elle continue à lui chauffer les fesses à ce rythme-là, le minot ne va plus pouvoir s'asseoir.

– C'est attendrissant, non ?

Cette fois, Espinosa sursauta et lui lança un regard sévère, ajoutant à ses soupçons d'aberrations pédérastiques de louches perversions sadomasochistes. Après cette volée de coups, Alexandre, en larmes et tout congestionné, fut poussé de force dans l'église. Malgré ses efforts, Arturo n'avait pas pu distinguer le visage de la *mamouchka*. Jugeant que le spectacle était terminé, le sergent et lui récapitulèrent les faits et les indices pour déterminer leurs tâches respectives et se séparèrent après un vague geste de la main à hauteur de la tempe. Arturo resta encore un peu aux abords de l'église, les mains enfouies dans les poches de sa tenue d'hiver, à regarder le ciel. Finalement, il décréta que, sauf si le commandant Reyes Zarauza ou le capitaine Isart apportaient de nouvelles preuves sur les autres suspects ou si le Méticuleux trouvait une lettre indiquant le nom et le prénom de l'assassin, Ricardo Guerra avait toutes les chances de décrocher le gros lot, ça ne faisait pas un pli. Les preuves ? Pas compliqué ! Celles-là mêmes qui avaient servi à juger la moitié de l'Espagne : ne pas partager les idées de l'autre moitié. Seule la rumeur d'une intrigue phalangiste l'inquiétait un peu ; mais, pour l'instant, il laisserait cela de côté. Le hurlement du vent au cœur du boqueteau retentissait comme s'il était peuplé d'animaux antédiluviens et détournait Arturo du bruit lancinant qui emplissait sa tête. Il regarda dans cette direction ; les derniers rayons du soleil scintillaient sur les branches givrées des arbres avec un éclat semblant appartenir à certains rêves perdus, et, plus loin, au-delà de la glace immobile de la rivière, au milieu des peupliers et des bois gelés, il distingua les lourdes coupoles du monastère de Molevo dont la patine dorée commençait à se couvrir de vert-de-gris. À l'intérieur, la folie tranquillement installée au milieu d'une autre folie : la guerre. Et il imagina les aliénés dont on lui avait parlé, superbement insignifiants dans les comptes parfaits de Dieu, errant dans les environs en proie à leurs obsessions, réduisant le monde à un univers maniable, unidimensionnel et, de ce fait, obsessionnel, autistique… La morsure du vent lui donna l'impression d'être couvert de haillons ; il ressentit l'engourdissement produit par ses assauts répétés et le fourmillement dû au gel des extrémités. Comme il n'avait pas envie de passer les années de vie qui lui restaient à tenir sa tasse de café entre deux moignons, il se mit à marcher en direction des baraquements.

8

Le vieil habit neuf de l'empereur

Le camion Renault cahotait sur la route de Pouchkine et les vingt soldats assis à l'arrière dodelinaient de la tête au rythme du véhicule. Ses roues évitaient à grand-peine les cratères qui éventraient la chaussée et les gars avaient même dû descendre pour le pousser car, malgré les chaînes, ils s'étaient retrouvés enlisés dans une ornière tapissée de neige gelée. Comme s'ils avaient eu l'intuition soudaine de leur présence, les artilleurs soviétiques les cherchaient à l'aveuglette, arrosant la route avec leurs 20.30 qui, sans hâte, à intervalles réguliers, envoyaient en l'air des projectiles avec une précision inquiétante. Silencieux, tendus, les soldats maîtrisaient leur peur sans trop d'effort car ils en connaissaient la cause par cœur. Tout d'un coup, on entendit dans le lointain le bruit caractéristique du canon, suivi du sifflement terrifiant d'un obus qui passa au-dessus du camion avant d'éclater plus loin. Tous retinrent leur souffle. Peu après, deux sifflements et deux autres explosions retentirent, beaucoup plus proches, et ils se recroquevillèrent encore, la respiration coupée. Pour un soldat, rien n'est pire que de se retrouver immobilisé, dans l'attente de la salve suivante, sans pouvoir agir, courir ou simplement bouger. Le chauffeur accéléra comme un possédé pour sortir ventre à terre de ce guêpier et laisser se perdre définitivement derrière eux un quatrième et un cinquième sifflement, suivis de deux autres explosions. La frayeur passée, personne ne fit de commentaires ; tous savaient que s'ils avaient ramassé ce genre de pruneaux en pleine figure, ils auraient fait une belle fricassée de troufions espagnols. Alors quelqu'un se mit à chanter, faux et à voix basse, « Sous quelle étoile suis-je né pour que, partout où je vais, je me fasse canarder ». Deux ou trois voix se joignirent timidement à la première, puis la chanson fut reprise par tout le camion. « Quand un Espagnol chante, c'est qu'il est foutu ou peu s'en faut. » Un bidon de café arrosé surgit d'on ne savait où et zigzagua de main en main dans un bruit de maracas qui indiquait qu'une partie du liquide était tout aussi glacée que le sang dans leurs veines. Au lieu de boire, certains suçaient les glaçons de ce cocktail bien frappé. Quand cette funèbre situation fut exorcisée, les soldats en profitèrent pour manger à la hâte, se réfugier derrière la braise d'une cigarette ou fredonner des rengaines parlant de femmes qui ne « pompaient » plus.

C'était le début de l'après-midi.

Le bidon presque vide atterrit dans les mains d'Arturo, assis sur le plancher du camion, entre les pieds de ses camarades. Il en but un coup et le remit en circulation avant de se replonger dans son for intérieur tout en resserrant autour de lui une couverture élimée. Une demi-heure plus tôt, il avait pris son havresac de combat, son fusil, deux jours de rations et, profitant de la relève du 3e bataillon du 263e, s'était embarqué pour Pouchkine afin d'épingler le dénommé Guerrita. Durant le trajet, il s'était efforcé de trouver un moyen de le piéger qui fût plausible, à défaut d'être logique, mais sous le coup de la peur et du découragement, il avait décidé que le plus urgent était de laisser à ses neurones le temps de reprendre leur vitesse de croisière. Peu à peu, son cerveau se réchauffa, redevint habitable et il retrouva l'inconfort de la rationalité. Entouré de règlements, de consignes et d'idéaux, il se réinscrivait dans une géométrie militaire qui le protégeait du désordre, de la vésanie, comme de l'exubérante inutilité de toute chose. De l'autre côté de la bâche qui les abritait, ils entendaient parfois d'autres moteurs s'essouffler, des rumeurs qui se rapprochaient puis se perdaient dans le lointain. Derrière eux s'étirait un paysage d'une blancheur implacable, ponctuée par les taches sombres des bois. Sur l'un des tronçons de la route, alors qu'ils roulaient sur des rondins qui ralentissaient leur allure, Arturo put apercevoir un groupe de moujiks ; des hommes, des femmes et des enfants traînant derrière eux des *akjas*, enveloppés dans une débauche inutile de haillons informes, chaussés de bottes trop grandes de deux pointures qui les rendaient grotesques. Ils supportaient leur pauvreté séculaire avec la force de l'habitude, de façon élémentaire, reproduisant inutilement et de manière incompréhensible leurs cycles de travail et de procréation sans autres lénitifs que la religion et un paradis futur. À quoi pouvaient rêver leurs âmes nihilistes ? Certainement à des choses simples : une maison qui échappait à l'incendie, une plaine où les tanks avaient disparu, une aube silencieuse… Et Arturo pensa que, pour eux, les Allemands, les Espagnols, et même les révolutionnaires bolcheviques, n'étaient qu'un phénomène météorologique dans l'immuabilité de leurs jours. Quelqu'un annonça alors qu'ils arrivaient.

Pouchkine. Palais, laboratoires scientifiques, jardins botaniques regorgeant de plantes exotiques, pièces d'eau, lycées, centres officiels, demeures entourées de magnifiques palmeraies… Dans cet espace dépourvu de symboles qu'est la Russie hivernale, à Pouchkine tout s'était efforcé de symboliser ce que la ville avait été : *Tsarskoïe Selo*, la résidence d'été des tsars, de leur cour et de l'aristocratie russe. L'ancienne cité, rebaptisée en 1937 pour commémorer le centenaire de la mort du grand poète russe, courait à sa ruine, prise entre deux conceptions du monde, le national-socialisme et le bolchevisme, dont la confrontation ferait naître un ordre nouveau. Jour après jour, heure après heure, Pouchkine changeait de visage ; les obus en modifiaient la topographie ; les tranchées s'ouvraient et se refermaient ; les édifices s'effondraient ou se fissuraient. Radio macuto répandait le bruit que, sur ses positions, le 263e était saigné à blanc, à raison de vingt tués par jour. Après avoir présenté son ordre de mission à l'état-major, Arturo se laissa conduire dans ce décor par un caporal à l'allure de révolutionnaire mexicain, petit et dur comme une bille d'acier. Ils avançaient, courbés en deux, presque au ras de la neige, parallèlement à la première ligne défendue par des parapets, des tranchées, des chevaux de frise et des barbelés, sur fond de crépitements intermittents des mitrailleuses Degtyarev soviétiques, lourdes et efficaces.

– Par ici, c'est pratiquement eux qui font la loi, l'avertit l'autre. Alors, planque ta tête, sinon ces fumiers vont te l'exploser en moins de deux.

– Il y a des tireurs d'élite ?

– Ça grouille comme les poux !

Arturo scruta avec appréhension les alentours en imaginant sa tête inscrite dans le viseur d'un fusil à lunette. Il mit ses pas dans ceux du Virgile qui lui était échu, encore plus recroquevillé que lui, si possible, jusqu'à l'entrée d'une tranchée où ils progressèrent un peu mieux protégés. Par moments, une balle perdue ou un tir de harcèlement passait en sifflant au-dessus de leurs têtes. Le boyau aboutissait à un bunker, une construction de rondins, plate, recouverte de planches de bois et ancrée à la terre, dont l'accès était gardé par une sentinelle, le fusil en bandoulière, qui s'agitait pour résister au froid intense. Le soldat les salua à peine d'un mouvement de gant et les laissa passer. Une bouffée d'air glacial entra avec eux dans la casemate, faisant vaciller la flamme de la lampe à huile accrochée au plafond et zigzaguer le mince filet de fumée noire qu'elle dégageait.

– Ferme la porte, le chat va s'échapper ! dit une voix anonyme et lasse, en guise d'accueil.

À l'intérieur de l'abri, dans la pénombre, baignant dans une odeur corporelle nauséabonde, un officier et six sapeurs d'assaut, à en juger par leurs passepoils noirs, étaient assis ou allongés sur des lits de camp, enveloppés dans leurs capotes vert-de-gris. Ébouriffés, sales, burinés par la neige, ils somnolaient, fumaient, survivaient autour d'un poêle de campagne. Leurs visages ne rayonnaient pas d'enthousiasme, mais ils ne semblaient pas non plus désespérés ; ils affichaient cette moue revêche des vétérans qui sert à masquer le sommeil, la faim et la peur. En les voyant entrer, seul l'officier se redressa à demi sur son lit et les observa de ses yeux rougis. Ils firent le salut de rigueur, puis le caporal qui accompagnait Arturo s'approcha de l'officier avec lequel il s'entretint brièvement en aparté. De temps en temps, la morsure d'un éclat d'obus ou d'un projectile arrachait des éclisses au bois de la casemate. Un second salut militaire mit fin aux pourparlers et tous deux déguerpirent en laissant aux occupants du bunker l'impression d'avoir eu la visite de spectres. Le cœur soulevé par l'odeur, ils sortirent dans le froid, jugeant d'un commun accord tacite que mieux valait risquer sa peau plutôt que de croupir dans cette atmosphère délétère. Ils durent parcourir de nouveau le dispositif complexe de bunkers et de tranchées, le front suant l'adrénaline. Arturo priait pour que, ce jour-là, les Soviétiques n'aient pas l'idée de leur envoyer leur carte de visite. En cours de route, Virgile lui résuma ce qu'il avait appris.

– Guerrita est tout près d'ici. Au bout d'Inès.

Ils avaient baptisé *Inès* le fragment final de la tranchée ; Arturo ne posa pas de question et se contenta d'avancer, les yeux rivés sur le dos de son pilote. Après quelques centaines de mètres d'acrobatie, ils quittèrent les tranchées et traversèrent des parcs et des jardins dévastés pour atteindre les abords d'un petit palais de style classique, à moitié démoli, devant un lac artificiel gelé. Le caporal s'arrêta dans l'escalier d'honneur et contempla les deux tours qui surmontaient l'édifice : l'une était détruite et l'autre criblée d'impacts d'obus.

– Voici le palais d'Alexandre, expliqua-t-il comme un guide accompagnant un touriste. Il paraît que c'est ici qu'ils sont venus chercher le dernier tsar et sa famille pour les liquider.

Arturo frémit au souvenir de la tragédie des Romanov ; le tsar Nicolas, son épouse Alexandra et leurs cinq enfants, Alexis, Olga, Tatiana, Marie et Anastasia, dont le sang avait servi à graisser le char immobile de l'histoire russe.

Puis le caporal lui indiqua un autre palais, non loin du premier, baroque cette fois, à la façade blanc et bleu, couronné par cinq coupoles dorées et entouré de nombreuses statues de nus classiques disséminées sur le sol.

– Celui-là, il appartenait à une certaine Catherine. On dit qu'elle était énorme ; j'imagine qu'elle devait ressembler à ma belle-mère.

Amusé, Arturo supposa qu'il devait s'agir de Catherine II, Catherine la Grande, impératrice de la sainte Russie. L'autre pointa le bras en direction d'un monticule, entre la résidence de l'impératrice et un bouleau décapité.

– Et le gars, là-bas, c'est Guerrita.

Arturo aperçut un type qui se fondait presque totalement dans le décor, penché sur une espèce de faux.

– Pourquoi est-ce qu'on s'arrête ici ?

– Vous pouvez continuer.

Le soldat s'appuya sur son fusil pour signifier qu'il ne ferait pas un pas de plus.

– Vous ne venez pas ? lui demanda Arturo, étonné.

– Je préfère pas.

– Il y a un problème ?

– Plutôt !

– Qu'est-ce qu'il y a ?

– Le coin est truffé de mines !

« Les mines. » Le mot suffisait à vous sécher la gorge et à vous glacer le sang. Arturo flageola légèrement sur ses jambes. Il se racla la gorge.

– Je comprends, murmura-t-il, et on peut savoir comment je fais pour aller là-bas ?

– Ou bien vous l'appelez pour qu'il rapplique ici, mais avec ce vent je ne crois pas qu'il vous entende, ou bien vous mettez vos pas dans les siens.

– Comment ça ?

Le soldat utilisa le canon de son mauser pour indiquer une alternance de traces de brodequins cloutés qui avançaient sur la neige en décrivant d'étranges tours et détours jusqu'au palais de l'impératrice Catherine.

– Je vois. Merci de m'avoir accompagné.

– À vos ordres. Ah ! Et si jamais vous entendez des clochettes, surtout, fichez le camp !

Arturo eut l'air si déconcerté que le soldat daigna lui donner une explication.

– On a pris des clochettes à ressort dans cette baraque – il désigna le palais d'Alexandre. Et on les a accrochées tout le long des barbelés, au cas où les Ruskofs auraient dans l'idée de nous rendre visite. Bon, alors, bonne chance !

Il se signa, redressa son casque trop grand pour lui, salua Arturo et, après lui avoir lancé un regard à la fois peiné et respectueux, repartit par où il était venu. Arturo observa plus attentivement Guerrita. Il était debout maintenant : un type élancé qui tenait une sorte de grand bâton avec lequel il effectuait des mouvements concentriques comme s'il balayait ou s'il fauchait, tout en se déplaçant à petits pas avec la prudence d'un grand félin. Ricardo Guerra Castells, alias Guerrita, franc-maçon, tchékiste et inverti selon la définition de son évangéliste, le commandant Reyes Zarauza. D'après son dossier, c'était un ancien socialiste passé chez les communistes qui avait rapidement fait son chemin, d'abord en tant que chef de section dans la brigade la plus sanguinaire du comité provincial d'investigation publique, une espèce de convention qui avait fonctionné au début de la guerre au sein de la tristement célèbre *checa* de la rue Fomento, à Madrid, et plus tard au SIM en collaborant avec les diverses sections du NKVD soviétique qui opéraient en Espagne. Pour couronner le tout, il était tombé sous le coup de la loi sur la répression de la franc-maçonnerie, étant soupçonné d'appartenir à une mystérieuse loge, connue sous le nom de *Cibeles* et accusée par le régime de tous les crimes commis en Espagne depuis le fratricide de Caïn. Avec ces antécédents, le fait qu'il eût encore sa tête pour penser était déjà un délit, mais en plus, il était l'un des organisateurs du plan Talion. En 1939, peu après l'installation du Caudillo au palais du Pardo, on avait découvert, partant d'une maison voisine, une galerie souterraine dont il suffisait de creuser les derniers mètres pour pouvoir allumer une mèche juste sous les appartements de Son Excellence. En prévision de la capitulation imminente, des sapeurs et des dynamiteurs de l'armée populaire avaient commencé à creuser ce tunnel sous la direction de Guerrita. À cette époque, Arturo était déjà en prison, il ignorait les détails du plan et ne savait pas comment son exécution avait été possible, mais le simple fait d'avoir été capable de jeter les bases d'une telle opération meurtrière prouvait que le type en avait une sacrée paire. Avec un tel pedigree, sa condamnation à mort était inévitable, et Franco en personne l'avait gracié... Quelque chose clochait. Arturo se remit à étudier la silhouette qui continuait à décrire lentement des circonférences autour de ses pieds. Il évalua la force du vent et la distance que sa voix aurait à parcourir ; mécontent des possibles résultats, il décida de faire le premier pas. Il se cramponna fermement à la bretelle de son fusil et s'efforça de couler ses pas dans les empreintes qui traçaient un itinéraire complexe dans la neige. Il avançait avec difficulté, la peur alourdissait terriblement son corps. Quand il s'approcha, Guerrita, alerté par le crissement de ses bottes, cessa de promener l'étrange engin qu'il manœuvrait juste devant lui.

– Bonjour. Ricardo Guerra ? dit Arturo sans préambule.

L'homme posa son espèce d'antenne dans la neige et, d'un air las, ôta son casque qu'il avait camouflé, à défaut d'une housse blanche, en l'enduisant avec le contenu, maintenant gelé, de plusieurs tubes de pâte dentifrice. Arturo découvrit une chevelure courte extrêmement frisée, comme une explosion de boucles, des yeux à fleur de tête qui le dévisageaient derrière des lunettes cerclées d'acier, un menton pointu qui accentuait un faciès de lévrier, violacé de froid, et un sourire en coin qui trahissait, sans équivoque possible, la conscience de sa propre intelligence.

– Oui, c'est moi, répondit-il calmement, avec un très fort accent galicien.

Arturo acquiesça et, après lui avoir remis l'ordre de mission tout froissé de Navajas del Río, attendit que la signature, le cachet et l'en-tête fissent leur effet. Il pensa que si Guerrita était l'assassin, il comprendrait parfaitement le but de sa visite et deviendrait nerveux, mais il lui rendit négligemment le document.

– Je m'y attendais, se contenta-t-il de dire.

– À quoi ?

– À ce qu'on me liquide.

– Parce que vous croyez que je suis venu vous liquider ?

– Et pour quoi faire, sinon ?

– Je ne vois pas pourquoi il faudrait éliminer quelqu'un de si bien disposé à se sacrifier pour la patrie – il désigna l'engin que maniait Ricardo Guerra. Au fait, qu'est-ce que c'est que ce foutu machin ?

Guerrita observa l'appareil comme s'il le voyait pour la première fois.

– Un détecteur de mines... Production nationale, ajouta-t-il avec un brin d'orgueil. On prend le piston d'une pompe à vélo, vous voyez? ici et ici – il souligna du gant chacune de ses précisions. Et on adapte au bout cette tige de métal. C'est finalement plus sensible que les instruments que nous donnaient les Fritz.

« Eppur si muove », songea Arturo, admiratif.

– Je viens seulement vous poser quelques questions, enchaîna-t-il.

– Les gars de la Deuxième sont déjà venus me les poser.

– Eh bien, maintenant, c'est mon tour. C'est au sujet de la mort du soldat Luis del Águila.

Son sourire en coin s'agrandit légèrement.

– Et vous soutenez que vous n'êtes pas venu ici pour me faire débarrasser le plancher?

– Je ne vois pas pourquoi.

– Ce qu'il y a de sûr, c'est que vous n'êtes pas là pour mes beaux yeux. Et ne me dites pas que mon livret militaire n'a rien à voir avec votre visite.

Arturo enleva son fusil de son épaule pour le pendre à son cou, à l'allemande, et y poser les bras comme sur un appui de fenêtre.

– On vous a fait une fleur en protégeant votre anonymat, vous ne croyez pas?

– C'est parce qu'il y a là-bas, en dessous, quelqu'un qui m'a à la bonne, répondit-il sans se démonter, en montrant le sol. L'Espagne est un pays de pipelettes et c'est bien étonnant que le premier sous-fifre venu ne m'ait pas déjà expédié dans l'autre monde.

– Vous ne l'auriez peut-être pas volé?

Ricardo soutint le regard d'Arturo. Son arrogance finit par baisser d'un ton.

– Je croyais qu'on allait me « dézinguer », expliqua-t-il avec un fatalisme tout galicien en remettant son casque.

– Je ne suis pas là pour ça. Mais, à mon avis, c'est logique de commencer par quelqu'un comme vous.

– Je ferais la même chose, admit-il. Qu'est-ce que vous voulez savoir ?

Arturo chercha dans les replis de sa capote les photos du cadavre frigorifié dans la Slavianka. Il les tendit à Ricardo Guerra.

– C'est Luis del Águila. Vous le connaissiez ?

Guerrita y jeta un coup d'œil distrait.

– Non, répondit-il en lui rendant les photos.

– C'est tout juste si vous les avez regardées. Étudiez-les un peu.

Guerrita prit son temps.

– Elles sont de Paramio ?

– De qui ?

– Du photographe de la Division.

– Ah ! Oui.

– Il est venu se balader par ici il n'y a pas longtemps. (Arturo se rappela les étranges passe-temps du photographe.) Mais non, vraiment, je ne le connais pas, conclut Guerra en les lui rendant après un dernier coup d'œil.

– Mais vous êtes tout de même au courant de ce qui s'est passé ?

– Un peu.

Arturo lui fit une synthèse de la situation, en passant sur les implications politiques et les aspects les plus subjectifs de l'affaire.

– … et vous avez… Arturo hésita à prononcer le mot « alibi » qui lui semblait un peu banal : Où étiez-vous le 27 janvier au soir entre sept heures et, disons, neuf heures ?

– Ici, indiqua l'autre sans hésiter.

– Plus précisément ?

– Ici, à Pouchkine.

– Mais où ? Et qu'est-ce que vous y faisiez ?

– Dans le coin. Je patrouillais.

– Pendant combien de temps ?

– Une heure ou deux.

– Quelqu'un peut le confirmer ?

Ricardo Guerra garda un silence réticent.

– Si vous n'avez rien à voir avec cette histoire, vous feriez mieux de me dire la vérité.

– Ben non, personne ne peut le confirmer.

Arturo remit son fusil en bandoulière. Le vent mettait à vif le peu de peau qui n'était pas couverte. Il eut une pensée pour la crème Nivea.

– Comment se fait-il que vous vous souveniez si bien de ce que vous avez fait ? hasarda-t-il. Cela remonte à plusieurs jours...

– C'était mon anniversaire et on me l'a foutu en l'air.

Arturo acquiesça, mit la main sous le bord de son casque pour le rejeter en arrière et leva les yeux pour scruter un ciel terni, parsemé de touches d'incarnat. Il resta ainsi quelques secondes, soufflant de la buée à chaque respiration.

– Vous, vous avez fait de la prison, affirma Guerrita avec l'intuition d'une sorcière et en baissant un peu le menton pour le regarder par-dessus ses lunettes.

Arturo, pris au dépourvu, durcit son expression.

– Moi aussi, j'ai fait beaucoup de tourisme pénitentiaire, poursuivit Ricardo en remontant d'un doigt la monture sur son nez. Il faut bien collaborer au redressement économique de l'Espagne...

Son sourire laissa transparaître l'ironie que son ton dissimulait.

– Surtout si on a tout fait pour le détruire, lui envoya Arturo dans les dents.

Ricardo encaissa sans sourciller.

– J'ai fait deux camps de concentration et huit prisons. Mais la pire de toutes les porcheries par lesquelles je suis passé, c'était une taule dans le Bierzo. Il y avait plus de poux qu'on a de lentilles pour mille pesetas. Je n'en avais jamais vu en pareille quantité, bien grands et bien dodus.

Ils sautaient du plafond en parachute tellement ils étaient contents !

Arturo avait horreur de se rappeler son passage par le système pénitentiaire national. À l'évocation de la souffrance, il éprouva cependant une certaine fraternité. Et il comprit aussi que cette connivence pourrait l'aider à faire plonger Ricardo Guerra.

– Moi, j'ai vu un pull-over se balader tout seul par terre à cause des poux, avoua-t-il.

– Où est-ce que vous étiez ?

– À la Modelo.

– Merde, moi aussi j'y étais ! Comment ça se fait qu'on ne se soit pas rencontrés ?

– Il y avait tellement de monde…

– Vous vous souvenez de Fructuoso Martínez ? Il était célèbre.

– Pas du tout.

– Mais si ! Le gars qui passait des nuits à réciter par cœur des poèmes pour accompagner les condamnés à mort qui allaient être fusillés à l'aube.

– Il y avait beaucoup de types courageux.

– Oui, mais le plus étonnant, c'est qu'il était curé et clarétien par-dessus le marché. Vous vous rappelez ce qu'ils ont fait aux clarétiens au début de la guerre ? Le père Fructuoso, un sacré bonhomme ! Et il faisait ça parce que beaucoup refusaient de se confesser.

La parole guérit aussi, se dit Arturo pour se remonter le moral, après avoir pensé au négatif de ce curé, le père Ramón.

– Non, je ne m'en souviens pas.

– Ah bon ? (Guerrita sembla déconcerté.) Oui, c'est normal, trop de monde…

– Comment avez-vous deviné que j'avais fait de la prison ?

La question pleine d'embûches coupa court au discours de Guerrita. Arturo s'était rendu compte du tour dangereux que prenait la conversation et, comme il ignorait où l'autre voulait en venir, il interposa prudemment un pare-feu. Ricardo Guerra ne parut pas s'en étonner et sourit.

– Je l'ai su quand vous avez regardé le ciel. En prison, il ne se passe pas grand-chose et du coup, on apprend à tout observer attentivement. Pour avoir cette sorte de regard, il faut avoir été prisonnier, avoir passé des heures à contempler ce qui ressemble le plus à la liberté.

Les vampires ne peuvent entrer dans les maisons qu'avec le consentement de leur propriétaire et Arturo avait failli ouvrir la porte à l'un des plus sanguinaires. Cette capacité d'observation acheva de situer le bonhomme et Arturo, faisant abstraction de l'apparente inanité de l'enveloppe humaine de Guerrita, se rappela les parties du dossier qui détaillaient l'accumulation de pillages, de tortures et d'assassinats qu'il avait laissés dans son sillage et perpétrés, comme s'il était daltonien, en écrasant aussi bien les bleus que les rouges.

– Bref, le jour du crime vous étiez de patrouille, c'est votre dernier mot ? résuma-t-il.

– On dirait.

– Et vous n'avez pas de témoin.

– Bon, je vais tout vous dire, se résigna-t-il.

Arturo plissa les lèvres devant la feinte inopinée de Guerrita et se reprocha de lui avoir laissé la bride sur le cou.

– Je vous écoute.

– Je n'ai pas fait que patrouiller.

– Qu'est-ce que vous avez fait d'autre ?

– J'ai baisé.

Arturo crut avoir mal compris.

– Je n'ai pas bien entendu, dit-il.

– J'ai profité de la patrouille pour tirer un coup. Et vous savez bien qu'en vous disant ça, je risque le conseil de guerre. Vous comprenez pourquoi je n'ai rien dit avant.

– Bon, récapitula Arturo revenu de sa stupeur, il faut voir

le bon côté des choses : vous avez un témoin. Comment s'appelle-t-elle ?

Ricardo Guerra esquissa un sourire sarcastique, juste à la limite du cynisme.

– Pas elle, il, corrigea-t-il. Je pourrais vous donner un nom et une compagnie, mais il nierait probablement. En plus, c'est un officier.

Arturo espérait que le froid avait suffisamment rougi son visage pour dissimuler son trouble.

– Je vous promets que tout restera confidentiel.

– Je préférerais me taire.

– Vous ne me facilitez pas la tâche.

– À quoi ça servirait ?

– Il ne faut rien négliger.

Sceptique, Guerrita regarda autour de lui avant de se décider à lui donner quelques indications. Puis il désigna le palais de Catherine II.

– Je peux vous montrer quelque chose ?

– Quoi donc ?

– Une chose qui peut aider à corroborer ma version. Au cas où mon ami me laisserait tomber.

Arturo hésita à l'y autoriser ; plus il le laisserait parler, plus il avait à y perdre, car Guerrita aurait ainsi davantage de chances de le manipuler verbalement, mais il répugnait à être impoli.

– D'accord.

– Je vous remercie. Vous pouvez laisser votre barda ici, dit Guerrita en montrant du doigt son havresac. Suivez-moi et mettez vos pas dans les miens.

Son visage émacié se concentra longuement sur la neige alentour, comme s'il s'agissait d'une phrase qu'il ne parvenait pas à déchiffrer, afin de bien mémoriser l'emplacement de chaque mine, puis il prit sans hâte la direction du palais de Catherine la Grande. Pourquoi ne les a-t-il pas balisées ? se demanda Arturo. Les pas de Ricardo les menèrent sans encombre jusqu'au magnifique perron. Arturo put ainsi pénétrer dans un monde inconnu, comme s'il était passé de l'autre côté du miroir de l'Histoire. Au-delà de la spectaculaire façade avec colonnes, moulures et pilastres, portant sur le linteau la date de construction, 1752-1756, le temps semblait suspendu, un temps révolu, fastueux, peuplé d'élégants messieurs et de dames fort décolletées qui s'étaient promenés à Paris et à Vienne en maîtres du monde, aveugles au devenir historique. Ricardo Guerra lui fit découvrir un palais qui était toute une époque, avec ses majestueux appartements, ses larges escaliers, ses terrasses, et il dut imaginer tout le reste, les miroirs, les décors, la soie et le lapis-lazuli, les lustres, les tableaux, les stucs, les tentures, les tapis victimes des déprédations de la guerre. La Russie impériale qui imprégnait chaque recoin enflamma l'imagination d'Arturo qui recréa une illumination nocturne, comme si un incendie s'était déclaré dans le palais, tandis que les grands-ducs et les princesses dansaient et virevoltaient au son des polonaises, entourés de serviteurs arabes et de torses de marbre couverts de roses – de beaux jeunes gens dans une époque si vieille, indifférents à ce monde qu'ils allaient perdre avec ses éternels étés et ses pommes d'or. Après cette éblouissante mise en scène, ils se retrouvèrent devant des portes de verre dépoli décorées de silhouettes de nymphes et de fleurs, miraculeusement intactes, qu'ils franchirent pour accéder à une vaste salle, une pièce saccagée où les boiseries, tombées du plafond sur un sol noirci par les fleurs sombres des feux qu'on y avait allumés, côtoyaient les résidus de ces petites boîtes de tablettes inflammables que donnaient les Allemands. Dans l'un des angles de la pièce, un renard empaillé, dont le regard se limitait à un seul œil de verre, avait une plaie au ventre d'où la bourre s'échappait ; à l'opposé se trouvait un chérubin de bois, potelé, à la peinture écaillée, la tête appuyée dans l'angle, à côté d'un étron gelé. Guerrita se plaça à l'endroit où aurait dû normalement être le lit.

Pour la première fois, une crainte soudaine apparut dans les yeux d'Arturo, indiquant clairement qu'il ne voulait pas de mauvaises surprises.

– C'est ici que j'ai tiré mon coup, annonça Guerrita.

La phrase, lâchée ainsi de but en blanc, avait quelque chose de sournois.

– Compliments ! Et alors ?

– Je veux dire que j'ai fait ça ici. Ici même.

– Bon. Et alors ?

– Rien, c'était juste pour vous faire voir l'endroit.

Arturo coupa court à ses explications.

– Moi, je vous crois. Le problème, c'est que votre parole ne vaudra pas grand-chose devant un tribunal.

– J'essayais simplement de dire la vérité.

– J'en tiendrai compte, vous pouvez en être certain.

– Merci. Allons-nous-en.

Ricardo Guerra sortit le premier, Arturo le suivit après un dernier regard au chérubin défiguré. Ils revinrent sur leurs pas, parcourant le chemin que les aristocrates avaient dû suivre en leur temps, mêlés cette fois à leurs domestiques, et il pensa que chaque porte qui s'était refermée derrière eux avait transformé chacune des pièces en salle de musée ; un temps figé qui serait délimité par des piquets et des cordons à pompons et par la voix d'un guide qui expliquerait que telle salle portait tel nom et prierait les visiteurs de ne pas toucher aux pendules. Ils quittèrent le palais ; Arturo se rendit compte qu'ils étaient sortis par une autre porte latérale pour se retrouver au milieu d'un petit parc à l'anglaise, solitaire, parsemé çà et là de tonnelles, d'arcades, de statues mythologiques, avec un bassin pratiquement démoli, sur lequel Guerrita s'avança de quelques mètres. La neige était si dure qu'il ne laissait aucune trace, aussi Arturo prit-il grand soin de suivre exactement le parcours de Guerrita qui multipliait les détours. Celui-ci s'arrêta à côté d'une petite fontaine de pierre dont la vasque cannelée était ornée de deux poissons barbus aux queues entrelacées qui s'obstinaient à vouloir cracher une parabole d'eau gelée.

– Pourquoi sommes-nous sortis par ici ? demanda Arturo.

– Pour jouer franc jeu.

Arturo sourit, un brin sarcastique.

– Comment ça ?

– Vous êtes comme moi.

La rudesse du ton fit reprendre ses distances à Arturo.

– Vous ne savez rien de moi.

– On se comprend, et ça, c'est mieux que de se connaître. Je ne sais pas pourquoi vous avez fait de la prison, mais, par contre, je sais que maintenant vous êtes ici et que si vous y êtes, c'est que vous avez besoin de votre coin de ciel, et je crois que vous ferez tout pour l'obtenir. Moi, c'est ce que je ferais.

Arturo comprit alors pour quelle raison Ricardo Guerra s'était montré familier à son égard. Il n'avait fait qu'étudier l'ennemi, s'était efforcé de le comprendre pour mieux le neutraliser.

– Continuez, consentit Arturo.

– Une fois le délit établi, c'est très facile de trouver un coupable. Et je suis le premier de la liste ; alors, je vous propose un marché.

– Je vous écoute.

– Moi, je peux vous aider. Je ne peux pas vous dire qui a fait le coup, mais je peux vous aider à le coincer.

– Et qu'est-ce que vous voulez en échange ?

– Juste que vous poursuiviez l'enquête.

– Ça dépendra de ce que vous me raconterez.

– Ça va vous intéresser, je vous le garantis.

– Pourquoi n'avoir rien dit plus tôt ?

– J'ai mes raisons.

Arturo réfléchit à son offre. Ce ne fut pas long.

– Moi aussi, je veux quelque chose en échange.

Guerrita arqua les sourcils.

– Je croyais que c'était moi qui faisais du chantage.

– On est pareils, pas vrai?

Le sourire en coin de Guerrita fut une invitation.

– Qu'est-ce que vous voulez?

– Que vous me disiez pourquoi on ne vous a pas encore fusillé.

– Ça, je ne peux pas.

– Pourquoi?

– Parce que.

– Alors, plus question de marché.

Comme fasciné par son propre personnage, Ricardo Guerra s'abîma un moment dans la contemplation de son uniforme. Enfin, lorsqu'il fixa de nouveau Arturo, son épaule puis son visage, ce dernier avait cessé d'être un policier pour devenir un compère.

– Bon, d'accord. Vous avez ces photos sous la main?

Arturo les lui passa aussitôt. Ricardo Guerra les examina avec la prudence d'un expert en bijoux, mémorisant chaque prise de vue du cadavre. Il ne tarda pas à les lui rendre.

– Vous vous y connaissez un peu en franc-maçonnerie? demanda-t-il enfin.

– Juste pour la définition des mots croisés! répondit Arturo.

– Il va falloir que je vous donne quelques explications. Ça prendra un certain temps.

– Pas de problème.

– Bon! Je suppose que vous savez que je suis franc-maçon, de la loge *Cibeles*.

– Oui.

– Parfait. Ce n'est ni l'endroit ni le moment de vous parler de la franc-maçonneric, je vais donc résumer. Sans parler de ses racines qui remontent aux bâtisseurs des cathédrales, il y a bien longtemps que la franc-maçonnerie est une société secrète, un instrument de pression au service du pouvoir. Et comme dans toute société secrète, les frères ont le devoir de ne pas dévoiler les secrets de «l'Art», autre nom de la

Maçonnerie, qu'il s'agisse de ses rites, de ses débats ou de ses membres. Lors de l'initiation, un passage du serment, qui engage pour la vie, concerne le très sévère châtiment encouru en cas de parjure – il récita sur un ton monocorde : « que ma tête soit coupée et mon sang répandu sur la terre jusqu'à la dernière goutte ».

– Ce qui expliquerait qu'on l'ait saigné à blanc, ajouta Arturo, excité à l'idée que ses suppositions maçonniques pussent être exactes.

– Oui, mais ce châtiment correspond au premier grade de la franc-maçonnerie. Il y en a trois autres. Moi, je n'ai pas dépassé le premier. Même si je ne sais pas ce que vient faire cette phrase : « Prends garde, Dieu te regarde », pas plus que le rôle des chevaux, ce qui compte, c'est qu'on l'a égorgé et que ce genre de châtiment est réservé à qui a révélé l'Obscurité visible.

– Qu'est-ce que c'est que ça ?

– Il y a beaucoup d'autres noms, la Lumière maçonnique, le Grand Alcahest... La franc-maçonnerie a un substrat païen, antérieur au christianisme ; dans l'Antiquité, c'était considéré comme une illumination mystique semblable à celle des saints chrétiens et cela avait un rapport avec l'identité secrète de Dieu, avec son nom. De nos jours, le châtiment s'applique quand on a trahi un secret ou une règle, comme dénoncer un frère ou révéler une combine politique, entre autres. Le fait est qu'on l'a liquidé selon le rite.

– N'importe qui peut connaître le rite ?

– Seulement les initiés.

– À votre avis, il y a combien de francs-maçons dans la Division ?

– Aucune idée. Et dites-vous bien qu'il n'y en a pas que chez les rouges ; parmi les officiers nationalistes, il y en avait autant, sinon plus. Maintenant, ils sont poursuivis, mais avant le Soulèvement on était tous du même bord, parce que entrer en maçonnerie, c'était le moyen le plus facile de faire carrière à l'époque de la République. J'en ai moi-même profité.

Arturo grinça des dents et évalua tous ces renseignements comme Michel-Ange aurait étudié les possibilités chaotiques d'un bloc de marbre brut. Il décida de gérer tout cela plus tard.

– Merci de votre collaboration. Venons-en maintenant à la seconde partie du marché. Liquider le Caudillo... Il adopta un ton légèrement réprobateur : Comment se fait-il que vous soyez encore en vie ?

Tout en continuant à respirer sans trop remplir ses poumons, Ricardo Guerra s'appuya des deux mains, de profil, contre la vasque en pierre de la fontaine. C'est alors que retentit *Ramona*, un paso doble, et qu'une voix dans un espagnol au fort accent russe se mit à proférer des slogans et des mots d'ordre depuis un camion de propagande qui parcourait lentement l'autre côté des lignes. Ricardo Guerra attendit qu'il se fût éloigné et se rejeta en arrière comme un nageur s'écarte du bord de la piscine.

– Parce que j'ai moi-même prévenu la sécurité du Caudillo, répondit-il.

La première réaction d'Arturo fut la surprise, puis le trouble et enfin l'expectative. Guerrita dissipa ses doutes en affectant une indifférence étudiée.

– J'ai fait partie de la cinquième colonne dès le début de la guerre. Et peu importe que vous le sachiez parce qu'on ne vous croira pas. En plus, il n'y a que deux personnes qui soient au courant ; elles sont en Espagne et elles le nieraient toutes les deux.

Une foule de questions se pressèrent dans la tête d'Arturo : que fait-il ici ? Pourquoi la prison ? Comment expliquer que personne ne sache qui il est... ? Ricardo sembla lire dans ses pensées et mit d'office un terme à ces interrogations.

– Je ne répondrai à aucune autre question sur ce sujet.

Arturo fut tenté de faire pression sur lui, mais il perçut dans son attitude une volonté acérée comme le tranchant d'une lame. Pourtant, la culpabilité ne tient pas au crime mais à l'accusation, aussi voulut-il éprouver sa réaction.

– Vous ne vous repentez pas de ce que vous avez dû faire ?

Il fut évident que Ricardo Guerra s'attendait à tout sauf à ça.

– Pour chaque camarade tombé, dix rouges sont morts, se défendit-il. À combien de vies sacrifiées estimez-vous la Cause et le Caudillo lui-même ?

– Le Caudillo est irremplaçable, répondit Arturo pour assurer ses arrières.

– C'était un autre front dans la guerre, vous devriez voir les choses sous cet angle.

Arturo comprit qu'en écoutant Guerrita sa curiosité s'était emballée sur une pente impossible à remonter. Il eut envie de prolonger un peu leur joute dialectique, sans effusion verbale, sans empathie ni affect, juste pour établir un lien *inter pares*, entre deux personnes qui sont allées trop loin dans la solitude et qui savent qu'on n'en revient pas.

– Finalement, ce n'était pas le paradis, dit Arturo en désignant une patrie russe idéale. Tout le monde a été floué.

Ricardo Guerra comprit son intention.

– La fin de la pauvreté, de l'exploitation, de l'humiliation, énuméra-t-il d'une voix mécanique ; la victoire sur le joug du capital, l'abolition des classes, la rédemption des damnés de la terre… Le bonheur. Ce sont de grands mots, de grandes aspirations.

– D'après ce que j'ai vu ici et entendu dire par les prisonniers, trop de sang versé pour n'avoir rien obtenu.

– Eux, ils croient qu'ils ne sont pas encore arrivés.

– Je ne comprends pas.

– Ils pensent que c'est la traversée du désert. Et que la terre promise a un prix. La machine de l'État prolétarien doit fonctionner jusqu'à la défaite du dernier de ses ennemis, comme une massue qui ne s'arrêtera pas tant qu'il restera un propriétaire ou un miséreux dans le monde. Et lorsque la terre sera inondée du sang des justes et des injustes, alors seulement l'État disparaîtra pour que vienne le règne de la justice. En attendant, ils devront supporter le crime, le travail à la tâche, la douleur, l'asservissement, la mort... jusqu'à l'avènement de la république universelle du bonheur.

– La cité de Dieu, reconnut Arturo. C'est une belle prophétie.

– Oui, oui, c'est vrai.

Mais prophétiser et prédire sont deux choses différentes, se dit Arturo. Et la prophétie est toujours indémontrable, à long terme, le désert peut s'étendre indéfiniment et le Moïse de service aura carte blanche durant toute la traversée. Une tentation trop forte pour quelque nature humaine que ce soit, car pour qui a un marteau à la main, tous ceux qui l'entourent se mettent à ressembler dangereusement à des clous. Arturo frissonna et cette fois ce n'était pas de froid. Était-il le seul à voir cela ? Était-ce possible ? Il se sentit dans la peau de cet enfant du conte d'Andersen, le seul qui, par innocence, fut capable de s'écrier, au passage du cortège, que l'empereur était nu, une vérité que tous les autres taisaient par intérêt, bêtise ou crainte. La fin du conte confirmait de façon affligeante la nature ténébreuse du pouvoir ; l'empereur, inquiet, bien qu'il soupçonnât que l'enfant avait raison, se redressait plus fièrement, obnubilé par une seule pensée : « Il faut tenir bon jusqu'au bout. »

Fouetté par une rafale de vent hargneuse qui givra son visage de cristaux pulvérisés, Arturo resserra un peu plus son manteau. Ricardo Guerra, solidement campé sur ses jambes, les mains à l'abri dans ses poches, l'observait derrière ses lunettes. Arturo évalua ses paroles, ses réticences, ses attitudes, ses silences et en conclut que Ricardo Guerra, Guerrita, était une énigme au moins aussi complexe que la mort de Luis del Águila. Était-ce en réalité un surhomme ou simplement un monstre qui enchaînait mensonge sur mensonge pour échapper à la mort ? Un patriote qui s'était sacrifié pour ses convictions pendant les mille jours qu'avait duré la guerre d'Espagne et qui, supposa Arturo, avait conservé son rôle de mouchard durant ses années de prison, disposé maintenant à traquer la chimère qui avait parcouru l'Europe jusqu'au sein même de son repaire ? Ou bien était-il le plus grand traître de l'Histoire, quelqu'un qui avait vendu ses compagnons dans l'espoir de trouver le moment opportun pour tourner casaque ? Où finissait l'idéal et où commençait la perversion ? Arturo l'observait encore, lorsqu'une autre possibilité lui vint à l'esprit. Et si Guerrita, à force de vivre à côté de l'ennemi, à force de partager ses idées, avait fini par le comprendre ? Et si, en étant si près de ses adversaires et si loin des siens, cédant à la noirceur de son propre personnage, il avait fini par se sentir seul, trahi même, et que, par suite de ce contresens, il ne savait plus qui il était, qui il servait et continuait à jouer les espions par habitude au profit des uns et des autres ? Qu'il fût un héros ou un Judas, dans les deux cas le spectre omniprésent du temps jouait contre lui. Combien de jours faudrait-il à un quelconque soldat espagnol pour découvrir son identité et lui loger une balle dans l'estomac ? Combien de temps faudrait-il aux Soviétiques pour se méfier d'un individu qui avait échappé à Franco pourtant si bien « informé » et pour le soumettre à une de ces séances de « checa », un de ces interrogatoires musclés que Guerrita avait lui-même pratiqués avec tant de zèle ? Quand il le chercha du regard, il constata qu'il s'était déplacé jusqu'à une petite porte du palais d'où il le fixait, les bras croisés, appuyé à l'un des garde-corps de l'escalier, de style quasi churrigueresque.

– J'espère que vous respecterez notre marché, dit Guerrita quand il capta l'attention d'Arturo.

– Vous devrez me faire confiance.

– Bien sûr, dit-il en souriant, et inversement !

Une étrange inflexion dans sa voix éveilla l'instinct de conservation d'Arturo. Quelques secondes suffirent : la réalité le prit au collet et l'adrénaline submergea toute sa conscience. Il comprit pourquoi Ricardo Guerra était sorti du palais par une entrée de service. Mais plus qu'à lui, il en voulut à la neige gelée sur laquelle aucune trace ne s'imprimait. Il regarda avec précaution autour de lui, comme si un regard trop appuyé pouvait faire exploser les mines.

– Ça, c'est un coup bas, lui reprocha Arturo.

– Vous ne jouez pas franc jeu non plus.

– C'est un coup bas ! répéta-t-il avec hargne.

– La vie est imprévisible ! Je voulais juste que vous vous en rendiez compte.

– Ce n'était pas la peine. Et maintenant, qu'est-ce qu'on fait ?

– Vous n'avez qu'à venir vers moi.

Arturo était incapable de se concentrer. Il s'agrippa fortement à la bretelle de son fusil.

– Je suis votre seule chance. Si je disparais, un autre viendra, dit-il.

– Je le sais. Vous allez devoir me faire confiance.

Ricardo Guerra avait un air contrit mais, quelque part, son regard renfermait une zone d'ombre, une parfaite compréhension de la précarité de l'équilibre humain qui se maintient entre d'étroites limites, et la conviction qu'il n'est nullement besoin de tortures ou de bûchers pour faire perdre la raison à un homme. Il y prend plaisir, pensa Arturo. Il aurait voulu pleurer, l'insulter, le menacer, mais l'angoisse occupait la totalité de sa conscience. Il prit sa peur par les cornes et s'en servit pour avancer, pas à pas, en tremblant, les yeux rivés sur ceux de Ricardo Guerra. Au bout de quelques mètres, il était en sueur, hanté par la vision de sa jambe sautant sur une mine et disparaissant jusqu'au genou, avec les tendons sanguinolents qui pendaient et l'os à nu. Un dernier petit saut lui permit d'atteindre la première marche de l'escalier, deux degrés plus bas que Ricardo Guerra, en hoquetant légèrement de peur, mais sans rompre leur lien visuel.

– Je devrais vous flanquer une balle dans la peau ! lui lança-t-il avec une haine atténuée, diluée par l'épuisement.

– Vous me rendriez peut-être service... répondit énigmatiquement Guerrita.

Arturo fit non de la tête et détacha son regard du sien pour scruter aussitôt la surface rigide de la neige en tâchant d'apercevoir les formes vagues des mines. Quand il put de nouveau user de sa logique, il compara le parcours elliptique qu'avait suivi Guerrita à la ligne droite qu'il avait lui-même tracée, et flaira quelque chose.

– Vous vous êtes payé ma tête, hein ? lui demanda-t-il sur le ton du défi. Il n'y a pas de mine.

– Qu'est-ce qui vous le fait croire ?

– Tout à l'heure vous avez fait semblant de les contourner.

Cette fois, Ricardo Guerra n'eut recours à aucune ambiguïté cosmétique. Il décroisa les bras, ramassa des gravats sur la marche juste en dessous de la sienne – « Baissez-vous et bouchez-vous les oreilles » –, qu'il lança dans un mouvement pendulaire, comme s'il jouait à la pétanque, vers un endroit précis à quelques centimètres de là où Arturo avait posé les pieds. Le second lancer provoqua un brusque éclair et une explosion brutale qui propulsa en l'air un jet de terre et laissa sur la neige un tournesol festonné de noir. Le bruit de la détonation résonnant encore dans ses oreilles, Arturo tenta de reboutonner le col de son manteau, mais ses doigts ne lui obéissaient plus. Livide, incapable d'arrêter son hoquet, il se redressa et, sans un mot pour Ricardo Guerra, rentra dans le palais, traversa les appartements avant de s'arrêter, furieux à l'idée que, sans l'aide de Guerrita, il ne pourrait pas franchir le champ de mines qui l'attendait devant l'entrée principale. Ce dernier, à son tour, conscient de son oubli, resta tranquillement sur l'escalier, l'esprit étrangement rempli du souvenir du vert exubérant de sa Galice natale, des rias pénétrant à l'intérieur des terres, de la côte cantabrique battue par les flots, en attendant peut-être, seulement peut-être, le sinistre fracas d'une autre explosion.

Arturo n'avait plus le hoquet depuis un bon moment. Il avait encore la peur au ventre en se dirigeant vers l'état-major, même s'il marchait dans la neige d'un pas énergique entre les palais sculptés par la mitraille. Après avoir suivi son fil d'Ariane à travers les mines qui protégeaient l'entrée du palais de Catherine II, il avait abandonné derrière lui, planté là telle une ténébreuse statue de lui-même, un Ricardo Guerra qui l'avait laissé partir sans dire un mot. Arturo larmoyait de froid et avançait sans oublier que la zone était truffée de francs-tireurs, avec la hantise d'entendre tinter les clochettes accrochées le long des barbelés. Le chapelet de demi-vérités et de mensonges mêlés s'éparpillait dans son esprit, lorsqu'il buta presque sur un poste d'observation de l'artillerie. C'était une construction de briques bâtie au milieu d'un bosquet, probablement une ancienne fabrique de farine, qui eût semblé neutre à première vue si une ligne téléphonique à moitié enterrée n'avait indiqué sa condition actuelle. Il était presque trois heures et demie de l'après-midi et la nuit commençait à tomber; l'heure et les cheminées d'usines qui flirtaient avec les palais dans le lointain lui rappelèrent que c'était peut-être là l'occasion unique de contempler Leningrad. Sans plus tarder, il pénétra dans le bâtiment; l'intérieur se résumait à quelques salles vides. Il repéra un escalier de bois dont il gravit les marches grinçantes. La dernière volée débouchait sur une citerne; il passa la tête par l'ouverture de l'escalier et, après avoir déposé son fusil et son sac, se hissa à la force des bras sur le plancher de la plate-forme. Une fois dehors, il resta accroupi, guettant les francs-tireurs de tous ses yeux. Aucun soldat ne montait la garde, mais quelqu'un avait laissé près du bord un étui à jumelles fermé et un téléphone de campagne, comme pour signaler qu'il ne tarderait pas à revenir. Arturo s'assit à côté, ramassé sur lui-même, et sortit les jumelles de leur étui. Elles étaient autrichiennes, très puissantes, d'un grossissement de quarante. Il retira les capuchons des objectifs qu'il pointa sur les environs pour les régler avec précision. Il examina d'abord le bois qui entourait Pouchkine puis, quand il parvint à mieux s'orienter, le peigne d'une ligne de barbelés sur la neige et, plus précisément, l'une des fameuses clochettes du palais d'Alexandre accrochée entre deux nœuds de barbelés. Il tourna un peu la molette pour distinguer le détail des piquants acérés et, en suivant lentement les grandes ramifications des tranchées au tracé paranoïaque, il passa dans la zone soviétique où il pénétra dans le demi-cercle défensif que la suspension de l'opération *Nordlicht*, cinq mois auparavant, avait tissé autour de la ville. La terre labourée par les obus et couverte de casemates, de fossés antichars, de nids de mitrailleuses et d'énormes saignées longeant le cours de la Neva avait immobilisé la Wehrmacht qui n'avait fait que trahir sa faiblesse, malgré sa détermination et les moyens mis en œuvre lors du siège, car sa puissance, celle-là même qui lui avait permis de conquérir toute l'Europe, résidait dans le mouvement. Il visa finalement la ligne d'horizon. Là, une confusion bariolée de cheminées, de grues, de cuves d'acier et de bâtiments industriels, noircis par les bombardements et surmontés d'une espèce de nuage de fumée, indiquait la ville de Kolpino, un vaste complexe industriel situé à la périphérie de Leningrad qui constituait une dangereuse avancée dans les lignes espagnoles depuis laquelle l'ennemi pouvait attaquer à tout moment. Arturo porta un peu plus loin son regard en tournant le buste vers le nord-est pour faire apparaître dans ses jumelles, à une quinzaine de kilomètres, une autre masse grise de ponts, de sombres bâtiments de ciment, de pylônes de lignes à haute tension et de gigantesques usines qui se dressaient dans les faubourgs de la vieille ville de Leningrad. Encore un peu plus loin, à travers la brume de la Baltique, on pouvait apercevoir les docks du port, les chantiers navals de Poutilov et de Baltyskïe, l'île-forteresse de Kronstadt et, au loin, sur sa droite, la large courbe de l'isthme de Carélie s'étendant jusqu'à la Finlande. Mais c'étaient les rues de Leningrad qu'Arturo désirait voir. Ses yeux s'y attardèrent; certaines étaient visibles avec leurs parapets et leurs barricades de sacs de terre, leurs tramways rougeâtres et leurs camions, et les gens qui circulaient sur ces trottoirs qu'avaient foulés des génies de la littérature, des intellectuels et des révolutionnaires. Voilà ce qu'il cherchait : au-delà de la graisse communiste, le muscle, le Saint-Pétersbourg qui avait conservé sa foi intacte et se disposait à organiser une apocalypse. Il lui suffit de modifier un peu la mise au point pour se l'approprier. La forteresse Pierre-et-Paul, la coupole de la cathédrale Saint-Isaac, les ponts sur la Neva, la perspective Nevski, la prétention rococo, vert et gris, du palais d'Hiver... Leningrad, Petrograd... Saint-Pétersbourg. L'ancienne capitale des nuits blanches, détrônée par le Moscou des boyards, était née du rêve mégalomaniaque d'un tsar claustrophobe et par suite ne pouvait avoir d'autre destin que celui d'être le berceau d'un nouveau rêve, le plus grand que l'humanité eût jamais conçu. Hommes et volontés convergeant au fil du temps vers l'entonnoir de la révolution d'Octobre, cherchant dans l'Histoire un raccourci vers le bonheur universel, «la cité de Dieu», juste pour que l'Histoire leur démontrât qu'elle ne prend jamais de raccourci, car les empereurs s'y trouvent toujours à l'affût. Et il ne put s'empêcher de se remémorer ce texte d'Azaña[1] : «En tous temps surgissent des empereurs

1. Manuel Azaña (1880-1940) : dernier président de la République espagnole (à partir de mai 1936).

démagogiques, des empereurs de l'ordre public, des empereurs pourfendeurs et égorgeurs… » Oui, pensa-t-il, et voici qu'était apparue une nouvelle sorte d'empereurs, les empereurs étranges, ces précipités de l'Histoire qui, dans un monde de chevaliers et de dragons, de bien et de mal, se tenaient au milieu, sans idéologie, sans morale, sans passion. Héritiers de l'Éventreur qui, comme Ricardo Guerra, parce qu'ils vivent au cœur de la vérité, se sentent d'autant plus trahis par tous et s'éloignent d'eux-mêmes. Ainsi, ces nouveaux empereurs étaient allés jusqu'aux limites de toutes les passions pour découvrir la gratuité du monde. Et lorsque les passions s'apaisent, elles prennent des formes monstrueuses, rien ne vaut plus rien, et comme des enfants qui se réfugient dans leur égoïsme, ils voudraient provoquer une destruction à la mesure de leur solitude et de leur désarroi. Avec le premier sang inutilement versé, ils avaient baptisé une nouvelle race d'hommes, ils avaient inauguré le futur.

À ce moment, des clochettes, des dizaines de clochettes se mirent à tinter…

9

Sade

– Allô !

– …

– Oui, bonjour. À vos ordres, sergent.

– …

– Non ! C'est vrai ?

– …

– Oui.

– …

– Oui.

– …

– Quand ?

– …

– Excellent. Permettez-moi de vous féliciter, sergent. Vous et vos hommes.

– …

– Et vous dites qu'il arrive ?

– …

– Très bien, je ne sais pas comment vous remercier.

– …

– D'accord. Merci beaucoup. À vos ordres, sergent.

Arturo raccrocha d'un coup sec. C'était enfin l'appel du Méticuleux.

La voix consciencieuse et tatillonne du sergent lui avait annoncé qu'on venait de retrouver la lettre de Luis del Águila et qu'Aparicio était en route pour Mestelevo. Il s'approcha du poêle de sa mansarde en claquant légèrement des dents et tenta de s'y réchauffer; la neige, qui continuait à tomber, avait fait baisser la température et le poêle dévorait une bûche après l'autre sans résultat notable. Il avait sommeil, l'impression d'avoir du sable dans les yeux; c'est à peine s'il avait dormi trois heures depuis son retour de Pouchkine, mais l'imminence de la réception au quartier général et la nécessité de rédiger un rapport pour le lieutenant-colonel Navajas del Río l'obligèrent à mettre en ordre, à nettoyer et à préciser tout ce qui flottait dans sa tête. Il prit un crayon, une feuille de papier réglementaire et l'orange qui resplendissait près du téléphone, puis s'assit à la petite table. Il sentait que sa dose habituelle de caféine noire et fumante lui manquait, mais sa réserve du précieux breuvage était épuisée. Il renifla et chercha l'inspiration en observant le fruit. Après le gambit raté de Ricardo Guerra, il se voyait dans l'obligation de chercher un autre gibier de potence; il devait toutefois commencer par vérifier l'alibi sexuel de Guerrita et montrer sa photo à Trinitario, le préposé aux douches, afin d'éviter d'éventuelles surprises. Une fois ces démarches effectuées et avec l'éclairage inattendu qu'apportaient les renseignements fournis par Guerrita, une vengeance maçonnique pourrait bien être le lien entre le crime, les chevaux et les menaces divines, et ainsi boucler la boucle. Le commandant Reyes Zarauza et les gendarmes du capitaine Isart se chargeraient de rechercher plus à fond les évidences de la pureté de sang pour savoir qui était franc-maçon dans la Division, sans négliger de surveiller l'aumônier. La formule à double tranchant que lui avait indiquée Guerrita pour reconnaître d'éventuels frères serait également utile, bien qu'il ignorât totalement comment l'utiliser. S'il avançait toujours à tâtons dans le noir, du moins le faisait-il maintenant dans une direction donnée. Il fit passer sa logique par toutes les couleurs de son raisonnement et ne tarda pas à écrire, raturer et réécrire un rapport dûment nuancé. Comme sa rédaction touchait à sa fin, il ne put éviter d'entendre résonner dans sa tête, comme un *ritornello*, les mots d'Erundina del Águila. Quelle sombre béance essayais-tu de remplir d'alcool, Luis del Águila, alors même qu'elle en engloutissait toujours plus que tu ne pouvais y verser ? Quel poids portais-tu sur tes épaules, qui te faisait préférer la balle d'un revolver à ta famille ? Des secrets. Qu'ils fussent maçonniques ou non, c'étaient autant de portes que personne n'avait poussées et que, probablement, personne ne devrait jamais ouvrir. À l'instant où il mettait un point final à son rapport, des coups secs et vigoureux retentirent de l'autre côté de la porte.

– Entrez, invita Arturo.

Aparicio glissa un œil dans l'embrasure, et son corps musculeux finit par agrandir la brèche pour occuper la moitié de la mansarde.

– Brrr... Quelle bourrasque ! se plaignit-il en terminant de brosser la neige sur sa capote.

Arturo se leva et salua dans les règles.

– Oui, caporal, qu'est-ce que ça tombe !

Aparicio s'approcha directement du poêle et applaudit avec ses gants au spectacle des flammes.

– Repos, mon vieux.

– J'ai un peu de cognac par là, lui proposa Arturo en se rasseyant.

– Il est encore trop tôt, merci quand même. Alors, qu'est-ce que tu me dis de la bringue de l'autre soir ? Tu t'es réveillé en forme ?

– Oui, mais vous auriez dû me secouer.

– Tu dormais comme un bienheureux avec ta petite femme, vraiment je ne pouvais pas... Tu as hissé bien haut nos couleurs ?

– Ça, c'est à elle qu'il faut le demander, dit Arturo, jouant la modestie.

– Bon, mais c'était bien ?

– Je la reverrais bien.

– Ces panienkas, on dirait du miel, hein ?... Ça vous adoucit son homme – le caporal en ferma les yeux, presque en transe. Oui, il suffira d'en toucher un mot au *starosta*. Ah ! Il faudrait pas que j'oublie... Il fouilla dans ses poches : Tiens, c'est un bon jour, on trouve même des aiguilles dans les bottes de foin.

La gorge serrée par l'émotion, Arturo prit la correspondance militaire toute froissée qu'il lui tendait. Il ne la lut pas tout de suite : la courtoisie et la curiosité l'en empêchaient.

– Mais il n'y en avait qu'une à chercher, le reprit-il.

– Oui, on est tombé sur sa lettre mais par la même occasion on a trouvé celle de Tarzan.

– Tarzan... Je le connais ?

– Je ne crois pas, on va le mettre au trou et quand il en sortira, sa propre mère ne va pas le reconnaître. Il va en chier, c'est moi qui te le dis.

Arturo le regarda avec l'amabilité d'un président de séance qui interroge l'orateur du regard pour savoir s'il veut ajouter quelque chose.

– Figure-toi que ce gars, précisa Aparicio, dans la première lettre qu'il écrit à sa marraine de guerre, il lui balance qu'il a la baïonnette au canon et qu'il faut qu'ils se retrouvent pour qu'elle lui fourbisse le sabre et qu'en attendant, il veut qu'elle lui envoie une photo pour qu'il puisse l'astiquer tous les soirs à sa santé ! Et ce salaud signe « Tarzan ». Il va en baver !

Arturo ne put réprimer un sourire. Sans plus être interrompu, il observa la lettre portant l'adresse d'Erundina del Águila, 8, rue del Perdón, Santa Eulalia, Ibiza, Espagne, Spanien, et un timbre de la *Luftfeldpost* avec un Junkers volant entre les nuages.

– L'avez-vous lue, caporal ? demanda-t-il en durcissant l'expression de son visage.

Aparicio fit signe que non tandis qu'il ôtait son casque et scrutait sur l'un des côtés la décalcomanie du drapeau espagnol en partie décollée. Arturo hocha la tête et parcourut une écriture aux lignes serrées, très inclinée vers la droite.

Russie, 25 janvier 1943

Chers tous,

J'espère que cette lettre vous trouvera en bonne santé. Moi, ici, je fais passer le temps, ma blessure était sans gravité et elle ne me fait presque plus mal. Je vous envoie encore des sous, on n'en a jamais trop. Dans ce pays, vous ne pouvez même pas imaginer le froid qu'il fait, mais maintenant on a un poêle russe qui avale un bon quintal de bois à l'heure, heureusement, ici c'est pas le bois qui manque.

Moi aussi je pense beaucoup à vous, mon retour est pour bientôt. Ne soyez pas tristes car je fais mon devoir envers la patrie, et ne vous tracassez pas, il ne va rien m'arriver de mal, parce que José Antonio et les centuries de camarades qui montent la garde dans les étoiles sont avec nous. Il y a encore beaucoup à faire et les Russes sont des durs à cuire, mais on les aura.

Parle-moi davantage de toi, de nos parents et des amis. Dis à Elpidio que je lui rapporterai un bonnet de fourrure et qu'il faudra bien qu'il le mette !

Le père Ramón m'est d'un grand réconfort, il m'aide beaucoup, il me dit que je ne dois pas avoir de remords puisque je fais mon devoir. Dernièrement, je me suis trouvé un ami et lui aussi il me comprend. On l'appelle Tiroliro, mais son nom c'est Galo, c'est un coriace, figure-toi que même les Russes en ont peur.

Je vous souhaite une bonne santé, embrasse Père et Mère pour moi et passe le bonjour de ma part à tout le monde.

Bien à vous, votre fils qui vous aime.

Arturo posa la lettre sur la table et se promena quelques instants sous les voûtes silencieuses de son crâne. Apparemment Luis del Águila avait toute sa tête, même si Arturo se méfiait des mots, connaissant leur tendance à soulever des montagnes pour nous protéger du vide ; ne pas inquiéter les êtres chers, ne pas attirer l'attention infaillible de la censure, c'étaient autant de raisons plus que suffisantes. L'aumônier était toujours un scrupuleux gardien de son « état d'âme », ce qui ne confirmait pas les soupçons d'Arturo à son égard mais les étayait. Et le mot « remords » renvoyait une fois de plus à ce corps étranger logé dans sa conscience. Toutefois, un nouveau petit caillou était apparu sur la piste qui menait au coupable : Tiroliro. Arturo remarqua que le surnom du dénommé Galo était le terme que les soldats employaient pour désigner le bazooka ou *Panzerfaust* allemand. Il regarda Aparicio qui attendait, les mains croisées derrière le dos.

– Caporal, vous ne connaîtriez pas par hasard un certain Tiroliro ou Galo ? Apparemment, c'était un ami de la victime.

– Si, bien sûr, Galo Rodríguez, il est très connu.

– Tiens – Arturo semblait boire du petit lait : On dirait qu'aujourd'hui nous avons plus d'aiguilles que de foin. Alors ?

– Il est chef d'une section d'assaut du 262e. Un sacré lascar, il a déjà toute la quincaillerie qu'on peut accrocher sur la poitrine d'un soldat ; les Ruskofs en ont la trouille, tout comme les Allemands.

– La trouille ?

– Ce type ne dort pas, et parfois il passe la nuit à hurler comme un loup et à dire aux Russes qu'il va leur bouffer le cœur. Le pire, c'est qu'il le fait, de temps à autre, il part tout seul faire un coup de main et il ne revient jamais sans un souvenir.

– Un dingue.

– Oui, mais les officiers l'apprécient beaucoup. Il est à la fabrique aux crocodiles.

Arturo se pencha en avant, comme s'il attendait la fin de la phrase.

– La 6e compagnie, à Krasny Bor. Ils sont retranchés dans une ancienne fabrique, à trente mètres des Ruskofs, et de tout le front, c'est la position où on se marre le plus. C'est bourré de francs-tireurs. Ils en sont à vingt morts par jour.

– Et ce nom, les crocodiles ?

– C'est à cause d'un blockhaus qu'il y avait en Afrique, à Beni Aros. Là-bas aussi c'était plein de tireurs embusqués, et les types pissaient dans une boîte de conserve pour ne pas sortir, mais évidemment, il fallait bien la vider, et comme personne ne voulait le faire, ça servait de punition pour manquement à la discipline. Tu vois le truc, avec les Bédouins qui tiraient sur tout ce qui bougeait, il y avait toujours un mort ou un blessé.

– Je ne comprends toujours pas pourquoi les crocodiles.

– Là-bas, sur des centaines de kilomètres, il n'y a de l'eau que dans quelques mares, et les animaux savent qu'ils doivent y aller coûte que coûte s'ils ne veulent pas crever de soif. Les crocodiles le savent aussi, alors ils sont venus s'installer là. Il y en a toujours qui flottent près de la berge.

Si futés dans certains domaines… philosopha Arturo en méditant sur l'inventivité de ses compatriotes.

– Y a-t-il autre chose que je devrais savoir ?

La bouche du caporal Aparicio s'arrondit en une moue butée ; il se déplaça vers la fenêtre et exécuta un mouvement circulaire avec son énorme gant, ouvrant un œil-de-bœuf dans la buée de la vitre. De l'autre côté, la neige tombait, propre, silencieuse, ordonnée. Il parla à voix basse comme qui arrive en retard à la messe.

– Avant-hier, pendant la fête, quand tu parlais avec Servando, je n'ai pas pu éviter de t'entendre dire que la victime jouait à la violeta.

Arturo fit un signe d'assentiment.

– Oui.

– Alors, tu as peut-être intérêt à savoir que Tiroliro y joue aussi.

Parfois le coup de veine est aussi efficace que la logique. Arturo se demanda ce qui convenait le mieux à ce qu'il allait dire, se montrer condescendant, cassant, naïf, autoritaire...

– Et savez-vous, par hasard, où aura lieu la prochaine partie, caporal ?

Il s'était exprimé sans aucune intonation particulière et la question flotta dans l'air avec l'inutilité d'une roue qui tourne dans le vide. Aparicio se contenta de dessiner des rayons autour du trou dans la buée, le transformant en un soleil à l'intérieur duquel tombait la neige.

– Moi, j'ai rien à cacher, répondit-il finalement. Tu ferais mieux de ne pas partir dans cette direction.

– Je comprends.

Au fond, Arturo ne s'attendait pas à trouver là son chemin de Damas. Au pied du lit, il prit ses bottes dont les tiges retombaient vers le sol et les bourra de chiffons et de papiers. Puis il enfila trois paires de chaussettes, se chaussa, s'étira en faisant craquer ses os comme une armure, et se bagarra avec son uniforme jusqu'au moment où il fut prêt.

– Si vous n'y voyez pas d'inconvénient, caporal, je vais aller avec vous au quartier général. J'ai des choses à y faire.

– Pour moi, c'est d'accord.

– Et on a droit à quoi, ce coup-ci ? À un traîneau ? s'enquit Arturo avec bonne humeur.

– Cette fois-ci, on ne nous a pas refilé le mauvais cheval : on a un camion neuf.

– Les Fritz sont devenus généreux.

Aparicio sourit mystérieusement.

– Non, c'est pas ça, on a découvert un moyen infaillible.

– Lequel ?

– On arrête un camion et on le leur demande.

– Mais les chauffeurs doivent refuser !

– Alors on dégoupille une grenade et on attend. Généralement, ils reconsidèrent la question.

– Mais c'est un véritable hold-up.

– C'est une façon de voir les choses.

– Et si un officier l'apprend ?

– Il y en avait un avec nous. C'est lui qui tenait la grenade.

La neige tombait mollement sur les baïonnettes dressées des soldats qui présentaient les armes, à gauche du quartier général. Ils se tenaient raides, immobiles, et le sergent Longinos Perete surveillait d'un œil leur posture en répétant dans un murmure : « Le premier qui cligne des paupières, je le colle au trou », tout en fixant de l'autre la caravane de Mercedes de la Wehrmacht qui venait d'apparaître sur la route du sud et traversait à cet instant un petit pont sur un affluent de la Slavianka pour se diriger vers l'esplanade devant le palais. Lorsqu'ils s'arrêtèrent près d'eux, le général Esteban-Infantes, entouré des chefs de son état-major, s'approcha de ces mastodontes officiels avec une satisfaction toute militaire. Peu à peu, un important contingent descendit des véhicules, aides de camp, chefs d'état-major, officiers d'ordonnance, officiers supérieurs et interprètes, qui ne tardèrent pas à se disposer autour de leurs chefs respectifs, le général Lindemann, de la 18e armée, à laquelle appartenait la División Azul, le général Christian Hansen, du 24e corps d'armée, et le maréchal Erich von Manstein, de la 11e armée, le célèbre vainqueur de Sébastopol… On entendit des salutations, des claquements de talons, des ordres cinglants comme des coups de fouet, puis tout le groupe passa devant le détachement dont le sergent soupira de soulagement en ordonnant « Reposez armes ! ». Il n'avait pas fini de faire rompre les rangs, quand il aperçut un autre véhicule, dont la virtuosité n'avait d'égale que son audace, qui traversait en flèche la Slavianka. Le sergent le regarda s'approcher, put s'assurer qu'il s'agissait du camion estafette en reconnaissant le visage de jeune maçon d'Aparicio, et poursuivit tranquillement sa mission. Le camion finit par s'arrêter, en dérapant légèrement, sur le côté de la demeure, et Arturo descendit de la cabine avec toute l'orographie de la Russie fidèlement reproduite sur ses côtes. Le cortège de Mercedes lui fit comprendre qu'il arrivait en retard ; un avion soviétique, descendu par les Messerschmitt de la Luftwaffe, s'était écrasé sur la route, coupant provisoirement le trafic ; Arturo avait encore en tête le fuselage en proie aux flammes, le pilote s'embrasant comme le bout d'une allumette, ainsi que l'odeur de combustible, de ferraille et de chair brûlée. Il se hâta de prendre congé du caporal. Comme d'habitude, l'intérieur de la caserne était une vraie tour de Babel et, après s'être identifié, il pressa le pas dans l'escalier menant au premier étage. Des Teutons, à la forte mâchoire, avec leurs casques en acier et leur prestance granitique, rivalisaient avec les statues païennes qui jalonnaient le couloir. Arturo fut arrêté par l'un de ces guerriers avant d'être récupéré au vol par l'affable capitaine chargé de surveiller l'antichambre de Navajas del Río, qui passait alors par là et l'avait reconnu. Celui-ci le précéda jusqu'à la porte ouvragée derrière laquelle il avait découvert la pianiste et l'introduisit dans le salon. Divers groupes y devisaient en petits comités, les Allemands côtoyaient les chefs et les officiers affectés à l'état-major de la Division, ceux des unités proches et les petites délégations des régiments répartis sur le front. Des serveurs circulaient parmi eux chargés de plateaux portant les apéritifs : vin, olives espagnoles, cognac français, petits fours russes... Arturo chercha inconsciemment la silhouette de la pianiste, mais distingua seulement le commandant Reyes Zarauza et le capitaine Joaquín Isart. Le diligent gratte-papier le conduisit jusqu'au groupe où se tenait Navajas del Río qui le foudroya du regard, mais ne fit aucun commentaire. Arturo s'attela immédiatement à sa double tâche d'interprète auprès des Allemands et des quelques officiers russes intégrés aux unités de la Wehrmacht. La réception se déroula comme à l'habitude avec des discours avant de passer à table. Des photographes de la *Propaganda Kompanie* prenaient des scènes de la réunion ; un des clins d'œil de l'obturateur immortalisa Arturo à côté du lieutenant-colonel Navajas del Río, du général Infantes et du maréchal Manstein. Il se souvint que l'un de ces professionnels devait être Paramio Pont, mais il ne put l'identifier car aucun n'avait de traits ibériques marqués. Le déjeuner ne se fit pas attendre et les hôtes prirent place à la grande table. Durant le banquet, Arturo découvrit aussi le capitaine Wolfram Kehren. Au dessert, les toasts et les salutations reprirent. Après le repas, Arturo sollicita la permission du lieutenant-colonel Navajas et s'approcha de Reyes Zarauza qui était alors en conversation avec le capitaine Isart, près de la cheminée. Le teint rose, boudiné dans son uniforme comme un rôti de veau mal ficelé, Zarauza, en apercevant Arturo, commença à lisser sa petite moustache, fine comme une procession de fourmis.

– Tiens, tiens, regardez qui voilà, capitaine, dit-il en feignant la surprise et en le désignant avec un gros étui argenté. Vous ne prenez jamais un instant de repos, Arturo ? Hier à Pouchkine, aujourd'hui ici pour les mondanités.

Arturo se mit au garde-à-vous et si Reyes Zarauza prétendait l'éblouir par son omniscience, il s'arrangea pour ne pas lui faire ce plaisir.

– À vos ordres, mon commandant. Oui, à défaut de talent, l'efficacité ne peut venir que du travail.

Le gloussement d'hilarité du commandant fit trembler son ventre gélatineux, mouvant.

– J'espère que vous n'étiez pas là au moment où il y a eu du grabuge.

Le commentaire du commandant ramena Arturo au

concert de clochettes, mêlé aux sifflements des officiers soviétiques, qui avait annoncé le soudain coup de main durant lequel il était demeuré embusqué dans l'observatoire. Il mentit :

– Je venais juste de partir.

– Eh bien, vous avez eu de la chance. Ils ont fait un massacre dans cette zone, n'est-ce pas, capitaine ?

De ses petits yeux porcins, Reyes Zarauza chercha un signe d'assentiment sur le visage hépatique du gendarme qui, entourant des deux mains la rondeur d'un verre à liqueur à moitié rempli de cognac, hésita une seconde avant de répondre.

– Mais eux aussi, ils y ont laissé des plumes, mon commandant.

Ce dernier acquiesça et sortit de l'étui un énorme cigare. Il en retira l'emballage et la bague, trancha la pointe avec ses dents puis l'humecta.

– Bien, dit Zarauza en observant le bout humide et sombre, aujourd'hui c'est jour de fête, nous avons eu droit à un fameux casse-croûte ! Tout était très bon, n'est-ce pas ?

– Comme chez nous, confirma Arturo.

– Et même Manstein est venu, ça, c'est un homme, un vrai, les rouges, ils en ont bavé avec lui ! Capitaine, j'espère que les espions n'ont pas touché aujourd'hui leurs trente deniers, parce que là, avec tous ces généraux, ils pourraient faire un carnage.

– On les a à l'œil, répondit Isart de façon évasive.

– Savez-vous que le capitaine a une curieuse théorie sur les espions ? dit Zarauza en s'adressant à Arturo. Il affirme qu'il ne faut pas les fusiller et qu'on doit, au contraire, les repérer et les laisser transmettre une mauvaise information de temps en temps, à malin, malin et demi…

Arturo se souvint de l'exécution dans la forêt.

– Judicieux, mais il doit bien y avoir des exceptions, objecta-t-il.

Joaquín Isart fit lentement tourner le cognac dans son verre.

– C'est inévitable.

– C'est certain, il y a des brebis galeuses jusque dans les meilleures familles, reconnut le commandant.

Il fit doucement glisser le cigare sous son nez, jouissant de l'arôme subtil du vieux tabac, sans se décider à l'allumer. Quand il arriva à la pointe, il regarda sa montre.

– Déjà trois heures, comme le temps passe, et il ne nous rend pas plus jeunes, dit-il après s'être éclairci la gorge, et changeant de sujet sans transition, comme si c'était sans importance : Où en est notre affaire ?

Tenant compte du fait que les rivalités de pouvoir étaient toujours d'actualité, Arturo fit son rapport en traitant les données avec parcimonie, profusion, ambiguïté ou précision, guidé par son intérêt.

– Évidemment, ce ne sont que des suppositions, conclut-il pour assurer ses arrières.

Reyes Zarauza respira bruyamment et des rides horizontales se dessinèrent sur son front.

– C'est toujours comme ça dans la vie. Alors on a fait chou blanc avec ce Ricardo Guerra ? dit-il, ne semblant pas déplorer cette erreur, comme s'il souhaitait des complications politiques. Toutefois, vous continuez de croire que c'est une histoire de francs-maçons.

– Tant d'indices indiquent la même direction, cela ne peut pas être un hasard.

– Des francs-maçons – Zarauza analysa le mot comme un élément qui ne collerait pas, une pièce qui ne trouverait pas sa place et qu'il tournerait d'un côté et de l'autre, indécis. Voyons si nous dénichons quelques spécimens de cette vermine. Poursuivons l'enquête. Il nous reste environ quarante-sept individus.

– Il serait bon de consulter un franc-maçon, fit remarquer Arturo, ou quelqu'un qui connaisse leurs rites.

Reyes Zarauza secoua sa graisse ondulante de grand morse.

– Sur ce point, Octavio peut vous donner un coup de main.

La phrase focalisa l'attention d'Arturo comme une loupe.

– Octavio Imaz ?

– Vous le connaissez ?

– Nous avons été présentés.

– Alors vous devez savoir que dans le milieu intellectuel, on le considère comme un jeune espoir.

– C'est ce que j'ai entendu dire.

– Il a écrit un petit livre très intéressant sur la franc-maçonnerie, une sorte d'essai.

– Je l'ignorais. Et d'où lui est venue cette idée ?

– Demandez-le-lui.

– Je n'y manquerai pas. Et, mon capitaine – Arturo s'adressa au gendarme : Je souhaiterais être informé des activités du père Ramón.

Isart sollicita l'approbation du commandant.

– En êtes-vous sûr ? demanda Zarauza à Arturo, comme surpris malgré lui.

– Il était le confesseur de Luis del Águila. Simple précaution.

Reyes Zarauza redressa à peine son cigare.

– Soupçonner un curé... lui reprocha-t-il en souriant. Autre chose ? ironisa-t-il.

– Oui, mon commandant.

– Dites, dites, répondit celui-ci avec amabilité, tout en haletant.

– Vous souvenez-vous, chez le vaguemestre, lorsque vous m'avez dit que parfois les seules lois valables sont celles qui ne sont pas écrites... ?

Arturo s'interrompit en constatant que le souvenir de son pacte officieux avait crispé la corpulence éléphantesque du commandant. Ce dernier regarda le capitaine Isart qui comprit le signe et s'écarta légèrement.

– Poursuivez.

– Eh bien, voilà, j'ai besoin d'un petit coup de pouce.

– Du genre ?

– Assister à la prochaine séance de violeta.

Le commandant s'efforça de canaliser son irritation dans les limites de la correction.

– La violeta est interdite.

– Je ne comprends pas, mon commandant.

– Qu'est-ce que vous n'avez pas compris, la violeta ou son interdiction ?

Arturo se rapprocha de la cheminée.

– Je comprends que la violeta soit interdite, mais je n'arrive pas à croire qu'en marge des intérêts en jeu, la 2e section ne soit pas informée de l'heure et du lieu où se jouent les parties.

– Je ne crois pas qu'il y ait matière à être informé.

– Récemment, le lieutenant-colonel Navajas del Río m'a laissé entendre que les choses prennent l'apparence que nous voulons leur donner. C'est peut-être la même chose avec l'information.

Le regard noir que lui lança le commandant confirma que le bras de fer entre phalangistes et militaires était toujours d'actualité.

– Soldat, la 2e section ne s'intéresse pas aux rébus.

– Muñoz Grandes ne s'y intéressait pas non plus et vous avez vu…

La référence à l'éviction du général au profit d'Esteban-Infantes, un thuriféraire du régime, eut pour effet de tendre leur échange comme un élastique. Le commandant caressa les flammes de la cheminée avec son cigare, attendant que la pointe fût réduite en cendres rougeoyantes. Il s'humecta les lèvres avant de parler.

– Pourquoi voulez-vous y aller ?

– Je vous ai dit que le dénommé Tiroliro est un habitué de la violeta. Je pourrais aller le trouver et lui parler n'importe quand, mais il serait bon que je connaisse l'ambiance et voie quelles personnes fréquentait Luis del Águila.

Un sourire tordit les grosses lèvres de Reyes Zarauza.

– Vous auriez fait un bon torero, soldat, sans aucun doute. Vous aimez attendre le taureau devant la porte du toril, à genoux, en agitant le leurre. Eh bien, ne vous en faites pas, je vais vous ouvrir la porte. Et prenez bien garde à ce que je vais vous dire, parce que votre vie en dépendra. Un de ces jours, on va venir vous chercher et vous irez seul ; ne posez aucune question et contentez-vous de faire exactement ce qu'on vous ordonnera de faire. Ensuite, tout ce que vous aurez vu ou entendu, vous l'emporterez dans la tombe, ce qui n'arrivera que dans bien des années si vous suivez mes instructions au pied de la lettre, vous m'avez bien compris ?

– Parfaitement, répondit Arturo en claquant des talons.

À cet instant, un des serveurs s'approcha d'eux avec un plateau garni de verres de liqueur. Arturo n'en prit pas, mais Zarauza s'empressa d'en attraper un et trempa le bout de son cigare dans le cognac. Tandis qu'il le suçait avec délectation, se concentrant sur les fibres grumeleuses et flottantes du tabac, il fit revenir le capitaine Isart d'un haussement de sourcils impératif. Arturo jeta un regard circulaire sur la salle où la rumeur ne faiblissait pas ; bottes luisantes, uniformes *feldgrau*, postures militaires. Quelques photographes s'affairaient encore parmi les groupes.

– L'un d'eux est-il Paramio Pont ? demanda-t-il à Reyes Zarauza.

– Oui, là, à gauche, lui indiqua le commandant.

Arturo l'observa avec curiosité. C'était un homme aux épaules tombantes, avec de longs bras et une tête de souris ; il s'agitait nerveusement comme un oiseau qui viendrait de se poser. Pour l'heure, il tentait d'immortaliser le récalcitrant capitaine Wolfram Kehren qui refusa impérativement. Ce fut alors qu'Arturo la vit. La pianiste. Elle se tenait à la droite du Teuton, vêtue de l'uniforme féminin des SS, très droite, une tasse à la main. Sa chevelure rousse retenue par un nœud, les lignes pâles et majestueuses de son visage, ses yeux aux troubles éclats de jade marron. Arturo avala sa salive ; un tel pouvoir de séduction lui coupait le souffle, mais il s'efforça de ne pas succomber à l'envoûtement. Il était cependant curieux de découvrir qu'il n'était pas le seul à subir cette fascination ; les officiers espagnols, peu habitués à la présence féminine en campagne, adoucissaient leurs manières et leurs voix, incapables de fixer leurs interlocuteurs sans lancer constamment de rapides coups d'œil vers la dame.

– Elle est superbe, confirma le commandant Reyes Zarauza à qui l'intérêt d'Arturo n'avait pas échappé.

– Le soleil l'est aussi, jusqu'au moment où on s'en approche trop, répliqua Arturo sans y penser.

L'expression du commandant fut tout un poème.

– Il n'y a pas de danger, à ce qu'on dit, c'est un vrai glaçon.

– La glace brûle également, mon commandant. Arturo perçut une certaine complicité entre elle et Kehren : A-t-elle une liaison avec le capitaine ?

– Avec qui ? Avec monsieur Magie Noire ? – le ton était dédaigneux. Non, du moins je ne crois pas. Elle n'est que son assistante.

– Magie Noire… répéta Arturo.

– Oui, ce salopard nous en fait voir.

– Un simple agent de liaison ?

Les yeux de Reyes Zarauza incrustés dans les replis de graisse échangèrent un regard de connivence avec le capitaine Isart.

– Le capitaine n'est pas un quelconque agent de liaison, expliqua Isart, il appartient à la SS.

– Plus exactement à la SD, précisa Zarauza, leur service de renseignements.

– Et qu'est-ce qu'il fiche ici ?

– Le capitaine Kehren est en charge de la coordination et

de l'approvisionnement pour les *Einsatzgruppen*[1] du secteur, en collaboration avec notre intendance.

– Qu'est-ce que c'est, si je peux savoir?

– Les groupes d'intervention.

– Oui, mais quelle est leur mission?

– Faire disparaître les gens, répondit Zarauza, l'air sombre. Des éléments subversifs : commissaires politiques, espions, partisans, collabos... juifs.

– Magie Noire, reprit Arturo, comprenant enfin le rôle des SS lors de l'exécution dans la forêt.

Le mystère de la présence de l'Allemand dans le bureau de Navajas del Río lors de la première entrevue était éclairci. Il observa le capitaine avec une curiosité mêlée d'angoisse. Kehren parlait maintenant avec la pianiste et ils semblaient faits pour s'entendre, comme les deux doigts de la main; il en éprouva un pincement de jalousie. Pour s'y soustraire, il chercha de nouveau Paramio, en vain. Quand il reporta son regard sur le couple, il croisa soudain celui de la femme et sentit son visage s'empourprer. L'Allemande fit une moue sévère et le radiographia littéralement avant de chuchoter à l'oreille de Kehren. Arturo se sentit encore plus alarmé lorsque avec la même morgue ce dernier lui fit signe d'approcher. Il s'excusa auprès de Zarauza et d'Isart, aussi surpris l'un que l'autre, traversa le salon puis exécuta un garde-à-vous impeccable.

– *Zu Ihren Befehlen, mein Hauptsturmführer.* À vos ordres, mon capitaine.

1. «Groupes d'intervention.» Équipes semi-militaires qui agissaient dans les territoires occupés de l'Est, principalement composées de membres de la SS. Leurs missions d'extermination concernèrent successivement l'élimination des cadres polonais, des handicapés, des Juifs et des Tsiganes, puis des prisonniers de guerre et des civils soviétiques. De 1940 à 1943, les Einsatzgruppen assassinèrent plus d'un million de personnes.

Kehren lui rendit un salut informel et, sans réagir à sa connaissance de l'allemand, débita le curriculum d'Arturo à l'oreille de la femme, tout en faisant tourner une bague en argent à son annulaire ; à la faveur de l'un des tours, Arturo distingua une tête de mort et une rune mystique.

– L'adjudant Hilde m'a fait part de votre goût pour la musique, lui dit-il après avoir terminé sa présentation. Surtout pour Chopin, ajouta-t-il perfidement.

– Je vous prie d'excuser mon indiscrétion, mon capitaine. Je me suis trompé de porte. Toutefois, je dois dire que je ne le regrette pas, car l'adjudant joue merveilleusement bien.

– Ainsi, c'est vrai ce qu'on dit du tempérament galant des Espagnols, intervint Hilde dans son castillan laborieux.

Ses lèvres esquissèrent un sourire, mais ses yeux gardèrent la même expression.

– Je le crois, répliqua Arturo, qui osa soutenir son regard.

– Et comment se présente votre mission ? s'intéressa Kehren.

– Nous le saurons quand nous l'aurons menée à bien – sa réponse lui parut un peu sèche et il ne voulut pas en rester là. Mais cela pourrait être pire.

– Le Führer en personne a dit que les Espagnols sont de vaillants soldats, il serait dommage que le comportement si brillant de votre division soit terni par la présence d'un ver dans le fruit.

– Nous en sommes conscients.

– Vous parlez très bien notre langue, le félicita Hilde avant de boire une gorgée.

– Le capitaine aussi parle parfaitement la mienne, dit-il pour lui retourner le compliment.

– Mais je n'ai aucun mérite, se justifia Kehren pratiquement sans accent. J'ai passé deux ans dans votre pays pendant la guerre.

– Où cela ?

Sa voix glaciale traça une frontière invisible.

– C'est sans importance.

– On ne dirait pas que vous êtes… espagnol.

L'affirmation de Hilde relâcha la tension en les détournant de leur antagonisme.

– Est-ce positif ou négatif?

– *Spanish*, «espagnol» – Hilde prononça le mot en s'appliquant à ne pas juger mais à définir. *In einigen Jahren wird man nicht mehr das Gefuehl haben, das eine oder andere Land zu sein; das neue Europa, welches wir unter der Obhut unseres Fueherers gruenden werden, wird keine Unterschiede aufweisen.* Dans quelques années, être d'un pays ou d'un autre n'aura plus de sens, la nouvelle Europe que nous construirons, gouvernée par l'infaillibilité de notre Führer bien-aimé, effacera toutes les différences.

Arturo resta silencieux, sans savoir ce qui le bouleversait le plus : sa conviction ou sa beauté.

– Vous ne dites rien? le provoqua Kehren.

– Cela pourrait être mal interprété.

Ce ne fut qu'une légère pression, un éclair de conscience lui indiquant qu'il avait fait un pas de trop.

– Allez-y, ne craignez pas d'être sincère. Tout compte fait, nous sommes tous deux des soldats.

Après les paroles du capitaine, il eut l'impression d'être comme Luis del Águila, un homme qui se croyait libre, bougeait, faisait des projets, tandis qu'un autre transformait chacun de ses mouvements en une fin qu'il pouvait contrôler. Il ne sut pas pourquoi il prenait le risque de défendre sa position; peut-être pour égratigner un tant soit peu la carapace de vanité de Kehren. Il passa de l'indécision à la concision la plus énergique.

– Étant donné la façon dont vous traitez les Russes, je ne pense pas qu'ils désirent appartenir à cette nouvelle Europe dont vous parlez.

Kehren sourit, laissant rayonner son egolâtrie comme un immense poêle.

– Une race a le droit naturel de dominer et même d'exterminer des nations plus faibles dans sa lutte pour la survie. Afin de durer mille ans, le Reich a besoin des meilleurs, des plus capables, pas question d'égalitarisme bolchevique ou d'élitisme aristocratique pourri, il nous faut simplement les plus forts, peu importe la classe dont ils sont issus, les autres n'auront pas leur place dans notre monde. Les Soviétiques sont des « sous-hommes », c'est pourquoi ils doivent s'effacer devant leurs nouveaux maîtres.

– Mais les Soviétiques ne sont pas le peuple russe. Et Staline les a tellement maltraités qu'il suffirait de leur donner un morceau de pain pour qu'ils s'emparent eux-mêmes de leur pays et nous l'offrent sur un plateau. Gouvernons par l'amour et non par les baïonnettes.

– Qui a dit cela ? Jésus ? demanda Kehren sur un ton acerbe.

– Votre ministre de la Propagande, Joseph Goebbels.

Si Hilde perçut son ironie, Arturo tomba sur un os avec le capitaine.

– Le Führer a déclaré que nous devons en finir avec tous les ennemis de l'Allemagne, poursuivit celui-ci d'un ton monocorde, toute cette juiverie bâtarde qui dévaste notre nation et la décompose sur le plan racial, tous ces parasites qui contaminent nos jeunes Allemandes innocentes…

Arturo comprit qu'il récitait par cœur des passages de *Mein Kampf*, et en observant Hilde à la dérobée il se dit qu'il n'était pas difficile de comprendre ces parasites contagieux. Tandis que Kehren réaffirmait son autorité en égrenant des consignes au sujet de la cité de Dieu nazie, Hilde découvrit à Arturo la véritable âme allemande, une âme obscure, tortueuse, chaotique, crépusculaire. Elle contempla sa tasse, une pièce de porcelaine presque transparente, légèrement bleutée. Immobile, elle l'examinait avec une étrange distance, jusqu'à l'instant où elle ouvrit les doigts et la laissa tomber. La petite tasse atterrit sur une peau d'ours qui faisait office de tapis ; elle resta là, intacte, inclinée sur les poils moelleux de l'animal. Arturo se baissa instinctivement pour la ramasser ; ce fut un geste involontaire, une réponse pavlovienne à un stimulus. En la lui rendant, il sut qu'elle était habituée à dominer, comme Kehren, et qu'elle concevait que toute domination implique le mépris, mais à l'inverse du capitaine, elle l'exerçait de façon beaucoup plus sophistiquée et bien plus absolue, en comprenant le dominé, en le méprisant avec tact.

– Merci beaucoup, lui dit Hilde.

Arturo serra la tasse quelques secondes, au moment où il aurait dû la lâcher. Il aimait cette soumission, il voulait la prolonger, mais plus elle lui plaisait, plus elle l'effrayait. Il lâcha finalement la tasse. Il luttait pour échapper au pouvoir magique que Hilde exerçait sur la réalité, lorsqu'une voix forte vint le sauver des hauts-fonds où il s'était échoué.

– Arturo, il faut que je vous parle.

Il se retourna et découvrit le visage buriné du sergent Espinosa.

– Sergent, quelle surprise !

Espinosa s'acquitta du protocole militaire envers Hilde et Kehren avant de murmurer à l'oreille d'Arturo.

– Nous avons découvert un nouveau cadavre.

Le visage d'Arturo se figea et perdit toute expression. Il prit rapidement congé des Allemands et s'entretint en aparté avec le sergent.

– Où ?

– À Molevo.

– À l'asile ?

– Oui.

– Quand est-ce arrivé ?

– Il y a une heure. Un des fous est venu nous prévenir. J'ai posté des hommes là-bas pour que personne ne touche à la victime.

Arturo fut assailli par un chœur de pensées confuses. Il

lui suffit de jeter un coup d'œil au salon pour se rendre compte qu'il était devenu la cible de la curiosité générale, en particulier du lieutenant-colonel Navajas del Río et du commandant Reyes Zarauza qui l'observaient, conscients de leur rang dans la hiérarchie militaire et de leur droit à être informés. Arturo eut peur, cette peur panique que provoque la responsabilité, avant de comprendre qu'elle ne pouvait être vaincue que par une angoisse encore plus grande : se rendre ridicule en présence de Hilde. Il retrouva ses gestes mécaniques, dépourvus de tout sens, imposés par le devoir, et s'excusa auprès de ses interlocuteurs. Pour respecter la hiérarchie, il informa en premier Navajas del Río et en profita pour lui remettre son rapport, puis il s'adressa à Reyes Zarauza et à son favori. Ces obligations satisfaites, il se dirigea vers la porte en compagnie du sergent.

– Ce Fritz avec lequel vous parliez ne me revient pas du tout, lui dit Espinosa dès qu'ils furent sortis dans le couloir très fréquenté.

– S'il vous plaisait, vous auriez des raisons de vous tracasser, croyez-moi.

– Et la femme ? Qui était-ce ?

Arturo fit claquer sa langue, partagé entre le dédain et l'impatience.

– « Est-ce », sergent. Cette femme « est » une erreur. Une foutue erreur inévitable !

Puis il sourit. Avec toute sa tristesse.

Le sabot mordit la neige dès que le traîneau s'arrêta. L'autochtone qui les avait conduits à Molevo bloqua le levier mécanique pour l'immobiliser, tandis que les deux chevaux en sueur exhalaient une vapeur dense. Le guide russe imberbe – âgé tout au plus de seize ans – étira encore davantage ses traits asiatiques dans un franc sourire pour leur indiquer qu'ils étaient rendus. Derrière lui, à peine touchée par la guerre et entourée d'une épaisse forêt, émergeait l'immense silhouette sombre de Molevo. Les bulles oxydées de ses coupoles couronnaient chacun des sommets du quadrilatère, quatre corps où apparaissait un curieux mélange de styles superposés ; on y distinguait, de-ci de-là, émergeant du gros œuvre, d'étranges têtes sculptées. L'âpre rumeur des canons résonnait dans un ciel qui, à un moment donné de la réception, avait cessé de se liquéfier en une infinité de gouttelettes minuscules.

– C'est bizarre. Il n'y a aucun fou dans les parages, remarqua Arturo.

– Le froid, avança Espinosa, qui jeta un regard sur sa montre puis vers le ciel. C'est à peine s'il reste un peu de jour. Allons-y.

Ils descendirent du traîneau, armés jusqu'aux dents, et s'enfoncèrent dans la poudreuse qui leur arrivait aux genoux. Avant de se diriger vers le monastère, Arturo s'arrêta encore quelques instants comme s'il cherchait quelque chose dans la neige. Le sergent le laissa faire sans poser de questions. Quand il eut terminé, ils avancèrent vers Molevo. Le Russe resta derrière eux et se mit à resserrer les harnais des chevaux. Leur arrivée sous l'auvent de pierre qui surmontait l'énorme porte les libéra de l'emprise de la neige. Le sergent frappa énergiquement, jusqu'au moment où un bruit de chaînes et de verrous se fit entendre. Un soldat, le mauser en bandoulière, leur ouvrit et, après un bref salut, ils pénétrèrent dans les entrailles du mastodonte de pierre.

– Les gens du coin disent que Dieu en personne est apparu ici à un moine, annonça Espinosa.

– Oui, j'ai déjà entendu cette histoire.

Dans les couloirs rectilignes, interminables, plongés dans la pénombre, les semelles ferrées de leurs bottes arrachaient par instants des étincelles aux dalles octogonales qui couvraient le sol. Sur les murs, des tronçons du circuit électrique suspendus à des crochets, dont la gaine isolante de caoutchouc et de chanvre se consumait lentement, émettaient de petites flammes bleutées éclairant le chemin. Leur faible lueur révélait aussi une profusion de symboles gravés sur les murs : illustrations de paraboles, calvaires, péchés capitaux, voiles de sainte Véronique, visages du Christ… où l'hérésie mêlait récits mythologiques, étoiles de David, équerres, compas, signes astrologiques et diables qui, contrairement aux anges chrétiens, étaient les seuls à être représentés la tête en bas. Par endroits, comme si elles étaient également tournées vers l'intérieur, on apercevait les sculptures des têtes païennes qui surveillaient l'extérieur. Arturo ne tarda pas à voir des fous qui erraient dans les couloirs, hommes et femmes échevelés, traînant leurs haillons, sentant l'urine.

– Ne vous en faites pas. Ceux-là sont inoffensifs, dit Espinosa en remarquant une certaine inquiétude chez Arturo.

– Je ne m'en faisais pas, assura-t-il sans beaucoup de conviction. Vous avez dit « ceux-là », il y en a d'autres ?

– Ici les dingues s'occupent les uns des autres, mais ils enferment les plus dangereux.

– Fous, mais pas idiots, fit Arturo, observant leurs corps – on aurait dit des radiographies ambulantes. Et qu'est-ce qu'ils mangent, ces malheureux ?

Les muscles d'Espinosa se crispèrent, comme si son ulcère lui avait enfoncé un clou rouillé dans l'estomac, et il se mura dans un inquiétant mutisme. Ils continuèrent, traversèrent une grande cour avec une surprenante statue de Lénine renversée, une main fermée sur le revers de son manteau et l'autre enfoncée dans une poche de son pantalon ; ils suivirent des corridors inextricables et lugubres où leur parvenaient à peine les tremblements très amortis des canons. Soudain, après avoir franchi une petite porte, ils furent de nouveau surpris par l'éclat de la neige qui tapissait l'intérieur d'un cloître retiré, avec plusieurs accès convergents sous les arcs en plein cintre, où se détachaient des groupes d'aliénés, apparemment fascinés par sa lumière. Il ne tarda pas à comprendre que la neige n'était pas le seul objet de leur attention.

– Merde !

Le juron d'Arturo était justifié par l'énormité de ce qu'il découvrait. Au centre géométrique du cloître, il y avait un puits avec un poteau et une perche articulée faisant balancier ; une extrémité portait un seau, une chaîne et une corde, l'autre, une pierre en guise de contrepoids. Un homme était assis contre le puits. C'était du moins ce que l'on croyait à première vue, car un examen plus attentif détectait dans sa silhouette quelque chose de sinistre. Ce qui ressemblait à un simple individu au repos était, en réalité, un cadavre, les jambes tendues, sans restes de neige, dont le visage hagard reflétait le summum de l'horreur. Sa vareuse ouverte permettait de distinguer la rosace sombre qui tachait la partie gauche de sa poitrine. À côté, un des aliénés, vêtu d'un manteau marron serré à la ceinture par une corde, surmontant la crainte révérencielle de ses congénères, s'était approché du cadavre et s'appliquait à le dépouiller de ses bottes. Le sergent réagit énergiquement ; comme ses cris ne suffisaient pas à intimider le voleur, il entra dans la cour et tira en l'air une courte rafale de fusil-mitrailleur. Le malheureux sursauta comme s'il avait reçu une décharge électrique et courut se réfugier au milieu des autres.

– Mais bordel, où est passé Cristino ? cria Espinosa à la sentinelle.

La question brutale du sergent ne provoqua aucune réaction chez le soldat qui se limita à serrer les lèvres, les sourcils arqués et l'air terrifié. « Cristino ! », le hurlement d'Espinosa résonna sous les voûtes et le soldat Cristino Esteve ne tarda pas à apparaître au pas de course, visiblement affolé.

– Je t'avais bien dit de ne pas bouger d'ici, non ? lui envoya Espinosa.

Sans lui laisser le temps de s'expliquer, le sergent s'approcha exagérément de son visage et se mit à lui passer un savon monstre. Angoissé, le soldat écouta sans broncher les invectives car il reconnaissait au sergent le droit de lui mettre son poing dans la figure pour remplacer toutes ces paroles. Arturo laissa Espinosa donner libre cours à sa fureur, mit son fusil à la bretelle, et entra dans la cour, suivi du soldat de garde. Autour du cadavre, une multitude d'empreintes étaient visibles, une authentique salle des pas perdus ! Il tourna lentement autour du mort dans le sens des aiguilles d'une montre – découvrant qu'on lui avait attaché les mains – pour venir finalement se placer devant l'énorme orifice ouvert dans sa poitrine ; la blessure, parfaitement congelée, dévoilait les couleurs et les différentes nuances de la chair comme sur une planche de Testut. L'assassin s'était donné tout ce mal pour une raison aussi explicite qu'atroce : lui arracher le cœur. Il s'agenouilla et ne tarda pas à faire une deuxième découverte qui fit déferler une poussée d'adrénaline dans tout son système nerveux. Sur le pectoral gauche, d'une plume sanglante, on avait écrit une phrase : « Prends garde, il te regarde. » C'était, sans aucun doute, la suite de la comptine que leur avait révélée le père Ramón. Arturo contempla le désastre avec un mélange de profonde tristesse et de peur.

– Qui a découvert le corps ? demanda-t-il au soldat.

– Micha, un dingue. C'est une sorte de meneur, il dirige ce foutoir. C'est lui qui nous a prévenus.

– Après, j'irai lui parler. Il jeta un coup d'œil au fouillis d'empreintes de pas qui couvrait l'intérieur du cloître : Mais ma parole, ils ont fait un match ?

– C'était déjà comme ça quand on est arrivés.

– Exactement identique ? dit Arturo, insistant sur « exactement ».

– Non, pas exactement. Quand on est arrivés, il manquait quelque chose.

– Quoi ?

– Le cœur.

– Ça, même un aveugle le verrait, confirma Arturo avec humeur.

Le soldat embarrassé s'agita dans sa capote.

– Non, non, je me suis mal expliqué. Je veux dire que Micha nous a dit que quand il l'avait trouvé, le cœur était posé sur une des jambes.

– Et quand vous êtes revenus avec lui, il n'y était plus ?

– C'est ça.

– Et qui l'a emporté ?

Le soldat garda le silence tout comme Espinosa peu avant, mais Arturo ne fit pas le rapprochement. Il secoua la tête et scruta le cadavre comme un aspirateur visuel ; il n'eut pas besoin de demander sur laquelle des deux jambes on avait posé le cœur. Sur la droite, à la hauteur du genou, il y avait un cercle sanguinolent qui indiquait la fantasmagorique absence. Tandis qu'il étudiait attentivement le corps, Espinosa traversa la cour à grandes enjambées, encore énervé par l'engueulade. Il se plaça à côté d'Arturo, enleva son casque et passa sa main gantée dans ses cheveux clairsemés.

– Vous êtes au courant ? s'enquit-il.

– Au courant de quoi ?

Espinosa fixa le gendarme qui semblait regarder quelque chose derrière eux. Puis il grogna, renifla et se couvrit de nouveau.

– Il paraît que le cœur a été mangé.

– Sans doute un animal.

– Non, c'est un des pensionnaires.

Arturo crut être victime d'une hallucination sonore. Il fut pris d'un léger étourdissement.

– Du cannibalisme ?

– Plutôt la faim.

La minuscule goutte de vérité explosa dans sa conscience comme une bombe. Il comprit les réticences du soldat comme celles du sergent et observa les fous, maigres, décharnés, massés sous les arcades, qu'il ne vit plus comme une menace, mais comme des victimes.

– Inutile de chercher des coupables, conclut-il.

– Je le crains, en effet, lui confirma Espinosa.

– Bon, au travail, nous n'avons pas beaucoup de temps d'ici l'arrivée de la cavalerie. On sait qui c'est, sergent ?

– Pas pour l'instant.

– Il faut chercher puis déterminer comment il est arrivé ici.

– Avec cette chute de neige, je ne crois pas qu'il y ait beaucoup de traces.

– Il doit bien y avoir quelque chose. L'assassin a fait tout ça quand il ne neigeait plus.

– Pourquoi en êtes-vous si sûr ?

– Il n'y a pas de neige sur le cadavre et avant il en était tombé beaucoup. Cela a dû se produire pendant qu'on déjeunait. Je n'ai pas fait attention, vous avez remarqué à quel moment il s'est arrêté de neiger ?

– Sur le coup de deux heures.

– On venait de s'asseoir à table. Quand ce Micha a-t-il prévenu ?

– Il s'est mis en route dès qu'il l'a trouvé. Il est arrivé vers quatre heures et demie. La gendarmerie m'a averti et je suis venu ici poster les sentinelles ; ensuite je suis reparti vous chercher.

– Il est six heures moins vingt, ce qui nous donne un laps de temps, disons entre quatorze et seize heures, durant lequel le crime a pu être commis. Il réfléchit quelques instants. Il y a des témoins ? demanda-t-il en s'adressant de nouveau au gendarme.

– Pas que je sache…

– Impossible qu'il n'y ait pas de témoins…

Arturo reprit son examen du cadavre.

– Nous avons au moins certains indices sur la méthode, constata-t-il comme pour lui-même. On lui a arraché le cœur et gravé une autre phrase sur la poitrine. On peut logiquement penser qu'il s'agit du même assassin. D'après ce que m'a raconté Ricardo Guerra, on dirait bien, comme nous nous en doutions, que tout ceci est une histoire de francs-maçons.

– Mais, ce Ricardo, ce n'était pas lui le coupable ?

Le sarcasme qui teintait la question du sergent obligea Arturo à revenir sur son entretien avec Guerrita, en passant sous silence le pacte qu'ils avaient conclu et le dangereux signe de reconnaissance.

– Eh bien, je ne vois rien de nature à l'innocenter, insista Espinosa, surpris.

– S'il était coupable et avait inventé une histoire, il s'efforcerait de faire concorder tous les éléments, non ? Et dans la sienne, il y a des choses qui ne collent pas.

– Et ça vous assure qu'il dit la vérité ? Ça me paraît bien compliqué pour un minable pareil.

Un moment, il sembla qu'Arturo allait lui répondre ; il ouvrit la bouche et la referma…

– Nous n'avons pas le temps d'en discuter, sergent. Les soldats qui portaient le cercueil de Luis del Águila vous ont-ils appris quelque chose ?

– Rien d'important. Je n'ai presque rien tiré non plus des questions que j'ai posées par-ci par-là.

– Vous avez fait votre part de boulot. Ce matin, on a retrouvé la lettre de Luis del Águila et elle nous fournit un nouveau suspect, un certain Tiroliro. Apparemment, c'était son seul ami. Il s'avère que cet individu joue aussi à la violeta.

– Mauvais.

– Pas tant que ça. J'ai fait en sorte qu'on me laisse assister à une partie.

Arturo fit une brève pause, attendant que le sergent

manifestât sa surprise d'une façon ou d'une autre, mais Espinosa resta de marbre.

– J'espère qu'on vous a donné des garanties.

– Ne vous en faites pas. J'ai également obtenu du capitaine Isart qu'on ne lâche pas l'aumônier d'une semelle pour voir si on en tire quelque chose... – il envisagea de lui parler d'Octavio Imaz, l'expert en franc-maçonnerie, mais considéra que ce n'était pas essentiel. Maintenant nous n'avons plus qu'à attendre l'autopsie. Bien... Il s'adressa au soldat : Allons parler à ce...

– Micha, termina l'autre.

– Micha, c'est ça. Où est-il?

– Je vous accompagne.

Le soldat ouvrit la marche et tous deux le suivirent. En passant à la hauteur de Cristino, le sergent n'eut même pas besoin de le regarder, le soldat réprimandé, qui n'avait pas eu assez de cran pour entrer dans le cloître, fila surveiller le cadavre. L'autre les conduisit sous les ogives de pierre jusqu'à une salle à peine chauffée, très vaste, avec des plafonds cathédrale et des fenêtres étroites. Arturo pensa que c'était vraisemblablement l'ancien réfectoire. Là, autour de trois feux survolés par une multitude d'étincelles, des gens couchés, assis, debout; hyperactifs, hébétés, semi-inconscients, convulsés, moribonds. Une odeur de déjections, de vomissures et de paille pourrie, renforcée par la chaleur, vous prenait à la gorge et vous laissait au bord du malaise. Ils s'approchèrent du brasier central et le soldat s'arrêta devant un Tartare au petit visage maigre et aux pommettes saillantes qui se leva avec difficulté.

– Quand il parle, on comprend que dalle, mais c'est lui qui commande ici, expliqua le soldat.

Arturo s'appuya sur son fusil et étudia Micha; il portait une épaisse veste en peau de mouton fermée par une ceinture de cuir, un pantalon épais et large, un bonnet à oreilles dont l'une était relevée. Il semblait appartenir à cette catégorie de personnes destinées à jouer un rôle de premier plan bien qu'elles ne soient pas dotées pour cela de capacités intellectuelles particulières ni des qualités d'un leader, mais simplement parce que c'est comme ça.

– *Menia zovout Artouro.* Je m'appelle Arturo, dit-il en guise de présentation.

Micha lui répondit par une longue tirade dans un idiome qui paraissait fait de mots lus à l'envers et qu'Arturo identifia avec la précision d'un code pénal comme une variante du kalmouk. Il essaya diverses combinaisons linguistiques jusqu'au moment où ils tombèrent d'accord sur les plages horaires du déroulement des faits, confirmant les calculs d'Arturo ainsi que l'existence de témoins.

– Il dit qu'il y a des témoins, traduisit-il avec satisfaction.

Arturo attendit que Micha les lui indiquât, mais il s'inquiéta en s'apercevant qu'il n'avait nullement l'intention de le faire et se mettait à pleurnicher et à se plaindre de son sort. Arturo eut encore la confirmation qu'on pouvait avoir un grain sans pour autant être idiot. Il se tourna vers le sergent.

– Donnez-moi tout le tabac que vous avez sur vous.

– Ce salopard fait plus de simagrées qu'une femme à son premier accouchement, bougonna Espinosa.

– Donnez-moi tout ce que vous avez, s'il vous plaît.

– Les Teutons n'iraient pas par quatre chemins.

– Nous ne sommes pas teutons. Sergent…

Tandis qu'Espinosa fouillait de mauvaise grâce dans son manteau, incapable de dissimuler le lien testiculaire qui l'attachait à ses cigarettes, Arturo fit de même et sortit de son havresac des boîtes de sardines norvégiennes et un pot de lait condensé. Micha reçut les cadeaux avec joie et les invita à le suivre. Ils se déplacèrent dans la salle en évitant les corps et les esprits délabrés pour s'arrêter juste à la lisière lumineuse de l'un des brasiers. Là, trois hommes assis et une femme debout offraient un échantillonnage des formes de démence réunies dans le réfectoire. Micha lui conseilla de les traiter avec douceur pour éviter d'appuyer sur le bouton qui, chez tous les malades, déclenchait leurs crises. Arturo acquiesça et commença par la femme, une matrone aux cheveux gris, avec un ventre proéminent et d'énormes seins lourds, puis il passa aux hommes, un géant aux formes pyramidales avec une tête de délinquant de manuel lombrosien[1], un autre au regard absent, avec un flegmon à la joue gauche qui déformait ses traits fins, et un vieux si ridé qu'on aurait dit que la vie l'avait pressé comme un citron. Arturo décida d'utiliser la même méthode qu'avec Micha et, grâce aux rations qu'il put confisquer au soldat et à Espinosa, il établit une première forme de communication non verbale. Il parvint ensuite à leur faire énumérer leurs souvenirs, chacun évitant à sa manière les tares qui le tenaillaient. Leurs témoignages s'avérèrent pourtant contradictoires, quand ils ne se réfutaient pas directement. Arturo échangea un regard de circonstance avec le sergent qui se contenta de durcir ses traits aquilins, de sortir une cigarette qu'il avait gardée et de s'appliquer à souffler la fumée. « On peut toujours leur ouvrir le crâne pour voir ce qu'il y a dedans », murmura-t-il avec un humour anthropophage. Le soldat ne lui fut pas non plus d'un grand secours, mais au moins il lui épargna ses commentaires. Arturo observa les prétendus témoins et supposa qu'on avait mélangé le bon grain et l'ivraie afin de leur soutirer davantage de nourriture. Soudain il se reprocha son ineptie ; une seule question permettait de séparer le vrai du faux : neigeait-il ? Elle suffit pour que le vieux restât seul. En haillons, parfumé à sa propre urine, avec un visage comme du papier déchiffonné et une barbe très blanche, il ne regardait pas, il admirait le

1. Cesare Lombroso (1835-1909), professeur de médecine légale italien, connu pour ses thèses sur le morphotype des criminels et son caractère inné.

morceau de pain qu'on lui avait donné. Arturo ordonna au soldat d'éloigner les autres fous.

– *Kak zovout etogo muchtchinou ?* Comment s'appelle cet homme ? demanda-t-il à Micha.

– *Afanasi.*

– *I potchemou on zdes ?* Et pourquoi est-il ici ?

– *Ne znaïou, on davno uzhe zdes, s tsarkikh vremion, Mozhet byt', on dazhe ne soumashedshiy. On mne skazal chto on videl.* Je ne sais pas, ça fait longtemps qu'il est ici, depuis… le temps des tsars ! Si ça se trouve, il n'est pas fou. Il m'a dit qu'il a tout vu.

Arturo n'envisagea même pas l'éventualité d'un mensonge : c'était son unique carte.

– *Afanasi*, le pria-t-il avec délicatesse, en s'accroupissant, *chto vy videli ? Mozhete mne skazat' ?* Afanasi, qu'est-ce que vous avez vu ? Vous pouvez me le dire ?

Le vieux leva les yeux. Son regard avait perdu tout éclat.

– *Ikh bylo dvoïe.* Ils étaient deux, laissa-t-il tomber d'une voix rocailleuse. *Bylo ochen kholodno.* Il faisait très froid.

– *I shto eschio ?* Et quoi encore ?

– *Voshli vo dvor. Odin pritselivalsia v drugogo.* Ils sont entrés dans la cour. Il y en avait un qui menaçait l'autre avec une arme.

– *Tot, kotoryï, pritselivalsia, vy ego litso videli ?* Vous avez vu le visage de celui qui tenait l'arme ?

– *Niet, prikryto bylo.* Non, il était couvert.

– Un passe-montagne, ponctua Espinosa.

Arturo acquiesça.

– *Kak vygliadel ?* Comment était-il ?

– *Vysokyï. Tonkyï.* Grand. Mince.

– *I chto eschio vy videli ?* Qu'avez-vous vu de plus ?

– *Govorili. Razgovarivali drug s drugom. Tot, kotor i pritselivalsia, dazhe kritchal.* Ils ont parlé. Ils ont parlé un bon moment. Celui qui menaçait poussait même des cris.

– *Kak on vam kazalsia ?* Il avait l'air comment ?

– *Vzbiechennyï. Ochen' vzbieshennyï.* Fâché. Très fâché.

– *Oni razgovarivali.* Donc, ils ont parlé, l'encouragea Arturo. *Kak dolgo ?* Longtemps ?

– *Dovolno dolgo.* Oui, assez – la toux fit trembler l'océan de rides de son visage. *Oni razgovarivali i potom tot, kotoryï pritselivalsia, prekratil pritselivalsia, vynial nozh i vyrezal drugomu serdtse. Vsio ochen' bystro proizochlo.* Après, celui qui visait l'autre a baissé son fusil, il a sorti un couteau et il lui a arraché le cœur. Tout a été très rapide.

– *I chto sloutchilos' potom ?* Et ensuite, qu'est-ce qui s'est passé ?

– *Ne znaiou. Ya oubezhal. Mne bylo strachno.* Je ne sais pas. Je me suis enfui. J'ai eu peur.

La dernière phrase fut suivie d'un silence troublant. Le vieux avait beau le fixer, son regard était toujours absent, comme si la blancheur infinie de la Russie, contemplée pendant toutes ces années, lui avait transmis sa vacuité. Le feu continuait à crépiter dans un ballet d'étincelles et, tout autour, les corps et les objets s'étiraient comme s'ils passaient par le goulot d'une bouteille.

– *Vy by mogli so mnoï poïti i mne vsio pokazat', pozhaluïsta ?* S'il vous plaît, pouvez-vous venir avec moi et me montrer ? finit par lui demander Arturo. *Poluchite bolshe edy.* Je vous donnerai encore de quoi manger.

Le vieux concentra son regard inquisiteur d'une étrange façon. Arturo crut qu'il hésitait, puis il se rendit compte qu'il n'avait pas bien compris et essayait seulement de capter quelque chose pour pouvoir réagir. Il réitéra sa demande. Cette fois, le vieillard prit son morceau de pain, se leva progressivement, comme un funambule qui se serait redressé sur un câble au-dessus du vide, et se dirigea vers le cloître. D'un signe, Arturo allait indiquer au sergent de le suivre, lorsqu'il surprit dans ses yeux ce même gouffre qu'il avait entrevu lors de son affrontement avec l'aumônier. Il était toujours plongé dans cet abîme intérieur connu de lui seul.

Quelle pouvait être la source de sa douleur? Le sergent sembla deviner qu'Arturo l'examinait et revint rapidement des contrées les plus éloignées de son cœur pour lui faire face.

– Qu'est-ce que vous avez à m'observer comme ça?

– Rien, sergent. Vous venez avec nous?

Espinosa termina sa cigarette, l'écrasa soigneusement sur le sol et enchaîna avec la suivante tout en se mettant en marche; il ne lui avait manifestement pas remis toute sa ration de tabac. Un dernier coup d'œil au réfectoire et Arturo rajusta son manteau, abandonnant la salle derrière lui.

Dans la cour il neigeait de nouveau, mais d'une façon si légère qu'on aurait dit une simple manifestation du froid. La température avait délogé les fous qui peuplaient les arcades. En demi-cercle autour du cadavre, Micha, Afanasi et Arturo prolongèrent leurs mimiques tandis qu'ils établissaient une topologie des événements. Lorsqu'ils eurent terminé, Arturo demeura quelques instants silencieux, perdu dans ses pensées. Une lumière opaque qui n'était pas encore la nuit l'enveloppa peu à peu. Il lui suffit de donner un tour de vis supplémentaire à ses réflexions pour les concrétiser en paroles.

– *Potchemou vy khodili siouda, kogda bylo tak kholodno?* Pourquoi, s'il faisait si froid, êtes-vous venu ici? demanda-t-il à Afanasi.

– *Ia khotel byt' odin.* Je voulais être seul.

– *Vy mogli ostatsia na dvore.* Vous auriez pu rester dans la cour.

– *Mne zdes' nravitsia.* J'aime cet endroit.

Arturo fut surpris de sa propre surprise : la démence du vieil homme l'avait empêché de le voir comme un homme.

– *Tak, tak.* Bien, bien, réagit-il. *Vy govorite, oni otsiouda prishli?* Et vous dites qu'ils sont arrivés par là?

Il indiqua une des entrées du cloître.

– *Da*. Oui, confirma Afanasi.

– *Vy videli kak oni vochli?* Vous les avez vus entrer?

– *Niet*. Non.

Arturo se déplaça et vérifia que, depuis la perspective qu'avait eue le vieillard, près de l'étroit passage qu'ils avaient eux-mêmes emprunté, la victime et son bourreau étaient obligatoirement passés devant lui pour entrer dans le cloître. Il n'arrivait pas à comprendre clairement comment ils avaient fait. Il revint près du groupe.

– *Vy ouvereny v tom, chto ikh tam ran'she ne bylo? Vazmozhno chto ikh tam bylo, no vy ikh ne videli?* Vous êtes certain qu'ils n'étaient pas là avant? C'est possible que vous ne les ayez pas vus?

– *Niet, oni vdroug poiavilis'*. Non, ils sont apparus d'un seul coup.

Arturo se souvint du concert de chaînes et de verrous au portail de l'entrée.

– *Vkhodnye vorota vsegda zakryvaioutsia?* La porte principale est toujours fermée?

Sa voix dénotait qu'il était de plus en plus sur le qui-vive.

– *Staraemsia zakryvat' iz-za volkov.* On fait attention de la tenir fermée. À cause des loups.

– *I tozhe iz-za lioudeï, net?* Et aussi à cause des gens, non? insista Arturo.

– *Da, tozhe*. Aussi.

– *I nikomou ne otkryvalos'?* Et vous n'avez ouvert à personne?

– *Obytchno menia predouprezhdaiout kogda kto-to novyj pridiot, i togo, kak znaiou, ne bylo*. Normalement, on me prévient si un nouveau arrive et pour autant que je sache, personne ne s'est présenté.

Une fulgurante lueur rationnelle éclaira Arturo. Il traduisit à Espinosa tout ce qu'on venait de lui dire. À en juger par les écarts plus longs entre deux bouffées de fumée, il avait lui aussi fait travailler sa logique.

– Ils sont entrés par ailleurs, le devança-t-il.

– C'est forcément ça. Arturo fit part de ses soupçons à Micha : *Est' v monastyre bol'she vkhodov ?* Le monastère a d'autres entrées ?

– *Da, est' eschio dve kalitki, no oni nikogda ne otkryvaioutsia.* Oui, il y a deux autres petites portes. Mais on ne les ouvre jamais.

– *Poidiom posmotret', esli eto pravda.* Eh bien, on va voir si c'est vrai.

Il traduisit tout ce qui s'était dit et enjoignit à Espinosa de le suivre.

– Qu'est-ce qu'on fait du corps ? s'enquit le soldat qui les avait accompagnés.

Arturo fronça les sourcils en regardant le cadavre.

– Pour le moment, on le laisse ici, les renforts ne vont pas tarder à arriver – il tendit un gant à travers le rideau ténu et flottant de la neige : Vous pouvez vous mettre à l'abri mais sans le perdre de vue, ajouta-t-il.

Il posa sa main sur l'épaule d'Afanasi.

– *Spasibo vam, bol' shoe spasibo.* Merci. Merci beaucoup.

Arturo ne le quittait pas des yeux dans l'espoir qu'il lui en dirait plus, mais le vieil homme semblait avoir déjà repris le cours secret de sa folie et ne fit que se retourner, traverser le cloître et disparaître par la brèche. Arturo médita brièvement sur la ligne absurde qui sépare la vie de la mort, la raison de la démence, la paix de la guerre, mais avant qu'il pût parvenir à une conclusion, le cadavre lui rappela que la corrida n'était pas finie. Il fut catégorique :

– On va lui faire sa fête à ce taré !

Les vérifications successives qu'ils réalisèrent à travers tout Molevo ne donnèrent rien. Les deux portes secondaires, situées aux pôles opposés du monastère, demeuraient scellées par une croûte de poussière, de rouille et de toiles d'araignée qui indiquait qu'elles étaient restées longtemps fermées. Ils s'arrêtèrent dans un couloir comme des jouets mécaniques dont le ressort est détendu. Le sergent sortit une gourde où il restait de la vodka qu'il partagea avec Micha et Arturo.

– On va finir par découvrir qu'il y a des vampires, marmonna Arturo en s'appuyant sur son fusil.

– Ou alors le vieux ne nous a pas dit la vérité.

– Il est aussi possible que notre guide nous mène en bateau – il jeta un rapide coup d'œil à Micha. De toute façon, on sera bien obligés de se contenter de ce qu'il y a. Retournons au cloître, le capitaine Isart doit être sur le point d'arriver.

Il allait descendre une marche, lorsque le visage de Micha l'arrêta net.

– *Chto sloutchilos'?* Qu'est-ce qu'il y a ?

– *Est' drugoi vkhod.* Une autre entrée.

Le ton n'était pas précisément joyeux. Arturo devina que si Micha avait tardé à leur révéler l'existence d'une autre porte, c'est qu'elle devait leur réserver quelque contrariété, genre Charybde et Scylla.

– *Pochli ?* On y va ?

Micha bougea la tête, puis son corps se mit lentement en mouvement. Ils parcoururent de nouveau le monastère, surveillés par l'inquiétante héraldique qui couvrait les murs, pour s'arrêter finalement devant un corridor secret, au seuil duquel, sur un petit éperon rocheux, dans le mur, il y avait une de ces lampes allemandes à dynamo. Micha, tendu, sur le qui-vive, traça dans l'air les trois croix du rite orthodoxe et actionna une petite manivelle sur la lampe, qui fit jaillir un filet de lumière et un gémissement continu, énervant.

– *Itti, itti.* Venir, venir.

Arturo et Espinosa se cherchèrent du regard, animés au même instant par une même pensée funeste, mais ils suivirent Micha. Le passage n'était pas plus haut qu'un homme, et tandis qu'Espinosa supportait la désagréable sensation que l'air diminuait à mesure qu'ils s'enfonçaient dans les entrailles de Molevo, Arturo ressentait l'obscurité comme un élément protecteur, utérin. Les hurlements intermittents qui commencèrent à se faire entendre, de plus en plus proches, eurent raison de son calme. Quelques secondes avant le désastre, Arturo en eut une vision précise : et si la lampe nous lâche ? Et si on se retrouve dans le noir ? Le fil lumineux qui les guidait se rompit à cet instant et il eut l'impression d'être frappé de cécité pour avoir été surpris épiant le corps nu d'une déesse. À la protestation exaspérée d'Espinosa s'ajoutèrent celle d'Arturo et le claquement sec des culasses de leurs armes. Micha ne donna pas signe de vie, et le placenta de gémissements, de mots incohérents, de cris sporadiques, de coups et de grincements métalliques était tout ce qui témoignait de l'abîme qui les entourait. La voix d'Espinosa résonna sèchement au milieu du néant.

– Du calme, si c'était une embuscade, on serait déjà raides. Mais dis à ce Russe de merde que s'il cherche à nous flanquer la trouille, il va tomber sur un os.

– Ces fous, ce sont sans doute les plus dangereux, suggéra Arturo.

– Il faut croire…

Il tenta une fois encore d'obtenir une réponse de Micha, en vain.

– Merde, on n'y voit rien ! dit Arturo, plus pour signaler qu'il était encore là que pour autre chose.

L'obscurité aiguisait ses autres sens, intensifiant la pestilence du lieu et les lamentations de ses occupants. Conscient que dans une situation extrême, le mieux est de faire une chose insignifiante, Espinosa gratta une allumette après avoir prévenu que c'était la dernière qui lui restait. À la suite du crissement, il alluma une cigarette en deux secondes, juste pour qu'il lui en restât cinq afin d'éclairer une faible portion du large corridor flanqué de portes métalliques où il n'y avait pas trace du Tartare ; l'obscurité se referma sur l'allumette carbonisée, si dense que le bout lumineux de la cigarette ne parvenait qu'à faire deviner son contour.

– Bon, fini de rigoler, dit le sergent. On se tire.

– Je ne comprends pas pourquoi ce salaud…

Un fracas caverneux suivi d'un grincement interrompit sa phrase. Sur le rectangle de clarté soudaine qui s'ouvrit au fond du couloir et souffla un courant d'air froid se profila un Espinosa retranché derrière la fumée de sa clope, dont le calme apparent était démenti par son arme pointée.

– *Idite siouda, bystro.* Par ici, vite.

Le ton de Micha, qui se découpait dans la lumière, les poussa à abandonner les marges sombres de la folie. Ils marchèrent vers le rectangle lumineux.

Dès le premier pas, ils s'enfoncèrent dans la neige presque jusqu'à la taille. Ils se trouvaient à l'extérieur du monastère, dans ce qui devait être sa poupe, une zone en déclivité, entourée d'arbres opulents. Avec une légèreté consciencieuse, les flocons de neige envahissaient chaque recoin du paysage où la nuit était tombée. Le brusque changement de température les obligea à faire de brèves inspirations pour ménager leurs poumons et leurs gorges. Micha était à leur gauche, au milieu d'une voie ouverte, un sillon foulé se perdait en bas de la descente dans l'épaisseur des arbres. Arturo, surpris de voir le Tartare perdre son impassibilité, préféra ne rien lui reprocher.

– *Chto sloutchilos'*. Qu'est-ce qui est arrivé ? s'enquit-il.

– *Otkryta byla.* Elle était ouverte, dit-il en montrant la porte avec stupeur.

Arturo la regarda.

– *Ou kogo est' eschio klioutch ?* Qui d'autre a la clé ?

– *Tol'ko ou menia.* Seulement moi, répondit-il en montrant un morceau de fer rouillé.

– *I nikogda ne otkryvaetsja?* Et on ne l'ouvre jamais?

– *Nikogda. S tekh por, kak i ya prishol, nikogda.* Depuis que je suis ici, jamais.

Arturo étudia la serrure de la porte, indubitablement forcée de l'intérieur. Il appela Espinosa pour comparer leurs opinions.

– Elle a été forcée, dit-il, confirmant l'évidence – et il jeta sa cigarette.

– *Prokhodili zdes' ispanskie soldaty?* Est-ce que des soldats espagnols sont passés par ici? demanda Arturo à Micha.

– *Zdes' prokhodilo mnogo narodou.* Beaucoup de gens sont passés par ici.

– *Gm.* Je vois. Puis il s'adressa à Espinosa : Notre homme connaît bien le monastère. On dirait qu'il a bien préparé son coup pour entrer sans problèmes. Il s'est donné beaucoup de mal, vous ne trouvez pas, sergent?

– Oui, mais ce que je ne comprends pas, c'est pourquoi…

– Moi non plus, mais il doit bien y avoir une raison.

Arturo observa le sentier ouvert dans la neige, puis les légers flocons qui tombaient comme des confettis, mais avec une telle opiniâtreté qu'ils ne tarderaient pas à effacer la moindre trace. Il fallait agir vite.

– *Mozhesh' vernout'sia.* Tu peux rentrer, indiqua-t-il à Micha. *Skoro pridout drougie soldaty.* D'autres soldats vont bientôt arriver. Sergent, on va voir où nous mène cette piste.

Espinosa rajusta son manteau de mouton et prit la tête. Ils avancèrent lentement; la neige amortissait leurs pas tandis qu'ils déchiffraient l'alphabet qu'elle déployait sous leurs yeux, de plus en plus trouble du fait de la nuit tombante. Par endroits, les murets entre lesquels s'enfonçait le sentier étaient démolis comme si quelqu'un s'était affalé sur eux. En bas de la côte, ils finirent par pénétrer sous les arbres et atteignirent la berge de la Slavianka. Ils tapèrent des pieds avec force sur la glace marmoréenne pour se débarrasser de la neige qui adhérait à leurs bottes.

– Qu'est-ce que vous en pensez ? fit Arturo.

Le sergent le regarda et répondit lentement.

– Que ce salaud l'a conduit jusqu'au monastère en le menaçant de son pistolet.

– Oui, c'est aussi ce que je crois.

– On continue ? Espinosa tendit son gant sous les flocons de neige qui n'étaient plus si minuscules : La trace doit continuer sur l'autre rive et on dirait que ça va même plus loin.

Arturo ne se décidait pas à répondre. Il contempla la beauté turbulente de la neige qui ne faisait qu'accentuer une glaciale sensation de vulnérabilité. Des flocons, des millions de particules s'agglomérant de façon indéfinie mais suivant une symétrie interminable. C'était comme son enquête, un agrégat d'éléments qui, sans représenter l'ensemble, faisaient ressortir un aspect du tout. Brusquement, quelque chose se déclencha dans sa tête. Il s'appuya fermement sur son mauser. Les pistes commencèrent à se brouiller comme les flocons de neige, en rafales soudaines, instables, qu'il laissa palpiter au rythme occulte de leur cœur étrange, jusqu'au moment où l'une d'elles brilla avec force.

– Sergent.

– Oui.

– L'endroit où nous avons trouvé le corps de Luis del Águila est proche d'ici, n'est-ce pas ?

Espinosa évalua les points de référence et les perspectives.

– On dirait, en effet. Un peu plus par là, près du méandre de la rivière.

– J'ai l'impression que notre assassin voulait aussi conduire Luis del Águila à Molevo.

– Mais ça ne colle pas avec l'histoire des chevaux.

– Il voulait faire la même chose avec Luis del Águila, mais il n'y est pas arrivé.

– Comment ça, il n'y est pas arrivé ?

– Il a pris un seul cheval sans prévoir que les autres s'échapperaient.

– Et pourquoi l'auraient-ils justement suivi ? Ce n'est pas l'espace qui manque...

– Pour l'éternelle raison... Cherchez la femme...

Espinosa resta perplexe.

– À cause de la jument, voyons ! révéla Arturo. Vous m'avez dit que le cheval sur lequel Luis del Águila avait été transporté était une jument. Et que les autres étaient des étalons.

– Ça alors !

Le sergent venait de comprendre sa fabuleuse conclusion. C'était tellement logique que cela semblait invraisemblable.

– J'espère que vous ne vous trompez pas.

– De toute façon, se tromper signifie toujours que l'on avance, sergent. On va voir où mènent les traces.

– On n'y voit presque plus rien.

– Alors, dépêchons-nous.

Ils se dirigèrent vers l'autre rive et ne tardèrent pas à retrouver les empreintes de pas ; elles n'étaient pas exactement en face du point où ils avaient traversé la rivière, mais un peu plus sur la gauche. Ils les suivirent jusqu'aux abords de Mestelevo où elles disparaissaient déjà sous la neige. Arturo laissa alors croître ses interrogations au même rythme que la nuit et la neige : que venait faire Molevo dans tout ce rituel sanguinaire ? Qu'avaient en commun Luis del Águila et la nouvelle victime ? Il échangea un regard inquiet avec Espinosa qui gardait un silence interrogateur. Dans ses yeux, il vit de la déception, non pas celle des espoirs avortés, mais quelque chose de plus profond et de plus connu : l'habitude de la désillusion. Le sergent remarqua que le visage d'Arturo révélait une certaine nervosité ; elle était due à l'effort qu'il faisait pour concentrer ses pensées sur Zira, sur le rendez-vous pour cette nuit qu'il devait arranger avec Aparicio afin de neutraliser la panique qui commençait à le gagner. Ils soutinrent un instant leurs regards, puis Arturo ferma finalement les yeux avec force ; il sentit que ses paupières brisaient une pellicule de glace lacrymale.

Une grande lune ouvrait un halo dans l'obscurité du ciel, dessinant dans une gamme de tons gris et nacrés les deux corps qui se débattaient dans la violence de l'acte sexuel. Leurs poussées étaient brutales, brèves, presque convulsives. Zira résistait aux assauts d'Arturo avec une expression crispée, douloureuse. Ses gémissements franchissaient parfois le seuil du cri, mais au lieu d'être le fruit du plaisir, ils étaient dus à la douleur. Quelques minutes plus tôt, presque sans un mot, Arturo lui avait arraché ses vêtements de quelques gestes rapides et l'avait couchée sur le ventre sur une botte de paille. Au début, elle n'avait pas résisté, déconcertée par sa violence, mais elle n'avait pas tardé à comprendre que sa démarche titubante et son haleine aigre, sentant l'alcool, avaient fait de lui un inconnu. À peine déshabillé, le pantalon aux chevilles, il l'avait pénétrée brutalement, ce à quoi elle avait répondu en arquant le dos et en se contorsionnant pour tenter de lui échapper, mais Arturo l'en empêchait en se maintenant sur elle, appuyé sur ses poings qui lui emprisonnaient les poignets et pesant de tout son corps pour la plaquer sur la paille. C'était un acte cannibale par lequel Arturo, comme en prison, durant ses rencontres occasionnelles avec des hommes, cherchait une compensation, une punition. À l'époque, c'était à cause de la trahison d'Anna et de la perfidie de son destin, mais en cet instant, tandis qu'il enfonçait fermement son membre entre les jambes de Zira, ce n'était pas elle mais Hilde qu'il possédait. Il parcourait les chemins confus de la passion où il punissait Zira parce qu'il ne pouvait pas l'aimer et Hilde dans le corps de Zira parce qu'il était condamné à la malédiction de son amour. Putain ! Putain ! Putain ! Arturo s'arrêta en pleine chevauchée, haletant, sortit son sexe en érection et, l'attrapant vivement, l'orienta vers les fesses de Zira. Elle comprit sa nouvelle tentative et, tout en poussant des hurlements plaintifs mêlés d'insultes, tenta de se retourner, les ongles prêts à griffer, cherchant les yeux d'Arturo qui esquiva l'attaque et l'obligea à lui tourner le dos. Lorsqu'il parvint à la pénétrer de nouveau, l'attitude de Zira changea ; alors qu'il la sodomisait, son corps se transforma en un mur rigide et chaud, et, le regard vide, elle laissa les vagues de ressentiment d'Arturo la parcourir sans opposer de résistance. C'était une sourde chimie, une passion réduite à la sueur et à l'effort, une confiance anéantie. L'alcool retardait son éjaculation, ce qui le fit redoubler de violence. Il y avait dans tout cela une tristesse infinie. Sans limites. Il conclut enfin et s'écarta, la bouche sèche et le regard cloué au plafond. Zira resta quelques secondes couchée sur le ventre, le visage caché dans sa chevelure. Elle se redressa avec une lenteur douloureuse et chercha ses vêtements sur le sol. Elle le fit sans proférer la moindre plainte. Puis elle se nettoya et commença à se rhabiller. La lueur argentée que projetaient les fenêtres de l'isba auréolait sa silhouette. Elle sortit sans un mot, sans un reproche. Dès son départ, toute la colère et la luxure d'Arturo, après avoir explosé, laissèrent entre ses mains quelque chose comme cette matière lisse et collante à laquelle se réduisent les ballons crevés. Son estomac, laminé par toute la vodka qu'il avait bue en l'attendant, se tordait, mais il parvint à surmonter plusieurs nausées. Il se regarda : son allure était pathétique. Il était couvert de paille, et son pantalon baissé découvrait son sexe maintenant flasque et ses genoux cagneux. Envahi par une sensation de vide, il sentit venir l'emprise de la dépression. Il parcourut les tortueux chemins de son âme, les mines, les cavernes : tout ce chaos nébuleux, désordonné. Pourquoi avait-il fait ça ? Il ressentait le même accablement à nommer ses sentiments qu'à accepter de les éprouver.

La solitude, l'absence d'amour, ambassadrices de toute mort. Et l'absurde. L'absurde indissociable de l'humain. «L'absurde», dit-il tout haut. L'absurde... L'absurde... L'absurde...

10

Apparition des fées

Cartouchières et munitions pour le fusil, un mauser KAR 98, bidon, gamelle, couverture, cape imperméable, baïonnette, havresac... Le visage rouge de froid, Aparicio observait tout cela d'un air manifestement réprobateur et perplexe, tandis qu'Arturo fourgonnait dans l'isba pour rassembler tout son barda.

– Si tu refais un truc pareil, tu vas faire fuir mon « cheptel », le réprimanda-t-il.

Arturo cessa de s'affairer et regarda à son tour le gaillard appuyé, les bras croisés, contre le chambranle de la porte. Son expression ne varia pas d'un iota et il garda un silence farouche, moins parce qu'il avait conscience de risquer le peloton si son forfait était découvert, qu'à cause de la profonde honte qu'il éprouvait. Il s'absorba de nouveau dans sa tâche et rassembla son équipement.

– Tu m'as entendu, répéta Aparicio avec un brin d'agressivité.

– Oui, je vous ai entendu, caporal.

– Et alors, tu n'as rien à dire ?

Arturo s'interrompit. Sous l'effet de son haleine, le froid prenait une forme vaporeuse.

– Qu'est-ce que la fille vous a raconté ? demanda-t-il en rougissant.

– La fille, rien; c'est le *starosta*. Il est venu se plaindre pour dire qu'elle ne reviendrait plus si tu étais là.

– Si j'étais là… – il répéta la condition; il était soulagé qu'elle n'eût pas ouvert la bouche : honte, orgueil, peur? Il ne s'est rien passé, caporal, je ne l'ai pas frappée ni rien. C'est que… – il se demanda comment rectifier l'incident; il opta pour la complicité masculine : C'est que… vous voyez, j'étais tellement excité et comme j'avais bu et que j'étais chaud comme la braise…

Il reboutonna lentement sa vareuse molletonnée pour gagner du temps.

– C'est pour aujourd'hui ou pour demain?

– À vrai dire, ça me gêne… caporal.

– Allez, ça ne doit pas être si grave.

Arturo prit un air contrit et, même si le mot viol résonnait impitoyablement dans sa tête, il lui raconta la scène, édulcorée par quelques révélations supplémentaires et l'excuse de la non-consommation. Aparicio sourit avec une indulgence ironique et passa sa main large et courte sur la balafre qui marquait sa joue.

– Ben, c'est pas étonnant qu'elle ait déguerpi en vitesse, l'excusa-t-il. Avec ce joli petit cul frétillant qu'elle a, on comprend qu'elle n'ait pas envie de se le faire défoncer!

– Je ne sais pas pourquoi les choses ont tourné comme ça, caporal. Je le regrette.

Un éclair de conscience lui fit détourner les yeux.

– Bah! Ne te bile pas pour ça et arrange-toi, tu es tout débraillé. En plus tu as eu une sacrée chance – sa voix se durcit : Pendant que toi, tu contais fleurette, les Ruskofs n'ont pas chômé, ils ont descendu trois gars.

– Où ça? demanda Arturo, sincèrement consterné.

– Ici, à côté. Ils dormaient dans une isba. Ça doit être un coup des partisans, ils savaient où les trouver.

– Les espions…

– Oui – il y eut quelque chose d'effrayant et d'amer dans

son attitude. Mais ne crois pas qu'ils vont en rester là, ils sont en train de préparer un coup de main.

Arturo acquiesça, l'air toujours aussi penaud. Il repéra le support trapézoïdal en chanvre de son barda à côté de son casque, près du poêle de briques, et finit de s'habiller.

– Je suis prêt. Vous avez toujours le camion, caporal ? dit Arturo pour faire baisser la tension.

– Tant qu'il ne tombe pas en rade...

– Les Allemands ont des pièces détachées à revendre.

– Oui, du moment que nous, on se ramasse toutes les grenades que les Russes ont à revendre ! affirma Aparicio sur un ton redevenu goguenard. Tu oublies ton garde-manger, lui fit-il remarquer.

Arturo l'en remercia et ramassa le cylindre de métal cannelé qui servait d'étui au masque à gaz.

– Je ne sais pas pourquoi on nous en a donné, la plupart des gars ne savent pas comment le mettre et ceux qui savent s'étouffent.

– Mais ça conserve bien la boustifaille, fit observer Aparicio, l'air sérieux, en tournant les talons.

Arturo sortit derrière lui en reléguant ses remords dans un coin de sa mémoire. C'était une de ces aubes maussades, couleur de cendre, où la diane implacable vous réveille sans ménagement. De minuscules flocons tombaient encore, sans grande précision rythmique, comme les dernières touches hésitantes déposées çà et là sur la pureté créatrice de la neige. Ils contrôlèrent subtilement leur respiration pour la réduire à un mince filet d'air. En toile de fond, la guerre continuait dans une débauche de tirs de mitrailleuses, de canons et de mortiers. Ils se dirigèrent vers les bâtiments de Mestelevo, accompagnés par le bourdonnement des unités en marche et des troupes en formation. Arturo se rendit compte que la kyrielle de problèmes qu'il fallait tenter de résoudre journellement s'était ostensiblement accrue. Ils saluèrent un officier qui passait à côté d'eux puis se séparèrent. La jeunesse d'Aparicio, sa fougue, son insolence arrogante mais fragile faisaient souffler à son passage une rafale d'énergie qui soumettait le monde. En le regardant s'éloigner, Arturo demeura immobile, songeur, balançant entre l'admiration et la jalousie. Il respira soudain une bouffée d'air salé et iodé ; il se souvint que la mer était proche. Il la savoura avec délice tout en réfléchissant à la direction qu'il allait prendre. Pour l'instant, celle des cuisines : il n'avait pas encore pris son petit déjeuner.

À la cantine, dans le fracas des marmites, des couverts d'étain et le vacarme des soldats, il ramassa ce qu'il put pour calmer la faim de loup qui le tenaillait, des tranches de pain grisâtre, de l'ersatz de miel, très granuleux, du café de malt et du beurre. Après avoir satisfait un estomac qui avait le mauvais goût de se rappeler à lui, Arturo regagna sa mansarde. Là, il se débarrassa de sa tenue d'hiver et se laissa caresser par les effluves tièdes et aromatiques d'un café parfumé d'un trait du cognac dont il avait fait une nouvelle provision. Tandis que le poêle lui réchauffait le sang, il s'assit sur le lit et feuilleta une fois encore les rapports du capitaine Joaquín Isart – criblés de fautes d'orthographe – et les photographies de Luis del Águila. Les chevaux pris dans la glace, les naseaux tournés vers le ciel, l'écume gelée de leurs bouches, le visage du cadavre recouvert de paillettes de glace. Arturo finit son gobelet et saisit l'orange qui mûrissait à côté du téléphone ; palper son écorce amère et ridée lui transmettait un calme étrange qui huilait les rouages de sa pensée. Deux morts, l'un et l'autre glacés dans un battement de cristal, et lui qui tentait de faire le lien entre eux. Les questions tourbillonnèrent dans son esprit : qui était la nouvelle victime ? Comment son destin s'imbriquait-il dans celui de Luis del Águila ? L'aumônier avait-il quelque chose à voir avec elle ? Que venait faire

Molevo dans cette féroce grammaire ? Il avait chargé Espinosa de se renseigner, y compris sur la pointure des chaussures du mort. En attendant l'autopsie du commandant Alfredo Larios, il se servirait du téléphone pour poursuivre son enquête. À Molevo, alors qu'Espinosa et lui revenaient vers le traîneau, ils avaient croisé le capitaine Joaquín Isart, mais ils s'étaient bornés à lui faire part de l'essentiel des événements. Aussi appela-t-il d'abord Pokrovskaïa pour lui parler. Contrairement à la fois précédente, ce fut le capitaine lui-même qui répondit. La ligne était claire, sans interférences perceptibles, et après les politesses d'usage, il en vint à l'objet de son coup de fil.

– Comment cela s'est-il passé au monastère, mon capitaine ?

– Nous n'en avons pas appris beaucoup plus que vous, répondit Isart d'un ton neutre. Nous avons interrogé quelques-uns des pensionnaires, mais, à peu de chose près, c'était ce que vous nous aviez raconté. Le corps est entre les mains du capitaine Alfredo Larios. Lui avez-vous parlé ?

– Pas encore, je vais l'appeler tout de suite après vous.

– Eh bien, nous savons maintenant qui est le mort. Nous avons saisi ses effets.

– Je vous écoute.

– Il s'appelait Agustín Covisa Calero, affecté au 3e bataillon du 269e à Sloutsk. Vingt-deux ans, natif de Vieille-Castille. Électricien de son état. Il a fait la guerre dans le Nord, puis du côté de Barcelone, et finalement à Valence où il s'est engagé pour venir ici…

– Savez-vous s'il appartenait à la Phalange ? coupa Arturo.

– Non, il n'en faisait pas partie.

– Mmm… Continuez, je vous en prie.

– C'est à peu près tout. Ses états de service sont médiocres, mais rien de grave. Il était orphelin de père et avait une fiancée. J'ai ici ses affaires et un rapport écrit.

– Merci beaucoup, mon capitaine, votre travail me facilite

grandement la tâche. Je dois me rendre à Pokrovskaïa, alors je prendrai tout ça en passant. À propos, vous rappelez-vous qu'à Molevo je vous ai parlé d'une relation possible entre le monastère et les deux assassinats ?

– Les francs-maçons.

– En effet. Je crois qu'il serait raisonnable de poster des sentinelles là-bas avec une radio, précisément à l'entrée qui a été forcée. Si les choses sont bien ce que j'imagine et que notre homme récidive…

– Vous pensez qu'il va recommencer ? demanda Isart avec intérêt.

– Oui.

– Pourquoi ?

– Je ne sais pas ; à sa place, c'est ce que je ferais. Pas vous, mon capitaine ?

Un grésillement subit balaya la réponse d'Isart, mais sa voix ne tarda pas à ressurgir, encore un peu déformée.

– … alors, que fait-on ?

– On poste des sentinelles, insista Arturo. Il n'est pas impossible que tôt ou tard il se manifeste. Au fait, vous êtes-vous occupé de l'aumônier ?

– Oui, il est sous surveillance.

– Très bien, et, mon capitaine… ça vaudrait la peine de fouiller ses affaires. Discrètement.

– Ce sera discret, confirma Isart sans sourciller.

– Parfait. Je vais tout de suite contacter le vaguemestre pour intercepter le courrier de ce Covisa. Je crois que je n'oublie rien.

Un crépitement sur la ligne interrompit la communication.

– Mon capitaine ? Arturo passa sa langue sur ses lèvres gercées et serra violemment l'orange : Mon capitaine ?

– Ça y est, je vous entends. Avons-nous autre chose à régler ?

– Non, c'est tout.

– Alors, faites vite, soldat.

– À vos ordres.

Arturo reposa le combiné sur son support et fit nerveusement passer son orange d'une main dans l'autre. Quand il en eut assez, il la coinça entre ses jambes et relut le rapport sur Luis del Águila. À l'aide des nouveaux éléments, il rechercha tout ce que les victimes pouvaient avoir en commun. La seule chose qu'ils partageaient, outre leur engagement au bureau de recrutement de Valence, était la médiocrité. Arturo colla son menton contre son cou et contempla l'orange comme si elle était la matérialisation d'un indice. Valence… Cela signifiait-il quelque chose ? C'était un point d'appui fragile, mais y en avait-il de plus fiable ? Il prit le fruit et enfonça les ongles dans sa pulpe ; l'air s'emplit instantanément d'un parfum acide qui lui mit l'eau à la bouche. Il eut envie de le manger et détacha l'écorce par morceaux qu'il posa près du téléphone ; quand il eut fini de le peler, il en sépara délicatement cinq quartiers qu'il disposa sur la paume de sa main en forme de fleur. « Prends garde, Dieu te regarde, prends garde, il te regarde… » scanda-t-il, songeur. Il saisit un quartier et le fit éclater dans sa bouche, puis un autre et encore un autre… Soudain, le téléphone eut un mouvement d'humeur : le timbre retentit une seule fois comme si on l'avait frappé avec un morceau de métal. L'unique impulsion électrique suffit à stimuler les neurones d'Arturo qu'elle tira de son marasme. Il disposa les lambeaux d'écorce avec une précision maniaque, sauf un qu'il mit à part. Il réfléchit quelques secondes et prit le contrepied de son raisonnement antérieur. S'il recherchait un vampire, ne serait-il pas plus facile de l'attendre près de ses éventuelles victimes plutôt que de passer son temps à profaner des tombes ? Combien de gars s'étaient enrôlés à Valence ? Et parmi eux, combien avaient des accointances maçonniques ? Il fallait toujours battre le fer quand il était chaud. Il empoigna le téléphone et appela le commandant

Zarauza. Il le mit rapidement au courant et ce dernier ne fit aucune objection. Il prit congé du commandant sans reposer le combiné, puis demanda le bureau du vaguemestre au QG. Le Méticuleux lui répondit.

– Allô ?

Son intonation polie, modulée était reconnaissable entre toutes.

– Allô, sergent, Arturo Andrade à l'appareil. Savez-vous qu'on a découvert une autre victime ?

– Oui, je suis au courant.

– Il s'appelait Agustín Covisa Calero et il servait à Sloutsk. Vous savez ce qu'il faut faire.

– Nous chercherons son courrier.

– Et j'ai besoin que vous me rendiez un autre service.

– Je vous écoute.

– J'ai le pressentiment que notre homme est de Valence et que la prochaine victime sera, elle aussi, de là-bas. Alors on va se limiter à chercher dans le courrier de Valence.

– Nous allons nous y mettre.

– Merci beaucoup, sergent. Une dernière chose : pourriez-vous me passer le soldat Octavio Imaz ?

Son silence démontra que la requête débordait le cadre étriqué de sa routine de fonctionnaire.

– Attendez, finit-il par dire.

Pendant qu'il patientait, Arturo prit un crayon et se mit à gribouiller sur un rapport un de ces dessins machinaux, inconscients, qu'on fait quand on est au téléphone. Lorsqu'il entendit le premier « allô », la mine de graphite s'arrêta sur la dernière ligne d'une figure schématique aux nombreux espaces vides.

– Allô, entendit-il une seconde fois.

– Octavio Imaz ?

– Lui-même.

– Ici Arturo Andrade. Écoutez, j'ai entendu dire que vous pourriez me renseigner un peu sur la franc-maçonnerie.

Il guetta la moindre altération de la voix du soldat, qui parut étonné, trop peut-être pour ne pas cacher un léger désarroi.

– Qui vous a dit que je pourrais le faire ?

– J'ai parlé avec le commandant Reyes Zarauza. Vous avez écrit un livre sur ce sujet.

Il toussota.

– Juste un petit essai.

– Comment s'appelle-t-il ?

– *La Collusion.*

– Très bien choisi. À propos, j'ai lu votre *Plaidoyer pour l'Espagne*. Brillant, permettez-moi de vous le dire.

– Merci beaucoup.

Le compliment sembla glisser sur lui.

– Alors, pourrions-nous avoir un entretien ?

– Vous savez où me trouver, répondit-il sans rien proposer.

– Très bien. Nous avons découvert une autre victime et nous croyons que les meurtres peuvent avoir un rapport avec…

Arturo se rendit compte qu'il était en train de fournir une explication que son interlocuteur ne lui avait pas demandée.

– Bien, rectifia-t-il, alors je vous prends au mot. Je passerai au QG.

– J'y serai. Au revoir.

– Au revoir, répondit Arturo sur un ton détaché.

Le chaleureux ronflement des flammes à l'intérieur du poêle retint momentanément son attention. Il se leva juste assez pour attraper une bûche sur le petit tas de bois qui était à côté et la pousser dans le foyer parmi les tisons noircis et les braises rouge vif. Le feu avait un visage cordial et familier, comme les traits d'un être cher. Il ne restait plus qu'à établir l'ordre des visites suivantes. Octavio, Larios et, bien sûr, le photographe, Paramio Pont. Paramio, Octavio, Larios ? Larios, Paramio, Octavio ? La sonnerie du téléphone interrompit ses permutations.

– Allô ?

– Arturo, on sait maintenant qui est le soldat.

C'était la voix éraillée par le tabac du sergent Espinosa.

– Bonjour, sergent. Oui, je sais, j'ai parlé avec le capitaine Isart. Où êtes-vous ?

– Ici, à Mestelevo.

Arturo s'organisa rapidement.

– Très bien, c'est aujourd'hui qu'on doit faire l'autopsie du dénommé Agustín Covisa. Allez voir le commandant Larios.

– Et vous ?

– J'ai à faire au QG, lui répondit-il en incluant dans sa réponse Octavio Imaz et Paramio Pont. Nous parlerons à mon retour.

Ils raccrochèrent et Arturo tendit les mains vers le poêle, comme s'il désirait toucher le feu qui brûlait à l'intérieur. Une flammèche s'en échappa et s'éleva en l'air en se consumant, et il se rappela l'énorme cuisinière à charbon de son enfance avec ses anneaux concentriques amovibles. Songeur, il décida de faire un brin de toilette. Il se leva du lit, s'approcha de la cuvette et contempla son image dans le petit miroir qu'il avait laissé dedans. Ses cernes sombres, sa maigreur, ses marques de variole… De la main, il ébouriffa ses cheveux gominés puis, à l'aide du blaireau, étala la mousse sur son visage avant de se raser méticuleusement. Tandis qu'il promenait son rasoir, un Badajoz mythique envahit toutes ses pensées : son paysage cuivré, grillé de soleil, sa maison pleine de recoins et sa mère aspergeant d'eau une chemise ou une taie d'oreiller avant de la repasser à grands coups de fer, au milieu des chuintements de vapeur… Autant de choses qui, une fois disparues, ne pourraient jamais être remplacées.

Il immobilisa son rasoir et avec lui le flot anarchique des images.

Il voulait en finir avec les souvenirs.

Parce qu'ils étaient dangereux.
Parce qu'ils étaient sans défaut.
Et maintenant, qu'allait-il bien pouvoir trouver ?
Quoi ? Quoi ?
Le sergent Espinosa…
Le sergent Espinosa n'était-il pas, lui aussi, de Valence ?

La situation était des plus étranges. Il y avait le bâtiment d'abattage et, devant le bâtiment d'abattage, le berger allemand, et, juste au bord de son territoire, il y avait un Russe, et derrière le Russe il y avait un Allemand qui le visait à la tête avec un Walther. La scène en était à ce stade quand Arturo la découvrit. Sur un ton péremptoire et sévère, l'Allemand ordonnait au Russe de faire un pas, tandis que l'autre résistait en proie à un désespoir mi-puéril, mi-animal. Le chien, entraîné à tuer, était toujours aussi congestionné de rage, le poil hérissé et la gueule entrouverte, curieusement immobile, comme si dans ses veines une sagesse ancestrale lui indiquait de ne pas gaspiller ses forces, que la proie finirait par venir à lui. Cela faisait à peine une demi-heure qu'Arturo avait quitté sa mansarde et, avant de se mettre en quête d'un moyen de transport, il ne voulait pas manquer son rendez-vous avec la rancune. Mais visiblement, ce jour-là, on l'avait devancé. Il garda son calme, évalua la situation. À droite de l'Allemand se trouvait un groupe de ses semblables aux visages farouches, avec une barbe de plusieurs jours ; ils n'avaient pas l'air d'appartenir à la Wehrmacht, peut-être était-ce une unité de la SS, mais il ne pouvait pas l'affirmer. À la porte du bâtiment, ainsi qu'en groupes isolés autour des deux protagonistes, des soldats espagnols observaient la scène sans se décider à intervenir. Mais ce qui laissa Arturo absolument pantois, ce fut le groupe de Russes rassemblés contre le mur de l'une des baraques, surveillés par quelques membres de cette étrange troupe. Il en reconnut plusieurs, des prisonniers qui donnaient un coup de main à l'intendance ou des gens du village qu'il voyait de temps à autre. Einsatzgruppen, se rappela-t-il. Pour le malheur des Russes, ces sinistres anges déchus tombés tout droit du ciel national-socialiste venaient de s'abattre sur la Russie. Soudain son cœur s'arrêta au milieu d'une systole car Alexandre était dans le groupe. Cramponné au pan du manteau d'un des adultes, il regardait avec terreur l'Allemand qui, à ce moment, appuyait le canon de son pistolet sur le front du Russe, l'obligeant à reculer jusqu'au bord du cercle décrit par la chaîne. Arturo échafaudait un plan pour empêcher cette atrocité, quand l'un des Espagnols, un type au visage rougeaud, petit mais fort comme un chêne, s'approcha du Teuton et le défia. Comme toujours, il lui parla dans le charabia, mélange d'espagnol, d'allemand et de russe qui servait d'espéranto à la Division, grâce à quoi Arturo comprit que le Russe était un de ses aides et que lui n'était pas du genre à parler pour ne rien dire. « *Ungeziefer*, vermine », répondit le Chleuh en désignant le Russe du canon de son pistolet, mais sans cesser de le viser. Arturo saisit l'occasion pour intervenir et se proposer comme interprète afin de désamorcer cette situation explosive. Ce fut alors que tout bascula. Lorsque le berger allemand perçut sa présence, il rompit le fragile équilibre ; la gueule tournée vers Arturo, il se mit à aboyer furieusement dans sa direction. Ce déchaînement subit excita l'Allemand qui se raidit dans sa détermination et éructa de violentes interjections à l'encontre du Russe et de l'Espagnol. Le prisonnier tremblait comme s'il était nu ; l'Espagnol leva les bras et insulta le Teuton ; Arturo tenta de s'interposer pour arrêter cette folie. Dans le groupe des Russes jaillirent des cris et des supplications, dans celui des SS, des ordres et des menaces. Au milieu de ce vacarme, l'Allemand, énervé, fou de rage, pointa quelques secondes son Walther sur le soldat. Ce fut suffisant pour que les autres réagissent avec la violence caractéristique des Espagnols en encerclant d'une forêt d'armes, comme sorties de nulle part, les Allemands si surpris de cette fureur qu'ils n'en croyaient pas leurs yeux. Quand ils revinrent de leur étonnement, ils braquèrent leurs armes sur les Espagnols avec la même détermination, et l'un de ceux qui surveillaient les Russes devant le baraquement souleva Alexandre, le plaça devant lui et le menaça de son arme. Arturo blêmit et resta sans voix tandis que le vacarme redoublait. Cris, bourrades, hurlements, gesticulations, menaces. Même les ordres des officiers demeuraient sans effet. Soudain, au plus fort de la confusion, une détonation assourdissante résonna et tous les autres bruits se turent aussitôt. Le Russe s'écroula lourdement sur la neige. Sur son front, une trace nette, un trou parfait, de couleur sombre, tout autour et sous la peau, l'enfoncement de l'os. Il commença à en sortir un filet de sang, bouillant presque sous l'effet de la température extérieure, qui dégoulina jusqu'à la neige où il creusa un petit trou. À la faveur de la stupeur générale, une femme parvint à échapper à ses gardiens, courut s'agenouiller près du malheureux, lui prit la tête dans ses bras et la berça sans cesser de sangloter. Comme les personnages d'un rêve, tous se taisaient et contemplaient la femme, tous sauf Arturo qui ne quittait pas des yeux le pistolet que l'Allemand continuait de brandir comme pour menacer encore l'esprit du mort ; l'arme s'abaissa lentement pour viser la femme avant de faire feu sur elle, avec un léger recul, faisant jaillir le sang de sa tête. Les soldats étaient pétrifiés, mais Arturo ne fit ni une ni deux, il sortit son Tokarev et marcha sur le SS qui maintenait toujours Alexandre devant lui. En le voyant venir, l'Allemand leva son arme, indécis, sans aller jusqu'à le mettre en joue, ce qui laissa à Arturo le temps de l'attraper par le menton et de lui enfoncer son pistolet dans le cou.

– *Lass es los !* Lâche-le ! cria-t-il.

Stimulés par sa détermination, les soldats se ressaisirent

et resserrèrent leur cercle autour d'eux, bien décidés à passer à l'action. Au même moment, le berger allemand, qui, au premier coup de feu, s'était réfugié dans son épave, se remit à aboyer frénétiquement, ce qui fit monter l'adrénaline et la peur. Dans un délire de sang, ses yeux fous balayaient la scène, reflétant la détermination des uns et la brutalité des autres ; les Espagnols faisaient preuve d'une force inflexible sous leur apparente médiocrité, les Allemands, tels des anges glacés, ne renonçaient pas à leurs sacrifices humains. Tous savaient qu'il suffirait d'un rien pour que Mestelevo fût le théâtre d'un carnage, mais personne ne cédait. Arturo releva le percuteur d'un mouvement du pouce et appliqua le canon contre la tempe du SS au point de lui faire mal.

– *Ich werd dir deinen verdammten Kopf abschiessen. Verstehst du mich ? Lass es los !* Je vais faire sauter ta putain de cervelle, tu entends ? Lâche-le ! hurla-t-il.

Pour toute réponse, l'Allemand le fixa ; il y avait quelque chose d'irréel dans ses yeux, une lenteur qui n'arrivait pas à suivre l'efficacité de ses actions. Il serra plus fort Alexandre.

– *Das wird nicht die Einzige.* Ça ne sera pas la seule, répondit-il sèchement.

Arturo était hors de lui, ce n'était plus du courage qu'il affichait, mais une lassitude de vivre qui le rendait beaucoup plus dangereux parce qu'il lui était égal de se faire tuer. Il était clair pour lui qu'ils allaient tous mourir, qu'il n'y avait pas d'issue. Il vit Alexandre qui le regardait, l'air terrorisé, avec le 7.92 contre sa poitrine.

– Ferme les yeux, lui dit Arturo, ferme-les, puis il se mit à réciter à l'oreille de l'Allemand : « Nous portons un enfant en nous, car tant que nous porterons un enfant, nous pourrons échapper au mal sous le manteau de l'innocence, ferme les yeux, petit Russe, nous franchirons les rivières, nous essuierons les tempêtes, ferme les yeux, petit, nous pourrons même traverser les flammes de l'enfer. »

Soudain, au bord du désastre, un vrombissement constant

flotta au-dessus d'eux, leur transperçant les tympans à mesure qu'il se rapprochait. C'était la Parrala. Le bruit strident des moteurs réussit là où les menaces avaient échoué. Aussitôt, les Allemands échangèrent quelques paroles et relâchèrent leurs otages avant d'amorcer une retraite progressive sans cesser de tenir en joue les Espagnols. Le SS qu'Arturo n'avait pas lâché releva son arme et poussa légèrement Alexandre en avant. Arturo répondit en écartant le canon de sa tempe et recula d'un pas. Sans le regarder, l'Allemand fit brusquement volte-face et suivit ses camarades. Arturo prit immédiatement Alexandre dans ses bras, il avait le visage tout contracté mais ne pleurait pas. La Parrala arrivait, provoquant une débandade générale en direction des bunkers. Arturo y courut aussi avec le gosse et se réfugia dans celui où se trouvait également le petit Espagnol rougeaud qui avait déclenché l'affrontement. Arturo reprit le mioche dans ses bras tout en guettant le ciel à côté du soldat.

– Compliments, lui dit-il.

Mais le gars ne semblait pas très fier.

– J'ai failli me pisser dessus. Il gonfla les joues et soupira : Ces mecs-là, ce sont de sacrés durs, jamais je n'avais vu une chose pareille. Tu as remarqué leur façon de regarder ? Tu as vu ça ? On aurait dit qu'ils étaient morts. Tu sais qui c'était ?

Pour qu'un vétéran comme lui eût peur au point d'avoir du mal à avaler sa salive, il fallait vraiment qu'il fût impressionné. Arturo fit non de la tête et serra plus fort le petit Russe apeuré qui restait sur le qui-vive. Pendant ce temps, la Parrala se rapprochait de plus en plus, en ronronnant, elle était maintenant sur eux, elle ouvrait son ventre gravide. Et voici qu'il en sortait des douzaines, des centaines de… tracts. L'un d'entre eux plana jusqu'à l'endroit où ils étaient et tomba dans les mains d'Arturo. Le cadavre d'un soldat allemand au pied d'un arbre de Noël y était dessiné à côté du portrait du Führer portant un collier de têtes de mort et d'une inscription : «Avec Hitler tu n'iras qu'à la mort !

Rejoins la glorieuse Armée rouge ! » Il le passa au soldat puis, avec tendresse, ébouriffa énergiquement Alexandre dont les tremblements s'atténuaient. Arturo sut qu'il commençait, lui aussi, à se remettre de sa peur quand il sentit qu'il avait froid, deux sensations incompatibles. Une fois passé le danger, il prit le gosse par la main et partit à la recherche des autres Russes. Il en rencontra quelques-uns non loin du baraquement d'abattage et leur confia Alexandre qui, dès qu'Arturo s'éloigna de quelques mètres, fut enveloppé de la tendresse d'une femme brusquement apparue, emmitouflée dans une pelisse grossière et coiffée d'un fichu dissimulant son visage. C'était le même genre d'amour qu'elle avait exprimé par une fessée la fois précédente. Arturo esquissa une moue de satisfaction et fut curieux de la connaître. Mais lorsqu'il voulut s'avancer vers elle, la femme parut avoir peur et s'éloigna en traînant presque Alexandre qui ne put même pas se retourner. N'était-elle pas présente quand il avait risqué sa peau pour le petit ? Le prenait-elle pour un de ces salauds ? Il serra les lèvres, l'air dubitatif; il y avait chez cette femme quelque chose de connu, une ineffable familiarité. Il fut tiré de ses réflexions par un soldat qui chantait faux, mais entonnait à tue-tête, suivi par d'autres :

Les volontaires de la Phalange,
Vive la mère qui les a enfantés,
Vive le curé qui les a bénis,
Car ils sont plus grands que le pharaon.

Pour une fois, Arturo fut d'accord. Il chanta avec eux.

Puis la Parrala revint.

Et cette fois elle n'avait pas oublié les bombes.

Il descendit en marche du camion de l'intendance et dut courir un peu avant de s'arrêter en s'appuyant sur la chenille d'un tracteur. L'air était glacé et transparent comme un bloc de verre, la température avoisinait les moins quarante et une interminable symphonie tactique et logistique continuait de résonner autour de Pokrovskaïa. La neige tremblait sous les rafales d'air chaud qui provenaient d'une file de véhicules dont les moteurs vrombissaient en transportant des troupes et de l'artillerie légère vers quelque endroit du front. Parmi eux, une magnifique et absurde Hudson Terraplane réquisitionnée en France, munie d'un dispositif soudé pour tracter un canon; magnifique parce qu'elle avait été construite pour faire la tournée des casinos de la Côte d'Azur, et absurde parce qu'elle traînait ce canon antichar. Arturo traversa les ornières de neige et marcha jusqu'à l'entrée du palais; à l'intérieur, il déclina son identité et se rendit chez le vaguemestre. Le sergent Cecilio Estrada, le Méticuleux, le vit arriver, mais, n'ayant nulle envie de modifier sa routine industrieuse, ne manifesta pas l'intention de bouger.

– Bonjour, sergent, salua Arturo.

– Bonjour.

– Où en est-on?

– On fait ce qu'on peut.

– Je vous en remercie.

Il observa le Méticuleux qui n'avait pas cessé de tamponner des enveloppes d'un mouvement souple. Il n'avait ni prestance ni faits d'armes à son actif, il était pourtant un des rares à donner l'illusion de la sécurité. Arturo s'apprêtait à demander à voir Octavio, mais le sergent lui évita cette peine.

– Octavio n'est pas dans les bureaux, dit-il sans interrompre son oblitération. Il a dû se rendre aux Transmissions.

– Très bien, sergent, je vais aller le chercher.

Arturo attendit encore un peu dans l'espoir de susciter une question ou d'être témoin d'une attention qui eût humanisé le sergent; ce fut en vain. Après un nouveau salut, il se dirigea vers les Transmissions. En traversant le hall, il repéra l'escalier qui menait au sous-sol du palais et descendit. Dans le souterrain, le long d'un couloir voûté, les téléphonistes et les radiotélégraphistes du groupe des Transmissions s'affairaient ; un asile de fous où les gars, collés à leurs écouteurs, assuraient les liaisons permanentes au sein de la Division en bataillant avec des fiches ou en tapant frénétiquement sur leurs manipulateurs. Il avait toujours paru évident à Arturo que c'étaient eux et non pas les soldats de première ligne qui vivaient en permanence avec la peur, parce qu'ils avaient une vision globale de la situation. Il repéra aisément Octavio Imaz, moins par sa stature que par son attitude ; penché à côté d'un télégraphe, il tenait d'une main des papiers qu'il dictait, et appuyait l'autre sur sa hanche avec l'élégance d'une statue. Arturo se fraya un chemin entre les uniformes et attendit qu'il eût fini.

– Bonjour, Octavio Imaz.

Il ôta son casque et salua ; l'autre lui répondit en lui jetant un regard inquisiteur et en levant significativement le bras. Ils étaient à peu près de la même taille, c'est-à-dire qu'ils dépassaient d'une tête les autres soldats, mais la silhouette fragile d'Octavio et son visage émacié semblaient plus affectés par la Russie.

– Il faut qu'on trouve un endroit pour parler, proposa Octavio.

– Oui, je suppose que oui.

– Suivez-moi.

Il laissa ses feuillets au télégraphiste, assortis d'une courte explication, et précéda Arturo jusque chez le vaguemestre. Il passa devant le Méticuleux, imperturbable, sans le saluer, affichant de nouveau ce non-respect du grade et, de plus, sans que l'autre y prêtât attention. En suivant le couloir, il s'arrêta devant une porte située à quelques mètres du cabinet de censure. Tout près, on pouvait entendre le bavardage de la Waterman. Octavio entra dans la pièce, suivi d'Arturo.

C'était une espèce de magasin sans fenêtre, éclairé par la lueur jaunâtre d'une ampoule, rempli de sacs de courrier entassés et de matériel hétéroclite, allant des machines à écrire aux cyclostyles, avec une table et une chaise au centre. Octavio s'assit dans un espace libre entre les gros sacs, leva légèrement le genou pour effacer sur sa botte une saleté imaginaire, puis appuya le talon sur le courrier et posa le bras sur son genou. Il regarda Arturo comme s'il cherchait à savoir dans quelle mesure l'argile fragile dont il était fait pouvait être malléable.

– Je me demandais quel genre de personne vous pouviez bien être, dit-il.

Arturo, qui était resté debout, le casque dans une main et le pouce de l'autre passé dans son ceinturon, fronça les sourcils.

– Que voulez-vous dire ?

– Eh bien, quel genre de personne court après la vérité ? D'abord à Madrid, pour récupérer *L'Art de tuer les dragons*, et maintenant ici.

– J'obéis aux ordres.

– On dirait que c'est toujours à vous d'y obéir – Octavio soutint son regard encore quelques secondes puis releva le menton et inspira avec force, comme s'il sortait la tête hors de l'eau. Bien. Que puis-je pour vous ?

– Parlez-moi de la franc-maçonnerie.

– De quel domaine plus particulièrement ?

– Ce qui concerne les châtiments encourus pour avoir révélé des secrets. Mais je vous serais reconnaissant de m'en donner aussi une idée générale. Il y a certains concepts, l'Art, le Grand Alcahest… qui sont un peu flous pour moi.

– Pourquoi voulez-vous savoir ça ?

– Un deuxième gars a été assassiné et j'ai dans l'idée que ce meurtre, comme le premier, a quelque chose à voir avec un rituel maçonnique.

– Et qu'est-ce qui vous le fait croire ?

Arturo lui résuma une partie de son enquête, tantôt en choisissant les éléments les plus anodins, tantôt en insistant sur ce qui étayait son hypothèse, le témoignage de Ricardo Guerra, la disparition du sang, la mystérieuse prière marquée sur les corps… Octavio demeura attentif et impassible jusqu'au récit des conditions dans lesquelles avait été retrouvé le corps d'Agustín Covisa ; sa mâchoire se raidit alors et une légère contraction de sa joue, comme s'il s'était piqué, indiqua que quelque chose avait électrisé ses neurones. Il attendit qu'Arturo eût terminé son exposé puis il prit résolument la parole, en s'écoutant parler.

– Pour autant que je sache, les animaux n'interviennent pas dans les rituels maçonniques.

– Cela confirmerait que les chevaux dans la rivière n'étaient qu'un accident.

– C'est une chose. En ce qui concerne la première exécution, on reconnaît là les rites du châtiment pour le premier grade de « l'Art ». Je vous cite une partie du serment : « Moi, en présence du Grand Architecte de l'Univers et de cette digne, vénérable et solennelle loge de Francs-Maçons Libres et Acceptés, régulièrement convoquée et dûment constituée, en l'absence de toute contrainte, et de mon plein gré, je promets et jure sincèrement et solennellement de toujours cacher, taire et ne jamais révéler quelque partie que ce soit ou quelque détail que ce soit des secrets ou des mystères propres aux Francs-Maçons Libres et Acceptés, ou les concernant, qui pourraient à l'avenir être connus de moi ou m'être communiqués, sous peine d'avoir la gorge tranchée et de voir mon sang répandu sur la terre… »

Arturo ne put s'empêcher d'intervenir avec enthousiasme.

– Ça explique le sang !

– Oui, mais ce que je ne m'explique pas ce sont ces phrases : « Prends garde, Dieu te regarde, prends garde, il te regarde » ; à ma connaissance, elles ne font pas partie de leurs cérémonies.

– De toute façon, ça me permet d'écarter certaines options.

– Quant à la manière d'exécuter cet Agustín Covisa…

Octavio prit son temps et Arturo en éprouva une certaine angoisse, une anxiété qui n'était qu'une forme d'impatience.

– Elle correspond au rite pour le deuxième grade, poursuivit-il. La formule est similaire, seule change la nature du châtiment : « Ma poitrine serait ouverte du côté gauche, mon cœur en serait arraché et livré en pâture aux rapaces dans les airs ou aux bêtes voraces sur terre. » Pourtant, ce qui attire le plus mon attention, c'est le lieu où il a été tué.

– Molevo, précisa Arturo.

– Le monastère de Molevo, effectivement. Vous savez, ce genre d'exécution ne requiert aucun endroit particulier, rien n'est précisé à ce sujet, autrement dit le premier lieu venu peut convenir. Mais cela ne concerne que la franc-maçonnerie courante.

– Parce qu'il n'y a pas qu'une franc-maçonnerie ?

– Non, non, en fait, dans tout groupe il existe des noyaux durs, des ailes plus extrémistes, plus radicales, et ce sont eux les plus influents. Au sein de la franc-maçonnerie, il existe une loge très puissante et très secrète, une sorte de maçonnerie dans la maçonnerie, qu'on appelle les perfectibilistes. Ils observent une liturgie beaucoup plus stricte, essentielle, et même différente sous bien des aspects, plus en accord avec les racines de « l'Art » ; il serait donc possible que l'assassin soit un perfectibiliste ayant cherché un cadre plus traditionnel, ce à quoi Molevo correspond à la perfection. Je ne peux malheureusement pas vous confirmer tout cela.

– Tout coïncide donc. L'assassin voulait exécuter ses deux victimes à Molevo, sauf que, pour Luis del Águila, il y a eu un imprévu. Mais je ne vois toujours pas le rapport entre la franc-maçonnerie et un monastère orthodoxe.

– Vous serez surpris du rapport, mais un rappel historique s'impose.

– Je vous écoute.

Octavio changea de position et défit un bouton de sa vareuse.

– En réalité, le monastère de Molevo est à l'origine une forteresse de l'ancien ordre des Chevaliers teutoniques. Longtemps après qu'elle eut été abandonnée, des moines en ont fait leur monastère.

Arturo ouvrit la bouche, mais l'autre lui imposa silence d'un geste de la main.

– Vous avez dû vous rendre compte que l'édifice ne ressemble pas exactement à la maison du Seigneur.

– Oui, je m'en suis rendu compte.

– L'ordre était constitué de nobles allemands, anciens Chevaliers du Temple qui se sont scindés et ont mené leur propre croisade, ici, contre les Slaves païens. Les Chevaliers teutoniques ont organisé leur État de l'Estonie jusqu'à la Pologne, en prenant évidemment modèle sur les Templiers. Et c'est là qu'intervient la franc-maçonnerie. Essentiellement, elle plonge ses racines dans les associations de bâtisseurs de Rome, et même avant, en Grèce, chez les prêtres de Dionysos, bâtisseurs de théâtres, qui avaient des rites sacrés d'initiation et des signes de reconnaissance secrets. Avec l'apparition du christianisme, ces associations ont cessé d'être païennes et… Y a-t-il quelque chose que vous ne compreniez pas? demanda-t-il en s'apercevant qu'Arturo écarquillait les yeux.

– Non, continuez.

– Comme je vous disais, les confréries de bâtisseurs – l'appellation de «*maçon**» l'atteste – ont survécu, protégées par les ordres religieux, surtout les Templiers, qui ont parsemé de leurs monuments l'Europe et la Palestine. Mais cette tentative de christianisation n'a jamais totalement réussi, d'obscurs groupes mystériques ont clandestinement conservé un substrat païen, la gnose, ils ont fini par s'imposer et, après s'être détachés de leurs travaux architecturaux originels, ont imprimé à la franc-maçonnerie un caractère laïque et politique pour en faire une société secrète.

– Ce qui explique tous ces rituels et ces noms étranges ?

– Certainement. C'est un pot-pourri de croyances, de déviances hérétiques, de rites, de symboles… Le Grand Alcahest, la Lumière maçonnique, peu importe son nom, en est un exemple ; à l'origine, c'était le nom secret de Dieu ou plutôt d'un grand Architecte divin, car ils sont déistes, et c'est maintenant une tradition pure et simple. Et si vous avez remarqué, il y a à Molevo un mélange religieux qui frise dangereusement le sacrilège, surtout les *baphomets*, ces têtes qui renvoient à d'anciens cultes et à d'anciens dieux.

Arturo se rappela l'agressivité théologique des sculptures qui l'avaient observé pendant toute sa visite.

– Inquiétant !

– Sans aucun doute. Et passionnant aussi.

– Comment se fait-il que vous en sachiez autant ? Seuls les initiés sont censés être dans le secret.

Octavio pencha la tête de côté.

– J'ai étudié des documents saisis.

Son ton indiquait qu'il n'en dirait pas plus.

Arturo posa son casque sur un sac, croisa ses mains dans le dos, plissa le front.

– Alors si notre homme, notre…

– Perfectibiliste.

– … notre perfectibiliste commet un autre meurtre, la logique veut qu'il revienne à Molevo.

– Ce serait cohérent.

– J'ai déjà posté des hommes.

– Une décision judicieuse.

– Et combien d'autres grades y a-t-il ? demanda encore Arturo.

– Deux.

– Pouvez-vous me faire un résumé ?

– Ce sont des rituels très complexes, mais, pour l'essentiel, les frères s'élèvent dans la hiérarchie, apprenti, compagnon, maître… La sévérité du châtiment est donc proportionnelle au degré d'information atteint. Pour le troisième grade, le serment prévoit rien de moins que d'être coupé en deux, « mon corps et mes entrailles seraient réduits en cendres et jetés aux quatre vents », et pour le quatrième, le grade suprême, également appelé Arc Royal, où le maçon est censé recevoir l'illumination maçonnique, le Grand Alcahest, ou quelque nom qu'on lui donne, la tête serait arrachée et les yeux incisés.

– Ce sont des châtiments terribles. Connaissez-vous d'autres francs-maçons dans la Division ?

– Les francs-maçons fondent leur existence sur leur absence d'existence, sur son impossibilité, et prennent bien soin de ne pas se trahir.

– Comme les vampires.

Octavio sourit pour la première fois.

– Oui, en quelque sorte.

– Mais entre eux, ils ont des signes de reconnaissance.

– Oui.

Arturo fit deux pas et lui demanda sa main droite.

– Vous permettez ?

Octavio hésita, mais le ton calme et assuré d'Arturo vint à bout de sa réticence. C'était une main fine, aux ongles soignés, mais rougie et crevassée, et lorsque Arturo exerça du pouce une forte pression sur la première articulation, l'autre grimaça.

– C'est l'arthrite, expliqua-t-il. Le froid.

– Excusez-moi.

– Ce n'est rien. Je suppose qu'il s'agit d'une façon de se reconnaître entre frères.

– Oui. Ensuite on dit une formule, *b, o, a, z*, épela-t-il. Puis il passa son pouce le long de sa gorge : Apparemment, ce sont les éléments de l'échange.

– Et vous connaissez les autres signes ?

– Non, juste celui-ci, réservé au premier degré.

– Eh bien, je ne vous conseille pas de vous amuser à presser les mains comme ça si vous n'avez pas une connaissance exacte des usages, vous risqueriez de vous faire descendre.

– On m'a déjà mis en garde. Et vous, connaissez-vous d'autres façons ?

– Non, ils protègent très bien leurs cérémonies et si c'est ce Ricardo Guerra qui vous a révélé cela, je ne crois pas qu'il fasse de vieux os.

Comme s'il ne le savait pas déjà... pensa Arturo. Au même moment, la porte s'ouvrit sur un soldat qui s'avança puis s'arrêta net, paralysé par leur présence. Un peu confus, il bredouilla des excuses et referma la porte. Les deux autres la fixèrent un instant du regard, tandis que la buée de leur haleine s'effilochait dans l'air.

Arturo rompit le silence.

– Quel est votre avis sur la question ?

Octavio posa son pied sur le sol, lissa un de ses sourcils puis croisa les bras. Il hésita, mais pas comme s'il ne savait que dire, plutôt comme s'il avait l'embarras du choix.

– Il est probable que cet individu ait un grade élevé en franc-maçonnerie, affirma-t-il, pas moins du deuxième, c'est évident. Et qu'il accomplisse une espèce de vengeance. Il fixa le sol puis regarda Arturo dans les yeux : Sait-on si les morts appartenaient à une loge ?

– Pour le moment, rien ne le prouve.

– D'ailleurs, ce n'est pas nécessaire, le serment concerne les torts à l'encontre d'un frère, il peut aussi s'agir d'un règlement de comptes avec quelqu'un d'étranger à la franc-maçonnerie. Ils ont des rituels prévus pour cela. Ce que je trouve insolite, c'est que, si leur appartenance n'est pas prouvée, l'assassin les exécute pourtant en appliquant les sentences des divers grades réservées aux membres... – il agita les doigts comme s'il pianotait dans le vide. On dirait...

on dirait une menace adressée à quelqu'un qui, lui, serait un frère, mais dont il ignorerait le grade, comme s'il tâtonnait et qu'il l'avertissait avec cette phrase…

Sa main fit un moulinet pour inciter Arturo à continuer.

– « Prends garde, Dieu te regarde, prends garde, il te regarde », rappela ce dernier.

– C'est ça, comme s'il le menaçait, comme s'il le cherchait…

– C'est une possibilité, envisagea Arturo. Mais s'il cherche quelqu'un, que viennent faire ces morts ?

Octavio haussa les épaules.

– Il doit bien y avoir une raison. Mais vous devrez attendre qu'il y ait une autre victime pour tenter de confirmer tout cela, parce qu'il va continuer à tuer, n'est-ce pas ?

– C'est ce que je crois.

Octavio acquiesça et tripota un insigne métallique sur sa vareuse représentant deux mains qui se serraient entre deux branches de laurier. Puis il s'abîma dans la contemplation des circonvolutions des empreintes de son majeur.

– Je ne voudrais pas être dans sa peau, je veux parler du type que recherche l'assassin… Être dans le collimateur de quelqu'un de ce genre ! Vous rendez-vous compte qu'il ne cherche pas seulement à se venger ? Il veut aussi lui faire peur, il le harcèle, et pas seulement pour qu'il commette une erreur, mais pour jouir de sa panique.

Arturo examina Octavio qui était perdu dans ses pensées. Malgré son uniforme, ses gestes, ses manières, sa diction, tout révélait son origine aristocratique, sa culture. Arturo ne pouvait s'empêcher d'éprouver une certaine rancœur en pensant à la place que lui avait réservée la vie dans sa pyramide, le même ressentiment qui l'avait poussé à quitter Badajoz pour Madrid. Il passa sa main sur son visage pour s'assurer qu'il était rasé de près et fut contrarié de constater qu'il piquait par endroits. Puis il commença à avoir mal aux genoux comme si tout son pessimisme s'y était concentré.

Il se décida à crever l'abcès.

– Dans cette enquête, il y a aussi une autre piste possible…

Il laissa sa phrase en suspens et attendit, comptant sur la curiosité d'Octavio.

– Laquelle ?

– Le premier mort était un phalangiste et le second un militaire. Personne n'ignore que les relations ne sont pas précisément… – il choisit soigneusement ses mots : Au beau fixe.

Octavio le regarda comme s'il avait reçu une gifle.

– Et où est le rapport ?

– Je me demandais juste si les deux choses ne pouvaient pas être liées. Puis-je vous poser cette question ?

– Je suis un simple soldat, je ne vois pas ce que…

Arturo l'interrompit afin de ne pas lui laisser de répit.

– Vous êtes un membre éminent du Mouvement et vous occupez un poste important à Madrid. Savez-vous qu'il y a des officiers qui se plaignent de ne pas pouvoir diriger une armée où certains soldats commandent plus qu'eux.

– Je ne crois pas que ce soit le cas.

– Alors, je vous propose quelque chose : admettons que ce soit le cas. Écoutez-moi, c'est tout. Et je ne le répéterai pas. Disons que je comprends bien des choses. Je comprends que la Phalange n'est ni de droite ni de gauche et qu'elle se faisait une idée de l'Espagne différente de la conception actuelle, plus innovatrice, allant jusqu'à assimiler les vaincus et penser qu'il y a une révolution à faire ; disons que je comprends que tout le monde dit avoir soutenu José Antonio au théâtre de la Comedia, mais que, par-derrière, on le traite de rouge ; disons que je comprends que les vieux phalangistes continuent à défendre le programme originel mais que les néophytes et la droite traditionnelle ont remisé tout cela dans le magasin des souvenirs et préfèrent le pouvoir, la lente évolution, la médiocrité, en un mot, qu'ils préfèrent

Franco. (En mentionnant aussi imprudemment le Caudillo, Arturo atteignit son but : éveiller l'intérêt d'Octavio.) Oui, disons finalement qu'ils veulent remplacer de brillants intellectuels comme Foxá, Laín Entralgo, Sánchez Mazas... par une poignée de méprisables raseurs, des moins que rien, qui confondent la constipation avec une vie intérieure tourmentée. Cela posé, il y aurait un groupe de patriotes au sein de la Division qui ne voudraient pas que leur sacrifice soit stérile et qui souhaiteraient, après la victoire, que les Allemands utilisent la Division comme le germe de la nouvelle force politique du pays. Je comprends que cette possibilité est maintenant beaucoup plus relative du fait de la situation des fronts, parce que rien de tout cela n'a échappé à Franco qui a commencé à rapatrier les phalangistes les plus importants pour les avoir à l'œil, à sa botte, et qu'après la destitution de Serrano et de Muñoz Grandes, et avec les souffrances que nous endurons, l'enthousiasme s'émousse et il devient de plus en plus difficile de recruter des hommes. Par conséquent, ce groupe de phalangistes pourrait avoir décidé de se charger lui-même de mettre sur pied cette nouvelle Espagne avant qu'il ne soit trop tard. Et c'est là que j'interviens, si j'ignore que les invités se donnent des coups de pied sous la table, je ne ferai qu'avancer à l'aveuglette. J'ai juste besoin d'un oui ou d'un non, c'est très simple. Oui, vraiment. Et comme ça, je n'embêterai plus personne et je ne risquerai pas bêtement ma vie. Oui ou non ?

Octavio plissa les lèvres et renifla.

– C'est une grande question, dit-il, au point que je ne vais pas vous répondre parce que la réponse ne serait jamais à la hauteur.

Arturo sourit.

– Vous devriez m'en dire un peu plus, ne serait-ce que pour éviter que je devienne gênant.

– Qui êtes-vous ?

Sa question commençait à devenir répétitive.

– Moi ? Arturo réfléchit un instant : Je fais partie des bons, improvisa-t-il.

Octavio esquissa un sourire.

– « Prends garde, Dieu te regarde… » fredonna-t-il. Dieu doit drôlement aimer les imbéciles pour ne pas se lasser d'en fabriquer, mais ce ne serait pas un problème s'il ne les expédiait pas tous en Espagne. Oui, Dieu ne nous facilite pas la tâche. Et il faudra faire quelque chose. Quelque chose…

Il ne fit pas mine de continuer. Et Arturo éprouva une sensation d'impatience comme s'il comptait les secondes qu'il venait de passer là. Il sut qu'il n'y avait plus rien à gratter et coupa court à l'entretien.

– J'ai beaucoup aimé votre livre, dit-il modestement, avec sincérité.

– Vraiment ? Je vous remercie.

– Nous cessons d'abord de nous émouvoir des passions des dieux, puis des nôtres… cita-t-il de mémoire.

– C'est inévitable, aussi devons-nous œuvrer pour que la loyauté envers la solde ne remplace pas la loyauté envers le drapeau. Avant – il insista sur ce mot qui voulait dire avant Franco, avant la quincaillerie idéologique, avant toute cette boucherie inutile – il y avait des choses pour lesquelles se battre. Nous ne devons pas les oublier.

Il regarda Arturo avec l'air de savoir des choses que l'autre ignorait, des choses qu'il ne serait pas sain qu'il connût ou dont il n'était pas digne d'être le dépositaire. Et Arturo se sentit conforté dans son opinion qu'Octavio était une énigme supplémentaire à résoudre dans toute cette jungle, mais il n'en avait pas le temps et ce n'était pas dans son intérêt de le faire. Pour l'heure, Octavio Imaz était dans un trou, et la première chose à faire était de cesser de creuser, mais il n'y était pas disposé, pensa Arturo, et il ne le serait jamais. Le pire, c'est qu'il n'était même pas capable de l'admirer. Il finit par détourner les yeux et chercha une formule neutre pour prendre congé.

– Merci beaucoup pour votre aide.

– Il n'y a pas de quoi, répondit Octavio. Et, Arturo… – la phrase inachevée le retint –, ce ne serait pas mal que vous continuiez à enquêter. En fin de compte, il faut bien que quelqu'un fasse justice.

– Ça veut dire oui ou ça veut dire non ?

– Je vous souhaite le bonjour.

Octavio se releva des sacs et fit un salut réglementaire. Puis il ouvrit la porte et attendit qu'Arturo fût sorti pour éteindre la lumière. Dans le couloir, il lui sourit en faisant un mouvement poli et presque imperceptible de la tête avant de se diriger vers le bureau de la Waterman. Arturo le vit s'éloigner et pensa qu'effectivement le Seigneur ne distribuait pas ses dons de manière équitable. À tout point de vue. Il ajusta son casque avec soin et tira sur son uniforme. Pour affronter l'incertitude qui se dressait devant lui, il était indispensable de décanter les éléments afin de garder ce qui était logiquement viable en partant de l'imagination et en passant par la vraisemblance pour en arriver à la probabilité, et qu'est-ce qui était le plus probable ? se demanda-t-il. Il trouva tout seul la réponse : que le salaud qui liquidait des gars de la Division pouvait être n'importe qui. Malgré tout, Arturo ne manqua pas de tracer une ligne qui, lentement, reliait l'un après l'autre tous les points connus pour parvenir à cerner ce qui ressemblait le plus à une vérité. Le point suivant serait Paramio Pont.

Il eut de la chance. Après s'être adressé à des sous-officiers, on lui indiqua un bâtiment adjacent, sorte de dépendance qui avait servi de logement pour la domesticité, en lui confirmant qu'il avait de grandes chances d'y rencontrer Paramio Pont. Arturo ressortit et longea le quartier général ; le disque du soleil qui apparaissait par transparence dans le ciel gris laissait filtrer en sourdine une lumière glaciale. La dépendance en question, une petite construction massive édifiée avec la pierre et les matériaux de surplus du palais, se situait derrière le bâtiment principal ; son affectation comme siège de la compagnie de propagande témoignait de l'importance accordée par le Reich à la création sophistiquée du docteur Goebbels. Ce n'était que justice, jugea Arturo, étant donné qu'à la faveur des circonstances l'homme avait contribué à faire d'un obscur petit caporal de l'armée le Führer d'un peuple de cinquante-cinq millions d'individus. Arturo déclina son identité au soldat qui montait la garde à la porte puis entra dans le bâtiment. Il s'attendait à trouver une plus grande activité dans la salle autour de laquelle se répartissaient les diverses sections, peinture, photographie, presse… Un soldat solitaire le croisa, un dossier à la main, et lui expliqua qu'une partie du personnel était allée couvrir une remise de médailles à « Carlos Gardel », c'est-à-dire à Krasnogvardeisk, selon l'habitude d'espagnoliser les noms russes ; les autres assistaient à une réunion dont ils ne tarderaient pas à sortir. Paramio Pont était parmi eux, et Arturo pouvait l'attendre sur place. Il accrocha son casque à une patère fixée au mur, prit une chaise et s'assit dans un coin de la salle. Il y avait là d'énormes piles de journaux et de revues. En les feuilletant, Arturo constatait toujours la même chose : la Wehrmacht n'était jamais vaincue, elle essuyait juste des revers, et elle ne menait pas une guerre de position, elle adoptait une défense mobile. Ce mélange d'intoxication et d'autosuggestion qui se déclinait en centaines de nuances constituait le style caractéristique de la propagande nazie. Arturo avait toujours été impressionné par la capacité de ses alchimistes à modifier la valeur des mots et des images ou, ce qui revenait au même, à créer la réalité. Il pensa toutefois que les nazis n'en étaient pas à eux seuls les artisans ou les responsables, car la qualité d'un mensonge de cette envergure ne faisait pas tout, encore fallait-il que les gens eussent envie d'être abusés. Il en était là de ses réflexions, lorsqu'une porte s'ouvrit à l'autre bout de la salle sur une file indienne de soldats qui sortirent en silence. Arturo se leva, repéra Paramio et se dirigea vers lui ; il le salua et lui présenta le document de Navajas del Río qui n'était plus qu'un chiffon de papier. Pendant qu'il le lisait, Arturo observa son petit visage de souris, son physique nerveux aux longs bras, et lui donna la quarantaine. Il en conclut qu'il avait l'air d'un type sympathique quoiqu'un peu impulsif. Des rides indécises creusèrent le front du photographe.

– Qu'est-ce que vous voulez ?

Il parlait vite sans faire de pause.

– Voir les photos d'Agustín Covisa et vous poser deux ou trois questions. Je ne vous dérangerai pas longtemps.

– Vous ne me dérangez pas, fit l'autre en souriant. Pas le moins du monde !

Il enfonça les mains dans ses poches et le précéda en direction de l'aile gauche du bâtiment.

– Sa tête ne me dit rien, lâcha-t-il comme un prêtre qui connaîtrait tous ses fidèles et s'étonnerait d'un nouveau visage.

– On ne peut pas connaître toute la Division, répliqua Arturo.

– Si, si, on peut, objecta Paramio.

– Ne me dites pas que vous connaissez tous les gars ! s'exclama Arturo.

– Tous ceux qui se sont fait photographier, si, assura Paramio.

Arturo ne sut pas s'il plaisantait.

– Vous, par exemple, vous ne l'avez pas fait, ajouta-t-il avec un petit rire étouffé.

– Je ne suis pas photogénique, expliqua Arturo.

Le photographe ne répondit pas et ils entrèrent dans une pièce. Une odeur âcre envahit aussitôt leurs narines, et la lumière qui entrait à flots par la baie ouverte dans le mur éclaira de grandes tables couvertes de cuves à demi remplies de révélateur, de flacons de différentes tailles, de massicots, de loupes... et, au-dessus d'eux, une toile d'araignée de fils en guise de séchoir où étaient suspendues de longues bandes de pellicule et des photographies qui séchaient. Paramio se déplaçait entre ces parcelles de réalité de façon quasi épileptique, il se mettait un crayon sur l'oreille, manipulait l'objectif d'un Leica... On voyait qu'il était dans son élément, étrangement heureux. Arturo en profita pour jeter un coup d'œil aux photos. La plupart avaient été prises par des amateurs dans le seul but de donner à leur fiancée, à leurs parents ou amis, soit une occasion de se souvenir, soit un motif de fierté devant leurs classiques poses martiales, armes braquées, sur fond de carte postale de la cathédrale Sainte-Sophie, du kremlin de Novgorod ou des palais et datchas de Pouchkine. Curieusement, parmi toutes ces photographies, aucune n'évoquait l'état réel des choses ; pas un seul cliché de l'infini neigeux qui s'étendait autour d'eux, pas un seul barbelé, pas une seule des centaines d'épaves noircies qui jonchaient les plaines, de même qu'ils ne parlaient jamais dans leurs lettres du sang, de la peur, de la faim, et des chaussettes qu'ils n'avaient pas retirées depuis cinq mois.

– Vous qui disiez que vous n'aimiez pas les photos ! commenta Paramio avec bonne humeur.

– Vous m'avez mal compris, fit Arturo en regardant pardessus son épaule. J'aime regarder des photos ; ce qui me déplaît, c'est de m'y voir.

– C'est curieux ! Comme certains paysans.

– Qui ?

– Certains moujiks ne bronchent même pas quand l'artillerie les pilonne ou que les avions arrivent et pourtant ils se mettent à trembler devant un appareil photo.

– Pourquoi ?

– Ils croient que je vais leur voler leur âme.

Arturo observa de nouveau tous ces fragments de vies ; bien que récents, ils paraissaient déjà avoir cette patine ancienne qui fait que toutes les photos prises il y a longtemps finissent par se ressembler.

– Ce n'est pas si bête – il changea de conversation : Vous êtes très estimé dans la Division, vous le saviez ?

Paramio fourra les mains dans ses poches et rentra le cou dans les épaules.

– C'est très aimable de votre part, mais les gars n'ont pas le choix. Je suis le seul.

Arturo sourit et Paramio lui rendit son sourire, découvrant un espace édenté au milieu de sa bouche.

– Mais on voit que vous aimez ce que vous faites.

– Oui, oui, ça me plaît. Je ne sais rien faire d'autre.

– Et il y a longtemps que vous êtes dans la photo ?

– Longtemps ? Depuis toujours. J'ai gagné un appareil photo dans une tombola quand j'avais quinze ans, et depuis je suis mordu. Par la suite, j'ai fait un stage dans un studio pour apprendre le métier, à une époque où il n'y avait que des appareils à plaques, vous vous souvenez ? Puis je me suis établi à mon compte. Comme photographe ambulant, j'ai parcouru l'Espagne de long en large, et en diagonale aussi ! Ensuite j'ai travaillé pour des journaux à Madrid, après j'ai ouvert un studio, et puis la guerre est arrivée, j'ai dû fermer boutique et me voilà ici. J'ai la bougeotte !

Il sortit une main de sa poche pour attraper le crayon sur son oreille et se mit à fourrager dans la touffe de poils qui y poussait. Arturo trouva cela plutôt déplaisant, mais ce n'était pas cher payé pour un bavardage qui tranchait sur l'autisme quasi général des hommes qu'il interrogeait.

– Hier vous êtes allé à Molevo, lança-t-il, l'air de rien.

– Quelle horreur ! J'en ai pourtant vu de toutes les couleurs…

– Je me demandais si vous aviez déjà les photos.

– Presque toutes. Il doit m'en rester quelques-unes à tirer.

– Parfait. Mais je voudrais d'abord vous parler.

– Comme vous voudrez.

Paramio retira le crayon de son oreille et le fit tourner entre ses doigts pour faire tomber la croûte de cire collée au bout.

– Voilà... Quand j'ai vu vos photos, j'ai pensé à quelque chose... J'ai pensé que pour les faire, il faut savoir regarder, bien regarder, je veux dire. Et je me suis dit qu'en les prenant vous aviez pu voir un détail qui m'aurait échappé. Que pouvez-vous me dire sur Agustín Covisa ?

– Le mort, dit l'autre en posant son crayon. Même si ça vous étonne, j'ai beaucoup réfléchi à cet Agustín. Et aussi à la première victime... – il tenta vaguement de retrouver son nom, sans y parvenir. Écoutez, c'est arrivé il y a assez longtemps, en mai 35, je crois... ça n'est peut-être qu'une coïncidence, je ne sais pas, mais ça n'est pas banal.

– Quoi donc ?

– Je travaillais pour *ABC*, à l'époque où *ABC* était rouge, vous vous souvenez ? Qui aurait cru ça ! Il y avait «Vive la République» en toutes lettres sur la première page et on n'était payé que si la photo était publiée, autrement dit, on crevait de faim. Un jour, on m'a envoyé rue d'Alcalá, je ne sais pas si vous vous rappelez que dans cette rue-là il y avait une agence de voyages, Cook, elle s'appelait. Vous connaissez Madrid, n'est-ce pas ?

– Oui, oui, continuez.

– Cette agence était très connue, sa vitrine était pleine de locomotives et de paquebots que j'adorais regarder, surtout les publicités pour les croisières dans les pays scandinaves, à cause du soleil de minuit, vous imaginez...

– Non, mais poursuivez.

– Bon, eh bien, on avait découvert un cadavre dans l'arrière-boutique. Moi, on m'y avait envoyé pour faire quelques photos, c'était la routine. Mais voilà-t-il pas qu'on avait coupé la tête du macchabée et qu'on lui avait incisé les yeux, comme dans ce film du chien andalou quand l'humeur du cristallin s'écoule de l'œil. Mais en plus, tout ça avait été fait très proprement, presque sans trace de sang, et la tête avait été placée sur la table du bureau, comme celles qu'on met sur le marbre des boucheries. Alors, quand j'ai vu le dénommé Agustín, je me suis dit : Merde alors ! ça ressemble à l'autre fois, c'est peut-être bien le même cinglé. Vous ne trouvez pas que c'est une drôle de coïncidence ?

Le récit de Paramio confirmait à Arturo que les coïncidences n'existaient pas, que tout s'organisait selon une connexion significative et secrète, même si le mystérieux scénariste de la vie était un type plutôt kitsch. D'après Octavio Imaz, il s'agissait du rituel pour exécuter les frères du quatrième grade. Il ne faisait aucun doute que le propriétaire de l'agence était franc-maçon. Quelle faute avait-il commise ?

– Une hirondelle ne fait pas le printemps, répliqua Arturo avec un haussement d'épaules, sans révéler ses pensées.

– C'est possible, mais le plus étrange, c'est que pendant qu'on était en train de faire notre boulot, deux individus en civil sont arrivés et ont renvoyé tout le monde, ils ont fait dégager la rue par la police et fermer la boutique, et moi, ils m'ont confisqué ma pellicule et m'ont dit que j'avais intérêt à la fermer si je ne voulais pas faire un petit séjour dans les cachots de la Sûreté, et que je me le tienne pour dit, allez ouste ! Le lendemain, les journaux n'en ont pas parlé et la radio non plus.

Arturo ne jugea pas nécessaire d'éclairer la lanterne de Paramio sur la franc-maçonnerie. Il accorda un minimum d'intérêt à ses commentaires et se frotta une joue de la main.

– Rien d'autre ?

– Pour autant que je m'en souvienne…

– Très bien. Je peux voir ces photos ?

– Oui, mais je vous ai dit que je ne les avais pas toutes développées.

– On peut le faire maintenant.

Paramio tergiversa, ne sachant s'il devait l'accepter dans son laboratoire ou le prier d'attendre dehors. Arturo comprit sa réticence.

– Je ne vous gênerai pas, assura-t-il.

La réponse détournée, hésitante de Paramio et sa façon de faire craquer ses jointures en appuyant le poing droit contre sa paume gauche montraient qu'il était encore empêtré dans le marasme de son indécision. Finalement, il fit à Arturo un clin d'œil amical et retrouva ses mouvements nerveux de souris pour l'inviter, d'un imperceptible signe de la tête, à se diriger vers une porte au fond de la pièce. Le seuil franchi, ils se retrouvèrent dans une sorte de sas où deux personnes ne pouvaient pas se tenir de front, et s'y firent une place l'un après l'autre en se serrant à grand-peine pour pouvoir refermer la porte. Un claquement sec, une ligne rougeâtre verticale le long de la porte suivante et, lorsqu'ils entrèrent, une pénombre écarlate les enveloppa. La pièce était un peu plus grande que la mansarde d'Arturo et ils s'installèrent sous les ampoules peintes en rouge et l'enchevêtrement de fils où pendaient des pellicules et des photos encore tout humides. Des fantômes noirs, blancs et rosâtres flottant en l'air, illustrant à la perfection la vocation du lieu : transformer la nostalgie agressive en nostalgie mélancolique. «Au boulot!» murmura Paramio. Il passa quelques minutes sur l'agrandisseur à insoler les sels d'argent sur un rectangle de papier puis il se plaça à côté des étagères, où des cuves à moitié remplies de liquides dégageaient une odeur acide, pour accomplir un rituel dans lequel la minutie de ses mouvements n'avait plus rien à voir avec la tension impérieuse qui l'avait précédée. Parfaitement synchronisées avec son regard aguerri, ses mains plongèrent, à l'aide d'une pince de bois, le rectangle de pellicule sensible dans une cuve de révélateur, le faisant glisser presque amoureusement sur le fond. Arturo, ensanglanté par la lueur rubis des ampoules, se tenait totalement immobile tandis qu'il assistait à la chimie surnaturelle cristallisant le désir humain d'arrêter le temps. Graduellement, le visage d'Agustín Covisa surgit de l'éternité ; d'abord flou puis de plus en plus précis, jusqu'à l'instant où le portrait du soldat mort émergea avec netteté de la liquéfaction des restes du néant. Arturo ne fit rien pour cacher son admiration.

– Incroyable !

Paramio acquiesça avec un renouveau d'enthousiasme.

– L'apparition des fées. J'appelle ça comme ça.

Il sortit délicatement la photographie ruisselante, la plongea dans un bain d'acide acétique puis dans le fixateur et enfin dans un dernier bac rempli d'eau pour éliminer les restes des solutions précédentes. Il l'accrocha ensuite au séchoir et ils l'observèrent de concert en y cherchant quelque chose qu'ils n'auraient pas vu à Molevo. N'ayant rien trouvé, Paramio pratiqua la même nécromancie sur les négatifs suivants. Une heure passa, aussi insensiblement que le mouvement d'un tournesol. À la dernière photographie, prise de si près que les yeux d'Agustín paraissaient les scruter, Arturo eut une inspiration.

– On dit que le visage de l'assassin reste inscrit sur la rétine de sa victime. On pourrait faire un agrandissement.

Il dit cela avec beaucoup de conviction, mais la façon dont Paramio haussa les sourcils ramena vertement à la raison sa croyance puérile.

– Les gens ne manquent pas d'imagination, assena ce dernier en plissant son museau de souris.

Arturo rendit grâce à la teinte providentielle de la lumière qui camoufla la soudaine rougeur de ses joues. Il maudit une fois de plus son imprévisible candeur. Cependant, Paramio se pencha avec précaution sur un bac et colla presque le nez à la pellicule humide qui recouvrait la photo. L'air mécontent, il fouilla parmi des négatifs avant de trouver une loupe de taille moyenne qu'il approcha du visage d'Agustín

Covisa. Quelques secondes plus tard, la loupe semblait faire partie de lui-même, tandis qu'il marmottait quelque chose. Arturo s'intéressa à ses divagations.

– La lumière, répondit Paramio avec satisfaction. Regardez.

Il lui tendit la loupe et ils effectuèrent une espèce de pas de deux pour tourner dans le réduit afin qu'Arturo pût se placer devant la photographie.

– Regardez les yeux, regardez-les bien ! conseilla-t-il.

Arturo approcha la loupe du grain noir et blanc ; malgré toute son attention, il n'arriva à distinguer que deux yeux clairs.

– Qu'est-ce que je suis censé voir ? demanda-t-il.

– De la lumière, insista Paramio. Il y avait de la lumière !

Arturo ne comprenait toujours pas où il voulait en venir. Paramio s'en aperçut et lui prit la loupe pour la placer sur un des yeux du cadavre.

– La pupille est contractée. C'est bizarre parce que si vous me dites qu'on l'a tué vers quatre heures, la nuit tombait. Quand moi je suis arrivé, il faisait sombre ; j'ai même dû utiliser le flash.

– Où voulez-vous en venir ?

– Il y avait quelque chose qui l'éclairait pendant qu'il mourait.

– Je ne vois pas ce que vous voulez dire.

– Qu'il y avait un brasier, du feu, quoi !

– Mais on n'a rien trouvé.

– Les pupilles sont contractées, dit l'autre, comme s'il n'y avait rien à ajouter.

Arturo s'en remit entièrement à sa raison. Il était pratiquement certain que, dans son exposé, Octavio Imaz n'avait pas mentionné la lumière comme élément des rituels. Comment expliquer cela, alors ? Il n'attacha guère d'importance à ce détail, mais il s'en souviendrait.

– J'en prends bonne note. Vous pourriez me donner une copie ?

– Prenez celle-ci, j'en tirerai une autre pour moi. Mais il faut attendre un peu, elle est encore humide.

– Dans combien de temps croyez-vous qu'elle sera sèche ?

– Vingt minutes tout au plus.

– Eh bien, attendons.

Paramio acquiesça et sortit le premier. Une fois dans l'autre pièce, il prit une pipe qui se trouvait sur une table, à côté d'un margeur, et en tapota le fourneau contre la paume de sa main pour s'assurer qu'il n'y restait plus de cendre.

– La lumière, conclut-il, la lumière, c'est le plus important ; ce n'est pas pour rien que Dieu Notre Seigneur l'a créée en premier.

Il prit une blague à tabac et se mit à bourrer sa pipe.

– Et vous, où en êtes-vous ?

Arturo remarqua que la question posée n'était pas dictée par les habituels défauts espagnols : le goût du commérage ou la curiosité malsaine. Ce fut peut-être ce qui l'incita à la sincérité.

– Je suis bien emmerdé.

Compatissant, le photographe sourit en découvrant de nouveau le trou de sa denture. Il alluma sa pipe. La savoureuse odeur du tabac se répandit dans toute la pièce.

– Je ne sais pas pourquoi le tabac a meilleur goût ici qu'en Espagne, dit-il en contemplant les premières volutes de fumée.

Tandis que Paramio se concentrait sur sa pipe, Arturo fit le tour de la pièce, fouinant çà et là, avant de repérer deux appareils, des Leica, l'objectif pointé vers le plafond. Il se rappela l'étrange passe-temps de Paramio qui aimait se perdre dans Pouchkine.

– On raconte que vous risquez votre peau pour prendre des photos… dit-il pour passer le temps, en désignant les appareils.

– Je fais un album en marge des photos de travail. Il tira

sur sa pipe puis, en pointant le tuyau, il lui indiqua un tas de chemises : Ouvrez celle-là.

Arturo s'approcha de la chemise en question et tira sur son élastique. Elle renfermait diverses sortes de photographies, mais surtout des portraits de soldats dont certains posaient et d'autres étaient pris de biais, apparemment à leur insu. Arturo en prit une et la montra à Paramio, l'air interrogateur.

– Non, excusez-moi, je me suis trompé, c'est l'autre chemise. Celle-ci appartient à Cecilio.

– Le Méti... Arturo se reprit à temps : Heu ! le sergent Cecilio ? demanda-t-il, surpris.

– Oui, le sergent. Il m'apporte beaucoup de photos à développer, il aime beaucoup ça.

– Ça alors, quel hasard !

Il était loin d'imaginer une facette ludique chez le Méticuleux. Il referma docilement la chemise et prit celle d'à côté. Elle contenait de nombreuses photographies. Il en fit défiler quelques-unes : un ruisseau où flottaient des milliers de pétales blancs et roses ; des vagues sur un lac, immobilisées, gelées dans un fragile équilibre thermique ; des toiles d'araignée où la pluie avait collé des pétales qui gouttaient ; des soldats faisant des paellas ou se frottant énergiquement de neige fraîche, en plein mois de janvier, au grand étonnement des autochtones... ; toutes étaient belles ou agréables, mais soudain les images se mirent à changer. Elles devinrent sombres, sinistres, des soldats russes enfouis dans la neige jusqu'au ventre, immobiles, tendant le bras droit pour montrer le chemin, des morts que les Allemands utilisaient comme poteaux indicateurs ; des rangées de maisons découvrant leurs entrailles, entourées de décombres noircis ; des tanks éventrés dont les chauffeurs déchiquetés gisaient sur les tourelles ; l'humiliation dans les yeux des amputés, à l'hôpital, qui disait non seulement la perte d'un membre mais aussi celle de la fierté ; des fillettes russes qui enveloppaient des grenades à manche dans des morceaux de tissu comme si c'étaient des poupées... Tout ce qui ne paraîtrait jamais dans les revues ou les journaux et qui confirmait que la photographie ne faisait pas que témoigner de la réalité, elle pouvait aussi la manipuler. Arturo regarda Paramio qui savourait le plaisir de voir le trouble de son interlocuteur. Ce fut alors qu'on frappa à la porte avec insistance. Le photographe laissa sa pipe en équilibre sur la table et alla ouvrir. Il s'entretint quelques instants avec un soldat et revint.

– Je dois partir, j'ai à faire. Attendez une minute.

Il se dirigea vers la chambre noire et ne tarda pas à en rapporter son épreuve encore un peu humide. Il la manipula comme si c'était une feuille d'or et l'introduisit dans un plastique avant de la lui remettre.

– Tenez. Et prenez votre mal en patience. Elle vient à bout de tout.

– Je n'en ai plus beaucoup, se plaignit Arturo. Je n'ai rien d'un saint !

– La patience n'a rien à voir avec la sainteté, lui dit Paramio, surpris.

– Avec quoi, sinon ?

– Avec l'intelligence, pour sûr.

Il reprit sa pipe, son équipement et ses appareils. Arturo lui emboîta le pas et ils se séparèrent à l'entrée du bâtiment. Une fois seul, il chercha le soleil comme s'il l'avait perdu ; celui-ci perçait à grand-peine le voile blanc qui opacifiait le ciel. Au loin, il distingua les points mobiles de plusieurs avions ; trois formations en V de stukas qui partaient bombarder Leningrad. Il les suivit des yeux tant qu'ils furent visibles. Il se demandait comment il allait rentrer à Mestelevo, lorsque quelque chose attira son attention. Sur l'avant-toit du bâtiment, un oiseau blanc, au bec court, à gorge et queue bleues ; une petite boule de duvet qui plana avant de se poser sur la neige, avança en sautillant, picora, folâtra, et laissa de délicates empreintes. Après quelques bonds, l'oiseau se tint immobile tandis qu'un vent léger caressait ses plumes, puis il déploya ses ailes avant de reprendre son vol. Tant de beauté dans le monde, qui coïncidait si rarement avec un instant de paix. Il pensa aux photos. Les belles. Les grotesques. Il pensa à Zira. Eux aussi volaient, mais ils volaient bas, beaucoup plus bas.

Le camion qui le ramenait à Mestelevo s'arrêta au milieu de l'inhabituelle frénésie qui s'était emparée du cantonnement ; unités motorisées, imposante artillerie tractée, soldats circulant en colonnes, s'entassant sur des chars ou juchés sur les prolonges de canons antiaériens… Arturo esquiva comme il put toute cette agitation et regagna sa mansarde. En arrivant, il trouva Espinosa qui l'attendait devant la porte. La fatigue se lisait sur leurs visages et ils parlèrent à peine ; après le salut de rigueur, ils entrèrent dans la chambre et s'assirent sur le lit et la chaise, l'un en face de l'autre. Espinosa sortit une flasque métallique, en dévissa le bouchon, y versa deux doigts de vodka et l'offrit à Arturo. Celui-ci l'appuya contre le bord de ses lèvres, rejeta la tête en arrière pour expédier le liquide directement dans sa gorge sans toucher le palais. Ensuite, le sergent le remplit pour lui-même et exécuta un mouvement identique. Puis il revissa le bouchon, rangea la flasque et rompit le silence.

– Le capitaine Larios vous salue et vous conseille de continuer à chercher du côté de la passion. Il m'a dit que vous comprendriez.

– J'ai l'impression de ne plus rien comprendre du tout, dit Arturo, subitement découragé.

– Vous ne comprenez pas ou vous n'avez plus envie de comprendre ?

Espinosa, qui n'en ratait pas une, comptabilisait ses sarcasmes comme autant d'encoches sur un fusil.

Arturo lui lança un regard las.

– Merci, répondit-il.

– Et pourquoi donc ?

– Parce que vous ne me plaignez pas.

– Vous ne voulez pas qu'on vous plaigne.

– Peut-être bien que si.

Espinosa se raidit soudain, ce qui accentua son profil de prédateur.

– Certainement pas !

Peut-être bien que si, se répéta Arturo.

– De toute façon, c'est sans importance, poursuivit Espinosa, parce qu'il faut qu'on se dépêche. Nous n'avons plus beaucoup de temps devant nous.

– Où en sont les Russes ?

– Ils vont jouer le tout pour le tout, reste à savoir quand ils vont attaquer. Hier, un autre espion s'est fait coincer au QG et il ne se passe pas de jour sans que ça chauffe, à un moment ou à un autre !

– C'est donc la course contre la montre.

– Vous avez autre chose à faire ?

– Partir en vacances, gagner à la loterie…

– On dirait que vous commencez à aller mieux !

– Nécessité fait loi…

Espinosa esquissa un sourire ; ce jour-là, son ulcère semblait lui avoir accordé une trêve.

– Pour ce qui est du cadavre d'Agustín Covisa, il n'y a pas grand-chose, commença-t-il. On lui a arraché le cœur bien proprement avec un couteau ou quelque chose d'assez semblable. La cause du décès ne fait aucun doute ; quant à l'heure, le capitaine Larios confirme que le crime a eu lieu entre quatorze et seize heures.

Il s'interrompit une seconde pour récapituler ce qu'il avait en tête.

– Le corps ne s'est pas vidé de son sang, reprit-il, et il n'y a pas de traces de violence, sauf aux poignets celles des cordes avec lesquelles il a été attaché et la phrase qu'on lui a gravée sur la peau. Le travail n'a pas été aussi soigné que pour le précédent, mais il a été tout aussi efficace.

Arturo pensa aux pupilles d'Agustín Covisa.

– Le capitaine a dit quelque chose au sujet de ses yeux?

– Par exemple?

– Je ne sais pas, il y a fait allusion?

– Non, il n'en a pas parlé.

– Et l'entourage d'Agustín Covisa, qu'est-ce que ça donne?

– J'ai posé des questions par-ci par-là. C'était un type populaire, blagueur, bien vu. Il buvait sans excès et n'était pas du genre à pratiquer la violeta. Tout le contraire de Luis del Águila.

– Savez-vous s'il était nerveux ou s'il se comportait de façon anormale?

– Pas que je sache.

– C'est curieux. Une fois Luis del Águila éliminé, si Covisa avait trempé dans la même histoire, il ne serait pas resté les bras croisés. Enfin… Est-ce qu'il fréquentait l'aumônier?

À la mention du père Ramón, un éclair passa dans les yeux d'Espinosa.

– Je n'en ai pas entendu parler, répondit-il.

Arturo acquiesça et montra le sac sur le lit.

– J'ai inspecté ses affaires. Rien, du vent. Quant aux résultats de mes recherches…

Il ne lui fallut que quelques secondes pour déterminer ce qu'Espinosa devait ou non savoir sur ses investigations, et inclure les précisions d'Octavio dans les choses à lui dire. Il en fit un récit très détaillé.

– Autrement dit, résuma Espinosa, ce Ricardo Guerra avait raison avec son histoire de francs-maçons.

– De perfectibilistes.

– Perfec… ce que vous voudrez! On peut donc définitivement écarter une autre guerre civile.

– Oui, je pense qu'on peut se fier à ce que dit Octavio

Imaz, sinon il y aurait match nul entre les phalangistes et l'armée, et ce serait bien étonnant qu'ils se renvoient mutuellement la balle avec les mêmes armes.

– Alors, qui cherchons-nous ?

– Si j'en crois Afanasi, un grand type maigre, suffisamment costaud pour porter Luis del Águila. C'est aussi quelqu'un qui exécute une vengeance selon le rite maçonnique, un fou furieux qui s'est acharné sur Luis et a eu une violente altercation avec Agustín Covisa. Oui, c'est quelqu'un de très malin, qui va et vient à sa guise et qui est très vraisemblablement de Valence.

– Je suis de Valence, fit remarquer Espinosa.

– Je sais, je ne voulais pas vous mettre dans l'embarras.

– Ce jour-là, j'étais à « Carlos Gardel » avec la commission de ravitaillement. Il y a des gens qui peuvent le confirmer.

– Merci. Voilà, vous savez tout sur le type qu'on cherche.

– Et maintenant ?

Il avait à peine posé sa question que le téléphone sonnait bruyamment. Arturo décrocha. Après avoir écouté en silence quelques instants, au cours desquels son visage se pétrifia de plus en plus, il raccrocha et regarda Espinosa.

– Maintenant ? répéta Arturo en prenant la lettre de Luis del Águila pour la ranger avec la photo d'Agustín Covisa. Maintenant on va voir des choses qu'on ne pourra pas oublier.

11

Les pilotes de chasse adorent la pleine lune

On y voyait comme en plein jour. Les puissants faisceaux lumineux des réflecteurs fouillaient le ciel avec une variété de couleurs et de mouvements vraiment hallucinante, suivant qu'ils atteignaient un nuage, un avion ou l'obscurité. Des vagues de Junkers se succédaient sur Leningrad portant l'horreur dans leurs ventres, tandis que la DCA les poursuivait en faisant éclore dans le ciel de soudaines roses de poudre. Les bombardements nocturnes s'effectuaient toujours avec la même ponctualité : de huit heures du soir à quatre heures du matin, la Luftwaffe lâchait bombe sur bombe pour martyriser la ville, tant physiquement que psychologiquement. Le ténébreux spectacle n'était cependant pas dénué d'une beauté perverse : étranges fulgurances rougeâtres, éclairages spectraux, grands fantômes phosphorescents. La nuit se consumait comme une feuille dans le feu, mais aucun œil humain ne pouvait se soustraire, du moins pour quelques brefs instants, à la vision de son embrasement. Parmi les milliers d'yeux témoins de ce spectacle, il y avait ceux d'Arturo qui n'avait qu'une idée en tête : quelque part, d'autres yeux contemplaient la même chose, ceux de l'assassin.

– Allons-y. Il n'y a pas de temps à perdre.

Le soldat qui le pressait ainsi était passé le prendre en

voiture après qu'une voix mystérieuse lui eut indiqué une heure et un lieu, conformément à ce que lui avait promis le commandant Reyes Zarauza ; il l'avait ensuite emmené vers Krasny Bor. Durant le trajet, il avait remis un dossier sommaire sur Galo Rodríguez, alias Tiroliro, à Arturo, qui l'avait lu avec attention. D'après le document, l'homme commandait une section de combat du 262e à la fabrique aux crocodiles, la position la plus terrible de tout le front. Décoré à plusieurs reprises pour son courage, redouté autant par ses ennemis que par ses amis, son talent pour tenir la camarde en échec n'était que l'avant-dernier chapitre d'une vie entièrement consacrée à jouer contre elle une partie personnelle et acharnée. En Espagne, la guerre l'avait surpris à El Escorial où il avait été arrêté ainsi que son père et ses deux frères. D'abord incarcérés à San Antón, ils avaient finalement été les protagonistes des sordides événements de Paracuellos del Jarama. Après avoir été témoin de la mort des siens, fusillés par les milices populaires, il s'était lui aussi retrouvé, à peine âgé de vingt ans, devant un peloton d'exécution. Une seconde avant d'entendre les coups de feu, il s'était évanoui de terreur, puis, à la faveur de l'agitation frénétique et sinistre qui régnait ce jour-là, il avait été enterré vivant dans une fosse sous un tas de cadavres. Lorsqu'il était revenu à lui, il avait dû rester des heures et des heures sans bouger, attendant, dans cette terrible épreuve, de pouvoir se dégager furtivement d'entre les morts à la faveur de la nuit. Qui sème le vent récolte la tempête : Galo Rodríguez avait basculé et il avait dès lors manifesté un comportement inquiétant et une haine fanatique du communisme.

À un moment donné, sur le trajet, ils avaient abandonné la route pour s'engager sur un chemin de rondins qui s'enfonçait dans le bois. Au bout d'un tunnel végétal, ils aperçurent un groupe d'isbas ; à moins de cent mètres, une sentinelle les arrêta et leur demanda le mot de passe.

Une énorme pleine lune commençait à s'élever dans le ciel, concrétisant chaque homme et chaque objet et permettant à Arturo de distinguer aux alentours deux autres patrouilles; c'est alors qu'il pensa que les choses devenaient sérieuses. Le soldat répondit avec précision et les autres lui ordonnèrent de garer la voiture. Ils confisquèrent l'arme d'Arturo et le guidèrent en restant toujours un pas derrière lui.

– Allez, allez, répéta le soldat.

Il cessa de contempler Leningrad et reprit sa marche. Il faisait tellement froid que ses guides devaient protéger leurs fusils-mitrailleurs et lorsqu'ils arrivèrent devant l'entrée de l'isba la plus éloignée, où un étrange écriteau en français, « FRISEUR », indiquait sa surréaliste condition antérieure de coiffeur pour dames, ils étaient tout engourdis. Là, le rituel des mots de passe se répéta. Ils entrèrent et trouvèrent un intérieur semblable à celui de toutes les isbas : la même pénurie, la même odeur d'humidité, les mêmes bougies Hindenburg et une petite veilleuse éclairant une Vierge de Kazan. Sous son regard réprobateur, autour d'une sorte de maître de cérémonie, huit joueurs de violeta étaient assis sur le sol de terre battue, entourés eux aussi d'un autre cercle constitué par le public nombreux venu surtout pour parier. On aurait dit la Société des Nations : soldats en uniforme de l'armée alliée finlandaise, vlassovistes russes, membres des unités turques, croates, flamandes, roumaines, norvégiennes… et, bien entendu, SS allemands et soldats espagnols. Arturo était arrivé à temps pour assister au début d'une partie. Il se mêla à l'assistance et observa l'officiant qui montrait à la ronde un Nagant soviétique, en ouvrait le barillet et y logeait une balle. Puis il le referma d'un claquement sec, fit tourner le cylindre et le cacha d'une main avant de tendre l'arme à l'un des joueurs. Celui-ci empoigna le revolver avec décision; la tension devint aussi palpable que l'atmosphère asphyxiante; l'homme portait un bonnet de peau de chèvre, des bottes lapones en cuir de renne avec la pointe retroussée, et ses traits étaient durs, osseux, beaux, dignes d'un héros du *Kalevala*[1]. Sans hésiter, il appuya le canon du revolver sous son menton et pressa la détente. Le déclic du percuteur à vide provoqua instantanément un murmure, un tremblement des corps et un échange d'argent. Sans autres considérations, l'officiant récupéra l'arme et respecta la même liturgie avec chacun des participants, sans qu'aucun d'entre eux découvrît l'éternité. Quand le dernier coup résonna dans le vide, le soldat qui accompagnait Arturo lui indiqua dans un murmure que l'un des hommes, un type petit et laid, était Tiroliro. Arturo prit soudain conscience qu'il risquait de perdre un témoin capital et qu'il était stupide de n'avoir pas pensé que Tiroliro pourrait être en train de jouer. Il tenta de rattraper cette monumentale bévue en se frayant un passage parmi les spectateurs, mais le soldat le tira par le bras et le menaça à voix basse : « Il est interdit d'interrompre la violeta. » Arturo n'eut pas le temps de discuter ; une autre balle avait été placée dans une chambre du barillet, prélude au deuxième tour lors duquel personne ne vit non plus les orbites vides de la mort. La troisième balle fut introduite sans solution de continuité ; tout le monde savait que les probabilités étaient de plus en plus restreintes. Lorsque vint son tour, Tiroliro resta de marbre comme les fois précédentes, son expression ne s'altéra même pas quand une violente détonation résonna à côté de lui, éclaboussant d'une pluie de sang et de cervelle les spectateurs qui s'entassaient derrière le joueur malheureux. Pour la première fois, la mort avait triangulé la poudre, le métal et le hasard ; le bal des vautours s'intensifia. On emporta le cadavre et le cercle se resserra. Et ce fut tout. Arturo serra les dents avec dégoût, mais fit bonne figure, animé du désir contradictoire de ne voir mourir personne

1. Épopée nationale finlandaise publiée par Elias Lönnrot en 1849, réunissant des poèmes populaires.

ou bien tous, sauf Galo. Le spectacle barbare se poursuivit et il ne resta plus que Tiroliro, un Turc et une seule chambre vide. Le silence était si profond que l'on aurait presque pu compter les pulsations du sang dans leurs veines, l'arbitre exécuta de nouveau son cérémonial comme un prêtre rendant un culte à un dieu couvert de pansements et de sang. Galo devait commencer. Il ne prit même pas le temps de réfléchir ; d'un geste précis, il appuya immédiatement sur la détente, sans même un battement de paupières. Cette fois, un murmure, mélange de crainte admirative et de stupeur, parcourut la pièce. C'était le tour du Turc ; il avait le teint mat, une barbe taillée et d'épais sourcils qui surmontaient ses yeux noirs comme le charbon. Quand on lui passa l'arme, il serra la crosse avec force, malgré un léger tremblement dû à l'adrénaline. Sa volonté était intacte, mais le fil rouge de la peur se lova lentement en lui tandis qu'il levait le canon jusqu'à son menton, déformant son visage et imposant à son pouls un rythme cataleptique. Il y eut quelques secondes d'incertitude, mais le suicide est un acte de foi, et l'homme n'en avait pas assez. Vaincu, totalement accablé, il abaissa l'arme jusqu'au moment où son poignet reposa mollement sur le sol. Arturo se souvint des paroles d'Erundina del Águila.

Quelle est la valeur d'une semblable dégradation, Luis del Águila ? se demanda-t-il. Pourquoi toute cette souffrance ?

C'est une forme de pénitence... lui répondit Espinosa en pensée... une pénitence telle qu'il remet sa vie entre les mains de Dieu... parce que la faute est parfois si grande qu'il n'y a pas de place pour le pardon.

– Vous voulez lui parler, oui ou non ?

La question insidieuse de son guide le sortit brusquement de ses réflexions.

– Comment ?

– Tiroliro va jouer aussi la partie suivante, c'est pour ça que je vous le demande, précisa-t-il.

– Où est-il ?

Le soldat lui fit signe de le suivre et le conduisit à travers la pièce bondée jusqu'à un rideau qui isolait du reste un grabat où était assis Galo Rodríguez, un quart en laiton à la main, fixant un point à l'infini. Il avait la barbe drue, le nez camus, comme aplati contre une vitre, et des yeux globuleux dont le regard lui rappela d'autres yeux, ceux du soldat de l'*Einsatzgruppe*. Son uniforme était couvert de minuscules gouttes de sang pulvérisé. Le soldat s'approcha de Tiroliro et lui parla un instant à l'oreille. Galo regarda Arturo ; c'était manifestement un de ces types qui vous font baisser les yeux ou trouver soudain une activité plus intéressante loin d'eux. Arturo se mit au garde-à-vous.

– Qu'est-ce que tu veux ? lui dit froidement Galo.

Arturo n'avait pas de plan préétabli, il savait seulement que le loup ne vous attaque que s'il sent votre peur.

– Luis del Águila, lâcha-t-il sèchement.

– Luis del Águila est mort. Comme nous le serons tous.

– Vous ne voulez pas savoir qui l'a tué ?

– Je sais qui l'a tué.

Incrédule, Arturo arqua les sourcils.

– Eh bien, si vous me le disiez, vous me feriez gagner beaucoup de temps.

Galo Rodríguez but une gorgée sans cesser de le regarder ; c'était une boisson très forte, à en juger par les effluves qui parvinrent à Arturo. Le bois de l'isba craqua sous l'effet du froid.

– Il s'est tué lui-même, répondit-il. Il y a des années.

Arturo ne laissa rien paraître de sa déception.

– C'est possible, mais quelqu'un a achevé le travail, il y a huit jours. Que vous a-t-il raconté ?

– Écoute, peu importe ce qu'il m'a raconté, je t'assure qu'il n'aurait pas voulu qu'on pose de questions. C'est bien comme ça.

– Je ne crois pas.

– C'est ton problème.

Arturo ne s'avoua pas vaincu et lui résuma les derniers événements avant de sortir la photo d'Agustín Covisa.

– Vous le connaissez ?

C'est à peine si Tiroliro daigna y jeter un coup d'œil.

– Non.

– Lui, il aurait bien voulu qu'on se pose des questions. Et aussi que justice soit faite.

– Justice ? C'est ce qu'ils sont en train de faire.

– Alors, je voudrais avoir une conversation avec un de ceux-là parce que nos conceptions divergent sur ce point.

– Je ne crois pas.

– Si cela ne vous suffit pas de m'aider au nom de la justice, faites-le au nom de la vérité.

– À quoi bon, on nous enterre avec elle, trancha-t-il avec insolence.

Il vida son quart et se perdit dans ses pensées. Arturo se demanda où il pouvait bien se trouver à cet instant : enterré sous un monceau de cadavres, une nuit, sept ans plus tôt. Pour survivre à quelque chose d'aussi destructeur, certaines personnes se raccrochent à la beauté, lui s'était raccroché à la haine qui l'avait guidé au milieu de la chair et de la puanteur des morts, mais qui avait planté en lui une graine de noirceur. Somme toute, il était logique qu'il comprît davantage l'assassin que la victime. Sans savoir pourquoi, peut-être faute de mieux, Arturo s'approcha de lui et, du pouce, pressa la première articulation de sa main.

– Mais merde, qu'est-ce que tu fous ? fit Galo en réagissant brusquement.

– Je vérifiais quelque chose. Arturo ne lui laissa pas le temps de demander des explications : Beaucoup d'hommes vont mourir.

– Dans une guerre, c'est plutôt normal. Les hommes meurent.

– Des innocents vont mourir.

– Pourquoi en es-tu si sûr ?

– Et vous, pourquoi êtes-vous si sûr du contraire ?

Galo Rodríguez ne fit pas attention et tendit son quart au soldat qui l'avait accompagné, en indiquant une bouteille pleine d'un liquide transparent.

– Que vous a-t-il dit sur l'aumônier ? insista Arturo.

Galo agita de nouveau son quart.

– Et Valence ? Qu'est-ce qui s'est passé à Valence ?

Galo le regarda avec un stoïcisme quasi botanique.

– Répondez, lui ordonna Arturo.

– Et si je ne le fais pas ? Qu'est-ce que tu vas faire ? Me mettre un pistolet sur la tempe ?

Arturo fut pris d'un accès de colère, en rapport avec son ancien grade ; un mélange de rage, de frustration, de peur... et, d'une chiquenaude, il lui arracha de la main le quart qui alla rebondir avec un son métallique contre les rondins de la cloison. Galo Rodríguez se leva et s'avança vers lui ; l'effort qu'il faisait pour se dominer était perceptible car les veines bleutées qui sillonnaient son cou étaient gonflées.

– Donne-moi une raison de ne pas te tuer.

– Cherchez-la vous-même si ça vous chante, s'entêta Arturo.

Les yeux vitreux de Galo s'enfoncèrent dans la chair d'Arturo qui commença à compter les secondes, sans grand espoir de pouvoir soutenir son regard. Mais, à sa grande surprise, il ne tarda pas à y voir clignoter un doute. Quelque chose derrière la façade de Tiroliro s'effritait facilement, comme rongé par les termites de la conscience. Qu'est-ce qui le faisait hésiter ? Les neurones d'Arturo se livrèrent à un dialogue désespéré, en quête d'un fil sur lequel tirer. Il finit par le trouver.

– Laissez-moi vous montrer quelque chose.

Il fouilla dans les poches de son uniforme et en sortit la lettre que Luis del Águila avait écrite à sa sœur.

– Lisez.

L'impassibilité de Galo fut contredite par son geste : il prit la feuille et se mit à lire. Arturo attendit qu'il arrivât à l'avant-dernier paragraphe. Parce que les monstres sont toujours seuls. Parce que même eux ont besoin de compagnie. « Dernièrement, je me suis fait un ami et lui aussi, il me comprend. On l'appelle Tiroliro mais son nom c'est Galo, c'est un coriace, même les Russes en ont peur. »

– Vous étiez son ami, répéta Arturo lorsque Galo releva les yeux, avant de se baisser pour ramasser le quart et le lui tendre.

Galo le prit et lui rendit la lettre ; puis il alla lui-même se resservir et se rassit sur le grabat. Il avala une gorgée. Arturo ne s'était pas trompé ; peu à peu, quelque chose germait en lui, minant sa solitude pétrifiée.

– Il ne parlait pas beaucoup, commença-t-il en cherchant ses mots, jamais. Moi non plus, alors on se comprenait. Quelque chose était arrivé à Valence, avant de venir ici, il ne me l'a jamais raconté mais ça lui a échappé, une fois qu'on était bourrés. Une chose pour laquelle il méritait la mort, mais la mort ne voulait pas de lui, vous comprenez ? – il leva les yeux. La mort l'avait flairé, elle le guettait, mais Luis n'en avait pas peur et si vous n'avez pas peur d'elle, elle ne veut pas de vous.

Il but une autre gorgée. Arturo ne s'efforça pas seulement d'interpréter ses paroles, mais aussi les inflexions de sa voix, ses silences.

– Rien d'autre ? finit-il par demander.

– Ah, si ! répondit Galo. Un nom. Il l'a lâché en pleine biture.

– Quel nom ?

– Teresa, Teresa Estruch, ou Estrella, ou Estrada… je n'en suis pas sûr, moi aussi j'étais complètement rond.

– Teresa Estruch, répéta Arturo.

– C'est ça. Ce nom-là le rongeait de l'intérieur.

Juste à ce moment, un soldat écarta le rideau et vint les interrompre.

– C'est l'heure, dit-il à Galo.

Galo le regarda avec l'air détendu de celui qui pense : je suis prêt. Il n'y avait pas grand-chose à ajouter, aussi se leva-t-il lentement, puis écarta le rideau pour se mêler de nouveau aux silhouettes vagues qui fourmillaient dans la pièce. Arturo s'était demandé s'il devait se mettre au garde-à-vous ou le serrer dans ses bras ; il attendit quelques secondes dans une posture indécise avant de le suivre. En sortant, il put distinguer la silhouette de Galo, assis dans un autre cercle mortel : la façade fissurée d'un héros. Un héros qui, effectivement, ne connaissait pas la peur, pas plus que l'espoir.

Une lune, du double de sa taille normale, illuminait Leningrad. Une lune d'une beauté tragique qui rendait la ville vulnérable. Des explosions résonnaient sourdement. Des éclairs lointains. Des sirènes stridentes. Tandis qu'ils s'éloignaient en voiture, Arturo pensa que tout ce territoire avait été russe, que maintenant il était allemand, que sous peu il redeviendrait russe, et entre-temps, il y avait cette enquête. À quoi bon ? La seule chose dont il était certain, c'est qu'il ne voulait pas mourir là.

Il ne voulait pas.

Non, pas là.

Mestelevo.

Vingt bâtiments disséminés sur un hectare.

Mécaniciens, pharmaciens, avocats, paysans, tourneurs, soldats.

Écrivant des lettres, nettoyant des armes, se souvenant, mangeant, tirant, riant, criant, fumant.

Le jour blanc comme un linge.

Des oiseaux qui tournaient en dessinant de grands V changeants dans le ciel.

Un vent glacé survolant la cime des arbres.

La Slavianka, dure, livide, emprisonnant le silence et les poissons cristallisés.

Il était neuf heures et demie du matin, la neige crissait sous les pieds d'Arturo qui traversait Mestelevo en direction des baraquements, à la recherche d'Espinosa. Exceptionnellement, il avait dormi cette nuit-là comme s'il s'était couché des siècles auparavant, ce qui lui permettait d'avoir les idées claires. Dès le lever du jour, il avait appelé le bureau du vaguemestre pour savoir si on avait trouvé une lettre, puis il avait passé deux autres appels, au commandant Reyes Zarauza et au capitaine Isart, concernant les antécédents des soldats et de l'aumônier; rien sur le courrier et les soldats, mais en revanche, un rapport détaillé de la 2e section sur le père Ramón et une liste de ses affaires, dressée après la «visite» que lui avait faite la gendarmerie, lui parviendraient le matin même à l'état-major de Mestelevo. La compétence du commandant Zarauza et du capitaine Isart, dans un monde où l'incertitude régnait en général sept jours sur sept, était vraiment encourageante. Ensuite, il était allé trouver Trinitario et lui avait montré, en vain, la photo de Ricardo Guerra; il lui restait à vérifier la véracité des ébats amoureux de ce dernier qui confirmerait son alibi, mais Arturo décida d'oublier la chose, car cela l'obligerait à retourner à Pouchkine, or le temps pressait. Tout en marchant, l'anneau de Möbius qui reliait l'avers et le revers de ses obsessions avait commencé à se tordre ce matin-là, puis il avait accéléré son mouvement : les pupilles d'Agustín Covisa se mêlaient à l'innocence d'Alexandre, au désespoir de Luis del Águila, à la terrible beauté de Hilde, au mystérieux aumônier, aux rituels perfectibilistes...; chevaux, vampires, barbares germains...; le viol de Zira... Chaos, fracture, vertige... «Prends garde, Dieu te regarde, prends garde, il te regarde...» Cherchez une passion... cherchez-la... Teresa... Estruch, Estrella, Estrada? Arturo n'avait d'autre solution que de laisser tout cela s'accumuler dans sa tête jusqu'à ce point critique où la quantité deviendrait qualité. Quand cela se produirait-il?

– Arturo.

Une voix interrompit la confusion de son esprit et, en un clin d'œil, son expression passa de la concentration perplexe à la joie. C'était Aparicio.

– Bonjour, caporal.

La silhouette de lutteur d'Aparicio lui boucha l'horizon.

– Bonjour, fit le caporal, en saluant avec le gros livre qu'il tenait à la main et un large sourire.

– Je vous trouve bien content, avec tout ce qui est en train de nous tomber dessus! remarqua Arturo, évoquant la basse continue des canons qui jouait en musique de fond.

– Il y a de quoi : hier, j'ai gagné le petit lot.

– Qu'est-ce que c'est?

– Une tombola qu'on organise à plusieurs copains. Avant on appelait ça le gros lot, mais vu la situation...

Arturo se sentit en pays de connaissance.

– Félicitations.

– Merci. Mais rien à voir avec tes exploits...

L'allusion ironique à Zira se voulait cordiale et Arturo la prit comme telle malgré la morsure qu'elle infligeait à sa conscience.

– Qui refuserait un rencard avec une de ces panienkas?

– Personne, c'est sûr. Aparicio prit un air légèrement plus grave : Et toi, où tu en es?

– *Hier stehe ich, kann nicht anders*[1].

– L'allemand, souffla Aparicio avec dédain, tu parles d'une langue, on n'y comprend rien.

1. Phrase de Luther prononcée devant Charles Quint (Diète de Worms, 1521) : «Me voici, je ne puis faire autrement.»

– Je dis que ça marche au poil !

– Tu sais que tu peux compter sur moi, si je peux t'aider…

– Je sais, et je vous en remercie beaucoup. Arturo eut une soudaine inspiration : Dites-moi, vous ne connaîtriez pas quelqu'un de confiance qui pourrait me servir de chauffeur ?

– Moi.

– Oui, mais vous avez du travail. Je veux dire, quelqu'un dont je pourrais disposer à coup sûr, à n'importe quel moment.

– Dans ce cas, Antonio.

– Qui ?

– Antonio. Je viens juste de le quitter.

Aparicio se retourna vers un groupe de Russes qui fumaient une cigarette près du baraquement pour appeler à grands cris le dénommé Antonio. Un jeune garçon aux traits tartares en sortit, avec un sourire si immuable qu'on l'aurait dit collé à son visage. Comme il s'approchait, Arturo eut une impression de *déjà-vu**, avant de reconnaître en lui le conducteur du traîneau qui les avait accompagnés, Espinosa et lui, à Molevo. Le Russe sembla le reconnaître et son sourire s'élargit encore de quelques degrés.

– Voilà, c'est Antonio, le présenta Aparicio en lui tapant dans le dos avec le livre. Il conduirait même un avion si on le laissait faire.

Antonio le regarda avec une passivité servile qui frisait la niaiserie.

– Vraiment ? fit Arturo.

– Crois-moi, il est plus futé qu'il n'en a l'air, hein, Antonio ? Aparicio lui flanqua une tape dans le dos qui manqua de disloquer le livre. Ce gamin, c'est une bonne pâte ; il a été fait prisonnier, il y a un an, après une attaque des rouges. Quand les siens ont battu en retraite, lui, il est resté dans un bunker pour régler son compte à un jambon. Quand on lui a mis la main dessus, il était content, figure-toi. Et tu vois, depuis il n'a pas cessé de sourire. Personne n'a eu le courage de le liquider, alors on l'a livré aux Allemands.

– Pourquoi est-il encore avec nous ?

– Il s'est échappé pour revenir dans la Division. Après le coup du jambon, il devait croire que c'était le pays de cocagne. Comme on ne pouvait pas se charger de lui, on l'a mis devant les lignes russes et on l'a fait avancer.

– Et alors ? dit Arturo dont la surprise allait crescendo.

– Alors il est revenu une demi-heure plus tard. Après la faim qu'il avait endurée à Leningrad, on a compris que si on voulait se débarrasser de lui, il fallait le fusiller. En désespoir de cause, les gars ont finalement décidé de l'adopter. Qu'est-ce que tu voulais qu'on fasse ?

– C'est l'homme qu'il me faut, affirma Arturo en souriant. Mais qu'il ne s'éloigne pas. Je vais avoir besoin de lui sous peu.

– Ne t'en fais pas, je lui dirai qu'à partir de maintenant il doit rester dans les parages de l'état-major.

– *Bols'choe spasibo. Bols'choe spasibo.* Merci beaucoup. Merci beaucoup.

Arturo remercia aussi Antonio qui répondit à son tour par une longue réplique enthousiaste ; pendant ce temps, il distingua le titre du livre que promenait Aparicio.

– Je vois que vous êtes passé à la bibliothèque de la Division, je ne savais pas que vous aimiez lire.

Aparicio, déconcerté, le regarda.

– Pardon ?

– Cervantès. Le *Quichotte*, dit-il en désignant le livre.

Aparicio leva le bouquin, légèrement confus.

– Ah, tu parles de ça. C'est parce que je vais aux latrines.

– Oui, quand on lit, ça aide à se soulager.

Aparicio ne comprenait toujours pas.

– Oui, bien sûr. Toi aussi, tu as besoin de papier ?

Il ouvrit le livre dont la moitié des pages étaient arrachées, et Arturo s'en voulut de piquer un fard.

– Non, pour l'instant, je ne crois pas, s'empressa-t-il de dire. Bon, j'ai à faire.

– Moi aussi, lui dit Aparicio avant de s'en aller.

Antonio sourit de toutes ses dents. Un sourire éblouissant, indiquant qu'il s'occuperait lui aussi de ses affaires.

Les recherches d'Arturo s'avérèrent fructueuses car il ne tarda pas à trouver Espinosa. Il observait un tank allemand, une main posée sur les tuiles en fer de la chenille, tenant sa cigarette de l'autre. Arturo s'étonna de la présence de cet énorme Tigre fantomatique en plein Mestelevo. Il s'arrêta à côté du sergent, en silence, et, comme lui, admira son canon de 88, ses mitrailleuses MG de 7.92 et ses huit mètres de long. Dans ce mastodonte, tout était pensé en fonction de la mort, chaque angle de son blindage, chaque engrenage, chaque vis.

– Ça fout les jetons, hein ? dit Espinosa.

– Un peu ! À ce que je vois, les Allemands ont eu pitié de nous.

– Pensez-vous ! En réalité, ils sont tombés en panne sèche et la Division était ce qu'il y avait de plus près. Les pilotes sont partis demander des bidons d'essence.

– Ça m'étonnait bien…

Espinosa tira une bouffée, remonta le col de son manteau de mouton et désigna le canon.

– Un seul œil, comme un cyclope.

– En général, un seul suffit aux puissants. Dieu lui-même n'a qu'un œil.

La phrase innocente d'Arturo révéla un abîme familier dans le regard d'Espinosa.

– C'est vrai. Le sergent tira de nouveau sur sa cigarette : « Prends garde, Dieu te regarde… » Vous savez, avant je pensais que Dieu choisissait des hommes ou des colombes pour se réincarner, mais maintenant je crois que tout cela n'a aucun sens. Dieu ne pourrait jamais choisir une enveloppe aussi fragile. Il ne pourrait prendre chair que dans ceci, dit-il en montrant le char de combat.

– Eh bien, heureusement qu'il est avec nous ! lança Arturo en désignant sur la boucle métallique de son ceinturon l'inscription : *Gott mit uns*, « Dieu avec nous ».

Sa plaisanterie ne parvint pas à adoucir l'expression austère d'Espinosa, qui se mit à parler comme en transe.

– Vous croyez que maintenant cela a encore de l'importance que Dieu soit d'un côté ou de l'autre ?

Arturo en fut sidéré. Pour une quelconque raison, la plaie secrète d'Espinosa s'était rouverte. Il ne lui voulait aucun mal, mais il pensa que c'était l'état idéal pour qu'il l'aidât à faire pression sur le père Ramón. Il tenta de conserver un ton jovial.

– On pourrait le demander à l'aumônier.

– L'aumônier ?

– Mon petit doigt m'a dit qu'il en sait plus qu'il ne veut bien le dire.

– Et qu'est-ce qu'il vous a dit de plus, votre petit doigt ?

– Qu'il s'est passé quelque chose à Valence et que c'est en rapport avec une certaine Teresa.

– Alors comme ça, l'aumônier sait quelque chose…

– Oui, il sait.

L'expression du sergent fut celle d'un fauve que l'on excite en passant une barre de fer entre les barreaux de sa cage. Il avait l'air d'avoir oublié qu'il s'était confessé à lui à peine quelques jours auparavant.

– Alors il faudrait aller le trouver, décida-t-il.

– Je suis d'accord, sergent, admit Arturo, faisant semblant de laisser l'initiative à Espinosa. Mais encore une chose – il continua à jouer la comédie : Il va falloir y mettre le paquet, sur ce point nous sommes d'accord, mais je vous demanderais de ne pas faire trop de vagues.

Espinosa fit une grimace qui, au mieux, se voulait un

sourire, au pire, une réaction douloureuse à la morsure de son ulcère. Il tira une dernière bouffée avant de jeter sa cigarette.

– Cela ne dépend pas seulement de moi.

– Il suffit d'être poli.

– Pas d'objection, si ce n'est que les gens confondent parfois politesse et faiblesse.

Une légère crispation inquisitrice de ses sourcils sembla défier Arturo de répondre. Celui-ci préféra ne pas le faire et se baissa pour ramasser une poignée de neige. Il la tamisa entre ses doigts, l'air pensif.

– C'est bon, biaisa-t-il, nous avons déjà perdu assez de temps. Nous commencerons par l'état-major où on nous a envoyé des documents sur le père Ramón.

– Allons-y sans plus tarder.

Ils jetèrent un dernier regard à la silhouette cuirassée du Tigre et en tirèrent apparemment la même conclusion : sa force, comme celle de la Wehrmacht, s'affirmait dans le mouvement, l'immobilité signifiait la défaite. Ils se dirigèrent vers les bureaux de l'état-major. Le matin s'étirait et l'hiver pesait de tout son poids. Dans les thermomètres, l'alcool descendait, centimètre par centimètre, jusqu'à atteindre trente degrés au-dessous de zéro, tandis que le ciel se couvrait d'une chape de plomb. Lorsqu'ils arrivèrent, quelques Russes enlevaient parcimonieusement la neige avec de longues pelles pour dégager certains des accès. Dans les bureaux, on leur donna les rapports sur les activités de l'aumônier ainsi que sa biographie et une liste de ses affaires personnelles qu'ils lurent attentivement. Si le dossier n'apportait rien de décisif, il offrait en revanche quelques pistes. Il mentionnait son rôle violent lors du soulèvement de juillet en Espagne comme aumônier de la 2e compagnie de la Légion, les groupes paramilitaires que le prêtre avait organisés à Teruel pour mener en Russie sa croisade personnelle et, enfin, sa campagne de Russie.

Plutôt que de suivre les étapes de la vie d'un religieux, ils avaient l'impression de découvrir les états de service de quelque chef de guerre. Dans une note, écrite à la main sur un coin de page, le commandant Zarauza leur signalait aussi que l'aumônier souffrait d'hémorroïdes qui devraient être opérées dès son retour en Espagne ; détail anecdotique si cela ne l'avait pas obligé à recourir continuellement à la morphine, ce qui avait entraîné une sérieuse dépendance.

– Eh bien, drôle d'aumônier ! remarqua Espinosa.

– Ce ne sont pas ses vices qui nous intéressent.

– On ne sait jamais.

– Allons-y, il faut qu'il nous apporte certains éclaircissements.

Ils sortirent de l'état-major, non sans avoir indiqué au préalable où ils se trouveraient afin qu'on pût les joindre, et se dirigèrent vers l'église de la Division. Là, un soldat, qui faisait parfois office d'enfant de chœur, leur annonça que l'aumônier était en train de s'épouiller dans les bains turcs. Les bains de vapeur avaient été la nouveauté la plus commentée en Russie, une pratique hygiénique qui avait eu un succès rare auprès des soldats espagnols, réticents pour la plupart à tout ce qui avait à voir avec l'eau, hormis le baptême. Non loin de l'église, près de la voie ferrée, se trouvait l'isba avec le sauna en question, facilement reconnaissable car elle penchait tellement qu'elle semblait faire partie d'un décor expressionniste. Ils ne tardèrent pas à se présenter à sa porte. En entrant, ils furent accueillis par l'habituelle odeur d'excréments ; au fond, entre un outil agricole et une bassine pour les ablutions, une petite pièce hermétiquement fermée servait de sauna. À en juger par l'uniforme soigneusement plié sur un tabouret et les bottes alignées à côté, quelqu'un devait être en train de transpirer à l'intérieur. Le béret de drap violet dans la poche droite de la vareuse confirma qu'il s'agissait de l'aumônier. Ils frappèrent ; en entendant « entrez », Arturo entrouvrit la porte, passa la tête de profil et reçut une douloureuse bouffée de chaleur qui lui fit fermer les yeux. L'aumônier, en caleçon, était assis sur la planche supérieure d'un amphithéâtre miniature, noyé dans une vapeur dense. Des myriades de gouttes de sueur faisaient luire son corps fibreux, noueux.

– Pardonnez-moi de vous interrompre, mon père, mais il faut que je vous parle.

Arturo exagéra un peu sa confusion, feignant, en bon limier, de suivre obstinément sa piste sans se soucier des à-côtés.

– Je viens d'entrer, s'excusa le prêtre de sa voix puissante.

– Je comprends, mais c'est urgent.

– Je vous répète que je viens d'entrer et je ne vais pas ressortir, prévint-il sur un ton peu amène. Et la porte ne doit pas rester ouverte.

Arturo cligna des paupières avec insistance pour soulager ses yeux larmoyants, et referma la porte. Sans hésiter, il retira son casque, passa la main dans ses cheveux parfaitement lissés vers l'arrière et se mit à déboutonner son uniforme d'hiver.

– Il faut vous mettre à poil, sergent, aujourd'hui, on va devoir cuire.

Espinosa fit un geste de total accablement mais commença à se déshabiller. Leurs silhouettes filiformes émergèrent des couches successives de vêtements. En se voyant en caleçon, ils prirent un air de circonstance ; ridicule ne suffisait pas à définir leur aspect, mais ils optèrent pour un silence orgueilleux.

– On y va, ordonna Arturo.

Il attrapa son Tokarev – au cas où les Ruskofs auraient aussi l'idée de prendre un bain de vapeur – avant de pénétrer dans l'atmosphère étouffante, et ils occupèrent les degrés les plus bas du sauna pour éviter la trop grande chaleur. Cela s'avéra inutile : la sueur ruissela immédiatement sur leur peau. L'aumônier se mit de côté, passant sa main sur ses traits métis pour en retirer la sueur. Ses muscles saillants et cuivrés contrastaient avec leurs corps laiteux et maigres.

– Le pistolet va chauffer, dit le père Ramón pour prévenir Arturo.

– Ça me rassure de le garder.

Résigné, l'aumônier grimaça.

– Alors, soyez les bienvenus. C'est une belle invention, vous allez voir comme cela fouette le sang. Prenez ces branches et flagellez-vous un peu.

Il leur tendit des branches vertes de bouleau.

– Merci, répondit Arturo en les posant à côté de lui. Essayons de régler les choses rapidement.

– Attendez…

L'aumônier prit de l'eau dans un petit seau à l'aide d'une casserole et la jeta sur des pierres surchauffées, d'où se dégagèrent aussitôt de petits nuages blancs, denses, bouillants, qui asphyxièrent presque le sergent et Arturo, les obligeant à se pencher en avant, la tête dans les mains.

– C'est mieux comme ça, n'est-ce pas ? demanda l'aumônier à Espinosa.

Ce dernier eut envie de lui fourrer la tête entre les pierres.

– Oui, mon père, c'est mieux.

– Mon père, intervint Arturo quand il put respirer, les choses se gâtent et nous avons plus que jamais besoin de votre aide.

– Mais nous en avons déjà parlé. Je ne sais pas ce que je peux faire de plus, à part prier Dieu.

– Dieu va aussi devoir nous donner un coup de main.

– Comment ?

– En vous autorisant à nous parler de Luis del Águila.

Sur les lèvres de l'aumônier, le tic habituel s'intensifia.

– C'est impossible, inutile de revenir là-dessus.

– Teresa, ce nom vous dit quelque chose ?

En entendant le prénom, le prêtre serra les dents avant

de faire non de la tête, mais son hésitation préalable révélait qu'il mentait.

– Teresa Estruch, Estrella, Estrada... ou quelque chose de ce genre, répéta Arturo. Un ami de Luis nous a dit qu'il en parlait beaucoup.

– Ce dont il parlait ou ce qu'il m'a raconté n'a plus aucune importance, désormais cela ne regarde que Dieu et lui.

– Cela vous regarde aussi, mon père, trancha agressivement Espinosa.

Arturo ne s'était pas trompé : avec Espinosa tout était question de température.

– En effet, mon père, appuya Arturo en prenant son air le plus farouche. Nous pensons que Luis del Águila jouait à la violeta à cause d'une histoire passée, quelque chose qui avait à voir avec cette Teresa. Et comme je suppose que vous êtes au courant que son assassin vient de tuer un autre soldat, Agustín Covisa, je voulais aussi vous demander si vous le connaissiez ou si Luis vous en avait parlé.

– Non. C'est non à toutes vos questions.

– Je vois...

Arturo observa un eczéma rougeâtre qui s'imprimait sur la peau de son bras.

– Je vous assure que cet Agustín ne sera pas le dernier. Ils ont tous les deux été exécutés selon un rite maçonnique qui...

L'aumônier l'interrompit, visiblement contrarié.

– Des francs-maçons ?

– Oui, mon père, des francs-maçons.

Arturo entrevit le défaut de la cuirasse. Il lui résuma ses entrevues avec Guerrita et Octavio Imaz.

– Comme vous pouvez le constater, un franc-maçon exécute de bons catholiques, et notre devoir, « votre » devoir, est de l'arrêter.

L'aumônier inclina la tête et passa la paume de sa main

sur son crâne chauve, du front vers la nuque, lentement, la recouvrant d'une sueur qu'il serra dans son poing, comme pour l'en extraire. Il releva la tête.

– Je ne peux rien faire, répondit-il.

– S'il vous plaît, mon père, nous voulons…

– Dans cette vie, ce que l'on veut est rarement ce qu'il convient de faire, coupa-t-il. Et je ne vais pas rompre mes vœux à cause d'un misérable.

Arturo était déconcerté, il ne s'attendait pas à ce sursaut d'honneur.

– Même pas pour un misérable rouge? dit-il par provocation.

– Même pas.

– Vous allez nous obliger à parler au général.

– Tu me menaces?

– Loin de moi cette idée, nous voulons seulement savoir ce qui s'est passé.

– Lucifer aussi a voulu en savoir trop, et tu vois ce qui lui est arrivé. Il fait chaud, pas vrai? Il ébouillanta les pierres, provoquant une nouvelle rafale brûlante : Exactement comme en enfer.

Arturo baissa de nouveau la tête; il commençait à se déshydrater et avait des vertiges. Il pensa à Alexandre, «… tant que vous porterez en vous un enfant… vous pourrez même traverser les flammes de l'enfer». Mais là, il ne pouvait compter que sur Espinosa. Il le regarda; le sergent semblait immuable comme l'une des formules chimiques de son curriculum. Cependant, pour le plus grand soulagement d'Arturo, elles commençaient à prendre le pas sur sa foi.

– Comme en enfer, oui, remarqua Espinosa. Ça sent même le soufre.

Méfiant, le père Ramón l'observa sans rien dire.

– Je veux me confesser, mon père, ajouta-t-il.

– Tu ne l'as pas déjà fait?

– Je pèche beaucoup.

– Impossible de te confesser ici.

– Pourquoi, mon père ? Dieu est partout.

– Tu te moques de moi ? Ça ne t'a pas suffi la dernière fois ?

– Non, mon père, j'aimerais vraiment me confesser, s'il vous plaît.

Le prêtre n'arrivait pas à se décider.

– Je peux mourir demain, mon père, insista-t-il prudemment.

Inopinément, l'aumônier fit un rapide signe de croix.

– Au nom du Père, du Fils et du Saint-Esprit.

– Ainsi soit-il, répondit Espinosa, profitant de l'occasion. Pardonnez-moi, mon père, parce que j'ai péché.

– Quand as-tu péché, mon fils ?

– L'an dernier.

– Tu me nargues ?

Son tic redoubla.

– Non, mon père, je vous assure, laissez-moi vous raconter, laissez-moi…

L'aumônier entrouvrit les lèvres, sur le point de répliquer par une phrase assassine, mais il se retint.

– Je t'écoute.

Espinosa acquiesça.

– C'était l'an dernier, à Novgorod. Je suis sorti me dégourdir les jambes avec un camarade, profitant de ce que les Ruskofs avaient cessé de tirer. Novgorod était dévastée, mais il y avait encore de jolies choses à voir, surtout pour nous qui venions de la poche de Demiansk. C'est la plus ancienne ville de Russie, et nous nous sommes promenés dans les rues ou dans ce qui en restait… Nous sommes entrés dans le kremlin, dans quelques belles demeures, nous avons visité la cathédrale Sainte-Sophie… Nous trouvions de tout, des icônes, des photographies, des objets en tout genre… Cela nous a fait passer le temps. Jusqu'au moment où nous sommes arrivés dans un parc, mon père.

Il s'arrêta, et Arturo qui n'en revenait pas de sa surprise, bien qu'il fût en train de cuire, distingua, dans la vapeur, l'inquiétante ressemblance d'Espinosa avec un de ces masques au bec pointu que portaient les médecins de la peste. Et alors il sut. Il sut qu'il allait enfin entendre le secret d'Espinosa.

– Je t'écoute, l'encouragea l'aumônier.

– Le vent, mon père, dit-il, passant une main ridée sur sa maigre poitrine pour essuyer la pellicule de sueur. Le vent nous avait accompagnés durant toute notre marche. Des ruines, des ruines, rien que des ruines. Il arrachait des grincements aux ferrures des balcons, aux fenêtres brisées, aux supports des réverbères ; le vent secouait les portes dégondées, faisait voler les feuilles des livres aux reliures arrachées, des milliers de feuilles. Et le vent s'était aussi glissé dans ce parc. On y est entrés avec lui. C'était un parc pour les enfants, vide, complètement saccagé par les bombes. Il y avait là des balançoires, certaines en métal, en forme de petites barques, le vent les berçait et les faisait gémir comme autant de sanglots, de pleurs. Et alors j'ai pensé, mon père, j'ai pensé : où sont les enfants ? Je n'avais rencontré aucun enfant à Novgorod. Où étaient-ils, mon père ?

– On avait dû les évacuer.

– Je l'ignore, mon père, vraiment, je n'en sais rien. Pendant la guerre j'ai vu mourir beaucoup d'amis, mais je n'ai jamais cessé de croire en Dieu ; j'ai perdu ma mère, mais Dieu a été ma consolation ; une pneumonie a failli emporter un de mes enfants, mais même dans les pires moments, j'ai prié Dieu. J'ai connu la faim, la soif, le froid ; j'ai vu des choses que personne ne devrait voir, mais Dieu a toujours été mon soutien. Jusqu'au jour où j'ai vu ces petites barques et ces balançoires, oscillant dans le vent… Qu'a fait Dieu, mon père ?

Sa voix se brisa.

– Tu es fatigué, mon fils, temporisa le prêtre. Le diable

profite de ces instants de faiblesse pour ébranler la foi, pour détourner les hommes du chemin de la vertu.

– Oui, je suis fatigué.

– Bien sûr, mon fils.

– Je suis fatigué de Dieu !

L'aumônier avait les yeux qui lui sortaient de la tête. Même Arturo sursauta. Le prêtre vomit presque ses mots :

– Tu te rends compte de ce que tu viens de dire ?

– Vous avez bien entendu.

– Tu n'es pas dans ton état normal.

– Luis del Águila ne l'était pas non plus, c'est pour ça qu'il jouait à la violeta, c'était sa pénitence et vous le saviez.

– Il se mettait en situation de péché mortel, comment cela pouvait-il être sa pénitence ?

– Dieu, le diable, Luis n'en avait plus rien à faire, lui aussi il était fatigué. Et que lui disiez-vous, mon père ?

– Je lui ai donné l'absolution. Dieu lui a pardonné ses péchés.

– Mais lui, il ne s'est pas pardonné. Il ne pouvait pas. Qu'avait-il fait à Valence, mon père ? Qui est Teresa ?

– C'est sans importance. Tu as blasphémé, mon fils, ton âme est en état de péché mortel. Repens-toi.

– Je voudrais bien, mon père, mais je ne peux pas, parce que vous savez ce que je ne pardonne pas à Dieu ?

L'aumônier se crispa de rage.

– C'est Dieu qui doit te pardonner, malheureux ! cria-t-il.

Espinosa sourit fébrilement.

– Le pire, ce que je ne lui pardonne pas, poursuivit-il, c'est que j'étais là, je regardais ces balançoires et je n'ai pas été capable de pleurer, mon père. Après avoir vu tant d'horreurs, nous devrions nous apitoyer sur le sort des autres, nous devrions le faire, mais maintenant nous sommes incapables d'éprouver quoi que ce soit, même de faire semblant. Voilà ce que je ne pardonne pas à Dieu.

Le silence s'éleva, tels des écharpes de nuages blancs, des voiles de soie brûlante. Finalement, le père Ramón fronça les sourcils au point de les réunir et il s'exprima avec cette amabilité que l'on réserve aux infirmes. Sa patience est peut-être due à un sentiment de culpabilité ? pensa Arturo.

– Lorsque les agneaux se perdent dans la montagne, on les entend pleurer. C'est ainsi que le berger les retrouve.

Espinosa adopta une expression mi-humoristique, mi-sarcastique.

– Cette fois le loup est arrivé le premier, mon père.

C'en était trop. L'aumônier contracta ses muscles luisants et lui lança un regard noir.

– Depuis quand les démons sont-ils baptisés ? lui rétorqua-t-il avec rage – il regarda aussi Arturo : Vous êtes des chiens, vous êtes indignes du soleil qui vous éclaire ; Dieu vous regarde et pèse vos actions, vous devriez vous mettre à genoux et implorer que votre châtiment…

Soudain, la porte s'ouvrit brutalement sur un fusil Mosin-Nagant russe qui leur noua la gorge de peur. Ils réagirent sur-le-champ ; l'aumônier et Espinosa empoignèrent le canon du fusil et Arturo saisit son pistolet, mais le métal chauffé lui brûla la main et il le lâcha en gémissant. Une violente empoignade s'ensuivit. Ils furent arrêtés net par un cri provenant de l'extérieur.

– Pour l'amour du ciel, qu'est-ce que vous faites ?

Puis apparut dans l'embrasure de la porte le visage d'un beau soldat stupéfait, qui dégagea son fusil d'une dernière secousse. Il découvrit l'expression angoissée et résolue des occupants du sauna dont le sang diluait encore l'adrénaline, puis suivit leurs regards jusqu'au Nagant et comprit.

– Pardon, mais ce fusil a moins de recul, s'excusa-t-il, effaré, conscient de la faiblesse de sa justification. Arturo Andrade ? Je viens de l'état-major, à l'église on m'a dit que vous seriez ici.

– C'est moi.

Il le salua à la hâte.

– On nous a prévenus de Molevo…

Ce mot leur suffit pour comprendre que la chance leur souriait. Arturo prit le pistolet avec précaution, puis ils sortirent précipitamment de la cabine et commencèrent à se rhabiller.

– Qu'est-il arrivé ? demanda Arturo.

– Il est encerclé. Il a été surpris dans un des cloîtres avec un soldat.

– Il l'a tué ?

– Oui, ils ne sont pas arrivés à temps.

Arturo serra les lèvres et fit non de la tête.

– Comment a-t-il pu entrer sans être arrêté ? grogna Espinosa.

– Je n'en sais rien.

– Bon, tu viens avec nous.

Ils finirent d'enfiler leurs uniformes et de boucler leurs ceinturons. Le curé les observait, debout près de la porte du sauna. Tout son corps était luisant de sueur, chacun de ses muscles saillait comme dessiné par un anatomiste. Arturo lui rendit son regard.

– Nous n'en avons pas encore fini, le défia-t-il.

– Vous savez où me trouver.

Arturo mit fin sommairement à l'entretien et donna une tape dans le dos d'Espinosa et du soldat pour les inviter à le suivre. Le plus urgent était de trouver Antonio.

Le calme le plus absolu régnait sur Molevo. Ses formes architecturales, émoussées par l'érosion du vent, se dressaient comme un gigantesque écueil dans une mer polaire. Les flocons de neige tombaient dru sur les coupoles, et un froid déchirant s'insinuait dans l'infinie volonté plastique de leurs mouvements erratiques. Arturo, debout près de la troïka, pressa l'épaule d'Antonio et sentit la dureté de l'os, l'élasticité de la chair. Les chevaux hennissaient nerveusement en secouant doucement la tête.

– Tu nous attends ici, compris, Antonio ?

Le sourire d'Antonio frisait l'idiotie, ce que démentait l'efficacité avec laquelle il les avait conduits au monastère. Arturo lui rendit son sourire, assombri par le vertige fugace qu'il éprouva durant quelques secondes, le temps d'obliger son âme à cesser d'opprimer son corps, puis il amorça une marche pénible dans la neige. La porte colossale du monastère était ouverte. Ils entrèrent, sur le qui-vive, pointant leurs armes sur tout ce qui pouvait bouger. Ils parcoururent rapidement les couloirs, épiés par les baphomets sculptés dans l'énigmatique héraldique des murs. Des squelettes en haillons firent leur apparition dans tous les coins, abritant dans leur tête le secret qui les rendait fous. Ils arrivèrent dans la cour où gisait la statue abattue de Lénine ; deux gendarmes, qui portaient au cou le hausse-col réglementaire, étaient retranchés derrière l'un des murets. Arturo s'accroupit près d'eux, suivi des autres qui se serrèrent à leur côté. Ils se saluèrent aussi martialement que le permettait la situation.

– Comment c'est arrivé ?

– On a été obligés d'abandonner la surveillance des cachots parce qu'il y avait du grabuge dans les couloirs, expliqua un soldat aux très petits yeux. On a cru que des partisans avaient réussi à entrer, mais ce n'était qu'une bagarre entre les dingues. Ça n'a pas duré, mais en revenant, on a trouvé ce salopard dans la cour en train de faire des siennes. On lui a crié de s'arrêter, mais il a été plus rapide et il s'est mis à tirer. Il a bien failli nous avoir.

– Vous avez vu son visage ?

– Il portait un passe-montagne.

Arturo n'eut pas besoin d'en savoir davantage. Il regarda prudemment par-dessus le muret ; le scintillement cru de la neige inondait toute la cour, alimenté millimètre après millimètre par l'humeur changeante des flocons. Il étudia la scène comme s'il s'agissait d'un tableau. Il découvrit la signature à gauche de la statue renversée : un soldat, couché sur le ventre, baignant dans une mare de sang gelé. Il avait partiellement été coupé en morceaux et une hache abandonnée se trouvait près de lui. C'était le châtiment pour le troisième grade de la franc-maçonnerie, se rappela Arturo. Puis il examina avec attention le muret d'en face, cherchant des indices de la présence de l'assassin qui ne donna pas signe de vie. Arturo se remit à couvert et appuya son dos contre la pierre; la vapeur de sa respiration agitée s'effilochait dans l'air.

– Vous êtes sûrs qu'il est toujours là?

– Sûrs et certains! affirma l'autre soldat dont la barbe était pleine de givre.

– Au pire, il a trouvé une sortie.

Le gendarme fit non de la tête et, pour le prouver, enroula la courroie de son mauser sur son avant-bras, s'appuya sur le muret, visa soigneusement et tira deux coups. À peine s'était-il baissé qu'une courte rafale lima le bord du muret.

– Je vous l'avais bien dit, maugréa-t-il en posant une main sur son casque comme s'il allait s'envoler.

Arturo observa l'un après l'autre les quatre visages qui attendaient ses ordres. Le sauna avait rendu sa peau hypersensible comme s'il était sur le point d'avoir un accès de fièvre. Il fallait pourtant avoir les idées claires. Et vite.

– Bon, décida-t-il. Je le veux vivant. Il ne peut pas s'échapper, alors on va attendre. Toi et toi – il désigna les deux soldats de garde –, placez-vous dans ces deux coins du cloître. Toi – il indiqua du menton le soldat qui était venu les prévenir –, tu restes avec moi pour me couvrir. Et vous, sergent, prévenez par radio pour qu'on nous envoie des renforts.

– Et vous?

– Je vais essayer de lui parler. Exécution.

Il frappa dans ses gants avec force et le groupe se dispersa en suivant ses instructions. Ensuite, il appuya son fusil sur la pierre et se retourna ; ses yeux dépassaient de quelques centimètres le rebord du muret.

– Tu m'entends ? cria-t-il. Je m'appelle Arturo, Arturo Andrade – l'écho de son nom rebondit sur les voûtes et les colonnes. C'est fini, tu comprends ? Tu es cerné. Je sais tout, les perfectibilistes, les châtiments, comment tu as tué Luis del Águila dans les douches, la mort d'Agustín Covisa... Tu auras droit à un procès en règle, je te le promets. Mais c'est fini. Réponds !

Ses cris demeurèrent sans réponse, une absence accentuée par la neige qui tombait. Arturo entendit sa propre respiration et vit la buée de son haleine se disperser dans l'air. Le temps passait et il décida de bluffer un peu. Il mit ses mains en porte-voix autour de sa bouche et cria de toutes ses forces.

– Je suis aussi au courant pour Teresa.

Quelque part, dans la pénombre, la rafale bleutée d'un fusil-mitrailleur éclata, à laquelle ripostèrent aussitôt les sentinelles. Arturo s'abrita et donna l'ordre de cesser le feu. Les tirs s'espacèrent puis s'arrêtèrent ; il était satisfait, car ce n'était pas une accumulation de balles mais de preuves. Il s'installa pour attendre, il n'y avait que cela à faire. Espinosa ne tarda pas à revenir et s'agenouilla à côté de lui.

– Qu'est-ce qui s'est passé ? J'ai entendu des coups de feu.

– Je crois que je lui ai dit quelque chose qui ne lui a pas plu, répondit Arturo.

Le visage d'Espinosa exprima la perplexité, mais il se concentra sur ce qu'il avait à lui dire.

– À l'état-major, on m'a dit que les renforts étaient déjà en chemin.

– Comment ça, ils sont déjà en chemin ? Mais on n'avait pas prévenu...

– Intercession divine, ajouta-t-il, sarcastique.

– Il y a quelque chose de bizarre là-dessous…

Son étonnement se trouva soudain justifié par des cris mêlés à des coups de feu.

– Merde ! Qu'est-ce que…

Une fantastique vague de fous déferla sur le cloître en se bousculant, emplit les galeries et s'exposa même à la neige. La panique se reflétait sur les visages faméliques.

– Qu'est-ce qu'ils fuient ? se demanda Arturo à haute voix.

– Des Ruskofs ? suggéra Espinosa froidement en armant son fusil.

– Aucune idée, mais on va vérifier. Il s'adressa aux sentinelles : Ne bougez pas, restez là où vous êtes, vous m'entendez ? Surveillez ce salaud.

Mais juste au moment où ils se disposaient à sortir, deux soldats allemands firent irruption dans le cloître. En les voyant, ils s'arrêtèrent à quelques mètres d'eux, tout aussi perplexes et irrésolus. Ils en étaient encore à se demander ce qu'ils allaient faire, quand un troisième Allemand apparut, mais celui-ci n'hésita pas une seconde, il mit les Espagnols en joue et leur ordonna de lâcher leurs armes. Ses yeux morts, sa mine patibulaire, semblèrent familiers à Arturo. Einsatzgruppen, le mot brilla inopinément dans son esprit. C'était le SS qui avait failli tirer une balle dans la tête d'Alexandre. En découvrant que l'Allemand l'avait aussi reconnu, la peur lui noua l'estomac. En dépit des malédictions d'Espinosa, ils obéirent ; tous, sauf le soldat barbu qui s'approcha des Allemands, le poing menaçant, maudissant leurs mères. Les ordres du SS furent foudroyants et il fut violemment maîtrisé et poussé près des autres Espagnols, contre le mur. Contrairement aux craintes d'Arturo, le SS les ignora et se chargea d'organiser le reste des Allemands qui n'avaient cessé d'arriver. À ses ordres, il comprit qu'ils s'étaient employés à parquer les fous comme du bétail en les regroupant dans le cloître. Lorsqu'ils furent certains qu'il n'en manquait aucun, ils les encerclèrent pour les empêcher de fuir et attendirent. Quelques minutes plus tard, un officier apparut. En le voyant, Arturo se souvint du commentaire de Reyes Zarauza : « Magie Noire… Ils font disparaître les gens. » C'était Wolfram Kehren. Comme Espinosa, il portait un énorme manteau de mouton et, après avoir salué, il enleva sa casquette d'un geste théâtral pour étudier la situation, découvrant son visage géométrique et inexpressif. Mais ce fut seulement en voyant entrer Hilde qu'Arturo blêmit. Bien que sa présence fût logique, elle échappait à son raisonnement. Elle était chaudement vêtue d'un manteau de fourrure et il était choquant de voir son beau visage, glacé comme la mer en hiver, sous un casque d'acier. Malgré cela, elle ne perdait rien de son pouvoir de fascination ; malheureusement, c'était Zira qui en avait fait les frais et en payant le prix fort. Il continua à l'observer, sentant que le noyau essentiel de son être fondait au point de devenir un amas informe de sentiments, incapables d'agir, puis, avec le désir, lui revint le souvenir de l'obscurité désordonnée, pleine de mines et de cavernes, qu'il avait entrevue en lui-même durant la fête. Il se souvint aussi des paroles de Kehren : « Une race a le droit naturel de dominer et même d'exterminer des nations plus faibles… Les Soviétiques sont des sous-hommes, c'est pourquoi ils doivent s'effacer devant leurs nouveaux maîtres. » Il se souvint de la façon dont le capitaine regardait le bois pendant l'exécution du jumeau. Il se souvint du ténébreux fétiche de l'hygiène sociale nazie. Angoissé par la conscience de ce qui allait se produire, il tenta d'attirer l'attention du capitaine, d'arrêter le mouvement de couperet de la croix gammée qui s'était mise à tourner. Wolfram Kehren aperçut Arturo, mais son expression glaciale ne s'altéra en rien et il ne lui prêta aucune attention. En revanche, Hilde lui répondit : elle posa son index sur ses lèvres, l'incitant à se taire. Sans plus tarder, Kehren donna des ordres précis et deux soldats – cachés jusqu'alors – entrèrent dans le cloître avec une mitrailleuse qu'ils placèrent en position de tir, prenant les malheureux dans leur ligne de mire. Les autres SS les tinrent également en joue. La terreur s'empara des victimes. Cris, lamentations, sanglots. Certains se livraient à des gesticulations insolites, comme s'ils pouvaient ainsi tenir à distance le destin ou la mort. À un moment donné, Arturo découvrit Micha qui se frayait un passage à travers la foule et l'appelait à grands cris avec l'énergie du désespoir.

– *Feuer!*

L'ordre de Kehren claqua, sec, inattendu, et la mort s'abattit sur tous ces pauvres hères comme si quelqu'un avait renversé sur eux un cercueil avec tout son contenu. La mitrailleuse dévora peu à peu la bande de cartouches avec de petites secousses convulsives, en rafales courtes mais continues, accompagnée par des fusils-mitrailleurs et des pistolets qui anéantirent tout le monde. Des centaines de douilles tintèrent sur le sol et le servant de la mitrailleuse dut changer le canon chauffé à blanc avec un gant d'amiante. Puis ils continuèrent à tirer. Dans la bulle de temps qui se forma, Arturo les observa tous, Kehren, Hilde, les SS : l'indolence de leurs regards, qu'il avait déjà remarquée chez l'Einsatzgruppe, donnait l'impression que leur cerveau était toujours en retard sur leurs mains. Et il comprit que c'étaient eux, les nouveaux empereurs. Étranges pour eux-mêmes et pour le monde, n'ayant aucune notion du passé ou de l'avenir; des enfants égoïstes et solitaires jouant sous le ciel infiniment pur de la cruauté, tuant sans haine, sans raison, inaugurant ainsi pour le monde une époque implacable. L'ordre suivant de Kehren, «*Halt! Halt!*», se propagea d'un homme à l'autre, arrêtant progressivement les tirs jusqu'aux dernières rafales isolées. Les Allemands ne tardèrent pas à pénétrer dans ce labyrinthe de cadavres pour achever les vivants d'une balle à bout portant dans la tête. Les coups de feu résonnaient sous les voûtes.

– Pourquoi ? s'écria, affolé, le soldat aux petits yeux.

Une question à laquelle il était facile de répondre, mais impossible de trouver une justification, pensa Arturo. Les SS n'en avaient pas encore fini avec leur atroce besogne lorsque, soudain, à travers la neige, à une extrémité du cloître, apparut un soldat, le visage dissimulé par un passe-montagne. Il déposa le fusil-mitrailleur qui pendait à son cou et leva légèrement les mains, montrant ses paumes. Puis il avança entre les cadavres criblés de balles. La surprise d'Arturo fut partagée par tous, mais personne ne sut comment réagir. L'homme traversa le cloître et prit la galerie où ils se trouvaient ; ses bottes heurtaient les douilles de cuivre qui tintaient comme des grelots, brisant le silence onirique qui était retombé. Il passa près de Kehren et, comme s'il savait que les loups ne se mordent pas entre eux, le dépassa et sortit par la porte. Des années plus tard, Arturo ne parviendrait toujours pas à faire une lecture rationnelle de ce qui était arrivé : peut-être s'attendait-il à voir un démon maléfique, une incarnation de la mort ; peut-être s'était-il préparé à tout affronter, sauf un homme. Espinosa dut franchir cette ligne invisible en lançant un juron sonore qui força Arturo à revenir de sa stupeur et à se débattre contre les Allemands pour expliquer à Kehren que le meurtrier venait de leur échapper. Le capitaine sembla tout aussi déconcerté que lui, mais il finit par céder en ordonnant qu'on leur rendît leurs armes. Pour la dernière fois, Arturo chercha Hilde, sa présence lui confirmait encore qu'il serait aussi impossible de la posséder que de cesser de l'aimer, puis il partit en trombe avec le sergent. Ils n'avaient aucun doute quant à la direction à prendre et l'assassin ne pouvait pas être bien loin. Ils coururent dans les couloirs du monastère, glissant dans les tournants, se bousculant dans les escaliers, jusqu'au moment où l'espoir finit par s'insinuer entre l'anxiété et la peur : ils reconnurent enfin le couloir qui menait aux cachots. Sur l'éperon rocheux de l'entrée, ils ne trouvèrent pas la lanterne à dynamo, signe que l'assassin pouvait l'avoir emportée et qu'ils avaient pris la bonne décision, mais aussi qu'ils devraient avancer sans lumière. Ils échangèrent un regard : ils n'avaient pas le temps d'hésiter. Ils franchirent le rectangle noir du couloir, l'arme pointée, et longèrent les murs en progressant avec précaution. Des champignons, telle une tapisserie lépreuse, laissaient sur leurs gants une substance gluante comme si les pierres transpiraient. L'obscurité suffocante n'en finissait pas de ruisseler tandis qu'ils cherchaient quelque trait de lumière pour les guider jusqu'à la sortie. Curieusement, on n'entendait ni les chocs métalliques ni les lamentations des condamnés. Arturo était sur le point de faire un commentaire quand, parmi les ombres, l'une d'elles se contorsionna, puis une autre, et encore une autre, puis tout l'abîme les observa. Une foule de spectres faméliques se jetèrent sur eux cherchant leurs yeux, leurs cous ; dans sa fuite, l'assassin avait ouvert les cellules dans le but de retarder quiconque tenterait de le suivre. Arturo n'arrivait même pas à distinguer les visages et, au début, tous deux se retinrent de tirer, mais les violentes étreintes des fous les obligèrent à faire feu. Les rafales illuminèrent fugacement portes, voûtes, murs, mains tendineuses, visages immondes, corps couverts de haillons… Par manque d'espace, Arturo dut lâcher son fusil et utiliser son Tokarev, tirant à bout portant sur tout ce qui tentait de l'agripper. Ce furent des moments d'angoisse amplifiée par le silence dans lequel se déroulait la bagarre. Après le dernier coup de feu, une odeur de poudre, épaisse et âcre, inonda tout.

– Ça va, Arturo ? s'entendit-il demander par un Espinosa épuisé.

– Oui, sergent, un peu meurtri mais ça va, et vous ?

– Ça pourrait être pire. Ne perdons pas de temps, maintenant il a de l'avance sur nous.

Arturo sentit qu'une main le cherchait dans l'obscurité et

le poussait en avant. Tout au fond, ils aperçurent un rai de lumière qui s'allongeait ou diminuait. Ils suivirent la mince ligne claire jusqu'à la sortie puis ouvrirent grand la porte bercée par le vent. Dehors, ils furent éblouis et désorientés durant quelques instants. Lorsque leurs yeux s'accommodèrent à l'excès de luminosité, ils découvrirent que l'hiver avait ôté son masque neutre pour en mettre un autre, plus terrifiant. Le vent plaquait leurs vêtements, qui se gonflaient comme des ballons dans leurs dos, et les faisait suffoquer comme s'ils avaient sauté en parachute, alors que la neige tombait plus fort en tourbillonnant dans une infinie volonté métamorphique. Il neigeait aussi sur le cadavre égorgé du SS qui gisait là, à quelques mètres de l'entrée. Les Allemands avaient fait leur travail et placé des sentinelles à chaque issue possible, mais cela n'avait pas arrêté l'assassin.

– Sergent !

Au cri d'Arturo, Espinosa suivit la direction qu'il lui indiquait. Sa main pointait vers la veine gris jaunâtre du bois, où une silhouette se découpa brièvement sur les arbres avant de disparaître.

– Il n'a pas tellement d'avance sur nous, remarqua Espinosa. Le Fritz lui a fait perdre du temps.

Sans plus tarder, ils empruntèrent la voie tracée dans la neige jusqu'à l'orée du bois. La piste zigzagante descendait entre les troncs pour atteindre les rives de la Slavianka. Ils pressèrent le pas, certains que si l'homme parvenait à franchir la rivière, il leur échapperait en se perdant dans Mestelevo. En sueur, couverts de neige, ils réussirent à l'apercevoir de nouveau alors qu'il allait la traverser. Ils lui crièrent de s'arrêter sans le moindre résultat et Arturo, furieux, s'appuya précipitamment contre l'écorce argentée d'un bouleau, cala l'arme contre son épaule, manœuvra la culasse, respira profondément, visa et tira. Un infime filet de glace jaillit, un mètre à gauche du fugitif qui s'immobilisa. Il prit tout son temps, mais finit par se retourner lentement.

Apparemment il se rendait ; cependant Arturo n'arrivait pas à croire que cela fût si simple. Ils se remirent à avancer prudemment. Espinosa n'était pas disposé à tolérer une nouvelle scène de stupeur et il lui fit clairement comprendre qu'il n'y aurait pas de deuxième fois.

– Les mains sur la tête, hurla-t-il.

L'inconnu s'exécuta sans hâte. Malgré la distance et bien que l'homme ne semblât pas avoir d'arme à feu, chaque pas qui les rapprochait de lui leur causait une étrange angoisse, presque une prémonition. Dans l'une des dernières descentes, Arturo chancela, tomba sur les fesses et glissa sur quelques mètres. Espinosa qui le suivait s'approcha pour l'aider. Ce fut alors que le coup de feu retentit. Arturo sursauta et regarda l'inconnu qui les visait avec un pistolet fumant ; puis il chercha Espinosa. Il était toujours debout, à côté de lui, mais son visage était décomposé ; le simple fait de respirer était devenu conscient, douloureux, il réussit toutefois à résister jusqu'au moment où un filet de sang se mit à couler des commissures de ses lèvres. Son fusil-mitrailleur lui glissa des mains, il tomba à la renverse et s'enfonça dans la neige. Arturo ne bougea pas, l'inconnu le tenait en joue sans se décider à tirer, comme s'il attendait quelque chose. Les secondes palpitèrent puis, soudain, il recula de plus en plus vite avant de se retourner et de se mettre à courir vers l'autre berge. Arturo ne comprit pas immédiatement le jeu : c'est la possibilité de choisir qui nous complique la vie. L'assassin lui offrait une alternative : le poursuivre ou essayer de sauver son ami. Il aurait pourtant pu les tuer tous les deux. Pourquoi ne l'avait-il pas fait ? Arturo se précipita sans hésiter vers Espinosa et lui souleva la tête qu'il appuya contre sa poitrine. Il percevait la pâleur et la rigidité de son corps ; il lui enleva son casque, déboutonna son manteau de mouton et ouvrit sa vareuse. Le sang sortait à gros bouillons d'un trou dans l'estomac et se répandait par capillarité sur la neige, un rouge sombre qui devenait rose en se délayant.

Il sortit des bandes de son havresac pour lui donner les premiers soins ; un gémissement sourd s'échappa des lèvres du sergent.

– Ce n'est rien, sergent, une éraflure, le rassura Arturo. Dans une semaine, vous rejoindrez votre famille.

Le sourire du sergent se changea en une moue torturée. Des bulles de sang sortaient de sa bouche. Les sourcils froncés et les traits crispés, il articula quelques mots avec beaucoup de difficulté.

– Il m'a guéri mon ulcère…

Arturo sourit tristement. Il sentait qu'à chaque respiration une bouffée d'âme s'enfuyait à toute vitesse de son corps. Il termina le bandage, passa un des bras du sergent sur ses épaules, le souleva et le porta avec les havresacs et les armes.

– Courage, sergent, encore un effort.

Ils contournèrent Molevo tant bien que mal et finirent par retrouver la troïka d'Antonio qui, dès qu'il les aperçut, aida Arturo à transporter le blessé. Même Aparicio n'aurait pas été capable de conduire la troïka avec la délicatesse et la rapidité dont fit preuve le Russe ; Arturo lui en serait à jamais reconnaissant. Couché sur le dos, essayant d'arrêter de ses mains le sang qui s'étalait sur les bandes, Arturo le maintenant pour éviter qu'il fût trop secoué, Espinosa serrait les dents et demandait dans combien de temps ils atteindraient Mestelevo.

– On arrive, sergent, mentait Arturo. On y est presque…

Sous d'épais flocons de neige, ils atteignirent à l'hôpital de campagne où des brancardiers vinrent chercher le blessé, qu'ils conduisirent directement en salle d'opération. Arturo les suivit comme happé par le courant. C'était une vaste salle et les infirmiers déposèrent le sergent sur une des tables. Quelques minutes plus tard, le capitaine Alfredo Larios entra, les manches de sa blouse blanche retroussées, accompagné de ses aides. Il regarda Arturo et le blessé. Sans faire de commentaire, il demanda ce qui était arrivé ; dès qu'Arturo lui eut résumé les faits, le commandant se livra à un rapide examen d'Espinosa en égrenant un chapelet d'ordres. Ils déshabillèrent le blessé, nettoyèrent la plaie ; on entendit le tintement des pinces, des bistouris, des ciseaux… Arturo se retira dans un coin et Larios ajusta un masque de tissu blanc sur sa bouche. Dès lors, il économisa ses paroles autant que ses mouvements. L'odeur d'alcool se mêla à la sueur et tandis qu'Espinosa frissonnait dans un sommeil d'éther, Larios cherchait férocement la moindre parcelle de vie qu'il pût coudre à son corps. Arturo épia la bataille sur le visage cireux du sergent jusqu'au moment où il se transforma en une chose différente, comme lorsque l'on dit d'un parent qui vient de mourir qu'il n'est plus le même ; un instant presque insaisissable, ce mystérieux instant où l'âme déserte le corps et le laisse aussi vide qu'une maison abandonnée. « Mon capitaine. » Le soldat qui contrôlait le pouls ne put être plus explicite. Larios, le front couvert de sueur, déploya tout son art et tira avec force sur tous les fils pour lui faire reprendre son envol comme s'il s'agissait d'un cerf-volant. Finalement tout fut inutile. Le capitaine, épuisé, enleva lentement son masque et se dirigea vers Arturo.

– Il avait perdu beaucoup de sang. Cela aurait été un miracle. Je suis désolé.

Trois heures. Bien qu'Arturo n'en fût pas conscient, c'était le temps qu'avait duré l'opération. Cent quatre-vingts minutes durant lesquelles il était resté debout, tendu, en proie à une stupeur intemporelle. Après les paroles du médecin, Arturo recula, abasourdi, cherchant un mur où s'appuyer, et il se laissa glisser, tomber, jusqu'à s'asseoir par terre. Puis il se mit à prier. Il supplia d'être capable de pleurer. Ne serait-ce qu'une seule larme. Car il sut que sinon, il deviendrait fou.

12

Thermopyles

La mort d'Espinosa l'avait plus affecté qu'il ne l'aurait cru. Cinq jours après l'enterrement, toutes les séquences des événements défilaient dans sa tête où elles ne cessaient de cogner, telle une boule de démolition. Il croyait y voir la conséquence de son attachement à la figure paternelle d'Espinosa ; une simple illusion qui l'avait cependant aidé, ainsi que les rituels géométriques de la vie militaire, à supporter la frustration élémentaire qui, semblable à des alluvions, s'était peu à peu accumulée depuis son départ de Madrid. Mais maintenant Espinosa avait disparu, comme ses parents, et, encore une fois, une malédiction semblait planer sur sa vie, s'acharnant à faire disparaître les gens au moment où il avait le plus besoin d'eux. Il contempla le dépôt noirâtre que le café avait laissé au fond de son gobelet et respira l'odeur qui embaumait sa mansarde. Un doute funeste s'empara de lui. Ces derniers jours, il avait malgré tout poursuivi son enquête. La nouvelle victime s'appelait Joaquín Tiempo Meneses ; âgé de vingt-cinq ans, célibataire, originaire de Gamonal de Ríopico, province de Burgos, il avait été envoyé à Krasny Bor avec la compagnie de sapeurs du 262e. Pendant la guerre, il s'était battu à Somosierra avec la 1re compagnie de la Phalange de

Burgos, puis il avait continué la bagarre dans la région de Valence avec les chasseurs de Melilla, pour finir sur le front de l'Èbre et en Catalogne avec la 3e division de légionnaires. On avait aussi inscrit sur sa peau la suite de la comptine : « PRENDS GARDE, TU VAS MOURIR ». Tout collait, excepté que pour venir en Russie, il était passé par le bureau de recrutement de Barcelone. En résumé, il n'était ni phalangiste ni franc-maçon, et ne s'était pas non plus engagé à Valence, ce qui impliquait que ces données, au lieu de renforcer les précédentes, les annulaient, et faisaient renaître la confusion dans l'esprit d'Arturo. Pire encore, au sein de la Division, la recherche générale sur les individus au passé criminel et sur les liens maçonniques des engagés à Valence n'était pas concluante, pas plus que l'examen du courrier – y compris celui de Joaquín Tiempo Meneses et les lettres en possession d'Erundina del Águila. Arturo eut beau reprendre son analyse de tous les éléments, dans un sens puis dans l'autre, le solde entre actif et passif restait négatif. De nouveau, les principes se limitaient aux événements et les lois se réduisaient aux circonstances, ce qui le plongeait dans la perplexité. Il ne pouvait compter que sur l'aumônier, ce convive de pierre, sur un prénom certain, Teresa, et un nom incertain, Estruch, Estrella, Estrada… et sur cette pupille contractée que lui avait signalée Paramio Pont. Décidé à aller au fond des choses, il était obnubilé par une question : pourquoi l'assassin n'avait-il pas tiré sur lui au bord de la Slavianka ? Et Dieu le regardait toujours… Il posa son gobelet et se leva du lit pour repousser une bûche en partie brûlée qui menaçait de tomber hors du poêle. Le feu l'embrasa en s'enroulant sur l'écorce. Arturo se rassit, se frotta un œil. Et Zira ? Il l'avait cherchée en vain dans tout Mestelevo pour lui expliquer qu'il y avait des choses inexplicables, l'âme humaine par exemple, et pour lui demander pardon. Il s'allongea et replia son bras sur ses yeux. Un rideau noir se fermait en lui. Tout se conjurait pour l'éprouver et lui faire perdre sa lucidité, pour le noyer dans la magie grégaire et l'obliger à s'avouer vaincu. Mais la boule continuait son œuvre de démolition.

– Quelqu'un doit faire justice, lui disait Octavio.

– Où sont les enfants, mon père ? répétait Espinosa.

Alexandre. Alexandre… Son visage atterré derrière l'arme de l'Allemand. Ferme les yeux, Alexandre. Ferme-les. Car nous portons en nous un enfant et tant qu'il en sera ainsi, nous pourrons échapper au mal sous le manteau de l'innocence, ferme les yeux, nous franchirons des rivières, nous essuierons des tempêtes, ferme les yeux, petit, nous pourrons même traverser les flammes de l'enfer.

Où ?

Où sont les enfants, mon père ?

Arturo se leva. Il sortait d'une nuit épouvantable. Pour la première fois, il comprit que, dans cette affaire, la logique ne l'aiderait pas plus que le tarot ou le marc de café, et il n'hésita pas à utiliser mentalement un *ouija*[1]. D'accord, il n'y avait pas de réponse, mais il restait beaucoup de questions et, surtout, une personne à qui les poser. Il avait besoin pour cela d'une autorisation spéciale. Il pensa à Navajas ; cependant, l'imminence de l'attaque russe tout comme sa propre inertie ne faisaient pas du lieutenant-colonel la personne la plus indiquée pour la lui accorder. Il pensa à Reyes Zarauza, « parfois les seules lois valables sont celles qui ne sont pas écrites ». Il souleva le combiné et demanda à être mis en communication avec le quartier général. Le commandant ne tarda pas à décrocher et Arturo lui expliqua son plan. Le silence qui s'ensuivit sembla donner des yeux au téléphone.

1. Accessoire pour pratiquer le spiritisme.

– Êtes-vous certain de ce que vous dites au sujet de l'aumônier ? demanda Reyes Zarauza.

– Il n'y a pas de fumée sans feu, mon commandant.

– Vous rendez-vous compte de ce que vous allez faire ?

– Oui.

– Et si vous vous trompez ?

– Vous voulez encore arrêter l'assassin, n'est-ce pas ?

– Oui, mais je vous répète ma question.

– Vous pourrez toujours me faire fusiller.

Un gloussement qui tenait du rire indiqua qu'il jugeait la réponse satisfaisante.

– Vous auriez fait un bon torero, lui répéta-t-il. De quoi avez-vous besoin ?

– Je n'ai besoin que de votre approbation.

– Vous l'avez, soldat, vous l'avez…

Le commandant ne jugea pas nécessaire de prolonger la conversation et raccrocha. L'écouteur grésilla comme un coquillage qui aurait absorbé toute l'eau de la mer. Arturo raccrocha à son tour et prépara son havresac où il mit une thermos de café, quelques rations de survie, un livre et son Tokarev. Puis, tandis qu'il s'habillait pour affronter le froid, il songea à la chaleur de la Méditerranée. Il pensa à Espinosa et souhaita qu'il fût arrivé au paradis une heure avant que le diable ne se fût aperçu de sa mort. Un paradis auquel il ne croyait plus, plein de filles en costume de paysannes valenciennes, de marchands de gaufres avec leurs tours d'oublies grillées, de pétards, de feux de joie, de géants de carton, et de fanfares. Et, bien entendu, avec un tank à la porte pour lui souhaiter la bienvenue.

La proue de l'hiver avait violemment pris le front en enfilade, faisant descendre le thermomètre jusqu'à quelque quarante degrés au-dessous de zéro, ce qui ne faisait pas du froid une absence de chaleur, mais quelque chose d'affirmatif, de massif. Sous son emprise, entouré d'un halo glacial se détachant sur un ciel clair, Mestelevo patientait, tendu par l'attente ; on parlait d'une concentration de plus de quarante mille Russes, de centaines de pièces d'artillerie, d'orgues de Staline, et de nombreux chars d'assaut T-34 et KV-1 dans le saillant de Kolpino près de Krasny Bor, prêts à les dévorer corps et âme. L'imminence de l'attaque et la proportion de trois contre un se reflétaient dans l'activité incessante de la Division dont la sérénité était cependant impressionnante ; des hommes extraordinairement jeunes renforçaient les tranchées et nettoyaient leurs armes avec tout le calme dont avaient fait preuve les Spartiates au défilé des Thermopyles, du moins tels qu'Arturo les imaginait. Tandis qu'il cherchait Aparicio dans tout le cantonnement, il se sentit fier de cette démonstration de force, beaucoup plus authentique que celle des Russes, uniquement limitée à la sphère matérielle. Il finit par trouver le caporal dans les écuries ; sous les aiguilles de glace qui pendaient du toit, il se tenait près d'un cheval. Sa tête arrivait presque à la même hauteur que celle de l'animal auquel il passait un harnais décoré de couronnes de bronze et dont il caressait la crinière sur le long cou arqué. Arturo imagina le cheval cabré, montant sur les autres pour échapper au piège glacé de la Slavianka, évoluant comme un mirage, entrant et sortant d'un brouillard qui abolissait toutes les formes…

– Bonjour, caporal.

Il se mit au garde-à-vous devant Aparicio et fut immédiatement pris à la gorge par une odeur forte et tiède, mélange de fumier et de sueur.

– Le camion est de nouveau foutu ?

– Arturo… – le visage d'Aparicio s'assombrit. On m'a dit pour le sergent. Je suis désolé.

– Ce sont des choses qui arrivent, caporal.

Aparicio comprit qu'il ne devait pas laisser paraître sa compassion. Il caressa le cheval qui hennit et se dressa.

– Non, le camion marche bien, dit-il pour changer de sujet. J'étais seulement en train d'aider un copain.

Il désigna, au fond de l'écurie, un soldat qui soulevait une botte de paille.

– Il est maigre, fit remarquer Arturo en caressant lui aussi le cheval.

– Ici, les seuls qui ont eu du rabe, c'est ceux d'en face.

Et il pointa son menton vers Kolpino.

– On engraisse toujours les animaux avant de les envoyer à l'abattoir. Ça s'annonce mal.

– Oui, ça va chauffer.

– Alors, on va encore devoir tirer les marrons du feu pour les Fritz, vous ne croyez pas ?

– On n'a pas le choix.

Arturo fit signe qu'il approuvait et leva le menton pour observer le ciel.

– Et qu'est-ce que vous pensez du temps ? demanda-t-il au caporal.

– Le temps ? Aparicio sembla déconcerté. Eh bien, il va se maintenir, je suppose.

– Vous croyez ?

– Oui, il n'y a pas de nuage. Mais il va continuer à faire un froid de canard. C'est sûr.

– Il va peut-être neiger.

– Neiger… ?

Aparicio devina alors que la dernière chose dont Arturo avait envie de parler, c'était du temps. Il passa plusieurs fois son énorme main sur le flanc rugueux de l'animal qui frappa le sol de ses fers.

– Et ton enquête, ça avance ? dit-il pour lui tendre la perche.

– Le diable peut prendre de nombreuses apparences. J'en cherche une.

Aparicio comprit la difficulté de l'entreprise et appuya la main sur une des narines de son énorme nez pour se moucher. Puis il exécuta la même opération de l'autre côté.

– Ça, c'est pour le diable !

Il sourit, toujours aussi à l'aise. Son visage de gamin demeurait étrangement intact derrière sa cicatrice.

– Ces jours-ci, vous m'avez dit que je pouvais compter sur vous si j'avais besoin d'aide, commença Arturo, comme absorbé par toutes les nuances de gris dont la neige déployait le spectre sous ses pieds. Seriez-vous disposé à me donner un coup de main, là, tout de suite ?

Aparicio se racla la gorge.

– En quoi ça consiste ?

Arturo leva les yeux.

– Vous n'aurez rien à faire, seulement à être présent au cas où les choses tourneraient mal.

– Et avec qui je dois être présent ? demanda-t-il astucieusement.

Arturo lui fit un résumé de ses recherches en séparant les faits avérés des probabilités, expliqua que tout convergeait vers l'aumônier et qu'il avait la bénédiction de Reyes Zarauza. Aparicio serra les dents en entendant mentionner le nom du prêtre et il reporta ostensiblement son attention sur le cheval. Mais Arturo ne s'avoua pas vaincu : il savait que le monde n'est qu'une suite de coactions. En tout genre.

– Caporal, attaqua-t-il, je ne me fie plus à personne. Le seul en qui j'avais confiance, c'était le sergent. Et je vous assure que maintenant je n'ai plus que vous.

– C'est un curé... objecta Aparicio.

– Je vous le demande, s'il vous plaît...

– Vraiment, je ne sais pas...

– S'il vous plaît...

– C'est un curé, répéta-t-il.

– Je n'ai plus que vous...

Aparicio respira profondément en soufflant des nuages de vapeur dense. Il tapota le cheval avec une joyeuse arrogance.

– Et toi, qu'est-ce que t'en penses ?

Le cheval tourna violemment la tête, en hennissant, l'obligeant à tirer sur les rênes. Aparicio fit la moue en guise d'acceptation.

– Si ma mère apprend ça, elle va m'étriper, affirma-t-il à Arturo.

– Je ne lui dirai rien.

– J'espère bien, dans son intérêt.

– Je vous remercie, caporal. Sincèrement.

Aparicio haussa les épaules et se retourna pour appeler son ami auquel il tendit les rênes. Puis, d'un mouvement brusque, il frappa ses épaules engourdies par le froid et se signa.

– Quand tu voudras.

Arturo sentit que, pour la première fois au cours de cette poursuite, c'était lui le chat. Ce n'est pas le moment de te prendre les pattes dans la pelote de laine, se dit-il.

– Est-ce qu'on pourrait, pour quelques heures, disposer de l'isba où on a fait la fête ? lui demanda-t-il.

– Pas de problème, je pense.

– Très bien. À partir de maintenant, ne vous inquiétez pas de ce que je pourrai dire ou faire, j'en serai l'unique responsable. Empoignez votre flingue et restez à côté de moi, c'est tout. On y va, il n'y a pas de temps à perdre.

Arturo se dirigea d'abord vers la chapelle orthodoxe. Sur l'un des côtés, quelqu'un avait fait un grand bonhomme de neige avec une moustache à la Staline et fiché deux baïonnettes dans son cœur frigide. Ils entrèrent dans l'église sans prévenir. Heureusement, ils n'auraient pas à tendre leurs filets dans un Mestelevo en pleine ébullition : l'aumônier se tenait au milieu de la nef, entre les longs bancs de bois, et ramassait des morceaux de plâtre qui s'étaient détachés du plafond sous l'impact de quelque projectile. Ils s'arrêtèrent près du dernier banc. En reconnaissant Arturo, le prêtre prit un air exaspéré.

– Sors immédiatement de la maison de Dieu, lui ordonna-t-il de sa voix puissante.

– Je ne viens pas me confesser, mon père, contre-attaqua Arturo, sans toutefois s'énerver. Je viens seulement vous demander pour la dernière fois : que vous a dit Luis del Águila ? Et qui est Teresa ?

Les traits métis du père Ramón se crispèrent.

– Je te le répète, prends la porte et retourne d'où tu viens.

Arturo ne voulut pas prolonger un dialogue qui risquait manifestement de durer.

– Caporal – il lui désigna l'aumônier : Sortez-le et attendez dehors.

Aparicio garda son fusil à l'épaule. Il se plaça simplement entre Arturo et le prêtre avec l'assurance d'un homme beaucoup plus jeune, beaucoup plus fort, donc beaucoup plus violent, et pria ce dernier de le suivre. L'homme se mit à proférer des menaces furieuses, atrabilaires, fit mine de s'approcher d'Arturo, et fut aussitôt neutralisé par Aparicio. Celui-ci répéta l'ordre, mais l'aumônier ne manifesta aucune intention de le suivre, ce qui l'obligea, les sourcils froncés, à armer son mauser. Le tic du prêtre fit trembler ses lèvres de rage, mais il finit par s'habiller, attrapa son casque et sortit en claquant la porte. Lorsque Arturo se retrouva seul, il se dirigea directement vers la commode où étaient rangés les objets du culte. Le rapport du capitaine Isart stipulait que ses hommes avaient tout laissé en place mais qu'ils avaient découvert les instruments dont se servait le père Ramón pour s'adonner à son vice. Arturo sortit la bouteille de xérès La Ina – vide– avec laquelle il les avait accueillis lors de leur dernière visite, les verres et la boîte de biscuits en carton – également vide. Puis il prit l'étole, une petite boîte contenant les saintes huiles, un calice dans un étui de bois, un bréviaire – qui s'ouvrait toujours à la même page : comment aider à bien mourir –, et trouva ce qu'il cherchait. La bourse, d'un velours grenat très doux, se fermait, étranglée par un cordon de soie. Arturo le fit coulisser et vérifia son contenu. Satisfait, il la referma et la rangea dans son havresac. Avant de sortir, il jeta un dernier coup d'œil à la grande icône en mosaïque, avec la Vierge, les anges, et les saints aux barbes fleuries entourant le Pantocrator magnifique et imperturbable. Dieu le regardait toujours. Mais Arturo soutint ce regard, avec dureté, avec rancœur. Quand il fut certain que Dieu avait détourné le sien, il sortit.

Les deux hommes l'attendaient près du bonhomme de neige. Quelques secondes lui suffirent pour s'apercevoir de l'erreur qu'il avait commise en laissant le caporal seul avec l'aumônier. Aparicio semblait subjugué ; il laissait le sifflement de la langue bifide lui lécher les oreilles, tandis que le serpent s'enroulait sur les branches de l'arbre du bien et du mal. Cette fois, ce fut Arturo qui s'interposa ; il sortit son Tokarev et affronta le curé sans ménagement, comme un tigre défiant un autre tigre.

– En route, mon père.

– Toi, tu ne t'en tireras pas non plus ! L'aumônier reprit avec Arturo la rhétorique persuasive dont il venait d'user avec Aparicio : Tu seras condamné et ton âme se consumera dans les flammes de l'enfer. Comme celle de ton ami à l'heure qu'il est.

Ses paroles figèrent les traits d'Arturo.

– Vous n'auriez pas dû dire ça !

– Je n'en ai rien à foutre ! Je dis ce que j'ai envie de dire !

– Le sergent Espinosa ne mérite pas ça.

– Le sergent mérite bien pire encore !

Arturo réprima la tentation d'appuyer le canon de son pistolet sur son front et de lui faire sauter la cervelle.

– Allez, je dois obéir aux ordres, mon père.

L'aumônier ne bougea pas.

– Des ordres ? Qui est au-dessus de Dieu ?

– Tout ça n'a rien à voir avec Dieu. C'est humain, voilà tout, dit-il en imitant Espinosa. Allez, en route !

D'un mouvement de pistolet, il confirma son ordre.

– Tu n'as pas les couilles pour t'en servir, c'est du bluff, affirma le curé. Et le bluff, c'est comme les bougies, ça s'éteint comme ça.

Il souffla sur son poing fermé puis l'ouvrit.

Arturo regarda son Tokarev, l'air perplexe, comme si c'était la première fois qu'il le voyait, et finalement le rengaina.

– Vous avez raison, je ne pourrais pas vous trouer la peau. Par contre, Aparicio et moi, on peut vous coller une sacrée raclée, et après, on verra bien si…

Le ton d'Arturo et le regard sévère d'Aparicio durent le convaincre qu'ils oseraient bel et bien le faire. Il ravala son orgueil.

– Où allons-nous ?

– Pour le moment, suivez-moi.

Arturo indiqua le chemin et ouvrit la marche, suivi, en file indienne, par les deux autres. Ils ne tardèrent pas à arriver au hameau où la fête avait eu lieu. Il demanda à Aparicio d'aller parler au starosta afin de réquisitionner l'isba dont ils avaient besoin, le temps qu'il faudrait. Le Russe, ami de tous parce qu'il les craignait tous, se mit d'accord avec le caporal et ne tarda pas à la libérer. Elle n'était pas difficile à reconnaître : c'était la seule qui ne semblait pas être en ruine. Ils y entrèrent l'un derrière l'autre. À l'intérieur, tout était toujours aussi délabré et misérable, baignant dans cette puanteur qui paraissait coller à la peau, baptisée « Chanel russe » par les soldats espagnols.

– Asseyez-vous là, intima Arturo au prêtre, en lui désignant une paillasse.

Ce dernier obéit sans se presser, s'assit sur les couvertures et retira son casque. Dans le même temps, Aparicio s'approcha de la chaleur du four de briques et Arturo déposa sur une table son casque et son havresac. Il l'ouvrit pour y prendre le livre, la thermos de café et la petite boîte blanche d'une ration de survie. Après avoir vérifié que l'attention des deux autres était fixée sur lui, il sortit la bourse de velours pour en extraire deux étuis, l'un de cuir marron, rigide, l'autre de couleur noire, et un élastique blanc. Tandis qu'il les alignait méticuleusement, comme s'il disposait les pièces avant une partie d'échecs, il étudia la réaction du père Ramón : il était devenu livide en comprenant finalement l'astuce, mais ne dit mot. Arturo sourit. Dès l'instant où l'aumônier avait fait allusion au sergent, il avait su que cette affaire était devenue quelque chose de personnel ; il tiendrait sa revanche en lui prouvant avec quelle rapidité la vie se chargeait de faire table rase des convictions, comme un château de sable emporté par la marée. Exactement comme cela lui était arrivé. Impitoyable, il ouvrit l'étui marron ; il contenait trois aiguilles hypodermiques et une petite seringue de verre rangées dans leurs écrins. Il ouvrit ensuite l'étui noir qui renfermait cinq ampoules de morphine à usage médical. Il regarda l'aumônier et attendit encore quelques minutes pour lui saper un peu plus le moral. Puis il parla.

– En effet, commença-t-il de façon théâtrale, quel poids ont les faits par rapport à l'écrasante conviction de la foi ?

Il prit une ampoule, se baissa pour la poser délicatement par terre.

– Luis del Águila était faible, sa foi n'était pas assez grande pour supporter la douleur.

Sous sa botte on entendit le bruit du verre brisé ; le regard de l'aumônier fut une évidente tentative d'assassinat.

– Oui, poursuivit-il, même le sergent Espinosa n'a pas eu la foi nécessaire pour affronter ses doutes – il saisit une autre ampoule et la déposa sur le sol. Car la Bible le dit bien : « La foi déplace les montagnes » – il écrasa l'ampoule avec rage et la remplaça par une autre. Selon saint Marc : « Qu'il vous advienne selon votre foi », est-ce que je me trompe, mon père ?

L'aumônier ne répondit pas.

– Et Fray Luis de León affirme une chose qu'on me répétait souvent à l'orphelinat : « On finit sa vie comme on a vécu, on ne récolte que le fruit de ses actes et on ne va que là où mène le chemin. » Arturo feignit d'hésiter : Bien que je ne sache pas si cela a un rapport avec ce que je viens de dire.

Il fit éclater une autre ampoule avec encore plus de hargne.

– Mais vous êtes là pour nous faire la leçon, mon père – il lui montra l'avant-dernière ampoule –, pour nous montrer tout le pouvoir de la foi, pour nous prouver qu'il est possible de vaincre les démons – il la laissa tomber et l'écrasa sous sa botte, puis il glissa la dernière dans sa vareuse. C'est pourquoi… je vous laisse avec le vôtre, mon père.

Il remit les étuis dans son havresac, prit le livre, la thermos et la ration de survie puis s'éloigna vers un coin de l'isba où il s'installa sur une botte de paille, celle-là même où il avait violé Zira. Aparicio, témoin silencieux de la scène, assemblait peu à peu les pièces du puzzle qu'on lui présentait pour se faire une certaine idée de ce qui se passait. Il finit par comprendre que sa mission se limitait à être témoin de la lutte titanesque que se livraient deux volontés, dont l'enjeu n'était pas de savoir qui était le plus fort mais qui pouvait résister le plus longtemps. Une fois tout cela assimilé, il s'approcha de l'aumônier et lui proposa de manger et de boire quand il voudrait, mais le curé le fixa avec mépris et se retrancha derrière son orgueil. Le caporal haussa les épaules, retourna à côté du four, posa son havresac, enleva son casque et ses gants, appuya son mauser contre le mur et s'installa du mieux qu'il put. Il regarda les chiffres phosphorescents de sa montre. Il était deux heures quarante-sept minutes. Le 9 février. Le grondement des canons résonnait faiblement mais il était audible. Le soleil continuait à bouillir en un holocauste glacial. Il jeta un dernier regard à la pièce. Tout en lisant son livre, Arturo, les sourcils froncés, mastiquait une galette de farine concentrée qu'il avait sortie de la petite boîte blanche. Le père Ramón s'était mis à marmotter quelques prières, *« Judicame, Deus, et discerne causam meam de gente non sancta, ab homine iniquo et doloso erue me... »* (Faites-moi justice, ô Dieu; contre un peuple impie, plaidez ma cause, de l'homme fourbe et pervers, délivrez-moi...). Autant de formules pour supporter le quotidien. Aparicio eut également recours aux siennes et sortit un jeu de cartes et un paquet de tabac; il déposa les brins sur le papier, le roula, l'humecta et le glissa dans un fume-cigarette. Dès la première bouffée, tournant la tête de côté pour souffler la fumée, il commença une réussite. Le temps s'écoula alors étrangement, comme si l'isba devenait une oasis intemporelle, échappant aux lois de la physique qui n'affectaient que l'extérieur où l'obscurité gagnait de façon imperceptible, jusqu'au moment où elle s'imposa et où Aparicio se vit obligé d'allumer des bougies. Des langues de lumière et d'ombre se mêlèrent alors aux gammes de rouges accueillantes et changeantes du four, couvrant et découvrant des habitants sortis d'un tableau sale et chaotique de Grosz. L'aumônier, dont la pâleur s'accentuait, errait toujours tel un rat dans le néant de son labyrinthe; l'abstinence rongeait lentement sa volonté comme l'acide le métal. Pendant ce temps, Arturo flottait dans un rêve agité, trahi par la rapidité avec laquelle ses yeux roulaient sous ses paupières. Par instants, il était pris de mouvements spasmodiques, telle une marionnette surprise par les tiraillements soudains de ses fils. Les bougies étaient presque fondues en une flaque de graisse, lorsque Aparicio lui pressa légèrement l'épaule pour le réveiller. Arturo se libéra avec lenteur de la sensation spongieuse du sommeil, comme s'il sortait d'une hibernation.

– Arturo, il veut parler.

La phrase murmurée l'éveilla tout à fait. Il se leva en se frottant les yeux; les désirs revenaient goutte à goutte, la soif, la faim, la justice… Comme avant la Création, l'obscurité murait les fenêtres.

– Quelle heure est-il? demanda-t-il au caporal.

– Six heures du matin.

Il acquiesça. Les heures qui précèdent l'aube sont les plus noires. Il observa l'aumônier. Il était toujours assis, mais il avait maintenant l'air d'un corps dépourvu de squelette, flasque, extrêmement pâle, le front couvert de gouttes de sueur.

– S'il vous plaît… dit-il d'une voix rauque.

C'était la première fois qu'il employait ces mots.

– Vous croyez que nous n'aurons plus besoin d'une dispense papale? lâcha Arturo, laconique.

– Que voulez-vous?

L'esclavage est une des relations humaines les plus profondes. Arturo envisagea de jouir un peu plus de la panique de l'aumônier, il avait réellement envie de le faire mais le temps pressait, il devait se contenter de sa défaite.

– Que s'est-il passé à Valence et qui est Teresa?

L'aumônier passa la main sur ses lèvres, il luttait encore pour ne pas déchoir à ses propres yeux. C'était là le premier pas qui menait les hommes à la défaite, à tous les malheurs.

– Tout est arrivé quelques jours à peine avant de venir ici.

Arturo garda le silence.

– Ils appartenaient à la Division, poursuivit-il, un type les avait recrutés, Luis et les autres.

– Combien?

L'aumônier ne répondit pas. Arturo sortit l'ampoule.

– Cinq, ils étaient cinq. Ils avaient été engagés pour un travail spécial, ils devaient se rendre dans un appartement à Valence.

– Qui était ce type?

– Luis n'en savait rien.

– Il faisait partie de la Division?

– Sans doute.

– Comment ça, sans doute? Ne me faites pas perdre mon temps, s'impatienta Arturo.

– Oui, oui, il appartenait à la Division.

– Et Luis ne savait pas qui c'était?

– Il l'ignorait, c'est vrai. Il ne l'a jamais revu.

– Il ne vous a même pas dit s'il était petit ou grand?

– Non, il n'a rien dit.

– Quel était son grade?

– Il ne le savait pas non plus, je vous assure. Il était en civil, il s'est présenté avec un officier qui s'est porté garant de lui.

– Et que s'est-il passé?

– Ils se sont rendus en voiture à l'adresse indiquée, à Valence. De nuit, tous en civil, avec leurs armes. On leur avait expliqué qu'un dangereux franc-maçon habitait là, un type important qu'il fallait arrêter et qu'ils ne devraient rien dire à personne quoi qu'il arrive.

– Tout ça semble très bizarre.

– C'est ce qu'a pensé Luis, mais il obéissait aux ordres.

– C'était dans quelle rue?

– Il ne s'en souvenait pas, il faisait nuit et il ne connaissait pas Valence.

– Continuez.

– Ils sont montés dans une voiture. Ils sont arrivés devant une maison élégante dont ils ont forcé la porte, mais ils n'ont pas trouvé celui qu'ils venaient chercher. En revanche, sa femme était là. L'homme qui les avait recrutés s'est mis dans une colère noire et leur a dit de mettre la maison sens dessus dessous.

– Ensuite?

L'aumônier respira par saccades. Sueur froide, froid de l'âme.

– Ensuite? répéta Arturo sévèrement.

– Il leur a ordonné de violer la femme. À tous.

Soudain, toutes les pièces s'emboîtèrent. Parce que le mal

est une vieille connaissance, parce que le mal a un cœur humain. Toutes les notes éparses commencèrent à composer une sinistre mélodie, faite de rancœurs et de vengeances, dans laquelle distinguer le bourreau de la victime devenait trop limitatif, et Arturo se sentit incapable de le faire. Maintenant qu'il n'était plus fondamental de découvrir le mobile du meurtre mais l'identité du meurtrier, il ne parvenait pas à déterminer s'il était important de poursuivre. Il se rendit compte qu'il pourrait vivre avec ces questions, s'en contenter. Il regarda Aparicio. Il y avait également de muettes interrogations derrière ses sourcils arqués. La différence, c'était que lui, il avait besoin de réponses. Arturo se souvint des pupilles contractées. Il se souvint que Joaquín Tiempo Meneses n'était pas allé à Valence. Il se souvint que l'assassin l'avait épargné sur la rivière, mais qu'il avait tué Espinosa. Oui, il se trompait peut-être, il avait sans doute lui aussi besoin de connaître les réponses.

– Quel était le nom de Teresa ? Estruch, Estrella, Estrada… ? se limita-t-il à demander.

– Estrada, Teresa Estrada.

– Teresa Estrada… Il médita quelques instants. Luis vous a parlé d'Agustín Covisa ou de Joaquín Tiempo Meneses ?

– Non, il ne m'a rien dit, mais ça suffit.

L'aumônier se leva exaspéré, le tic sur ses lèvres s'était emballé.

– Donne-moi ça.

Arturo ne bougea pas et l'aumônier recula d'un pas. Il durcit son expression.

– La douleur ne purifie pas, vous vous en rendez compte à présent, mon père ?

– Donne-la-moi.

– La douleur avilit.

– Donne-moi ça !

– Et comment avez-vous expliqué ça à Luis del Águila, mon père ? Il ne cherchait pas le pardon, il savait qu'il ne se pardonnerait jamais ce qu'il avait fait, il cherchait une pénitence. Que lui avez-vous raconté sur la douleur ?

L'aumônier serra les poings pour empêcher ses mains de trembler. Il avait les yeux exorbités et des gouttes de sueur perlaient sur ses lèvres. Son corps se tordait, devenait le miroir de la souffrance qu'il endurait, « comme un ver de terre quand on le coupe en deux », pensa Arturo.

– La foi, mon père, la foi est une corde à laquelle on peut s'agripper, mais qui peut aussi servir à nous pendre. Foi et douleur, mon père.

Il touchait au but. Un interrogatoire ne se fonde pas seulement sur la peur, mais aussi sur le désir violent de raconter, sur le besoin d'avouer.

– Cela doit être dur, mon père, d'entendre tant de péchés sans personne pour vous écouter. Tant de conscience. Tant de solitude.

Arturo éprouvait à la fois de la commisération et du dégoût. « Comme un ver de terre... »

– Je lui ai donné l'absolution, éclata l'aumônier. Pour tous ses péchés. Luis avait fait ce qu'il devait faire, mais il n'a pas voulu le comprendre. C'était une rouge. Une putain rouge ! Ils auraient dû la baiser mille fois, et mille fois elle aurait dû remercier Dieu d'avoir eu la vie sauve !

Les abominations flottèrent dans l'air, épouvantables, irrecevables. Arturo comprit qu'il n'y avait rien d'autre, que c'était tout. Il chercha l'ampoule dans sa vareuse et la montra à l'aumônier qui s'approcha de la table avec avidité et remonta sa manche. Sur tout l'intérieur de son bras, il y avait entre cinquante et soixante-dix petits points rouges avec un noyau noir au centre, dessinant un fin parcours qui suivait les veines gonflées. Il prit la seringue en verre, y fixa une aiguille, enroula l'élastique sur son biceps à l'aide de ses dents, le serra avec force et attendit en lançant un regard angoissé à l'ampoule. Arturo se représenta les étapes suivantes : le remplissage de la seringue, la recherche efficace d'un petit bout de veine vierge, l'aiguille extrayant un peu de sang pour le mélanger à la morphine, l'injection, le spasme doux et envahissant de la drogue… Mais, au grand dam de l'aumônier, il interrompit brusquement la séquence en se tournant vers Aparicio dont l'air incrédule exprimait ce qu'Arturo savait déjà, que tout cela le dépassait, qu'il n'aurait jamais dû quitter son village où il était l'objet de l'orgueil mal dissimulé de sa mère, et où il devrait être en train de travailler avec son père. Arturo éprouva une certaine compassion. Aparicio, fort comme un taureau, si enfantin, était un morceau de ce que l'Espagne avait de meilleur, l'honnêteté, la droiture, l'enthousiasme, l'innocence, mais il était entouré de puissantes forces, incompréhensibles pour lui, dans un monde où personne ne l'avait prévenu qu'il y avait des curés morphinomanes qui incitaient au viol des femmes, même s'il avait beau dire que c'étaient des putains rouges. Il posa sa main sur la joue d'Aparicio, la caressa presque. Il ne put s'empêcher de lui dire :

– Caporal, quoi qu'il arrive dans cette guerre, surtout ne changez pas !

Aparicio, sans bien savoir comment interpréter cela, finit par rougir. Arturo sourit et lui confia l'ampoule qui semblait encore plus fragile entre ses mains énormes. Puis il lui murmura à l'oreille :

– Attendez deux heures avant de la lui donner.

Ensuite, faisant la sourde oreille aux insultes de l'aumônier, il ramassa son barda et sortit de l'isba.

Le matin était étrange, pareil à tous les autres matins mais absolument différent, comme le premier jour d'une guerre ou le dernier. Arturo en prit conscience dès qu'il entendit la neige crisser sous ses bottes. La seule chose qui demeurait familière était le froid en strates denses qui l'accueillit comme un vieil ami. Il se livra à de profondes inspirations.

Malgré leur effet stimulant, il se sentait fatigué, les nerfs usés. Il découvrit une souche à égale distance de l'isba et des arbres et décida de s'y asseoir. Il déposa son havresac et chercha la thermos ; elle contenait encore une tasse de café. Il dévissa le bouchon et but directement à la bouteille. De minuscules grains de café brillants se diluèrent dans son sang, en un contraste tiède avec le froid environnant. En fouillant, il trouva aussi une conserve qui restait de sa ration de survie et un peu de chocolat. Le petit déjeuner était servi. Tandis qu'il mangeait, l'aube s'affirmait et donnait au ciel l'apparence d'un bloc de glace d'une clarté opalescente. De petits oiseaux au plumage foncé exécutaient des acrobaties erratiques sur la coulée verte du bois. Plusieurs niveaux de conscience cohabitaient dans son esprit. Dégoût, frustration, soulagement, surprise, fatigue... Il était proche de la fin mais pas de la solution. Et peut-être ne serait-il plus possible de la trouver. Cependant, ce qui était paradoxal, ce qui le remplissait de stupeur, c'était que toute cette mort avait à voir avec l'amour. Il mordit dans le chocolat et mit de l'ordre dans les questions, les noms, les dates, avant d'essayer, une fois encore, de dissiper ses doutes. L'assassin avait exécuté scrupuleusement sa vengeance, mais comment avait-il pu savoir avec certitude qui étaient les coupables ? Sa femme avait-elle pu les lui décrire d'une façon si précise qu'il les avait identifiés sans le moindre doute ? Arturo se remémora les soupçons d'Octavio Imaz au sujet de l'apparente hésitation avec laquelle le perfectibiliste effectuait les châtiments de façon aléatoire, comme s'il ne savait pas vraiment à quel grade appartenait le fautif ou même comme s'il ignorait si ses victimes étaient ou non des francs-maçons. D'après le témoignage d'Afanasi, il était évident que l'assassin avait interrogé Agustín Covisa à Molevo ; vraisemblablement aussi Joaquín Tiempo Meneses ; avait-il procédé de même avec Luis del Águila ? Quelle information avait-il obtenue ? Arturo avait beau essayer de recoller le vase, certains morceaux demeuraient introuvables : quelle était la raison ultime de ce « Prends garde, Dieu te regarde » ? Que signifiaient les pupilles contractées d'Agustín Covisa ? Cela avait-il un sens que l'assassin l'eût épargné près de la rivière ? Et il restait deux coupables à exécuter... La scène hallucinante de cet homme traversant tranquillement le cloître de Molevo devant l'immobilité hypnotique des Allemands et des Espagnols le laissait encore bouche bée. Ou cet individu avait de la glace dans les veines ou il agissait avec l'indifférence du désespoir. Arturo finit par succomber à l'apathie comme s'il était au point mort. Il avait encore sur le palais l'arôme du café ; il secoua la thermos, mais, constatant qu'elle était vide, il rangea les reliefs de son petit déjeuner et demeura là, fixant un point indéterminé dans le ciel. Il observait l'arrivée progressive de la lumière qui transformait l'aube bleutée en un ciel crayeux, lorsque, subitement, un sombre éclair de feu embrasa toute la ligne du front, suivi d'un profond tremblement. Les tirs de centaines de pièces d'artillerie, un roulement continu, barbare, assourdissant, où l'on ne distinguait plus les détonations des explosions, annonça le jour attendu du Jugement dernier. Arturo crut que ses tempes allaient exploser sous son casque d'acier. Il était incapable de bouger, fasciné par l'éclatant mur de flammes qui s'élevait dans le ciel. Les Soviétiques avaient commencé à balayer l'avant-garde espagnole depuis l'Ichora jusqu'à Krasny Bor, et deux heures suffiraient pour que le 262e fût rayé de la carte et que toutes les lignes fussent enfoncées par des bataillons et des chars lourds, mais Arturo pouvait seulement imaginer que Dieu ne cessait de les photographier, eux, leur mortalité, leur petitesse... un éclair de magnésium après l'autre. Il se mordit l'intérieur des joues. Soudain, une image raidit son corps comme un morceau de granit. Un détail infime avait attiré son attention, par hasard, comme un point sur un tableau, un visage dans la foule. Un réseau de décharges électriques partant en tous sens l'associa immédiatement à d'autres éléments entassés dans les recoins de ses circonvolutions cérébrales, jusqu'à l'instant où une possibilité se concrétisa et où, telle une rafale, la compréhension éclaira son visage.

– Les photos... murmura-t-il.

Mystères... Quels mystères si tout était là depuis le début, sous son nez, sous son foutu nez ! Il endossa son havresac, partit précipitamment et pria pour que, malgré l'avancée du rouleau compresseur soviétique, Antonio fût encore fidèle au poste. En arrivant à l'état-major, il fut surpris et soulagé de le trouver là ; il se baladait, impassible, au milieu de la pagaille de Mestelevo. Antonio le reçut avec une joie béate et sincère, et Arturo pensa que c'était l'unique trêve qui lui était accordée depuis deux jours.

– Antonio, on doit rejoindre le QG. Tout de suite.

Antonio n'ouvrit même pas la bouche. Le sourire collé sur son visage s'élargit encore et il pressa Arturo de le suivre. Ils marchèrent d'un pas décidé jusqu'à la troïka. Il était dévoué au point d'avoir caché le véhicule derrière un magasin pour éviter d'éventuelles réquisitions. Les chevaux demeuraient étrangement calmes au milieu du chaos ; Arturo avait déjà remarqué qu'en début de bataille quelque chose les empêchait de céder à la panique. Ils partirent en direction de Pokrovskaïa sous les tonnes d'obus qui palpitaient au-dessus de leurs têtes et Antonio négocia les virages l'un après l'autre avec cette maestria dont il avait fait preuve pour transporter Espinosa. De l'autre côté de la Slavianka, le quartier général subissait de façon sporadique les conséquences de l'attaque soviétique. Les canons russes arrosaient les alentours dans un fracas de fumée, de terre et de neige. Antonio esquiva un tir et arrêta la troïka sur le léger monticule du palais, devant l'entrée principale. Arturo bondit à terre et obligea le Russe à se mettre à couvert dans le bois. Puis il partit à toute allure vers la façade classique du bâtiment en armant son fusil. Cette fois, personne ne l'arrêta et il pénétra dans le vestibule ; l'organisme précis et fonctionnel qui avait jusqu'alors travaillé sans interruption semblait avoir été victime d'un cancer qui aurait altéré sa structure, lui enlevant toute efficacité. Il chercha du regard l'entrée des bureaux du vaguemestre. Là, dans l'embrasure de la porte, il déposa son havresac et, après quelques secondes de réflexion, laissa aussi son mauser et décida de prendre le Tokarev, plus maniable. Il vérifia ses munitions, arma le percuteur et entra furtivement. Le guichet paraissait déserté, il suivit le couloir jusqu'au cabinet de censure de la Waterman. Il ne rencontra personne. Les cataractes d'enveloppes et de cartes postales, le sapin décoré de boules, les affiches de corrida… Tout donnait l'impression d'avoir été abandonné depuis peu. Il revenait sur ses pas en envisageant les autres possibilités quand, à la hauteur du magasin où il avait eu une conversation avec Octavio, il entendit un frottement, comme si quelqu'un traînait une chaise ou un meuble. Il enleva immédiatement son casque et colla son oreille à la porte. S'efforçant de discerner quelque chose, il écouta avec tout son corps. Le frottement ne tarda pas à se répéter : une toux sèche et des pas sur une courte distance. Puis le bruit reprit et les pas cessèrent. Arturo crispa ses orteils comme pour se disposer à bondir ; il envisagea d'entrer violemment en enfonçant la porte, mais il comprit que ce serait une bêtise et frappa du dos de la main, en serrant toutefois son pistolet. De l'autre côté, il n'y eut pas de réponse. Il frappa de nouveau. Sans plus de succès. Il appliqua encore son oreille sur le bois ; puis, tout doucement, il attrapa la poignée, la tourna sans heurt et poussa la porte qui s'ouvrit sans difficulté. Dans le magasin, au milieu des sacs de courrier et des cyclostyles, se trouvait un homme. Il était assis de profil à la petite table, le dos bien droit, au centre du cercle lumineux que projetait une petite ampoule. Ses mains étaient visibles, posées sur ses genoux, les manches de son uniforme étaient retroussées jusqu'aux coudes, et il fixait le jeu de photographies étalées sur la table, disposées comme pour une réussite. L'homme ne se retourna pas, ne fit aucun mouvement, mais Arturo ne cessa pas de le tenir en joue. La terreur prenait parfois une apparence vulgaire qui incitait à la sous-estimer, ce qui l'effraya ; non pas la terreur collective que l'on respirait dehors, mais la terreur individuelle que l'on ne pouvait ni partager ni diluer. Le vampire était enfin là. Arturo rassembla tout son courage pour lui parler.

– C'est fini. Je vous arrête.

Une seule ride, transversale, barra le front de l'homme. Arturo retint sa respiration.

– Oui, maintenant tout est vraiment fini, se borna à répondre l'homme.

Arturo ne comprit pas ce qu'il voulait dire, mais son cœur fit un bond quand il leva la main et ouvrit un bouton de sa vareuse. C'était peut-être un tic. Il pouvait aussi avoir chaud ou dissimuler une arme.

– Si vous refaites un geste sans me prévenir, je tire, annonça-t-il sobrement, sans hostilité.

– D'accord. Excusez-moi.

Autour de lui, tout n'était que questions sans réponse. Arturo savait que la peur et la curiosité allaient de pair. Ils avaient le temps.

– Tout a commencé avec les photos, expliqua Arturo.

– Quelles photos ?

– Celles que Paramio devait vous développer.

– Ah…

– Je les ai vues par erreur. Ensuite j'ai fait le rapprochement avec un autre détail – il se souvint des pupilles d'Agustín Covisa. Parce que vous avez bien pris une photo d'Agustín Covisa, n'est-ce pas ?

– Oui.

– Avec un flash. Car la lumière était très faible.

– Oui.

– C'est ce que je pensais. Il y avait aussi d'autres indices ; vous êtes grand et vous aviez tout loisir de vous déplacer sur le front... Je reconnais que votre caractère m'a un peu dérouté, cela ne collait pas avec le personnage, mais après j'ai pensé, au contraire, que vous ne faisiez qu'exécuter méticuleusement un plan, cela correspondait à vos habitudes méthodiques. Mais tout cela ne m'aurait servi à rien si je n'avais pas appris le nom de Teresa. Teresa est votre femme, n'est-ce pas ?

– Oui, répondit-il à Arturo, qui crut déceler un tremblement presque imperceptible...

– Je suis désolé de ce qui est arrivé à Valence, croyez-moi...

– C'est irréparable.

Mais vous avez essayé d'obtenir réparation, pensa Arturo.

– Teresa... continua-t-il, Teresa Estrada. C'était son nom d'épouse ?

– Oui.

– C'est aussi votre nom, sergent. Cela faisait trop de hasards. Estrada. Cecilio Estrada.

Le sergent Cecilio Estrada, le Méticuleux, se tourna à peine. Il lui adressa un regard envahi par le vide. Son visage, basané et anguleux, encadré par ses favoris solennels, conservait toute sa dignité malgré cette mise en accusation.

– Je vous félicite.

Le sergent s'était exprimé avec sincérité. Puis son regard se perdit de nouveau dans le vague.

– J'ai encore quelques questions... reprit Arturo, presque avec timidité. Je crois connaître les réponses, mais...

– Je vous écoute, proposa Cecilio.

Arturo passa sa langue sur ses lèvres crevassées.

– La nuit où vous avez tué Luis del Águila, vous êtes resté dans les douches.

– Je l'ai suivi et j'ai été obligé d'improviser. Un soldat a failli tout faire échouer. (Trinitario, songea Arturo.) Mais j'ai trouvé une solution et il ne s'est pas rendu compte de la substitution.

– Et les chevaux?

– Malgré le brouillard, j'ai cru qu'en lâchant tous ceux de l'écurie, la confusion serait plus grande, ce qui me convenait parfaitement. Ensuite, j'ai hissé le cadavre sur l'un d'eux, mais il est arrivé ce qui est arrivé. Manque de chance.

– La débandade, la rupture de la glace…

– En effet.

– Vous vouliez atteindre Molevo pour y accomplir les rites perfectibilistes…

Arturo attendit la réaction de Cecilio, en vain. Il pesa ses mots avant de reprendre.

– C'était une chance que Molevo soit si proche pour y exécuter vos rites. Mais pourquoi avoir infligé tous ces châtiments à des hommes qui n'étaient pas francs-maçons? Je ne comprends pas.

– Ce n'étaient pas eux que je voulais punir.

– Alors qui?

– Ils n'étaient que les instruments. Ils obéissaient aux ordres. Il fallait que justice soit faite, en effet, mais le véritable coupable, c'était quelqu'un d'autre.

– Un franc-maçon?

– Oui, un traître… Son visage se crispa, comme s'il avait avalé un breuvage amer. On m'a trahi, et seul un frère d'un grade élevé pouvait savoir qui j'étais et où j'habitais.

– Pourquoi vous a-t-on trahi?

– Par arrivisme, pour éliminer un témoin gênant… Peu importe maintenant.

Une explosion proche fit trembler les murs; un jet de poussière de plâtre tomba du plafond et l'ampoule se balança, projetant des zones d'ombre et de lumière dans tout le magasin. Arturo attendit qu'elle cessât de bouger avant de poursuivre.

– Et qui cherchez-vous?

– Je n'en sais rien, reconnut-il.

– Vous connaissez le mobile de la trahison mais vous ignorez qui en est l'auteur ? J'ai du mal à le croire. Vous avez bien dû vous souvenir, ils ne devaient pas être si nombreux à vous attendre au tournant.

– J'étais au fait de bien des choses dans la confrérie, ça ne manquait pas de faire des envieux, croyez-moi.

– C'est pour ça que vous avez interrogé Agustín Covisa ?

– C'était la seule façon de trouver le vrai coupable.

– Avez-vous aussi parlé avec Luis del Águila et Joaquín Tiempo Meneses ?

– Avec Luis del Águila, je n'ai pas pu.

– Et comment les avez-vous découverts ?

Cecilio regarda les photos disposées devant lui. Il les déplaça légèrement comme si elles pouvaient ainsi lui fournir une réponse. Un éclair fulgurant de rationalité permit à Arturo de comprendre.

– C'est dans ce but que vous preniez toutes ces photos.

– J'avais encore des contacts à Valence, répondit-il, et j'ai réussi à m'engager pour venir ici et à me faire affecter au courrier. C'est là que j'ai commencé mes recherches. Peu à peu, grâce aux lettres et à mes nombreuses questions, j'ai repéré ceux qui s'étaient engagés à Valence. Ensuite, je les photographiais et j'envoyais un cliché à Teresa. Si elle me le renvoyait…

Une expression de haine indicible, mêlée à la douleur, se dessina sur son visage.

– Mais si votre épouse vous a aidé à identifier les soldats, pourquoi pas leur chef ?

Cecilio Estrada eut un bref moment d'égarement ; il étudia Arturo avec une attention identique à celle dont il était l'objet. L'ombre d'un reproche menaçant passa rapidement sur son visage. Les doigts d'Arturo se crispèrent sur la crosse de son pistolet.

– Il ne s'est jamais montré… – sa voix trembla, sur le

point de se briser : Il ne voulait prendre aucun risque parce que… parce qu'il voulait que Teresa reste en vie, il voulait que je la voie, qu'elle me raconte ce qu'on lui avait fait. Teresa en est restée très… – sa voix s'étrangla de nouveau. Teresa n'était pas en état de m'aider, mais elle avait entendu une conversation où il était question de la Division, de son départ imminent.

Il était évident qu'il ne lui révélait pas tout, personne n'agirait avec une telle animosité sans motif, mais il n'insista pas. Sur ce point, Octavio Imaz s'était montré clairvoyant, et le sergent Estrada avait probablement lui aussi cherché à terroriser son bourreau anonyme, à l'acculer derrière des barbelés de sang et de panique destinés à l'encercler autant qu'à l'oppresser. Et lui alors, que méritait-il pour ce qu'il avait fait à Zira ? se demanda Arturo.

– Au cas où cela pourrait être une consolation, Luis del Águila se repentait de ce qu'il avait fait. Il en a beaucoup souffert.

Arturo dit cela comme s'il pouvait rééquilibrer le monde, comme s'il pouvait compenser ce qu'on avait fait à Cecilio quelques mois auparavant, et ce qu'il avait fait à Zira quelques nuits plus tôt.

– Non, ça ne me sert à rien, répondit sèchement Cecilio.

– Pourtant, ça devrait…

– Ça devrait ?

Cecilio cracha le mot et, fidèle à son style concis, posé, se mit à parler, de façon cathartique, sans se presser, effaçant le présent pour l'entraîner lui aussi hors du temps, vers un lieu aberrant, une minuscule partie de lui-même où la sexualité, la faim, le désir… avaient été abolis et où apparaissait, heure après heure, le viol sauvage de sa femme. « Cherchez une passion… se souvint Arturo, parce qu'une passion, c'est toujours un mobile, et y a-t-il une passion plus puissante que la haine ? », « un homme enfermé dans un passé autosuffisant, condamné à l'éternelle répétition de son cycle obsessionnel »,

« un mort vivant ». Un vampire. Quand Cecilio Estrada cessa de parler, Arturo se sentit étrangement réconforté, car s'il y avait eu crimes, ceux-ci étaient évaluables et ils avaient une cause. En revanche, les autres crimes, le vide, l'absurde, l'horreur, les empereurs étranges, Molevo, lui inspiraient une épouvante infinie. Il laissa le sergent émerger lentement de son terrible abîme ; en suivant son cortège de péchés, il se rendit compte qu'une telle accumulation d'impuretés lui rendait sa pureté, le libérait de tout péché. Et la haine qu'Arturo avait pu éprouver à son encontre pâlit en s'atténuant, une haine qui ne noircissait plus son sang. Mais quelques questions brillaient encore dans sa mémoire.

– « Prends garde, Dieu te regarde… » rappela-t-il, tandis qu'il remettait le Tokarev dans son étui. Je me demande ce que cela venait faire dans les rites.

– « Prends garde, Dieu te regarde, prends garde, il te regarde toujours, prends garde, tu vas mourir, quand, tu ne saurais dire », récita Cecilio. Teresa le répétait encore et encore pendant qu'ils la frappaient, pendant que ces brutes la… – il fit non de la tête. Je voulais qu'ils ne puissent jamais l'oublier. Je l'ai gravé sur chacun d'eux après les avoir tués.

– Je comprends. Vous avez aussi intercepté des lettres, non ? C'est pour ça qu'on ne trouvait rien.

– Il n'y avait pas grand-chose à intercepter.

– Et pourquoi ne m'avez-vous pas descendu sur la Slavianka ?

Cecilio observa un silence prudent. Puis il répondit d'un ton neutre.

– La vérité ?

– S'il vous plaît.

– Mon arme s'est enrayée. Et je sais que ça ne sert à rien – il toussota un peu : Mais je ne voulais pas tuer votre ami. J'ai mal visé.

La violence d'un nouveau coup de canon fit trembler la pièce, provoquant l'inévitable jet de poussière et la danse schizophrène de l'ampoule. Arturo ne voulut pas poursuivre sur ce terrain, certains affrontements mènent fatalement à des défaites. Le va-et-vient de l'ampoule, de plus en plus court, finit par s'arrêter.

– Il y a une chose que je ne comprends toujours pas, conclut Arturo. Joaquín Tiempo Meneses ne s'était pas enrôlé à Valence mais à Barcelone. Comment aurait-il pu se trouver chez vous ?

Cecilio tourna la tête et lui lança un regard étrange et fugace, comme s'il était surpris de le voir ou qu'il ignorait pourquoi il était là.

– Elles viennent d'arriver, aujourd'hui, dit-il en montrant les photos sur la table.

Arturo ne comprit pas ce que cela venait faire là, mais il suivit la main et vit quinze photos, quinze visages, quinze instants uniques.

– Je lui en ai envoyé quinze, ajouta-t-il.

« Oui, maintenant tout est vraiment fini », la première phrase du sergent prit alors tout son sens. « Teresa en est restée très... », et sa phrase inachevée révéla toute l'ampleur de la tragédie. Parce que Teresa lui avait envoyé la photo de son agresseur qui, dans son esprit dérangé, était celle de n'importe quel homme servant dans la Division, de n'importe quel soldat dont son mari lui envoyait la photo. Parce que Teresa était devenue définitivement folle. Luis del Águila était coupable, mais Cecilio ne pouvait plus être certain de ne pas avoir assassiné deux innocents.

– Lorsque je leur ai parlé, ils juraient qu'ils ne savaient rien, commença-t-il à murmurer en hochant la tête.

Arturo se souvint aussi que, d'après Espinosa, Agustín Covisa, du moins, n'avait manifesté aucun signe d'inquiétude après la mort de Luis del Águila. Alors, il discerna dans tout cela une sorte de leçon, quelque chose qu'il était incapable de formuler, en rapport avec la lutte contre les erreurs, la malchance et la conscience de chacun. Victimes, bourreau...

Il était impossible de tracer une frontière lorsqu'on n'avait pas le choix. Et nous prenons en pitié ceux qui subissent le mal, pensa Arturo, mais qui, qui aura pitié de ceux qui font le mal ? Il serra les dents. Cecilio déplaçait de nouveau les photos, avec des gestes précis, efficaces, comme s'il pouvait ainsi donner une seconde vie au passé : c'était une façon de prier. Mais il fallait toujours savoir à quel moment les choses arrivaient à leur fin, c'était essentiel pour ne pas devenir un vampire. Aussi Arturo se retourna-t-il silencieusement pour sortir de la pièce. Dans le vestibule, il attrapa un soldat et l'informa de ce qui se passait en le conduisant jusqu'à la porte du magasin, avec l'ordre de garder le sergent Estrada jusqu'à ce qu'il lui envoie un gendarme. Il jeta un dernier regard par la porte. Dans le magasin, Cecilio Estrada, le « Méticuleux », s'enfonçait irrémédiablement dans le plus terrible et le plus profond des précipices : le solipsisme humain. Et il n'avait besoin que d'une chose, d'une seule chose, qu'Arturo n'hésita pas à lui concéder. Il chercha le bouton de la lumière et éteignit. Désormais le sergent pouvait toucher l'obscurité.

La ligne d'horizon était un trait vert sombre émergeant de la brume illuminée de l'intérieur par des éclairs rougeâtres. Il était près de huit heures du matin et les troupes d'assaut soviétiques, après la préparation d'artillerie, avaient enfoncé les défenses du front, l'une après l'autre, appuyées par les imposantes masses sombres des T-34 et des KV-1. Des avions isolés, arborant l'étoile rouge à cinq branches, se précipitaient sur les Espagnols et lâchaient des chapelets de bombes tandis que les éclairs de leurs mitrailleuses balayaient le sol. Il ne restait plus rien, tranchées démolies, bunkers complètement rasés, nids de mitrailleuses pulvérisés ; un enchevêtrement de cratères fumants, de morceaux de bois, de débris et de cadavres. Mais, à la grande surprise des silhouettes fantasmagoriques qui les encerclaient, les soldats espagnols continuaient à défendre le secteur, à la baïonnette, à coups de crosse, de dents et de poing. En chantant. C'est alors que, dans un état second, Arturo sortit du quartier général, persuadé qu'il ne servait à rien de demeurer là et que le mieux était de retourner à Mestelevo pour aider comme il pourrait. Dans la pétaudière qui entourait le petit palais, il repéra Antonio et lui ordonna de le ramener au cantonnement. Le retour fut beaucoup plus ardu qu'ils ne s'y attendaient. La route était encombrée de véhicules et de groupes de blessés se dirigeant vers Mestelevo, mêlés au flux de soldats qui partaient en renfort vers Krasny Bor. Le spectacle qui les attendait sur l'esplanade devant la porte de service de l'hôpital était saisissant. Ambulances Volkswagen, camions LKW, camionnettes Opel-Blitz, motocyclettes Krad à side-car, fourgons de la Deutsche Post, traîneaux, troïkas, charrettes… Le tout chargé de blessés perdant leur sang, convulsés dans leurs uniformes roussis, l'âme en miettes. Arturo descendit du véhicule et fit ses adieux à Antonio en lui donnant une chaleureuse accolade avant de le libérer définitivement. Sans tarder, il s'orienta dans ce capharnaüm et se mit à décharger les blessés pour les transporter sur des civières, en se bagarrant pour se frayer un passage dans les couloirs bondés du Feldlazarett. Le flot de blessés ne tarissait pas, et il devenait pratiquement impossible de trouver des lits disponibles pour tous. Avec les ébranlements des coups de canon, de plus en plus violents, une menace flottait dans l'air, les Soviétiques risquaient d'enfoncer les lignes de l'arrière-garde et d'achever leur boucherie à Mestelevo. Au cours d'une de ses allées et venues, Arturo, fatigué, s'arrêta ; il souffla avec force, en dilatant les narines. Quelqu'un lui passa une gourde pleine de cognac et il but une gorgée ; après l'avoir rendue, il jeta un coup d'œil circulaire avant de se remettre au travail. Surpris, il crut distinguer au fond, courant entre deux baraquements, une silhouette enfantine qui ressemblait à s'y méprendre à Alexandre. Bien qu'il n'en fût pas certain, Arturo abandonna sa besogne et se dirigea vers le coin où il l'avait vu disparaître. En y arrivant, il ne trouva aucune trace d'Alexandre; il chercha d'un côté et de l'autre, mais ne vit personne. Il hésita. Le fantôme de la neige avançait en lignes ondulantes, poussé par de faibles rafales de vent. Son imagination épuisée lui jouait-elle un mauvais tour? Il allait rebrousser chemin, lorsqu'il perçut un petit trot, le crissement sur la neige de pieds minuscules. Le bruit provenait de sa gauche, d'un magasin de vivres. Il pressa le pas et en fit le tour complet, sans plus de succès. Il se demandait encore s'il était en proie à quelque hallucination, quand il entendit un rire clair, innocent. Il suivit de nouveau la piste et, après une centaine de pas, se retrouva dans le dernier lieu auquel il aurait pu penser ce jour-là. Devant le baraquement d'abattage, prisonnier de son refuge métallique, le berger allemand, visiblement amaigri, n'avait rien perdu de son allure redoutable et le surveillait, la tête penchée et les crocs découverts, brillants de bave. Arturo fut le premier surpris. Alexandre avait-il vraiment existé? Ou était-ce sa conscience, incarnée dans l'enfant, qui jouait avec lui comme un habile bonneteur. En tout cas, au milieu de toute cette haine et de toute cette dévastation, on aurait dit que d'étranges connexions factiques, sous la surface apparemment uniforme de la réalité, avaient tout disposé pour une cérémonie de réconciliation. Une célébration pour rééquilibrer secrètement la nature. S'il en était ainsi, Arturo n'allait pas s'y opposer; il retira son casque et le posa avec son havresac et son fusil sur un petit monticule. Le chien demeurait immobile, grinçant des dents, émettant un grognement grave entre deux aboiements; Arturo s'accroupit près de l'arc de cercle délimité par la chaîne et tendit une main juste au bord. Son unique arme était une énorme dose de patience, car il était prêt à attendre le temps qu'il faudrait pour guérir la blessure qu'il avait lui-même ouverte. L'animal se mit alors à courir, le poil hérissé, libérant son excès de force, en volant presque vers le cou d'Arturo. Depuis leur dernière rencontre, jour après jour, avec le même élan impétueux, il avait tiré sur la chaîne de tout son poids, de tous ses muscles, pour s'écraser à chaque fois si violemment que les soldats qui passaient par là croyaient qu'il était devenu fou, ou en étaient quittes pour une peur bleue s'ils ignoraient l'existence de la chaîne. Invariablement, il s'était lancé à l'attaque dans le vide, les maillons claquant derrière lui, en sachant qu'il atterrirait douloureusement sur le sol, jusqu'au moment où il finissait par être complètement épuisé. La nuit, il restait sous l'épave du camion, couché, en silence, comme malade, reprenant des forces pour pouvoir recommencer le lendemain. C'est pour cela qu'il courait maintenant comme jamais, en entendant la chaîne danser derrière lui, parce que avec chaque gramme de son poids, il avait arraché à la pesanteur, millimètre par millimètre, le centimètre nécessaire pour que sa gueule noire pût dépasser l'extrémité de sa chaîne et planter ses crocs dans la chair de l'homme. Mais Arturo ne pouvait rien savoir de tout cela quand, avec une grimace de surprise, il sentit les crocs s'enfoncer profondément dans son épaule et fut renversé par le poids de l'animal. Sa jugulaire l'avait échappé belle, à une fraction de seconde près, grâce à un réflexe qui l'avait fait se jeter sur sa droite, évitant ainsi la morsure fatale, mais le berger allemand avait fait de lui une proie définitive dans l'intention de renforcer leurs liens de sang jusqu'au dépeçage. Les mouvements de gauche et de droite de ses mâchoires secouèrent Arturo comme une poupée de chiffon. Bien qu'il se débattît avec désespoir, son uniforme se teignait de sang, ce qui excitait encore plus l'animal qui parvint progressivement à l'épuiser. Arturo avait toujours espéré voir quelque chose avec certitude dans les instants précédant sa mort, quelque chose d'authentique, d'équivalent à la vérité que renfermait sa disparition, mais, trempé de sang et de sueur, chaque morsure, chaque poussée qui le rapprochait de la fin lui montrait qu'il devrait se contenter du vide et se rappeler, lorsque le monde s'éteindrait, la seule chose qui fût bien présente, justement parce que c'était ce qu'il redoutait le plus : le visage de Hilde. Il s'était déjà rendu et attendait la morsure fatale, quand un jet de sang éclaboussa son visage puis le recouvrit, épais, chaud, visqueux, comme si l'animal lui avait enfin tranché la jugulaire. Mais lorsque le chien s'écroula à côté de lui, il comprit que ce sang ne provenait pas de son corps, il s'écoulait à gros bouillons de l'entaille sanguinolente sur le cou du berger allemand. Arturo rassembla le peu de forces qui lui restait pour se traîner douloureusement sur le dos, s'éloignant du corps du chien pris de convulsions comme sous l'effet de décharges électriques. Il s'arrêta à quelques mètres de là et s'assit dans la neige en posant une main sur son épaule meurtrie. Malgré le froid, la chaleur embrasait son visage grimaçant de douleur; une sensation désagréable envahit son corps à mesure que la sueur séchait et que ses vêtements se collaient à sa peau. Il chercha des yeux son sauveur. La peur revint alors. En un demi-cercle imparfait, quatre soldats russes, dissimulés sous leurs grandes tenues blanches, leur fusil à la main, le surveillaient, tandis qu'un groupe important de partisans se déployait derrière eux. Au cours de l'offensive, les Soviétiques avaient déclenché une attaque de faible intensité sur l'arrière-garde, et soudain, ce que les Espagnols craignaient le plus s'était matérialisé : l'ennemi parcourait les rues de Mestelevo. Cependant, la défense, bien qu'anarchique et sans officiers, s'organisait déjà avec un Espagnol derrière chaque fusil, décidé à tirer jusqu'à sa dernière cartouche. Arturo attendait, s'interrogeant sur les intentions de ces fantômes – le second à gauche brandissait encore la machette avec laquelle il avait décapité le berger allemand –, alors que les crépitements et les explosions résonnaient en bruit de fond et que les lance-flammes léchaient les bâtiments de leurs éclairs de feu. Comme il n'obtenait aucune réponse, il opta pour le sourire et leva le bras, paume en avant. La réaction ne se fit pas attendre. Le fulgurant coup de crosse, en plein visage, éclaboussa la neige d'une giclée écarlate. Aussi étourdi que décontenancé, il récupéra avec sa langue une dent ensanglantée qu'il cracha. Lorsqu'il releva la tête, un des Russes, le plus proche, fit mine de le frapper de nouveau avec son fusil, l'obligeant à cacher son visage derrière son bras. Il resta figé dans cette position, recroquevillé. Au loin, une explosion emporta une isba, un nuage de fumée et de poussière gravita autour de ses ruines ; ils furent atteints par la rafale d'air chaud de l'onde de choc. Même alors, Arturo n'osa pas bouger. Jusqu'au moment où il entendit ces mots :

– *Posmotri na menia !* Regarde-moi !

La voix avait un timbre féminin qui lui sembla étrangement familier.

– *Posmotri na menia*, répéta le partisan.

Arturo se déplia avec une infinie précaution, puis posa les yeux sur son bourreau. Il avait le visage couvert d'une capuche boutonnée sur le devant qui ne laissait voir que ses yeux. Il commença à la déboutonner lentement et le dernier bouton découvrit son visage, faisant grimacer Arturo de stupeur. Le soldat continua à parler, froidement, sans passion.

– *Aleksandr moï brat. Seïtchas my s toboi kvity. V sledouiouschïi raz kogda tebia ouvizhou, ia tebia oubiou !* Alexandre est mon frère. Maintenant nous sommes quittes. La prochaine fois que je te verrai, je te tuerai !

Et pour donner foi à l'inflexibilité de ses menaces, elle appuya le canon de son fusil sur le front d'Arturo dont le regard glissa sur l'arme avant de rencontrer les yeux de Zira. Il les contempla, se livra à eux, y voyagea à la recherche d'une raison, de la réponse à tout cela. Il se souvint d'une phrase entendue durant la fête dans l'isba : « Les espions pullulent comme les poux. » Et dans son esprit jaillit de l'enchevêtrement des images, celle d'une anonyme mamouchka donnant une fessée à Alexandre, à l'entrée de l'église, le jour où il lui avait lancé des boules de neige ; celle de la femme fuyant avec sa pelisse grossière et son fichu sur la tête qui avait pris l'enfant russe sous sa protection après que le SS eut lâché sa proie. Arturo comprit. Il laissa passer entre eux quelque chose de plus froid que le vent. Il acquiesça en silence. Cela n'avait aucun sens de lui assurer qu'il regrettait. « Je regrette. » « Je regrette. » Cela n'avait aucun sens de lui dire qu'elle avait été le prix pour Hilde. Non, décidément. Zira l'observa encore un instant, sans dire un mot, les yeux bien ouverts, puis elle abaissa son arme, reboutonna sa capuche et cria sèchement un ordre qui claqua de façon blessante aux oreilles d'Arturo. Les soldats se fondirent immédiatement dans la marée rouge qui n'avait cessé d'affluer derrière eux. La dernière image qu'il eut de Zira fut sa silhouette disparaissant dans la fumée et le feu de Mestelevo.

Arturo eut du mal à se mettre debout. Il faisait un froid à vous donner envie de ne jamais être né ou d'être mort depuis longtemps et il avait l'impression d'avoir parcouru un sentier rempli de ronces. Le sang tachait son épaule gauche et ses traits meurtris enflaient à vue d'œil. Le cadavre du berger allemand gisait sur le côté, dans une mare de sang lie-de-vin. Autour, tout n'était que coups de feu et explosions. Il toussa en inhalant profondément l'air chargé de cordite et contempla l'étendue des destructions qui s'élargissait comme le cercle de sang autour du chien. Dans la fumée grise et la neige, il y avait des soldats partout, tirant, tombant, poussant des hurlements, pleurant. Les empereurs étranges, centrifuges et désintégrateurs, avaient inauguré leur sinistre règne. Des divinités noires qui niaient le monde. Des enfants solitaires, finalement. Mais Arturo ne désespéra pas et appela Alexandre à la rescousse. Vous portez un enfant en vous. Les enfants détruisaient le présent, mais eux seuls étaient capables de construire l'avenir. Vous portez en vous un enfant, souvenez-vous que tant qu'il en sera ainsi, vous pourrez échapper au mal en vous réfugiant sous le manteau de l'innocence. Ils étaient les seuls à oser affirmer la nudité de l'empereur. Vous franchirez des rivières, vous essuierez des tempêtes, vous pourrez même traverser les flammes de l'enfer. Eux seuls pouvaient désormais être porteurs d'espoir.

Arturo regarda la défaite en face. Il récupéra son casque, empoigna son fusil, vérifia ses munitions, ses cartouchières et boutonna bien le col de son uniforme. Quand il vit le premier partisan foncer sur lui, la longue baïonnette au canon pointée vers sa poitrine, il n'eut pas peur. Il visa soigneusement et pressa la détente. Le coup ne partit pas, il comprit alors pourquoi le Russe chargeait à la baïonnette : son arme aussi avait gelé.

TABLE

DU MÊME AUTEUR

Aux Éditions Phébus

EN LITTÉRATURE ÉTRANGÈRE

Les Démons de Berlin, 2012.

Empereurs des ténèbres, 2010; Libretto n° 373, 2012.

Cet ouvrage
a été mis en pages par In Folio,
reproduit et achevé d'imprimer
en juin 2012
dans les ateliers de Normandie Roto Impression s.a.s.
61250 Lonrai
N° d'imprimeur : 12-2474

Imprimé en France

Dépôt légal : mars 2012